Olivier Guez

DIE WELT IN IHREN HÄNDEN

Olivier Guez

DIE WELT IN IHREN HÄNDEN

Die Abenteuer der Gertrude Bell in Mesopotamien

Roman

Aus dem Französischen von Nicola Denis

KIEPENHEUER & WITSCH

2. Auflage 2026

Titel der Originalausgabe Mesopotamia

Aus dem Französischen von Nicola Denis

Covergestaltung Miriam Bröckel
Gesetzt aus der Minion Pro und der Alternate Gothic ATF
Satz Buch-Werkstatt GmbH, Bad Aibling
Druck und Bindung GGP Media GmbH, Pößneck
ISBN 978-3-462-00835-7

Kontaktadresse nach EU-Produktsicherheitsverordnung:
produktsicherheit@kiwi-verlag.de

Zum Gedenken an Alain Stein

»Ich danke Gott für die Freiheit, umherirren, hoffen und lieben zu können.«

Robert Louis Stevenson

»Unsere einzige Entschädigung besteht darin, das Misstrauen der Welt und die grausame Einsamkeit zu erlangen. Es gibt keine andere.«

Karen Blixen, Stürme

Prolog

Im Laufe der zweiten Hälfte des 19. Jahrhunderts nimmt die Wirtschaft zum ersten Mal in der Menschheitsgeschichte globale Ausmaße an. Dank der Industrialisierung, der neuen Transport- und Kommunikationsmöglichkeiten zirkulieren Waren, Menschen und Kapital mit einer bisher unbekannten Geschwindigkeit: Binnen weniger Jahrzehnte sind die Träume von Ikarus und Leonardo da Vinci in Erfüllung gegangen. Der Mensch fährt und fliegt, erfindet Mittel gegen bisher unheilbare Krankheiten und Viren. Er hat die Grenzen der Natur verschoben. In Zukunft wird er sie bezwingen, stärker sein als Gott, dessen Tod er proklamiert. Daran arbeitet er, seitdem er auf der Welt ist.

Der Mensch – oder vielmehr die Europäer. Durch stetige Arbeit, Organisation und Talent haben sie Jahrtausenden der Ohnmacht ein Ende gesetzt. Sie beherrschen die internationalen Geschäfte und folgen dabei unsichtbaren Gesetzen, die sich auf Expansion und Wettbewerb gründen. Noch ist ihr Hunger nicht gestillt, gegen Ende des 19. Jahrhunderts überkommt sie ein wahrer Eroberungsrausch, ein neuartiges Fieber: der Imperialismus. Kein einziges Gebiet soll ihnen entgehen, selbst die kleinste Insel im südlichen Pazifik steht ihnen zu.

Nun wird eine Region, die aufgrund der Entdeckung Amerikas und des von Vasco da Gama geöffneten Seewegs nach Indien lange in den Hintergrund gedrängt worden ist, wieder zum Nabel der Welt: wie schon zu Zeiten Alexanders des Großen und Cäsars, der ersten arabischen Kalifate und der Seidenstraßen. Jahrhundertelang in Vergessenheit geraten, stellenweise kaum erschlossen und nur unzureichend an die Weltwirtschaft angebunden, weckt der Mittlere Osten die Begehrlichkeiten der Großmächte. Seit der 1869 eingeweihte Suezkanal die Transportwege zwischen Europa, Westafrika und Asien beträchtlich verringert hat und unlängst auch Erdöl, der Motor der zweiten industriellen Revolution, dort entdeckt und gefördert worden ist, liefern sie sich einen erbitterten Kampf um die Region. Auf dem Boden des untergehenden Osmanischen Reichs, dem alle den Gnadenstoß versetzen wollen, entscheidet sich das Schicksal des zwanzigsten Jahrhunderts: die Zukunft der Welt.

1.

Basra, März 1916

Miss Bell putzt ihre verdreckten Stiefel an der Tür ab und vertreibt mit einer unwirschen Handbewegung die Mückenschwärme, die sie umkreisen. Ein somalischer Boy mit Tunika und Turban stürzt barfuß herbei, um ihr den breitkrempigen Hut und den ebenfalls durchnässten Sonnenschirm abzunehmen. Er bittet sie, ihm zu folgen, Sir Percy Cox erwartet sie bereits in seinem Arbeitszimmer. Er ist erst am Morgen von einer Mission zurückgekehrt.

Cox, groß und dünn, mit stechend blauen Augen, hat sich seit ihrem letzten Treffen vor sieben Jahren bei gemeinsamen Freunden in London nicht verändert. Vielleicht ist das gewellte Haar leicht ergraut, aber das Gesicht ist jung geblieben, und er trägt die Uniform mit gewohnter Eleganz. An seinem Kragen erkennt Miss Bell die weißen Schulterstücke der politischen Offiziere der Britisch-Indischen Armee. Cox, ein erprobter Diener des Empires, einundfünfzig Jahre alt, leitet jetzt die Zivilregierung im besetzten Mesopotamien, nachdem er in Somalia, in Persien und in verschiedenen Emiraten des Persischen Golfs tätig gewesen ist.

An diesem Nachmittag macht der für Taktgefühl und Besonnenheit bekannte Cox seinem Ruf keine Ehre. Hinter einem Stapel topografischer Karten und Luftaufnahmen zwirbelt er unter dem Porträt von König George V. seinen Schnurrbart und wettert gegen den Regen, der ohne Unterlass auf das Dach des Hauptquartiers prasselt, ein Gebäude, das an einem übel riechenden Kanal liegt, beschallt vom Quaken der Frösche und Kröten: das allwinterliche Lied in Basra, eine Hafenstadt am Zusammenfluss von Tigris und Euphrat an der Grenze zwischen Persien und Mesopotamien.

Dort herrscht ein erhebliches Chaos, wie Miss Bell während der Woche ihres Aufenthaltes in der Stadt bemerken konnte. Die Logistik der Britisch-Indischen Armee ist mangelhaft, den Briten fehlt es an allem, sie behelfen sich notdürftig, sie improvisieren. Es ist nahezu ein Ding der Unmöglichkeit, die hunderttausendfach eingetroffenen Pferde, Soldaten, Ärzte und Brahmanen unterzubringen und, in Ermangelung von Lagerhallen und Kühlanlagen für die verderblichen Lebensmittel, die große Orientarmee zu verpflegen. Der Süden Mesopotamiens hat nur Datteln, ein bisschen Gemüse und Vieh zu bieten, alles andere muss aus Indien eingeführt werden. Doch die alte Handelsstadt ist nicht dafür gerüstet, das in ihren Gewässern vor sich hin dümpelnde Geschwader zu beherbergen. Da der Hafen überfüllt ist, ankern die großen Schiffe auf freier See. Im strömenden Regen oder glühenden Sonnenschein braucht es Stunden oder sogar Tage, um Männer, Tiere, Waren und Munition auf kleinere Transportmittel umzuladen, Gondeln oder instabile Kajaks, die zu den schlammigen, von Fliegen und Mücken befallenen Ufern fahren. Miss Bell hat die Erfahrung am eigenen Leib gemacht und ist trotz ihrer Strümpfe während der Überfahrt gestochen worden. Unterwegs hat sie bemerkt, dass das einzige Krankenschiff hoffnungslos überfüllt ist und der Strom von Booten nicht so bald abzureißen droht. Aus Ägypten und Indien hat der Generalstab Raddampfer, Yachten und Küstendampfer mit geringem Tiefgang zusammengetrommelt, die als Einzige in der Lage sind, den Tigris hinaufzufahren, um die Truppenverstärkungen zu befördern und die weiter nördlich gelegenen Divisionen mit Nachschub zu versorgen. Wie zu Zeiten Abrahams, gibt es im Süden Mesopotamiens weder befahrbare Straßen noch ein Eisenbahnnetz.

Cox betätigt eine Klingel, es ist siebzehn Uhr, der Boy serviert den Tee. »Die Situation wächst uns über den Kopf, und die Stimmung der Männer ist auf dem Nullpunkt«, sagt Sir Percy zu Miss Bell, während er energisch mit dem Löffel in der Porzellantasse rührt. Er trinkt sie, ohne sich an der Temperatur zu stören, in einem Zug aus wie hochprozentigen Alkohol: »Sie kämpfen unter erbärmlichen Bedingungen und langweilen sich, wenn sie auf Urlaub sind. In Basra sind wir eben nicht hinter der französischen Front! Hier finden die Soldaten keinen Alkohol, keine Nachtlokale und schon gar keine Frauen, nur schmuddelige Kneipen, in denen ausschließlich Männer verkehren.« Miss Bells Wangen röten sich leicht. Mit gestrafftem Oberkörper sitzt sie auf der Stuhlkante und wirft ihm einen indignierten Blick zu. Cox entschuldigt sich für seine unverblümten Worte, sie seien einer Gesprächspartnerin ihres Ranges nicht würdig, sie möge ihn entschuldigen, seine Nerven lägen blank, die sich häufenden Beschwerden machten ihm zu schaffen. Die Truppen klagen über die mickrigen Rationen, ein bisschen *corned beef*, klebriger Dosenpudding und Orangenmarmelade, »über die sich sofort diese verfluchten Fliegen hermachen«. Die vegetarischen Soldaten, »übergeschnappte Hindus«, verlangen nach Hartweizenmehl und Gemüse, und in der vorherigen Woche hat er, »weil das Serum fehlt«, gleich zwei seiner Stellvertreter, »brillante Jungs aus Lancashire«, verloren, nachdem sie in den Sumpfgebieten am Stadtrand von einer Kobra gebissen worden sind. Die den Soldaten zugeteilten Sonnenbrillen sind so wertlos, dass sie sie ins Wasser schmeißen. Das Militärkommando ist nachlässig, seine Vorhersagen – »wenn er denn wirklich etwas geplant hat«, denkt Miss Bell – haben sich als falsch erwiesen, es fehlt an Truppentransporten, Ärzten und Flugzeugen. Die Flüsse sind nur schwer schiffbar und die Anweisungen, die er aus London, Delhi oder Kairo erhält, widersprüchlich: »Mit den Arabern vor Ort werden wir nicht so recht warm«, seufzt Cox mit seiner tiefen Stimme. Der Chef der Zivilregierung in Mesopotamien zündet sich eine Zigarre an. Durch die Fenster hört man den Wind heulen und den Aufruf zum Gebet. Es wird dunkel, der Regen hat aufgehört, die Stadt stinkt.

Gertrude Bell weiß Bescheid. Als sie vor ihrer Zeit in Basra in Indien tätig war, hatte der Vizekönig ihr manche vertraulichen Berichte zu lesen gegeben. Auch wenn Cox ihre Sprache spricht und in Verhandlungen mit den Potentaten der Region geübt ist, gelingt es ihm dennoch nicht, ein vertrauensvolles Verhältnis zu den lokalen Scheichs aufzubauen. Tausende von Männern sind zu den osmanischen Streitkräften übergelaufen, ihre religiösen Anführer haben den ungläubigen Engländern, »diesen Hundesöhnen, die muslimisches Land überfallen haben und den Islam entwürdigen wollen«, den Dschihad erklärt. Andere, die eher abwartend reagieren, hüten sich vor möglichen türkischen Vergeltungsmaßnahmen, zumal sie nicht wissen, ob die Briten bleiben werden. »Sie kennen die Araber so wie ich«, sagt Cox und zurrt seinen Krawattenknoten fest, »sie stehen immer auf der Seite der Sieger.« Miss Bell bleibt still, knetet ihre Handschuhe und nimmt ein paar Schlucke Tee. Sie hat gelesen, dass Beduinen die Lager geplündert, Leichen ausgeraubt und englisch-indischen Verwundeten die Kehle durchtrennt haben, um an ihre Waffen zu kommen. Diebe, Lügner und Gierhälse: In der Stadt ist die Spannung greifbar, die Auseinandersetzungen häufen sich, Lagerhallen und Magazine werden geplündert. Und die Lage der sechsten Division in Kut, vierhundert Kilometer weiter weg, ist aussichtslos.

Im November 1914, nur wenige Stunden nach dem Kriegseintritt des Osmanischen Reichs an der Seite Deutschlands, verließen britische Kriegsschiffe Bombay und steuerten den Persischen Golf an. Diese Operation war geplant, seitdem die APOC, die britische Anglo-Persian Oil Company, in einer südwestlichen Provinz Persiens, in Reichweite türkischer Kanonen und von den Briten nur unzureichend verteidigt, Erdöl förderte und raffinierte. Die Landung in Mesopotamien sollte die Tanker, die einhundertdreißig Kilometer lange Pipeline, die die Erdölvorkommen mit einer Raffinerie am Golf verband, und die Ölfelder sichern. Die lokalen Einrichtungen belieferten die Navy, die mächtigste Kriegsmarine der Welt, mit Erdöl. *Britannia rules the waves:* Die britische Flotte garantierte die Verteidigung des Empires auf sämtlichen Meeren und Ozeanen.

Am 23. November fiel Basra der britischen Krone in die Hände. Nach einer erbitterten Schlacht wurde ein paar Tage später die Stadt Al-Qurna erobert. Nachdem die Ölvorkommen gesichert waren, rief Cox, von seinem Erfolg berauscht, dazu auf, die Offensive fortzusetzen. Die Britisch-Indische Armee dürfte in spätestens einem Jahr Bagdad erreicht haben, so seine Einschätzung. Mit den osmanischen Truppen würden sie kurzen Prozess machen. Die türkischen Offiziere waren Stümper, ihre Infanteristen zerlumpte Rohlinge, die Spitznamen trugen wie Abdul oder Johnny Turks, gerade gut genug, die wehrlose armenische Zivilbevölkerung niederzumetzeln. Vor dem Krieg hatte Italien ihnen Libyen sowie ein paar Inseln der Sporaden vor der Nase weggeschnappt, und sie hatten ihre Besitzungen auf dem Balkan verloren. Die Bulgaren waren drauf und dran, Konstantinopel zu erobern. »Die Bulgaren und ihre zusammengewürfelten Bataillone!«, scherzten die Strategen der Britisch-Indischen Armee. Die Osmanen, die das christliche Europa so lange in Furcht und Schrecken versetzt hatten, waren nur noch ein Schatten ihrer selbst. Und die Engländer die ersten westlichen Eroberer Mesopotamiens seit dem römischen Kaiser Trajan.

Ende September 1915 nahm die Expeditionstruppe die strategisch wichtige Stadt Kut am westlichen Ufer des Tigris ein. Sie erhielt den Befehl, ihren Vorstoß fortzusetzen. »Meine kleine Show in Mesopotamien läuft immer noch blendend, und ich hoffe, dass Bagdad bald zum British Empire gehören wird«, schrieb der Vizekönig von Indien an

König George V. Die Truppe war weniger als fünfundzwanzig Kilometer entfernt. Wäre erst das letzte Hindernis, Seleukeia-Ktesiphon, überwunden, würden die Britisch-Inder die sagenumwobene Stadt in ihren Besitz bringen. »Während des gesamten Krieges gab es meines Erachtens keine Operation, die so sorgfältig vorbereitet, so brillant durchgeführt worden und ähnlich erfolgversprechend gewesen ist«, erklärte der Premierminister Anfang November vor dem britischen Unterhaus.

Bagdad sollte den Leuten etwas vorgaukeln. Die Westfront war verhärtet, London wurde bombardiert, und die Invasion von Gallipoli in zweihundertfünfzig Kilometern Entfernung von Konstantinopel hatte sich in ein Debakel verwandelt: Die türkischen Minen hatten die Flotte vernichtet, und von den Anhöhen aus hatte die Infanterie die im Frühjahr 1915 gelandeten Angreifer unter Beschuss genommen. Ein ehrgeiziger junger Mann, Winston Churchill, Erster Lord der Admiralität, hatte alles auf eine Karte gesetzt: das Osmanische Reich schwächen und mit der Einnahme seiner wehrlosen Hauptstadt zur Kapitulation zwingen, dann von der Nordsee aus die Donau Richtung Österreich und Deutschland hinauffahren, um, wie man in London hoffte, »die Dolchklinge direkt neben die lebenswichtigen Organe des Monsters zu rammen und den Krieg zu verkürzen«.

Am 7. Dezember 1915 zogen sich die Briten aus Gallipoli zurück. Am gleichen Tag begann die Belagerung von Kut, wo sich die sechste Division verschanzt hatte, nachdem sie in Seleukeia-Ktesiphon niedergehalten worden war. Die Türken wussten, dass die Briten, wenn sie die aus Basra angerückte Verstärkung an ihrer Befreiung hindern konnten, kapitulieren mussten. Und so umzingelten sie die Stadt wie Julius Cäsar einst Alesia.

Die britische Führung machte sich nicht allzu viele Gedanken. Die Osmanen waren erbärmliche Angreifer, nicht zum ersten Mal wurde eine kaiserliche Division von Wilden umringt. Bei dem großen Aufstand in Indien, auch in Südafrika während des Burenkriegs hatten die Briten sich heldenhaft zu verteidigen gewusst: einige der schönsten Ruhmesblätter der viktorianischen Geschichte überhaupt. Die sechste Division würde durchhalten. Sie hatte ihre Verteidigung gefestigt und wartete auf die Verstärkung des *Tigris Corps,* der Elitetruppen der Infanterie. »Sie werden in Kürze eintreffen«, hatte der Generalstab versichert.

Doch die Briten waren wegen des in Basra herrschenden Chaos in Verzug geraten. Und als sie endlich anrückten, hielt der flussabwärts von den Türken errichtete Staudamm stand und wurde von den Wolkenbrüchen, die sich über die Gegend ergossen, überaschenderweise sogar konsolidiert. Die britisch-indischen Offensiven versackten in einem Ozean aus Schlamm, woran auch die intensiven Bombardierungen im Vorfeld nichts änderten. Die Soldaten rutschten aus, die Pferde mühten sich ab, und die Kanonen blieben im weichen Lehm stecken, geschmolzenes Karamell.

Von ihrem Sieg in Gallipoli beflügelt, belegten die Türken die Stadt mit Feuer. Ihre Scharfschützen nahmen die Soldaten ins Visier, die unten am Fluss nach den ziellos aus den Flugzeugen abgeworfenen Paketen fischten: Den Britisch-Indern fehlte es in ihren Vorratsräumen an Lebensmitteln. Die mit gekochtem Gras ernährten Soldaten waren nicht mehr imstande, ein Gewehr zu halten. Sie lagen verstört herum, die Augen glasig und geweitet. Da sie kein Holz hatten, um sich aufzuwärmen, erfroren sie nachts in ihrer Sommeruniform, kurzärmeligen Hemden aus Manchester-Baumwolle. Wenn es nicht gerade Granaten regnete, hörten sie die Hyänen heulen.

Anfang März wussten die Türken, dass die Britisch-Inder nicht länger Widerstand leisten würden. In Kut stank es nach Geschwüren, Exkrementen und verwesenden Körpern. Die Luft war schwarz vor Fliegen. Die Türken verstärkten den Druck. Ihre Bombardierungen nahmen zu.

Der Boy muss erst stolpern und den Zucker verschütten, bis Miss Bell sich endlich ein Lächeln abringt, denkt Cox. Er findet sie abgemagert, frühzeitig ergraut, wo sie doch in London noch rötliches Haar gehabt hatte, das könnte er schwören. Er hat bemerkt, dass sie bei seiner Erwähnung des Debakels von Gallipoli blass geworden ist, als hätte man ihr einen Stich ins Herz versetzt, bevor sie ihre Fassung wiedergewonnen hat, die verkniffene, bedachtsame Miene, die sie seit ihrem Eintreten zur Schau trägt. Mit dem Musselinrock, den schwarzen Seidenstrümpfen und der bis zum Hals zugeknöpften Rüschenbluse sieht sie aus wie Miss Harriet, die traurige Junggesellin von Maupassant, wie eine jener englischen Grundschullehrerinnen, die von Kontinent zu Kontinent ziehen, Aquarelle malen oder Herbarien anlegen und denen er in den letzten Jahren rund um den Erdball wiederholt begegnet ist.

»Nun, wie ist Ihre erste Woche im Garten Eden verlaufen? Hat meine Gattin Sie angemessen empfangen?«, fragt Cox, während er sich mit der Spitze eines elfenbeinernen

Brieföffners die Fingernägel säubert. Miss Bell dankt ihm für seine Gastfreundschaft. Sie sei sehr komfortabel untergebracht. Ihr Zimmer sei geräumig und seine Frau eine »reizende Gastgeberin«, obwohl sie mit Lady Cox außer der Leidenschaft fürs Gärtnern keine Gemeinsamkeiten hat. Angefangen bei ihrer Statur: Die eine ist eher kantig, die andere wohlgenährt mit Hängebacken wie eine Bulldogge. Wie auch immer, Miss Bell sagt, sie sei hocherfreut, hier zu sein – Cox glaubt, er hört nicht richtig, noch nie hat jemand einen solchen Unsinn verkündet. »Als Allah die Hölle erschaffen hat, fand er, dass etwas fehlte, also hat er sich noch Basra und die Fliegen dazu ausgedacht«, lautet ein arabisches Sprichwort, das er gern ins Feld führt. Miss Bell kann es kaum erwarten, in diesen schweren Zeiten dem Empire zu dienen, sie will ihre ganze Energie darauf verwenden, aber man muss ihr die Möglichkeit geben zu arbeiten und ihr ein Büro zuweisen.

Cox' Militärs und Verwaltungsbeamte hatten ihr, als sie drei Tage zuvor mit dem Dampfboot aus Karachi eingetroffen war, einen eisigen Empfang bereitet. Die Herren steckten stocksteif in ihren Uniformen, die Fliegenklatschen lagen neben den Korkhelmen und einem Krug Zitronenwasser bereit, sie fühlten sich in ihrer Gesellschaft in der Offiziersmesse ausgesprochen unwohl. Noch nie hatten sie mit einer Frau zusammengearbeitet, und dieses nach allgemeiner Ansicht hochintelligente Wesen wirkte nicht gerade vertrauenerweckend auf sie. Manche hatten ihre Artikel, teils auch ihre Bücher über die Region gelesen, wussten, dass sie eine namhafte Archäologin war und hochrangige Freunde hatte. Als erste Frau hatte sie in Oxford ein Studium der

Zeitgeschichte mit der Note sehr gut abgeschlossen und war anschließend in die Royal Geographical Society aufgenommen worden. Im Orient wie in London genoss sie in allen wohlinformierten Kreisen hohes Ansehen. Und Miss Bell machte keinen Hehl daraus: Bescheidenheit zählte nicht zu ihren Stärken.

Hier ist Krieg, kein Spiel oder eine Abendgesellschaft, erklärte ihr ein Oberst mit gewachstem Schnurrbart. Ihre Post würde zensiert, ihre Reisen eingeschränkt, und allein könne sie keine Einheimischen treffen. Und was machte sie überhaupt in Basra, sie, die in keinem Organigramm vorkam, über keinen Einsatzbefehl verfügte und ihr Gehalt nicht von einem Ministerium oder einer Institution bezog?

Vier Monate zuvor, im November 1915, war Miss Bell der Einladung eines alten Freundes, Leiter des militärischen Geheimdienstes in Ägypten unter britischer Herrschaft, nach Kairo gefolgt. Er hob gerade eine separate, den arabischen Provinzen des Osmanischen Reichs gewidmete Abteilung aus der Taufe, die politische Offiziere, Archäologen und Journalisten versammelte, Ehemalige aus Oxford oder Cambridge, die sie zum Großteil persönlich kannte. Gertrude Bell, die berühmte Wüstenreisende, würde der neu gegründeten arabischen Dienststelle wertvolle Informationen liefern können.

Mit Blick auf das Debakel von Gallipoli und die festgefahrenen Kämpfe in Mesopotamien nippten diese Herrschaften in den verrauchten Salons des Hôtel Savoy an ihrem Pfefferminztee und feilten an einer neuen Strategie. Das Arabische Büro suchte verlässliche, geschmeidige Verbündete, die bereit waren, einen Aufstand gegen die Türken anzuzetteln – schlimmstenfalls würden sie diesen Gelegenheitsverbündeten eine Art Großreich für die Nachkriegszeit in Aussicht stellen. Zu Beginn der Auseinandersetzung hatte Gertrude Bell eine lange Denkschrift über ihre letzten Expeditionen in der Region verfasst. Im Foreign Office, im War Office erklärte sie, dass die Araber der Krone zugeneigt seien, und riet der Regierung, sie zu ermutigen, sich gegen die Türken, ihren gemeinsamen Gegner, aufzulehnen. Aus der Ferne – der Krieg spielte sich vor allem in den Schützengräben Flanderns und an der Somme ab – billigte London das Vorhaben des Büros. Doch Kairo, Entscheidungsträger der britischen Politik im Osten, konnte ohne die Zustimmung der anderen englischen Hemisphäre, der Regierung in Britisch-Indien, in Mesopotamien und Arabien nichts unternehmen. Der Persische Golf war das Hoheitsgebiet der britischen Verwaltung in Indien, gewissermaßen ein großer Teich, an dem sie seit dem achtzehnten Jahrhundert tat, was ihr beliebte: Nur sie würde die für die Operation nötigen Waffen, Gold und Männer bereitstellen können. Die Regierung in Britisch-Indien widersetzte sich allerdings. Nach der Niederlage des Osmanischen Reichs wollten Delhi und Kairo jeweils den Mittleren Osten beherrschen. Ihre Pläne drifteten auseinander, die Kommunikation war holprig, eine Kooperation unmöglich.

Das Arabische Büro in Kairo ließ nichts unversucht, um den Vizekönig von Indien an der Spitze der Kolonie zu überzeugen. Miss Bell erwies sich dabei als entscheidender Vorteil. Der Vizekönig war mit ihrer Familie befreundet, und sie schätzten einander, nachdem sie sich dreißig Jahre zuvor bei einem Onkel der Entdeckerin, damals Botschafter Großbritanniens in Rumänien, kennengelernt hatten. Also reiste Gertrude Bell nach Delhi.

Trotz der Hochachtung, die er ihr und ihren Eltern entgegenbrachte, machte der Vizekönig deutlich, dass er in Mesopotamien und im Übrigen auch im Orient keinen arabischen Aufstand wollte. »Die Leute in Kairo tun nur, was ihnen passt, ihre Einmischung in meine Angelegenheiten ist inakzeptabel, ihr Plan ein bloßes Hirngespinst«, sagte er zu ihr. Damals lebten viele Millionen Mohammedaner in Indien. Ihr geistiger Führer war der osmanische Kaiser, Sultan, Kalif, Befehlshaber der Gläubigen, symbolischer Nachfolger des Propheten. Was geschähe, wenn sie ihn unterstützen würden? Und wenn es in unmittelbarer Nähe der heiligen Orte zu Kampfhandlungen käme? In Indien könnte ein von den Deutschen angefachter Bürgerkrieg ausbrechen. Kairo könnte ihnen keinen besseren Dienst erweisen. »Die indischen Muslime sind nicht arabisch, Miss Bell, das wissen Sie besser als ich. Sie pfeifen auf ein mögliches arabisches Reich nach dem Krieg, und ich will, wie gesagt, keines.«

Basra und die Ölanlagen im Golf waren für Großbritannien lebenswichtig, Bagdad seit Jahrhunderten eine Bastion des britischen Handels. »Und Kairo will all das den Arabern abtreten, diesen primitiven Stämmen? Sie selbst, Miss Bell, haben in etlichen Berichten darauf hingewiesen. Den letzten arabischen Staat gab es in grauen Vorzeiten. Und was würden wir tun, wenn die Inder es den Arabern nachmachen und ihrerseits einen unabhängigen Staat fordern würden? Es wundert mich, dass Sie ein so aussichtsloses Projekt unterstützen.« Der Vizekönig wollte Mesopotamien seinen Besitztümern hinzufügen, seinem Empire eine Kolonie schenken.

Die Engländer bräuchten die Araber nicht, um die Türken zu besiegen. Die Audienz war beendet.

Gertrude Bell blieb ein paar Wochen in Indien. Im nebelnassen Delhi, später am Fuß des Himalayas in Simla, das einem englischen Kurort glich, zog sie mehrere Militärs und Ziviloffiziere, alles, was Rang und Namen hatte, zurate. Ob es dem Vizekönig nun gefiel oder nicht: Sie versuchte, sie von der Stichhaltigkeit des mit den Kairoer Kollegen geplanten Vorhabens zu überzeugen, und gewährte dem *Pioneer*, der großen Tageszeitung der Kolonie, ein Interview. Doch der Vizekönig blieb unnachgiebig. Mitten im Weltkrieg würde er die Sicherheit des Subkontinents – seit Urzeiten ein Reservoir an Männern, Rohstoffen und unermesslichen Reichtümern, Herzstücke des kaiserlichen Schachbretts, die Großbritannien in eine neuartige euroasiatische Supermacht verwandelten – nicht einfach so aufs Spiel setzen. »Seien Sie vernünftig, Miss Bell, und richten Sie Ihren Kollegen aus, dass alles Insistieren zwecklos ist.« Da er ihr jedoch vertraute, beschloss der Vizekönig, sie im Namen der höheren Interessen der Krone nach Basra zu schicken. Sie würde als Verbindungsfrau zwischen Kairo und Delhi fungieren und mit dem entsprechenden Fingerspitzengefühl die Kommunikation zwischen den beiden rivalisierenden Zentren in Gang bringen. Außerdem beauftragte er sie, detaillierte Informationen über die Stämme Mesopotamiens einzuholen. Er verlieh ihr jedoch weder einen Titel noch eine offizielle Stellung. Ihre Mission in Basra war informell.

Entsprechend misstrauisch begegnen ihr die Militärs und politischen Offiziere bei ihrer Ankunft. Ist sie eine Spionin des Vizekönigs, weil sich das Desaster in Kut zunehmend deutlicher abzeichnet und es die Verantwortlichen zu bestrafen gilt? Oder kommt die Agentin des Arabischen Büros in Kairo, um Zwietracht unter ihnen zu säen?

Auch Sir Percy Cox ist an diesem feuchten Märzabend wenig erbaut über die Anwesenheit von Miss Bell. Er würde lieber auf sie verzichten, er hat auch so schon genug Probleme an allen Fronten. Aber sie könnte seiner Gattin Gesellschaft leisten, die sich in Basra langweilt. Und der Vizekönig hat ihn schriftlich gebeten, sie ernst zu nehmen: »Sie ist eine bemerkenswert kluge Frau mit dem Gehirn eines Mannes.«

2.

Persien, Frühjahr 1892

Das leise Plätschern des Brunnens weckt sie. Die junge Frau zieht die sonnenbeschienenen Vorhänge auf und saugt mit tiefen Atemzügen die sanfte Süße von Jasmin und Feigenbäumen ein, betört von der aufsteigenden Hitze, den mit Blüten behangenen Pistazienbäumen und den Rosenbeeten, die den Platz vor der britischen Botschaft in Teheran schmücken. Nachtigallen singen, und der vereiste Kegel des Damawand glitzert wie Aluminiumfolie im Hintergrund. So viel Pracht, so viel Schönheit, Gertrudes Herz ist übervoll. Sie hatte von Persien geträumt, und Persien war noch bezaubernder, als sie es sich erhofft hatte.

Sie hatte es geahnt, als sie am Bahnhof in Paris in den Orientexpress gestiegen war. Und sie bereitete sich darauf vor, seitdem Tante Mary sie ein halbes Jahr zuvor eingeladen hatte, sie und ihren Ehemann, seine Hoheit Sir Frank, neuer Gesandter Seiner Majestät beim Schah, dort zu besuchen. Die dreiundzwanzigjährige Gertrude hatte begonnen, Persisch zu lernen, die Reiseberichte von Strabon und des Ritters Chardin gelesen sowie eine Gedichtanthologie. Sie strich die Tage durch, die sie noch von der großen Reise trennten, ihrer ersten in den Orient. Im Zug, der durch die mitteleuropäischen Ebenen rollte, bekniete sie ihre Cousine Florence, sie Vokabeln und Redewendungen abzufragen, anstatt die Poularde in Sahnesauce zu genießen, die ihnen ein Trupp von Bediensteten, eine versilberte Glocke lupfend, im Speisewagen servierte. Allein die mit kandierten Früchten garnierte Charlotte russischer Art ließ Florence ein bisschen zur Ruhe kommen.

Sie sympathisierten mit einem belgischen Detektiv. Er überwachte einen preußischen Handlungsreisenden, der einen langen blonden Schnurrbart trug und bei jedem Halt auf die Uhr blickte. Voller Bedauern – die beiden jungen Frauen, vor allem die rothaarige, hatten eine angeborene Beobachtungsgabe – verabschiedete sich der Brüsseler in Belgrad von ihnen. Während der Zug weiter auf den Balkan zusteuerte, stiegen immer mehr dickbäuchige Paschas, gefolgt von verschleierten Damen, in den Express ein. Die jungen Engländerinnen sahen Kuppeln und Minarette, Ochsenwagen und von Maulbeerbaumhainen umstandene Karawansereien am Rand der holprigen Straßen, die neben den Eisenbahnschienen verliefen. Die Leute wurden immer ärmer und bunter, exotischer. Rabbiner aus Sarajevo verkehrten mit Popen, die ihren Rosenkranz herunterbeteten, armenischen Hausierern, mit Gipsys und fröhlich dreinschauenden Hirten, die Pelzmützen trugen. Militärs in toastbrotfarbenen Waffenröcken patrouillierten über die steinernen Brücken und über die Uferstraßen. In den Bahnhöfen roch es nach angebranntem Fleisch, man hörte das Geschrei der Käufer und das Quietschen der von Lebensmitteln überquellenden

Wagen. Auf das Fensterbrett in ihrem Abteil gestützt, ließ sich Gertrude nichts von diesem Schauspiel entgehen. Sie war im Orient.

Nach zwei Nächten im Pera Palas in Konstantinopel erreichten sie Tiflis, dann Baku, wo sie ein russisches Dampfschiff erwartete. In der ersten Nacht kletterte Gertrude, während ihre Cousine die Schränke in der Kabine inspizierte, aufs Deck. Der Schiffsbug tauchte in das dunkle Gewässer des Kaspischen Meers, das von einem kräftigen, scheinwerfergleichen Mondlicht erhellt wurde. Der salzige Wind der offenen See fuhr in ihre Kleider und hätte ihr fast den Hut weggeweht. Sie steckte sich eine Zigarette an. Eine junge Frau rauchte nicht in der Öffentlichkeit, aber das Deck war menschenleer.

Gertrude war euphorischer Stimmung wie nach ein paar Gläsern Champagner. Sie dachte an das, was ihr Vater einmal zu ihr gesagt hatte, als sie an einem Strand im Norden Englands spazieren gegangen waren: »Es gibt Momente in unserem Dasein, in denen man spürt, dass das Leben eine neue Dichte bekommt. Wie und warum, weiß niemand, aber man kann es spüren. Plötzlich scheint sich der richtige Weg aufzutun. Das sind seltene Kipppunkte, Gertrude, die man nicht verpassen darf.«

Damals war sie zwölf gewesen. Seither hoffte sie auf eine solche Erleuchtung, ohne zu wissen, welche Vorzeichen darauf hindeuten könnten. Als sie in dieser Nacht auf dem von unzähligen Sternen begleiteten Schiff das Meer und den Himmel betrachtete, schien der herbeigesehnte Augenblick endlich gekommen. Die Gischt, das Brummen des Motors, das schnittige, weiße Schiff. Bewegung, Freiheit, Abenteuer, das Leben, ihr Leben. Sie würde die Welt erkunden, sie wollte reisen. Ihr Puls beschleunigte sich, und von einer immensen Energie durchströmt, schauderte sie vom Kopf bis zu den Füßen. Triumphierend hob sie die Arme zum Himmel.

Ein Mann, der unterdessen auf das Deck geklettert war, beobachtete sie. Er trug lange schwarze Koteletten und trank mit gierigen Zügen aus einer silberfarbenen Korbflasche. Eine Frau, die allein war, sich ekstatisch gebärdete und im Mondschein rauchte … Er trat zu Gertrude und bot ihr auf Französisch an, von seinem Alkohol zu probieren. Hals über Kopf stürzte sie zurück in die Kabine.

Jeder Tag eine einzige Wonne, ein langer, sorgloser Sonntag. Früh auf den Beinen, trinkt Gertrude eine Schale schäumender Milch, bevor sie die Wendeltreppe hinabeilt und zu ihrem Onkel und einigen Botschaftsmitarbeitern stößt, um durch die schon sonnendurchfluteten Ebenen oder über die bewaldeten Wege des Elburs-Gebirges rund um Teheran zu reiten. Nach ihrer Rückkehr lässt sie sich in ein mit Rosenwasser parfümiertes Bad gleiten. Manchmal steht sie mit tropfendem Körper vor dem Badezimmerspiegel und betrachtet ihr rötliches Haar, ihre schneeweißen Schultern und ihre fleischigen Lippen, die sie ungerechterweise für vulgär befindet. Sie verweilt nicht länger bei den gut gepolsterten Armen, den jungenhaften Brüsten und den kräftigen Oberschenkeln, das gehört sich nicht. Brioches und verschiedene Marmeladensorten warten schon auf sie: Sie frühstückt mit Cousine Florence und Tante Mary in einem Zelt im Garten. Um zehn Uhr trifft der Persischlehrer ein, ein alter bärtiger Mann, »reizend, auch wenn sein Französisch zu wünschen übrig lässt«, wie sie bemerkt. Nach dem Mittagessen entziffert die junge Frau in einer Hängematte, ein Lexikon neben sich und an einer Tafel Schokolade knabbernd, Gedichte von Hafis. Bald ist es siebzehn Uhr: Gertrude geht in ihr Zimmer hinauf, um für den in einer ausländischen Gesandtschaft unverzichtbaren *Five O'clock Tea* ein legereres Nachmittagskleid überzuziehen. Man nimmt einen Imbiss, spielt Cricket, Piquet auf dem Rasen oder, wenn es zu heiß ist, Bridge auf der Veranda: Unter Leuten, die Langeweile gewohnt sind, schlägt man die Zeit tot.

Es wird Abend, die Festlichkeiten gehen weiter. Männer im Frack an der Seite von Frauen, die sich in Fischschwanzkleider von gefragten Pariser Modeschöpfern gezwängt haben. Mit der Kutsche begeben sie sich erst zum Empfang des russischen Direktors der Imperial Bank of Persia, dann zum Candel-Light-Dinner, das ein kadscharischer Adliger in seinem mit Blumenkeramiken und Edelsteinen verzierten Palast gibt. In ihrer pistazienfarbenen Toilette – der Kragen hochgeschlossen, die Taille geschnürt, die Korsage perlenbestickt – sieht sich Gertrude in Begleitung von Cousine und Tante neugierig um. Sie bewundern die mit Schmuck, Pelzen und prunkvollen Stoffen ausstaffierten Perserinnen, »schön wie die Madonnen von Raffael«, schreibt sie ihrem Vater, und schwirren, angeführt von Gertrude, die mit bemerkenswerter Leichtigkeit vom Englischen ins Französische wechselt, vom Französischen ins Deutsche und vom Deutschen ins Persische, unter überdimensionalen Kronleuchtern aus Kristall, von Tisch zu Tisch und von einem Walzer zum nächsten. Die Briefe, die sie regelmäßig an die Eltern schreibt, gleichen sich: »Persien ist ein Paradis, mein

Garten Eden. *How lovely it is all …* Wie groß die Welt doch ist, wie groß und wunderbar.«

Unter den Diplomaten, die Florence und Gertrude auf ihren Ausflügen begleiten, zeichnet sich vor allem der Botschaftssekretär Henry Cadogan aus. Der beflissene, pünktliche dreiunddreißigjährige Junggeselle ist immer dann zur Stelle, wenn die jungen Damen einen Anstandsherrn brauchen. Er hat ein besonderes Augenmerk auf die Wünsche von Miss Bell, die sich wie er für die persische Kultur interessiert. Seit zwei Jahren in Teheran im Amt, kennt Cadogan Stadt und Land mittlerweile gut. Er ist viel gereist und ausgesprochen belesen, sein melodisches Persisch beeindruckt Gertrude. Er ist es, der einen Lehrer für sie aufgetan hat, und er macht sich ein Vergnügen daraus, den beiden Cousinen die Attraktionen der Hauptstadt zu zeigen.

Mit ihrem hochgewachsenen, redseligen Begleiter bummeln sie über den Bazar, bleiben an den Ständen stehen, um an dem Safran oder Kardamom zu riechen, den er ihnen in der hohlen Hand hinhält, und die Pfirsiche aus Samarkand zu probieren, die sich die staunenden Mädchen auf der Zunge zergehen lassen. Er unterweist sie in der Kunst, mit Gewürzhändlern oder Miniaturmalern zu verhandeln. Gertrude ist selig, »mit Mister Cadogan ist alles so amüsant, ich mag ihn wirklich«, schreibt sie den Eltern.

Ein paar Tage später spazieren Miss Bell und Cadogan zum ersten Mal allein vor dem kaiserlichen Rosenpalast, dem berühmten Golestan, auf und ab. Florence hat es vorgezogen, zurückzugehen, die Hitze macht ihr zu schaffen. Cadogan zeigt Gertrude, die darauf besteht, dass er sie beim Vornamen nennt, die auf dem Platz thronende Kanone: Vor beinahe hundert Jahren habe ein eitler und launenhafter Schah – »ein Pleonasmus, Mister Cadogan, wenn von einem Alleinherrscher die Rede ist!«, gibt sie lächelnd zu bedenken –, der, wenn er erzürnt war, rote Kleider und eine Krone aus Rubinen trug, Persien mit hochmodernen Kanonen ausrüsten wollen, in der Hoffnung, so die Russen vor einem Angriff auf sein Land abzuschrecken. Er beauftragte einen Schmied in Isfahan mit der Herstellung eines Prototyps und lud die Vertreter der ausländischen Mächte ein, einem ersten Waffenversuch vor seinem Palast beizuwohnen. Trommelwirbel, Trompeten, lange Reden. Die Kanone wurde geladen, und mit einer großspurigen Geste zündete der Schah sie. »Sie raten nie, was dann passierte, Gertrude. In den Eingeweiden der Kanone fing es an zu rumoren, als hätte sie Bauchgrimmen, und der ganze Platz erzitterte, fast wie bei einem Erdbeben. Die Kanonenkugel war in der Mündung explodiert, anstatt sich Richtung Wüste zu bewegen! Seine Majestät und die Gesandten husteten, was das Zeug hielt, ihre Festtagskleidung war mit einem schmierigen Film überzogen, und sie standen in einer Rußwolke da, die so schwarz war, dass der verdutzte Monarch glaubte, der Himmel sei ihnen auf den Kopf gefallen. Seitdem hat sich die Kanone nicht mehr vom Fleck bewegt.« Gertrude lacht herzlich und schlägt Mister Cadogan vor, auf dem Basar einen Tee zu trinken. Mit Vergnügen, er kenne einen Händler, der ihn nach russischer Art zubereite und Gebäck dazu reiche.

Ihr Onkel, Sir Frank, ist beauftragt worden, den Einfluss Großbritanniens in diesem Operettenreich zu stärken: Persien bildet eine Art Vorposten zu Indien, ein Eingangstor, das zugänglicher ist als die schroffen Gipfel des Hindukusch und Afghanistans. Indien liegt in der Mitte einer riesigen, von China bis Westafrika reichenden Handelszone. Vom Hafen in Bombay aus dehnt London seinen Einflussbereich bis in die Südsee aus und liebäugelt mit neuen Annexionen. Die indischen Kulis sind unerlässlich für den Betrieb der Goldminen in Südafrika, auf den Plantagen in Ostafrika, der Karibik und der Fidschiinseln. Ohne Indien ist das Empire unmöglich, dementsprechend hält London ihm den Rücken frei, indem es den großzügigen Schahs horrende Konzessionen entreißt und ein Auge darauf hat, dass die Expansionen Russlands im Norden Persiens und in Zentralasien nicht überhandnehmen. Das ist das Große Spiel.

Auf Gertrude übt es eine faszinierende Wirkung aus, wie Sir Frank festgestellt hat. Die Oxfordabsolventin verschlingt die Rubrik »News of The Empire« in der *Times* und stellt kluge Fragen, wenn sie ihn in seinem Büro aufsucht. Gertrude fällt nicht auf die Tricks des Hofs und die glanzvollen Gartenpartys herein. Sie ahnt, dass hinter den Kulissen Intrigen angezettelt werden: Persien ist »einer der Spielsteine auf dem Schachbrett, auf dem um die Herrschaft der Welt gekämpft wird«. Seit Beginn des Jahrhunderts orientieren sich die in Europa blockierten Russen nach Asien um. Jahr für Jahr verleiben sie sich neue Gebiete ein, eine erbitterte Expansion: Nach ihrer Eroberung des Kaukasus und der Steppen Turkestans sind sie nur noch wenige Tage Fußmarsch von der indischen Grenze entfernt. Bereits zweimal sind die Britisch-Inder aus Angst vor einem russischen Überfall in Afghanistan einmarschiert. »In Europa waren wir Gnadenbrotesser und Sklaven, nach Asien kommen wir als Herren«, notiert Dostojewski: Die Briten sind überzeugt, dass die Russen den gesamten Kontinent unterwerfen wollen.

Jetzt haben sie es auf Persien abgesehen, das sie gern in ein Protektorat verwandeln würden. »Im Nordosten werben sie Spitzel an, die unsere Positionen in Afghanistan ausspionieren«, erklärt Sir Frank eines Sonntags Gertrude und zeigt ihr die Stadt Meched auf der Generalstabskarte, die er auf ihre Bitte hin aufgefaltet hat, vorausgesetzt, dass sie ihr Gespräch nach Verlassen des Raums sofort wieder vergisst: »Sie verteilen Gewehre in der Region, und ihre Lockspitzel säen Zwietracht.« Er warnt sie: Die Ingenieure, Landmesser und russischen Kaufleute, die sie in Teheran kennenlerne, arbeiteten oft für den Geheimdienst des Zaren. Gertrude ist Feuer und Flamme, sie will unbedingt mehr erfahren. Ihr Onkel willigt ein, dass sie ihn hin und wieder zu persischen Notabeln oder ausländischen Gesandten begleiten darf.

Eines Abends setzt er ein Postskriptum unter sein Telegramm an das Foreign Office: »Ich möchte Sie darauf aufmerksam machen, dass meine Nichte, Gertrude Bell, einen wirklichen Gewinn für die Krone bedeuten würde. Ich habe sie wiederholt beobachten können. Sie ist wissbegierig, beherrscht mehrere Sprachen, und alle möglichen Leute, die einer heiteren jungen Frau aus besten gesellschaftlichen Verhältnissen gewogen sind, schütten ihr bereitwillig ihr Herz aus. Und sie versteht es, ihre Zunge im Zaum zu halten, wenn die Umstände es erfordern. Behalten Sie unbedingt ein Auge auf sie.«

3.

Basra, Ende März 1916

Im Schatten der Hafenkommandantur sieht Gertrude auf ihre Uhr, eine mit Edelsteinen besetzte Cartier, die ihr Vater ihr zum dreißigsten Geburtstag geschenkt hat. Sie sitzt auf einer Bank vor dem sonnenüberfluteten gelben Backsteingebäude und wartet auf einen Kollegen aus dem Arabischen Büro. Plötzlich Möwen, ein Tuten, der Dampfer taucht auf. Am Bug hält ein junger Mann Ausschau, und jetzt, wo er die schlanke Gestalt mit Hut erblickt, schwenkt er einen Arm und lüpft zum Gruß die Reserveleutnantsmütze. Sein kräftiges blondes Haar leuchtet im Mittagslicht. Er springt, in der linken Hand einen kleinen Koffer mit Vorhängeschloss, auf den Boden und geht mit schwankenden Schritten auf sie zu. Eher ein Wogen als ein Gehen, hat sie immer schon gedacht. Seine lagunenblauen Augen funkeln. Mit den Bermudashorts und dem kurzärmeligen Hemd sieht er aus wie sechzehn; im August wird er achtundzwanzig. »Gertie!«, ruft er. »Mein Kleiner!«, erwidert sie. Und Thomas Edward Lawrence schließt Gertrude Bell in seine Arme.

Sie nimmt den Freund mit zu sich, ein kleines, weiß gekalktes Haus mit Garten, wo ein paar Maispflanzen und ein Granatapfelbaum blühen, unweit des großen Palmengartens, den sie auf dem Weg zur Arbeit immer durchquert. Sie ist erst vor wenigen Tagen eingezogen. Was verschafft uns die Ehre? Lawrence soll der Militärführung bei der Überwachung des Luftraums helfen. Lächelnd serviert Gertrude ihm ein Glas Milch und Gurkensandwiches. Sie hat nicht gewusst, dass er sich damit auskennt: In Kairo, vor nicht einmal drei Monaten, hatte er, recht unkonventionell, wie sie ihm vorwarf, Karten retuschiert, Berichte über die Bahnlinien und das Relief Palästinas verfasst und gezählt, wie viele Kamele und Pferde den Generälen im Falle einer Offensive im Sinai zur Verfügung standen, während er vor Ungeduld fast verging. Was machte er also jetzt in Mesopotamien? Er solle die Türken dazu bewegen, der Belagerung von Kut ein Ende zu setzen, sagt Lawrence schließlich und deutet auf den Aktenkoffer zu seinen Füßen.

Am 10. März hatte die von einem Preußen geleitete türkische Militärführung den Britisch-Indern die Kapitulation angeboten. Der Generalstab weigerte sich. Der Regen würde aufhören, die Hitze wiederkehren: Damit wären die britischen Angreifer erneut im Vorteil, das *Tigris Corps* würde die Stadt aus der Isolation befreien, während sich die aus Persien herbeigeeilten Russen Bagdad vornehmen und damit die Türken zwingen würden, einige ihrer Bataillone abzuziehen. Noch sei nichts verloren, zumal die britisch-indischen Strategen eine Operation starteten, die den Belagerten beim Durchhalten helfen würde. Ein bis zu den Zähnen bewaffneter und mit Tonnen von Lebensmitteln beladener

Dampfer sollte den Tigris wieder herauffahren und bei Nacht die türkischen Verteidigungslinien durchbrechen, um die sechste Division mit Kondensmilch, Teekuchen und gekochtem Rindfleisch zu versorgen. Der Überraschungseffekt wäre so groß, dass das mit Konservendosen bestückte Schiff die feindliche Sperre überwinden würde. Mit Sicherheit hatten die Türken den Fluss nicht vermint oder Unterwasserkabel gespannt, wollte man in Basra glauben.

London war skeptisch. Lord Kitchener, der berühmte Kriegsminister, schmiedete einen anderen Plan, falls der Versuch zum Scheitern verurteilt sein sollte. Der Held aus dem Burenkrieg, dessen mit Orden übersäter Waffenrock bei jeder Bewegung klirrte, nahm für sich in Anspruch, die orientalische Mentalität zu kennen. Als Gouverneur des Sudan und später Generalkonsul von Ägypten meinte er zu wissen, dass kein Mohammedaner einem Bakschisch widerstehen würde, zumal wenn diese großzügig bemessen sei. Marschall Kitchener machte den Vorschlag, den türkischen Stellvertretern der preußischen Militärführung eine Million britische Pfund zu zahlen, wenn sie die Britisch-Inder laufen ließen. Zur Durchführung der umstürzlerischen Pläne empfahl das Arabische Büro in Kairo einen lästigen Schnösel nach Mesopotamien zu entsenden, der Hummeln im Hintern hatte: Reserveleutnant T. E. Lawrence. Er sollte den Türken das Geld überbringen. »So, liebe Gertie, jetzt wissen Sie alles.«

Gertrude und Lawrence hatten sich im Frühjahr 1911 kennengelernt. Nach einem langen Aufenthalt in Mesopotamien hatte sie auf dem Weg nach Damaskus einen Umweg über

Karkemiš gemacht, die seit Jahrtausenden unter dem Sand begrabene frühere Hauptstadt der Hethiter. Der dortige Grabungsleiter, ein guter Freund, war allerdings gerade nicht da, sie fand nur zwei Assistenten vor. Der eine, klein, schlank und blond wie ein Wikinger, erregte sofort ihre Aufmerksamkeit. Er trug Schnabelschuhe und eine kurze Fußballhose aus Flanell, darüber ein rosafarbenes Hemd und einen Blazer mit dem Wappen eines Oxforder College, das Ganze kombiniert mit Strümpfen, die bis zu den Knien reichten. Um die Taille trug er einen breiten roten Gürtel nach arabischer Art. Sein heller Blick war ebenso dreist wie fesselnd. Der junge Spezialist für mittelalterliche Töpferwaren – so stellte er sich vor – strahlte eine eigenartige Mischung aus Stärke und Verletzlichkeit aus, die sich in seinem Gesicht spiegelte: in der oberen, weichen, weiblich wirkenden Partie und einem unnachgiebigen, fast grausamen Unterkiefer.

Erfreut, die renommierte Archäologin kennenzulernen, deren Buch über die Völker Syriens sie mit etlichen Eselsohren versehen hatten, bereiteten Lawrence und sein Kollege Miss Bell einen freundlichen Empfang. Sie begleiteten sie zu der Stätte, wo sie mit den Ausgrabungen einer von König Nebukadnezar zerstörten Festungsstadt befasst waren. Allmählich tauchten dort die Fundamente eines Palasts auf und gaben den Blick auf Flachreliefs frei: geflügelte Monster und Dämonen, Priester mit krausen Bärten und Priesterinnen, die Maiskolben und Fruchtkörbe trugen, dazu Gazellen und Löwenjagden. Eidechsen huschten über die Mauern, die Lage war reizvoll. Der durch die Schneeschmelze im Taurus und Kaukasus angeschwollene, goldgesprenkelte Euphrat durchquerte eine hügelige Ebene voller Felsen und weiß blühender Obstbäume. Leuchtend rote Anemonen wuchsen unter einem weiten Himmel zwischen den Steinen. Bei den ersten aufwirbelnden Staubwolken suchten sie Schutz im ehemaligen Lakritzlager, das ihnen als Haus diente. Das Dach war undicht, aber die dicken kurdischen Teppiche sowie die kobaltblauen und kupfergrünen Fayencen verliehen ihm ein gewisses Flair. Ahmed, der kräftige junge Eselführer, erwartete sie dort. Lawrence nannte ihn ungezwungen Dahum. Er sprach in einem korrekten dialektalen Arabisch mit ihm. Vor dem Haus war ein Leopardenbaby angebunden.

Gertrude studierte ihre Abdrücke, ihre Notiz- und Skizzenhefte, die Funde, die sie restauriert und wieder zusammengesetzt hatten. Sie kam gerade aus Assur, der ehemaligen Hauptstadt Assyriens, in der die Deutsche Orient-Gesellschaft Grabungen durchführte und deren Schätze einen starken Eindruck auf sie gemacht hatten. Sie ließ sie wissen, dass sie oberflächlich arbeiteten und ihre Expertise verglichen mit dem Fachwissen der deutschen Archäologen zu wünschen übrig ließ. Trotzdem bereiteten sie ein Festmahl für sie zu. Dahum briet Hammelkoteletts auf Olivenbaumwurzeln. Sie verzehrten sie in mit Sesam und Kümmel bestreuten Fladenbroten. Der junge Araber servierte Tee, geschälte und von den Stacheln befreite Kaktusfeigen, dazu eine Paste aus gekochten Aprikosen, und Pistazien-Lokums, nach denen Gertrude ganz verrückt war. Lawrence stopfte eine Haschischpfeife, die er einer Tabakdose aus Meerschaum entnommen hatte. Gertrude rauchte ägyptische Zigarren. Sie redeten bis zum Morgengrauen. Über Sumerer, Römer, Byzantiner und Kreuzfahrer. Über Architektur, Geschichte und Poesie. Über die Franzosen, die Lawrence und Gertrude gleichermaßen verachteten. Als junger Mann war Lawrence auf den Spuren von Richard Löwenherz mit dem Fahrrad durch Frankreich gefahren. Die Schlösser hatten ihn bezaubert, die Franzosen aber waren ihm als Krämer und Advokaten, als abgestumpfte, prosaische Kleinbürger in Erinnerung geblieben. Gertrude wiederum fand sie arrogant und obszön, und es war wohl kein Zufall, wenn die schlimmsten Schurken des britischen Königreichs, ruinierte Adlige, Betrüger, Bigamisten und Menschen vom anderen Ufer wie Oscar Wilde, nach Frankreich ausgewandert waren. Dort konnten sie ihre schockierenden Sitten ausleben. Die Franzosen hatten schlechte Tischmanieren, heirateten, um im Leben weiterzukommen, nicht aus Liebe, und machten sich über die englischen Frauen lustig, die verglichen mit den emanzipierteren Französinnen prüde und romantisch waren. Einmal hatte sie auf der Durchreise am Bahnhof Paris-Nord in *Le Figaro* gelesen, es gebe drei Sorten von Geschöpfen auf Erden, Männer, Frauen und Engländerinnen, die »zwei linke Hände« hätten. Gertrude und Lawrence teilten die Ansichten Burkes über die Revolution von 1789, ein grauenvolles Ereignis, das die etablierte Ordnung und die Traditionen gefährdete. Sie sangen ein Loblied auf das Erbe und die Freiheit, auf die Werte des Adels: Schließlich waren sie britisch.

Lawrence hatte sich in einen weiten, in Bagdad gewebten Kamelhaarmantel gehüllt, der »exakt denen gleicht, die die Scheichs im oberen Mesopotamien tragen«. Er sprach in kurzen Sätzen und verschränkte dabei die Arme über der Brust. Seine Stimme war sanft, sein Gedächtnis verblüffend. Er trug lange Passagen aus *Arabia Deserta* von Charles M. Doughty vor, der Bibel englischer Reisender im Mittleren

Osten. Gertrudes Exemplar war mit Anmerkungen gespickt, und sie trennte sich nie von ihm, wenn sie die Region durchstreifte. »Nachdem man Palmen und Ziegenfellzelte gesehen hat, ist man nicht mehr derselbe …« Die Lektüre hatte seinerzeit die Fantasie des jugendlichen Lawrence entflammt, und seither hatte ihn das unwiderstehliche Verlangen, sich zu den Arabern, den beduinischen Stämmen aufzumachen und eines Tages ein ebenso faszinierendes Buch zu schreiben, nicht mehr losgelassen. Der junge Mann träumte davon, sich mit der Wüste Arabiens zu messen, der größten Herausforderung, die prägend für den Charakter und die Männlichkeit eines englischen Entdeckers war. Gertrude verfolgte die gleichen Ziele.

In jener ersten Nacht verspürte Lawrence eine aufkeimende Zuneigung für sie, obwohl er sie nicht schön fand, »höchstens vielleicht unter einem Schleier«, wie er kurz nach der Begegnung seiner Mutter schrieb, und obwohl er Frauen, erst recht, wenn sie belesen waren, nicht mochte. »Alle, die literarische Werke geschrieben haben, hätten gleich bei der Geburt erwürgt werden können: Die englische Literaturgeschichte wäre auch nicht ärmer«, sollte er später sagen. Gertrude hatte die Wüste durchquert und kannte die Araber: Sie hatte die Bewährungsprobe bestanden. Der widerspenstige Dandy und die einzelgängerische Reisende hatten vieles gemeinsam. Ihr Beruf als Archäologen erlaubte ihnen, sich aus der Wirklichkeit in eine fantasierte Vergangenheit zu flüchten, in ein direkt aus der Mythologie und den Schriften entsprungenes Wunderland. Sie liebten die Dichtkunst, Meredith, Homer und Shakespeare. Beide hatten in Oxford Geschichte studiert.

Als sie nach England zurückkehrten, lauschten die Angehörigen ihren Berichten mit Interesse, aber ohne wirklich zu verstehen, was sie zu ihrer Flucht bewog. Ihre Erfahrungen waren unbeschreiblich, selbst für so begabte Erzähler wie sie, auch Worte und Gesten konnten nicht vermitteln, was für ein Glück es bedeutete, über die Wüstenwege zu ziehen, welche Herrlichkeiten sie erblickt hatten, welche Trunkenheit, Intensität und unermessliche Euphorie sie angesichts der Burg Nimrod verspürt hatten, angesichts der Paläste der Nabatäer und der Ruinen in Byblos, am Fuß der Hügel Galiläas und des schneebedeckten Berges Hermon, auf den Straßen zwischen Damaskus und Jerusalem, neben denen blau und rot gekleidete Tagelöhner Weizen droschen und Tabak und Oliven ernteten. Lawrence erzählte von den silbrigen Nächten in den Ruinen der Frankenschlösser, wo Tankred und Bohemund übernachtet hatten, vom betörenden Duft der Zedern, der Kiefern und Maulbeerbäume in der Dämmerung. Er hatte nackt in von Oleander gesäumten Flüssen gebadet und unter einem unendlich weiten Himmel den Euphrat befahren. Wie die ersten Jünger Christi hatte er, auf einem Strohbett hockend oder direkt auf dem Lehmfußboden, die schmale Kost der Bauern mit ihren altertümlichen Gesichtern geteilt. Umringt von Kindern und Tieren, ließen sie sich von ihren fettleibigen Frauen mit tätowierten Unterarmen aus einem tönernen Krug die Hände waschen. Der Fremde wurde als Bruder empfangen, die Gastfreundschaft war heilig. Gertrude und Lawrence liebten die Großzügigkeit dieser Leute, die noch nicht von der Zivilisation verdorben worden waren.

Sie hatten eine andere Gemeinsamkeit, von der sie sich

in jener Nacht zu sprechen hüteten, aber die sie rasch beim anderen vermuteten: Beide waren nicht nur Archäologen, sondern ehrwürdige Korrespondenten des Intelligence Service. Und im Übrigen von demselben kahlköpfigen Mann eingestellt worden, Grabungsleiter in Karkemiš und ehemaliger Kurator am Ashmolean Museum, dessen Schwester seit der Studienzeit eng mit Gertrude befreundet war. Er hatte den jungen Lawrence unter seine Fittiche genommen; seine methodische Klassifizierung der Töpfereifragmente, die er in der Gegend von Oxford gefunden hatte, war ihm positiv aufgefallen. Als der Junge von seiner ersten Reise aus Syrien zurückgekehrt war, hatte er sich seine Fotobücher angeschaut und ihm sofort geglaubt, als er behauptete, dreizehn Stunden täglich laufen und sich unauffällig unter die einheimische Bevölkerung mischen zu können, wie Kim, der Romanheld von Rudyard Kipling, von dem er gelernt hatte, wie man ein guter Spion wurde: sich gekonnt verkleiden, die Lebensart der Indigenen annehmen, ihre Sprache lernen.

Manchmal verschwand Lawrence unvermittelt zu ausgedehnten, einsamen Wanderungen in der Wüste. In diesem Frühjahr 1911 waren weder er noch Miss Bell aus purem Zufall in Karkemiš. Die Stadt war ein strategischer Platz an einem der wenigen Überquerungspunkte über den Euphrat, den sich die mächtigen Reichen seit der Antike streitig machten. Dort hatten die Ägypter die Assyrer bekämpft und die Römer die Perser. In nur vierhundert Metern Entfernung von den britischen Ausgrabungen hatte eine ungleich größere Baustelle begonnen, deren Entwicklung Lawrence und Gertrude besorgt mitverfolgten. Heerscharen von Erdarbeitern hackten und gruben, Arbeiter und Techniker sicherten unter der Aufsicht deutscher Zivilingenieure, die ein paar Wochen zuvor eingetroffen waren, die Widerlager einer stählernen Brücke. Sie hatten gerade einen neuen Abschnitt der Eisenbahnstrecke verlegt, die 1917 Berlin mit Bagdad verbinden sollte und eines Tages vielleicht bis an die Ufer des Persischen Golfs reichen würde. Die Bucht von Kuwait wäre eine hervorragende Anlaufstelle und das zukünftige Endziel der deutschen Schiffsverbindungen in den Fernen Osten.

Mitteleuropa mit Mesopotamien, die Nord- und Ostsee mit den westlichen Grenzen Indiens zu verbinden und dabei den Suezkanal in Händen der Briten zu umgehen, so das titanenhafte, revolutionäre Vorhaben der *Bagdadbahn,* das von den neuen Ansprüchen Deutschlands im Nahen Osten kündete. Deutschlands Wirtschafts- und Militärpolitik war so aggressiv in dieser Region wie andernorts, dass es Großbritannien gezwungen hatte, seine Isolation aufzugeben und sich erst mit Frankreich – die *Entente cordiale* –, dann auch mit Russland zu verbünden. London und Sankt Petersburg hatten sich auf diese Weise Persien, Afghanistan und Tibet geteilt und dem Großen Spiel ein vorläufiges Ende gesetzt.

Kaiser Wilhelm II., der unter seinem verkümmerten linken Arm litt, wäre gern ein Elitesoldat geworden. Ruhmsüchtig, wie er war, verübelte er es den Untertanen von Königin Victoria, seiner Großmutter, dass sie ihn nicht ernst nahmen: Der Kaiser wollte Großbritannien als erste Weltmacht entthronen. Das Preußen seines Vaters hatte Dänemark, Österreich und Frankreich besiegt, bevor die deutschen Staaten vereinheitlicht worden waren; seine junge Nation würde sich in eine hegemoniale *Weltpolitik* stürzen. Sie verfügte bereits über die gefährlichste Armee der Welt. Eines Tages würde sie die Ozeane beherrschen und sich eine hochmoderne Flotte zulegen, neue Kreuzer und Dutzende in der Nord- und Ostsee stationierte Panzerkreuzer. Sie würden dem britischen Gegner zusetzen, der seine in alle Winde zerstreuten Kolonien schützte, indem sie die Südsee überwachten. Deutschland war zu spät in den Wettlauf eingestiegen und hatte nur ein paar Krümel von der großen Staatentorte abbekommen, mickrige Länder in Ozeanien und Afrika, die keine der anderen Mächte wollte. Dabei wuchs Deutschland in schwindelerregendem Tempo: Für Bevölkerung und Industrie brauchte es Nahrungsmittel, Rohstoffe, neue Absatzmärkte und einladende Landstriche für die Siedler. Der von Ungeduld verzehrte Wilhelm II. warf ein Auge auf den Nahen Osten.

Seit einigen Jahrzehnten schon hatte man es in pangermanischen Kreisen auf Palästina und die Ebenen zwischen Euphrat und Tigris abgesehen. Deutsche Bauern und Agrarwissenschaftler würden diese Regionen wieder so fruchtbar machen wie in der Antike, Mesopotamien könnte die Kornkammer des Reichs werden, ein Juwel des zukünftigen Imperiums, wie Indien für die Engländer.

Ende des 19. Jahrhunderts verlor das Osmanische Reich seinen traditionellen britischen Beschützer, nachdem seine Schergen Zehntausende von Christen, meist Armenier, niedergemetzelt hatten. Der isolierte Sultan wandte sich Deutschland zu. 1898 empfing er den Kaiser in Konstantinopel. Festmahle, militärische Manöver und prachtvolle Paraden in dichter Folge: Noch nie war ein ausländischer Würdenträger am Hof des Sultans so prunkvoll empfangen worden. Ein paar Tage darauf stolzierte Wilhelm II. in selbst entworfenem Festtagsaufzug durch die Altstadt von Jerusalem: weiße Marschallsuniform, der Helm mit einem riesigen goldenen Adler bekrönt. In Damaskus verweilte er am Grabmal von Saladin, der die Kreuzfahrer aus Jerusalem vertrieben und den Franken in Syrien und Palästina den Heiligen Kampf erklärt hatte. Er versprach, den Bau eines Mausoleums aus Marmor zu finanzieren, das die sterblichen Überreste des Kriegers enthalten sollte, und erklärte sich zum Freund aller Muslime. Deutschland hatte im Orient Fuß gefasst. Das Osmanische Reich würde den Ausgangspunkt für seine Expansion nach Asien bilden. Die *Bagdadbahn,* für die Wilhelm II. bald die Konzession erhalten würde, wäre eine Herausforderung für die Engländer. Der Sultan räumte den Deutschen das Recht ein, auf einer Breite von zwanzig Kilometern beiderseits der Bahnstrecke Bodenschätze zu bergen.

Der Kaiser entsandte Botschafter, Bankiers, Konsuln und Nachrichtenoffiziere. Passagierdampfer verbanden Hamburg mit dem Persischen Golf. An den Universitäten wurden Lehrstühle für Arabisch und Persisch gegründet. Militärexperten riefen die osmanischen Truppen zur Ordnung, ein Vertrag über gegenseitige Zusammenarbeit wurde unterzeichnet. Unter dem Vorwand, archäologische Ausgrabungen durchführen zu wollen, erkundeten Geologen die Region um Mossul im Norden Mesopotamiens, die von der neuen Eisenbahnstrecke durchquert werden sollte: Offensichtlich befanden sich hier erhebliche Ölvorkommen. 1886 testete Karl Benz das erste Automobil mit Verbrennungsmotor. Ein neues Zeitalter begann.

An jenem Märzabend im Jahr 1916 fördert Lawrence aus einem Bündel ein zerknittertes Päckchen zutage und reicht es Gertrude. Ein Roman von John Buchan, *Grünmantel,* den er sich in Kairo besorgt hat und um den sich in England und Indien gerade alle reißen. »Ein trockener Wind weht über die indische Grenze … Der gesamte Islam ist in Wallung … Der Orient wartet auf einen Magier, der vom Blut des Propheten abstammt; er wird dem Kalifat seinen einstigen Ruhm zurückgeben und dem Islam seine frühere Reinheit … Ein Dschihad steht bevor. Gleich dem unwiderstehlichen Überfall, der das Byzantinische Reich zusammenbrechen und die Stadtmauern Wiens wanken ließ …« Gertrude hat verschiedene Rezensionen gelesen: Der neue Befreier werde von Berlin instrumentalisiert; der von den deutschen Armeen unterstützte Heilige Krieg würde dem britischen Empire seine Besitzungen im Orient rauben und es letzten Endes unterwerfen.

Der Roman gibt der Paranoia der Engländer neue Nahrung. Im vergangenen Jahr hatte ein deutsches Kommando die Pipeline der englisch-persischen Kompanie beschädigt; die Erdöllieferungen an die Royal Navy mussten wochenlang eingestellt werden. Noch besorgniserregender war allerdings die Tatsache, dass der osmanische Sultan-Kalif am 14. November 1914 im Rahmen einer feierlichen Zeremonie in der Fatih-Moschee in Konstantinopel tatsächlich zum Dschihad gegen europäische Mächte aufgerufen hatte, dem ersten der Neuzeit. Mit erhobenem Schwert proklamierte er: »Das Blut der Ungläubigen wird ungestraft fließen können … Nehmt sie und tötet sie überall dort, wo ihr sie findet … Überall auf der Welt muss jeder Muslim schwören, mindestens drei oder vier der über uns herrschenden Ungläubigen zu töten, Feinde Gottes und des Glaubens …« Die Predigt wurde im gesamten Reich in den Moscheen verlesen und in den Zeitungen abgedruckt. Alle Muslime, die dem Aufruf nicht folgten, waren dem Zorn des Schöpfers ausgesetzt.

Die »über uns herrschenden Ungläubigen« zu treffen – das heißt in erster Linie die französischen, russischen und britischen Kolonisatoren, nicht alle Christen. Die Rede des Sultans war von den Deutschen verfasst worden. Sie hatten ihn dazu gedrängt, in den Krieg einzutreten: Seine Fähigkeit, die fanatischen Kräfte des Islams in Asien zu vereinen, war einzigartig. Sie setzten alles auf die orientalische Karte, jetzt, wo die Westfront erstarrt war. Auf den Basaren und in den Moscheen verkündeten die Propagandadienste des Reichs, dass Wilhelm II. zum Islam übergetreten sei und den Pilgerweg nach Mekka angetreten habe. Gott hatte den Kaiser geschickt, um die Gläubigen von den Ungläubigen zu befreien, und, sogar das ließen sie durchblicken: Deutschland könne sich zu großen Teilen zum Islam bekehren. Den Orient entflammen, unter dem Banner des Islams das Chaos säen – die deutsche Botschaft in Konstantinopel, das Hauptquartier des Heiligen Krieges, verbreitete auf Arabisch gedruckte Flugschriften, die von mit Waffen und goldenen Sovereigns ausgerüsteten Offizieren, Orientalisten und Agitatoren verteilt wurden. Sie hofften, den Schah von Persien, die afghanischen Stämme und ihren Emir davon überzeugen zu können, sich dem deutsch-türkischen Dschihad anzuschließen und ihre Krieger in den schwer zu überwachenden Nordosten Indiens zu schicken: Indien, das aparte Ziel des orientalischen Kreuzzugs von Wilhelm II. Seine Spione gingen fest davon aus, dass der Dschihad Indien ins Wanken bringen konnte. Ohne Indien aber würde das British Empire zusammenbrechen und hätte keine andere Wahl, als sich aus dem Konflikt zurückzuziehen. Deutschland hätte den Krieg gewonnen und würde die Welt beherrschen.

Den deutschen Dschihad mit sämtlichen Mitteln vereiteln – das war der Grund, weshalb die Briten um jeden Preis die arabischen Provinzen gegen die Türken aufwiegeln wollten. Sie setzten auf einen Nachfahren des Propheten Mohammed, Scherif Hussein, Hüter der heiligen Orte Mekka und Medina, die sich in seiner Provinz des Hedschas in Arabien unter osmanischer Oberhoheit befanden. Hussein fürchtete, dass die Türken ihn vertreiben würden: Als führender Kopf der islamischen Welt und Spross einer berühmten Familie, deren sich der Sultan von Konstantinopel nicht rühmen konnte, war Hussein der perfekte Kandidat, um den englischen Gegen-Dschihad anzuführen.

Der britische Hochkommissar in Kairo machte die Feststellung, dass der Scherif mit dem Rauschebart in Wirklichkeit ein zäher Verhandlungspartner war. Hussein wollte nicht nur Waffen und Gold, sondern ein großes unabhängiges arabisches Reich nach dem Krieg, das Mesopotamien, Syrien, Arabien und Palästina umfasste und den arabischen Reichen des Mittelalters ebenbürtig war. London, in Bedrängnis geraten, gab seinem Vertreter in Ägypten die Anweisung, Hussein das Blaue vom Himmel zu versprechen, allerdings verschlüsselt und kryptisch, »so unklar wie nur möglich«. Nach dem Krieg wäre immer noch Zeit, dem Scherif in Erinnerung zu rufen, dass er bloß ein beduinischer Kleinfürst war. Kurz vor Weihnachten 1915 ließ man ihm ein erstes Almosen von zwanzigtausend Pfund Gold zukommen. Die Arabische Revolte zeichnete sich immer klarer ab. Zu überzeugen waren nur noch der Vizekönig Indiens – weshalb Miss Bell ein paar Wochen darauf nach Delhi geschickt worden war – sowie die französischen Verbündeten.

Als das Foreign Office den Quai d'Orsay über die aktuellen Verhandlungen informierte, waren die französischen Diplomaten sprachlos. Auch sie wollten nach dem Krieg ihren Anteil an den Überresten des Osmanischen Reichs, und nicht zu wenig! Die Araber wären nie in der Lage zu regieren: In Algerien wie anderswo im Maghreb hatten die Franzosen festgestellt, dass sie »zu nichts zu gebrauchen waren«. Der Dschihad bedeutete eine Gefahr für die Briten, weil sie Ägypten und Indien nicht geschickt genug verwalteten. Sie glaubten nicht recht an die Geschichte mit dem Dschihad, eine Art »Wundermittel«. Die Franzosen, die täglich zu Tausenden in den Schützengräben der Westfront fielen, während die Briten ihren imperialistischen Vorstößen im Orient nachgingen, verdienten sich eine entsprechende Belohnung: ein großes Syrien, das Damaskus, Aleppo, Beirut, Palästina und die heiligen Orte einschloss, sowie die Provinz von Mossul im Norden Mesopotamiens. Napoleon hatte Ägypten erobert. Frankreich verfügte über ein Erbrecht im Orient, das bis in die Zeit der Kreuzzüge zurückreichte. Seit Urzeiten fungierte es als Beschützerin der christlichen Minderheiten des Osmanischen Reichs, hatte ganze Generationen von Syrern in seinen Schulen, »Instrumente der Mündigmachung«, ausgebildet; seine meist in Lyon oder Marseille ansässigen Industriellen, die nicht unerheblich für die Wahlen waren, hatten beträchtliche Summen in syrische Seidenwaren und Blütenessenzen investiert, wie der Quai d'Orsay auf Betreiben des Comité de l'Asie française verlauten ließ. Er würde nicht nachgeben. Die *Entente cordiale* war brüchig geworden, es galt zusammenzurücken.

Die Briten versuchten, ihre Verbündeten zu beruhigen, genau betrachtet war das die oberste Priorität. Die arabischen Stämme waren Kleinvieh, »primitive und unzivilisierte Völker«, und Scherif Hussein würde nie so kühn sein und tatsächlich einfordern, was der Gouverneur von Ägypten ihm versprochen hatte. Er hatte ihm im Übrigen nicht viel angeboten, lediglich die Gründung eines oder mehrerer arabischer Staaten nach dem Krieg angedeutet, über die er eine unbestimmte moralische Autorität haben würde, »mehr nicht«. Diese Nationen sollten kein Gebiet umfassen, und ganz sicher nicht den Libanon und die syrische Küste, wonach die Franzosen schielten.

Im Januar 1916 begannen die Verhandlungen zwischen Paris und London, parallel zu den Gesprächen, die der englische Hochkommissar in Kairo mit Hussein führte. Die Aufteilung des Mittleren Ostens war rasch beschlossen. Frankreich sollte über einen blauen Einflussbereich verfügen, dem es direkt oder indirekt vorstand und der im Norden eine Diagonale von Sankt Johann von Akko in Palästina bis Kirkuk in Kurdistan bildete. Großbritannien sollte nach den gleichen Modalitäten eine rote Zone in der Mitte dieser Linie verwalten. Palästina, das sich die Juden und Araber auf der Karte dieser Herrschaften in Braun streitig machten, würde unter internationale Verwaltung gestellt werden. Und Husseins Reich würde sich so oder so zwischen diese Linien einfügen, das würde man später sehen. Ihren russischen Verbündeten, die es ebenfalls zu schonen galt, würden die Franzosen und Briten einen Teil des Osmanischen Armeniens und Kurdistans abtreten sowie die Meerengen des Bosporus, über die ihr Getreide transportiert wurde. Damit stand das nach den Verhandlungspartnern benannte Sykes-Picot-Abkommen. Es war ein geheimer Pakt.

Die Briten hatten im Mittleren Orient das Sagen. Vor den Augen der Franzosen hatten sie sich 1875 die Mehrheit der Aktien des Suezkanals unter den Nagel gerissen, eine entscheidende Abkürzung: Indien war nun für die Passagierdampfer der P&O und die Clipper der British India vom Londoner Hafen aus in wenigen Wochen zu erreichen statt der monatelangen Reise, die vor Öffnung der Wüste nötig gewesen war, wenn die Winde des Monsuns die Schiffe, ausschließlich zwischen Mai und Oktober, gnädig nach Nordosten tragen wollten. Der Kanal, Tor zu den Märkten Südostasiens und den weißen Siedlungen Ozeaniens, war die Hauptschlagader des Empires. Dementsprechend versessen waren alle auf seinen Schutz, ein Vorwand für weitere Ausdehnungen, für die große Ausbreitung. Die Engländer hielten bereits Gibraltar, Malta und Aden besetzt, einen wichtigen Leuchtturm am Eingang des Roten Meeres. Sie erhoben Anspruch auf Zypern, dann auf Ägypten, das neue Clapham Junction des Empires, und machten sich von dort aus daran, den Sudan zu erobern: »England, das in der Ferne kämpfen wird, um sein geliebtes Indien zu verteidigen, muss energisch einen Fuß auf die Ufer des Nils setzen«, hieß es. Der Seeweg nach Indien ermöglichte den Briten, ihre Rivalen aus dem Persischen Golf zu verdrängen. Die Navy vertrieb die Piraten mit Kanonenschüssen und brachte mit Mörsern bestückte Basen, Versorgungsposten und Reparaturwerkstätten in ihren Besitz.

Außer Indien war künftig auch Erdöl vorhanden, nach dem die Nachfrage weiter stieg. An der Wende zum 20. Jahrhundert hatte John Fisher, der Erste Seelord, die Eingebung, dass die umgewandelte Energie des Erdöls die Strategie der Marine revolutionieren könnte. Trotz der Einwände des Generalstabs, der am Dampfantrieb festhalten wollte, weil die dafür nötige Kohle in den Bergwerken Großbritanniens in Hülle und Fülle vorhanden war, sollten die neuen Schiffe der Royal Navy mit Verbrennungsmotoren ausgestattet werden. Ob Eisenbahn, Schifffahrt oder Industrie, *King Coal* hatte dem Empire im 19. Jahrhundert zu Reichtum verholfen. Doch Fisher blieb unnachgiebig. Das Öl könne sich entscheidend auf Geschwindigkeit und Autonomie der britischen Schiffe auswirken. Es war günstig und erforderte weniger Lagerarbeiter an Bord: die Energie der Zukunft. Dank des Erdöls würde die Royal Navy an den Flotten Deutschlands und anderer Nationen, die noch mit Kohle betrieben wurden, vorbeiziehen. Großbritanniens Herrschaft über die Meere würde lange währen, es winkten die schönsten Belohnungen.

Fisher gelang es, einen exzentrischen jungen Politiker von der Stichhaltigkeit seiner Optionen zu überzeugen. Als Winston Churchill ihm in der Admiralität folgte, verordnete er allen Kriegsschiffen die Umstellung auf Öl. Jetzt hatten die Briten nur noch eine, nicht ganz unerhebliche Schwierigkeit zu überwinden: Sie mussten Erdöl finden. In ihrem riesigen Reich fehlte es daran erstaunlicherweise.

In Persien wendeten sie beträchtliche Summen auf und bohrten lange vergebens. Als eines Morgens 1908 endlich das erste schwarze Gold sprudelte, zitierte der mit der Sicherheit der Lagerstätte betraute Offizier in einem Telegramm an seinen Vorgesetzten einen Psalm, in dem es um Gott ging und um ein aus der Erde quellendes Öl, das das Gesicht des Menschen erglänzen ließ. Man baute eine Pipeline und eine Raffinerie im Persischen Golf. Zum ersten Mal wurde im Mittleren Osten Öl gefördert. Im November 1914 tauchten, kaum hatte der Krieg gegen die Osmanen begonnen, die britisch-indischen Truppen auf.

Ein paar Monate zuvor war die britische Regierung auf Churchills Einladung hin Mehrheitseigner der APOC geworden, der Anglo-Persian Oil Company, die das in Südpersien gefundene Öl förderte, um die Versorgung des Empires zu sichern. »Ohne Erdöl«, erklärte Churchill vor dem britischen Unterhaus, »können wir keinen Weizen haben, keine Baumwolle und nichts von den unzähligen Dingen, die für das reibungslose Funktionieren der britischen Wirtschaft unerlässlich sind. Die Admiralität muss das Öl direkt an der Quelle kontrollieren, sie muss es fördern, raffinieren und transportieren können« … und andere Mächte daran hindern, die Vorkommen im Mittleren Osten zu kontrollieren, möchte man hinzusetzen. Der Weltkrieg bot eine Gelegenheit, das Öl an sich zu bringen, so die Schlussfolgerungen eines interministeriellen Ausschusses, der im Frühjahr 1915 unter höchster Geheimhaltung in London tagte.

Um dieses Ziel zu erreichen, galt es, Mesopotamien an sich zu bringen, das Zweistromland zwischen Tigris und Euphrat, das Land der Legenden und Offenbarungen, die Wiege der Zivilisationen, Garten Eden, Garten Allahs.

4.

Redcar, England, März 1871

Jetzt, denkt die kleine Rothaarige, jetzt, wo Miss Ogle ihr den Rücken zukehrt. Mit ihrer Puppe Mary im Arm geht sie aus dem Spielzimmer, biegt nach links ab und läuft den Gang entlang, so schnell sie ihre kleinen Beine tragen. Eine Tür, eine zweite, eine dritte, dann endlich die vierte, das Ziel ihrer endlosen Reise, das Zimmer, das ihr seit ewigen Zeiten verboten ist, sie erkennt es an der lila angestrichenen Leiste, ihre Lieblingsfarbe. Sie stellt sich auf die Zehenspitzen, kommt aber nicht an die Klinke heran. Sie stemmt sich gegen die Tür, trommelt mit ihren winzigen Fäusten an das geschnitzte Holz, ruft mit verzweifelter Stimme Mummy, Mummy, als der knisternde lange Rock der Kinderfrau und der schwere Schritt ihres Vaters am anderen Ende des Gangs zu hören sind. Gertrude! Hugh Bell schließt seine Tochter in die Arme, hebt sie sanft hoch und streichelt ihr über den Kopf. Er trocknet ihre Tränen: Deine Mummy muss sich ausruhen, sie ist sehr müde, aber sie kommt sicher bald wieder auf die Beine, Gertrude solle sich keine Sorgen machen. Seit der Geburt ihres zweiten

Kindes Maurice vor drei Wochen hat Mary Bell das Bett nicht verlassen.

Gertrude, noch nicht einmal drei Jahre alt, ist untröstlich. Eine zaghafte Sonne scheint auf das Laub der Buchen im Park des Familienanwesens aus rotem Backstein. Es ist der erste Frühlingstag, hat die Kinderfrau ihr erklärt, als sie ihr frühmorgens das Gesicht gewaschen hat, und jetzt würde das Kind am Strand spazieren gehen und die Hand seiner Mutter halten, wie an allen Tagen, an denen es nicht regnet. Am Ufer der Nordsee singt Mary Bell ihrem geliebtem Töchterchen Kinderlieder vor, sucht Muscheln und zeigt ihr die Schiffe auf offener See, die das von ihrem Vater und Großvater im nahe gelegenen Middlesbrough produzierte Eisen und den Stahl befördern. Gertrude kann lange so stehen bleiben und das graue Wasser betrachten, gebannt vom Wogen der Wellen und ihrer schäumenden Gischt, und wenn der Wind ihrer Mutter und Miss Ogle die Hüte davonweht, lacht sie hell auf. Ihr Lieblingsspiel ist die *boulet de canon*. Die Kinderfrau zählt bis zwanzig, das kleine Mädchen nimmt Anlauf und rennt, wenn sie ausgezählt hat, über den Sand, stolpert, steht glucksend wieder auf und wirft sich in die Arme ihrer Mutter, die sie an sich drückt und durch die Luft wirbelt, »wie eine Möwe«, sagt sie und bedeckt ihre erhitzten Wangen mit Küssen. Mary Bell hustet. Sie riecht nach Veilchen und Jasmin. Ihr Leben lang sollte sich Gertrude an diesen betörenden Duft erinnern, an die großen nachsichtigen Augen und die samtweichen Hände, wenn die Mutter ihr nach der Rückkehr vom Strand, auf dem Rand der Badewanne sitzend, trotz der protestierenden Miss Ogle trällernd das rote Haar auskämmte.

Bei der Nachmittagsmahlzeit ist ihre Mutter nicht mehr dabei. Um diese Zeit kommt nun immer ein bärtiger Mann im schwarzen Gehrock, den ihr Vater zum verbotenen Zimmer führt. Das sei der Arzt, erklärt ihr die Kinderfrau. Sie zeigt ihr, wie sie den Herrgott anflehen soll, damit es der Mummy besser geht. Mit gefalteten Händen und halb geschlossenen Augen kniet sich Gertrude hin und küsst die Puppe, die sie auf den Namen der Mutter umgetauft hat, seitdem sie neulich ein Ohr an die Tür mit der lilafarbenen Leiste gelegt und ihr Röcheln gehört hatte. Ihrem Vater hält sie den Bettüberwurf aus Kaschmir hin, »damit Mummy nicht friert«. Die grau umschatteten Augen ihres Vaters werden feucht: Mary hat bei der Geburt viel Blut verloren und leidet an einer Lungenentzündung. Ihr Zustand bessert sich nicht.

Zwei Tage später gellt ein Schrei durch die Nacht, eine herzzerreißende Klage, Gertrude schreckt aus dem Schlaf auf. Sie hört ihren Vater vor Schmerz heulen: Die schwarze Krähe wird nicht mehr kommen, und es wird keine Strandspaziergänge mehr geben, keine Nachmittagsmahlzeiten, überhaupt gar nichts mehr. Ihre kränkelnde Mutter ist mit sechsundzwanzig Jahren gestorben.

Miss Ogle zieht Gertrude ein Kleid aus schwarzem Crêpe an. Sturzbäche von Tränen laufen ihr über die rundlichen Wangen. Hinter einer Glastür winkt sie mit ihren kleinen Händen auf dem Arm der Kinderfrau der Mutter ein letztes Mal zu, während der von sechs geharnischten Pferden gezogene Leichenwagen im Nieselregen verschwindet.

Gertrude sollte nie mehr beten, Gott hat sie zu früh im Stich gelassen.

5.

Basra, Ende April 1916

Gertrude begleitet Lawrence bis zum Landesteg. Seinem Gang ist die Unruhe anzumerken, in der linken Hand trägt er einen verschlossenen Aktenkoffer. In den letzten Tagen hat er Trillerpfeifen geschnitzt und Messer geschärft, und wenn er sich nicht gerade in den Büros der Zivilverwaltung langweilte, erkundete er eingehend die schmutzigen Gassen des Suqs und wartete auf die Erlaubnis, endlich seine Mission antreten zu dürfen.

Am Steg treffen sie den türkischsprachigen Unterhändler und den Geheimdienstchef, die ihn zu den Verhandlungen um die Befreiung der seit Monaten in Kut belagerten sechsten Division begleiten. Kein offizielles Gefolge, denn wie der Generalstab hält auch Sir Percy Cox das Angebot der Britisch-Indischen Armee für unwürdig. Er lässt sie machen, so lautet die Weisung aus London, will aber selbst nichts damit zu tun haben. »Soll Lawrence doch gehen, er ist wirklich unerträglich«, hatte er am Vortrag zu Gertrude gesagt.

Als die drei Männer nach einer zehntägigen Segelreise zu

den englischen Truppen am Tigris stoßen, haben die Belagerer allen Mut verloren. Trotz ihrer beständigen Offensiven und der Verstärkung durch die aus Spanien eingetroffene dreizehnte Division will es den Männern des *Tigris Corps* nicht gelingen, die türkischen Linien zu durchbrechen, die sich wie ein Ring um die Stadt legen. Am 24. April 1916 bei Einbruch der Dunkelheit wird die sandfarben angestrichene *Julnar* klargemacht. *For King and Country!* Die Freiwilligen umarmen die am Steg zurückbleibenden Kameraden und nehmen noch einen letzten Schluck Whisky, bevor sie niederknien, sich mit einem Blick zum Himmel bekreuzigen und an Bord des Schiffes gehen, das schwer mit Proviant für die eingeschlossenen Soldaten beladen ist. Während sich das Boot, vom Wind angetrieben, mit ausgeschalteten Lichtern langsam entfernt, donnern die Geschütze und wütet die Artillerie, als würden die Briten einen neuerlichen Angriff starten. Doch über ihre Spione in Basra haben die Türken Wind von dem Unternehmen bekommen und in einer Flussbiegung vor Kut ein Stahlkabel gespannt. Sobald der Dampfer in die Falle gegangen ist, eröffnen die im Schilf verschanzten Maschinengewehrschützen das Feuer. Die Hälfte der Besatzung kommt um, die andere in Gefangenschaft. Als ein britisches Flugzeug das Wrack am nächsten Tag ausgeweidet an einem Ufer entdeckt, ähnelt es einem dicken toten Fisch.

Jetzt treten Lawrence und seine Kollegen auf den Plan. Während sie das mit verwesten Leichen übersäte *no man's land* durchqueren, das sie von den feindlichen Linien trennt, wollen sie die letzte Hoffnung noch nicht aufgeben. Nachdem der alte preußische Marschall ein paar Tage zuvor vom Typhus hinweggerafft worden ist, meinen sie, dass es nun leichter sein dürfte, den neuen türkischen Kommandanten zu bestechen.

Lawrence öffnet seinen Aktenkoffer. Mehrere Zehntausend Pfund Sterling, eine erste Anzahlung für die Million, die die drei Botschafter dem Pascha bieten, wenn er die Belagerung aufhebt und ihre Kameraden entkommen lässt. Der osmanische Militär hört sich an, was sie zu sagen haben, und zwirbelt an seinem pechschwarzen Schnurrbart. Er schlägt das Angebot aus. Die Briten erhöhen den Einsatz: zwei Millionen, genug, um für den Rest seiner Tage in Saus und Braus zu leben. Der Türke bricht in Lachen aus. Die großen schwarzen Augen mustern seine Gesprächspartner verächtlich. Für wen halten die ihn eigentlich, dieser sommersprossige Schnösel und seine beiden rotgesichtigen Kumpane? Er fordert die sofortige Kapitulation der sechsten Division. Nicht mehr und nicht weniger. Sonst lässt er sie schlichtweg verhungern.

Die Briten erreichen, dass der Foxterrier ihres Kommandanten im Tausch gegen sein Pferd, das man dem Pascha übergibt, freigelassen wird. Das war es auch schon: Nach einhundertsiebenundvierzig Tagen der Belagerung kapitulieren sie. Seit der Schlacht von Yorktown 1781 hat die englische Armee keine solche Schmach mehr erlebt. Die Britisch-Inder schmeißen Kanonen, Funkgeräte und Munition in den Fluss und ergeben sich. Dreiundzwanzigtausend britisch-indische Soldaten sind bei der Blockade von Kut umgekommen. Im Jahr darauf sollte Kipling ihnen das Gedicht *Mesopotamien* widmen: »Sie werden nicht mehr wiederkommen, jene jungen, entschlossenen Männer, die mit Leidenschaft und ganzem Herzen dabei waren. Aber werden die, die sie elendig in ihren Exkrementen haben verenden lassen, einem an Jahren und Ehre reichen Grab entgegengehen? Sie werden nicht mehr wiederkommen, jene starken Männer, die kaltblütig getötet wurden, als sie endlich die Hilfe erwarten durften, die ihnen Tag um Tag verweigert worden war.« Die Kapitulation ist für das Mutterland ein furchtbarer Schock.

»Diese Generäle und Oberste sind Versager, Gertie, und richtige Aasgeier. Sie verstehen überhaupt nichts. Ihre konventionelle Art und ihr Mangel an Fantasie machen mich sprachlos. Und Cox ist auch nicht besser …« Wieder in Basra, hat Lawrence den Chef der Zivilverwaltung aufgesucht. Er hat ihm vorgeschlagen, einen Aufstand im Tigristal anzuzetteln und die türkische Nachhut unter Druck zu setzen. Sir Percy strafte ihn mit einem ironischen Blick: Mit den Ideen des Arabischen Büros in Kairo kam er in Mesopotamien nicht weit.

Lawrence geht in Gertrudes Salon auf und ab. Er bedauert, dass die Britisch-Indische Armee aus dem Misserfolg der Kreuzfahrer, die die Herzen und Köpfe der muslimischen Bevölkerung nicht erobern konnten und aus dem Morgenland vertrieben worden waren, nicht gelernt hat: »Wir begehen immer noch die gleichen Fehler.« Er meint zu wissen, wie die Briten in der Region Fuß fassen könnten, nämlich durch eine Allianz mit den Beduinen, »eine neue Kraft«.

Über Basra hat sich eine tropische Nacht gesenkt. Grillen und Frösche singen um die Wette, ein Chor aus Tausenden kleinen Tieren, dem Gertrude und Lawrence beim Abendessen, Krabben mit Curry, dazu ein alter Portwein, wenig Aufmerksamkeit schenken. Sie essen mit Appetit und sprechen im Schein eines Kerzenleuchters über die Beduinen. Sie bewundern, wie sich diese mystischen Reisenden, ohne Richtungsweiser oder Kompass, an Orten bewegen, die noch ganz von dem ursprünglichen Geheimnis erfüllt sind und die sie nicht ihren hochfahrenden Vorstellungen oder Bedürfnissen anzupassen versuchen. Holz und Stein dienen ihnen nur dazu, einen Kochtopf aufzusetzen oder ein Lager zu errichten, das sie am nächsten Tag wieder abbrechen. Für Gertrude sind sie die unbestechlichen Hüter von Blut, Sprache und arabischen Traditionen, »die letzten Ritter, ehrenhafte, von einem unvordenklichen Ideal beseelte Männer«, sagt Lawrence, der seit seiner Kindheit Grabfiguren von Kreuzfahrern zeichnet und mittelalterliche Motive abmalt. Die Nomaden sind ihre Seelenbegleiter. Sie kennen weder die Bande eines Heims noch die Fesseln, die sich ihre westlichen Zeitgenossen selbst anlegen: Fortschritt und Geld, den Kult des Vergänglichen und Neuen. »Sie sind hundert Mal besser als die habgierigen, verweichlichten Araber der Küstenregionen und die Nationalisten aus Damaskus und Kairo. Die nämlich haben ihre traditionellen Kleider gegen Anzug und Krawatte eingetauscht und schwadronieren Tag und Nacht in den Cafés wie unsere Intellektuellen. Sie werden nicht zu den Waffen greifen, mit ihnen können wir nicht rechnen. Wir müssen uns, davon lasse ich mich nicht abbringen, für die Arabische Revolte auf die Beduinen stützen«, erklärt Lawrence, der seinen Rundgang wieder aufgenommen und dabei wie ein undisziplinierter Schüler sein Hemd bekleckert hat. Seine Augen funkeln im Halbdunkel.

Gertrude hat sich in einen mit grobem Samt bezogenen Sessel sinken lassen. Sie gibt zu bedenken, dass er vielleicht ein bisschen voreilig sei, sie zweifle an der Verlässlichkeit der Beduinen. Sie seien launisch und fatalistisch, sie mögen zwar erprobte Krieger sein, aber ihre Stämme lägen seit Anbeginn der Menschheit im Streit miteinander. Es werde schwierig sein, sie für einen länger anhaltenden Krieg anzuwerben, ja, sie überhaupt an Disziplin zu gewöhnen … Lawrence will ihr schon ins Wort fallen, da bedeutet sie ihm mit einer Armbewegung, als wollte sie eine Fliege verscheuchen, dass sie noch nicht fertig sei: Die sesshaften Araber misstrauten den Nomaden. Und die Städter hassten sie erst recht. In ihren Augen seien diese Männer mit dem langen, von Kamelurin glänzenden Haar nur Plünderer. Was für ein Wunder müsse geschehen, um die einen davon zu überzeugen, es den anderen nachzutun? Und wie solle man Juden und Christen einbinden? Sie würden den Nomaden sicher nicht trauen.

Lawrence darf wieder das Wort ergreifen, wenn er verspricht, sich zu setzen. Nach dem anstrengenden Arbeitstag wird Gertrude vom Zusehen ganz schwindlig. »Wir müssen die Fantasie der Araber entzünden und ihnen gegenüber ins Feld führen, dass sie sich mithilfe der Engländer die Türken vom Hals schaffen und an ihre ruhmreiche Vergangenheit anknüpfen können. Das ist unsere Aufgabe, Gertie, und bestimmt nicht die der Franzosen. Sie würden die Region bloß in ein Pulverfass verwandeln. Die *Entente cordiale* ist nur eine Pause, wir bleiben Rivalen, denn auf lange Sicht betrachtet heißt unser Feind in Syrien Frankreich.« Lawrence und Gertrude wissen nichts von dem drei Monate zuvor abgeschlossenen Sykes-Picot-Abkommen.

Lawrence entwirft einen Schlachtplan. Unter der Führung von Scherif Hussein sollen die Beduinen aus den Dünen hervorbrechen und die türkischen Garnisonen in Arabien überfallen. Die städtischen Bevölkerungen würden aufbegehren, »eine unwiderstehliche Flutwelle«, die sie bis nach Damaskus brächte: »Und so könnten wir die Franzosen von dem Gedanken abbringen, sich Syrien zu schnappen. Zugegebenermaßen ein Wagnis, aber einen Versuch ist es wert.« Urplötzlich haben sich die Züge seines leuchtenden Gesichts verhärtet, als hätte eine böse Macht ihre Hand im Spiel. Ein Besessener, noch einer, der durch den Krieg den Verstand verliert, denkt Gertrude im Stillen. Lawrence ist erneut aufgesprungen. Es geht um das mittelalterliche England, das Abbasiden-Reich, um die Bauern aus Karkemiš und um Dahum, seinen Diener, dem er beigebracht hat, zu lesen und einen Fotoapparat zu bedienen, »mein einziger Freund, meine große Liebe, Ihnen, Gertie, kann ich es ja sagen«. Er hat Dahums Spur verloren. Für ihn und sein Volk, das ihn so herzlich aufgenommen hat, will er zu den Waffen greifen und ihnen die Freiheit schenken, so wie Lord Byron sich für Griechenland geopfert hat. Er hat von diesem glorreichen Kampf geträumt: »Ich werde einen neuen Kreuzzug führen, eine aus ganz Arabien anrollende Lawine aus Kämpfern, die die Stadtmauern von Damaskus sprengen wird.« Er will das Schicksal zwingen. Die beiden jüngeren Brüder Will und Frank sind im Jahr zuvor an der Westfront gefallen: Die Vorstellung, mit anderen Schreibtischmenschen in ein Büro eingesperrt zu sein, ist ihm unerträglich.

Plötzlich stolpert er über ein Tischbein. Er hält sich an einem Regal fest, um nicht hinzufallen, eine Dose mit Olivenholzintarsien zerspringt auf den Bodenplatten. Briefe, Fotos von einem schnurrbärtigen Mann, eine graue Haarsträhne, die aus einem mit Seidenpapier gefütterten Umschlag gefallen ist, alles liegt verstreut auf dem Boden. Auch eine kleine Öllampe aus Terrakotta ist zu Bruch gegangen. Gertrude stößt einen spitzen Schrei aus und beeilt sich, die Reliquien aufzusammeln. Ihren Schatz. Ihre Hände zittern, sie ist in Tränen aufgelöst. Der Mann, den sie liebte, ist gestorben, heute vor einem Jahr, bis auf den Tag genau.

Sie wischt sich den Schweiß von Stirn und Nacken. In der engen Kabine herrscht eine Bullenhitze, ihre Koje ist voller Bettwanzen. Die Kleider kleben ihr am Leib, am liebsten würde sie sie stündlich wechseln. Entsprechend verbringt sie ihre Tage lieber auf Deck, das Gesicht vom Wüstenwind gegerbt. Auf die Reling gestützt, die in der Sonne zu schmelzen droht, blinzelt Gertrude, legt die Hand beschirmend über die Augen und hält Ausschau nach einem weißen Segel, einem schwimmenden Dorf, einer menschlichen Seele. Seitdem der Dampfer Basra Anfang Juni verlassen hat, gleitet er mit bedrohlicher Stille durch die brütende Hitze. Schilf, vereinzelte Obstgärten, Palmen so hoch wie die Häuser in New York, die Füße im Wasser, die Krone im Wind zerzaust und der steinige Boden des gefallenen Eden so weit das Auge reicht, oder ist es vielleicht doch der dattelbraune Fluss, denn es ist nicht leicht, den Hochwasser führenden Euphrat von den kümmelfarbenen Ebenen zu unterscheiden, die ihn unentschlossen rahmen. Gertrude sucht Schutz vor der Sonne, ihr Gleißen ist unerträglich.

Um diese Zeit des Jahres beansprucht noch die geringste Bewegung in jenen Breiten eine enorme Energie – es ist kein leichtes Unterfangen, sich in einem Hamam abzurackern.

Gertrude, die von Cox nach Nasiriya in der britisch besetzten Zone geschickt worden ist, stürzt sich dennoch voller Tatendrang in ihre Aufgabe. Vom Morgengrauen bis zur Dämmerung empfängt und besucht sie in Begleitung indischer Soldaten diverse Würdenträger. Die Scheichs öffnen ihr Zelt und kraulen sich nachdenklich den langen Bart, meist kennen sie sie, zumindest ihre Eltern haben schon von ihr gehört. Sie sitzen mit überkreuzten Beinen da, trinken Kaffee, rauchen und palavern stundenlang: Gertrude sammelt Informationen und handelt gegen Geld, Mückennetze und Feuerwaffen den Erwerb von Land und die Unterstützung der umliegenden Stämme aus, wenn die Britisch-Indische Armee erneut in die Offensive gehen wird.

Der Generalstab will die Scharte von Kut auswetzen. Seit Jahrhunderten ist Großbritannien die erste europäische Macht, die vor einer osmanischen Armee kapituliert hat. Und nicht nur das, der gescheiterte Bestechungsversuch kursiert inzwischen auch in der Presse. London ist besorgt, sein Prestige im Orient ist schwer angekratzt. Die Araber und Perser drohen zum deutsch-türkischen Lager überzulaufen, die Muslime in Indien aufzubegehren. Trotz des Krieges gehen die Arbeiten an der *Bagdadbahn* schneller vonstatten als geplant: Das Arabische Büro macht Scherif Hussein ein verlockendes Angebot, um den Gegen-Dschihad in Gang zu bringen. Während Gertrude auf dem Weg nach Nasiriya war, hatte sich Hussein selbst zum König der Araber ernannt und im Austausch gegen Tausende von Gewehren, Munition und eine monatliche Rente von fünfzigtausend Gold-Sovereigns das Banner der Revolte gehisst. Bald sollte er zweihunderttausend bekommen. Für den indischen Vizekönig ein

»unerfreuliches« Ereignis, das Gertrude jedoch mit Genugtuung quittiert: »Die Revolte der heiligen Orte des Islams ist ein unschätzbarer moralischer und politischer Vorzug«, schreibt sie an den Vater.

In Mesopotamien wird unter dem Kommando von General Stanley Maude die Revanche in die Wege geleitet – dieses Mal gründlich und ohne die Dinge zu überstürzen. Die britisch-indischen Offiziere, die ihre Golfschläger mit im Gepäck hatten, werden ausgemustert. Cox und der Generalstab mobilisieren sämtliche Ressourcen des riesigen Reichs, um die marode Logistik zu verbessern. Sie haben Ingenieure und Architekten aus Bengalen, Ceylon und Birma kommen lassen, Tausende von Tagelöhnern aus den niedrigsten Kasten vergrößern den Hafen in Basra, bauen die Docks aus und verlegen unter dem glühenden Himmel entlang der Flüsse Eisenbahnschienen. Fellachen, die aus Ägypten importiert worden sind wie Baumwollballen, heben die Erde aus, um Straßen zu bauen. Lokomotiven, Fahrzeuge und neue Divisionen können jetzt eintreffen. Der Krieg in Mesopotamien ist kein Abenteuer mehr, sondern ein gut funktionierender Betrieb.

Die Truppen müssen sich nicht länger blind durch unbekanntes Gelände vorarbeiten. Trotz der Luftaufnahmen ist es keine leichte Aufgabe, das Land zu kartografieren. Tigris und Euphrat sind den Soldaten zufolge »zwei Huren, die nie im selben Bett schlafen«: Je nach Jahreszeit ändern sich Lauf und Wasserstand der Flüsse. Die schwimmenden Städte folgen ihren launischen Bewegungen, die Sumpfgebiete im Süden bilden ein schwer schiffbares Labyrinth; und dann der undurchsichtige Mahlstrom der verschiedenen Stämme. In

Mesopotamien leben insgesamt hundertfünfzig, die in zweitausend Clans aufgesplittet und auf verschiedene Häuser mit jeweils Hunderten, ja Tausenden von Angehörigen verteilt sind. Die Stämme schließen sich zu Konföderationen zusammen, und da sie ständig den Ort wechseln, sind ihre Gebietsgrenzen unsichtbar und schwer zu fassen. Manche sind Schiiten, andere Sunniten, wieder andere beides zugleich, es ist zum Haareraufen. Welchen Ansprechpartner soll man sich suchen? Wem kann man vertrauen? Wer arbeitet für die Türken, und wie lässt es sich vermeiden, Empfindlichkeiten zu verletzen? Die Strategen der Britisch-Indischen Armee sind ratlos. Die Bündnisse und Rivalitäten zwischen den Stämmen sind ebenso unvorhersehbar wie die Bewegungen der Flüsse: Die Wüste ist eine Wissenschaft für sich, die erlernt werden will. Man muss ein Gespür haben für die Menschen und Clans, mit denen man zu tun haben wird, für die feinen Unterschiede der Dialekte und Sitten, die Genealogie der Familien und ihre Verwandtschaftsverhältnisse, andernfalls drohen ernsthafte Probleme. Die besten Waffen sind Sprache und Taktgefühl, eine Engelsgeduld. Deshalb wird Miss Bell in Mesopotamien bleiben. Es war die Rede davon, sie nach Kairo zurückzuschicken, aber ihre ethnografischen und sprachlichen Fähigkeiten, das Netzwerk an Beziehungen, das sie im Laufe ihrer archäologischen Erkundungen geknüpft hat, sind unschätzbar. Sie wird verbeamtet, bekommt ein eigenes Büro und ihr erstes Gehalt, dreihundert Rupien. Major Gertrude Bell ist die erste Verbindungsoffizierin der Britisch-Indischen Armee.

Der elektrische Ventilator summt, Miss Bell arbeitet. Sie versucht, die Seele der Einheimischen zu ergründen. Sie eilt von Lager zu Lager. Sie wohnt den Verhören der Gefangenen und Spione bei, beschafft sich Informationen, wählt Informanden und Dolmetscher aus, korrigiert die Karten und fügt neue Standorte hinzu, Brunnen, Lager, Durchgangswege und Versorgungsstationen, die für den Generalstab wertvoll sein werden. Sie verfasst Berichte, die sie nach Delhi, Kairo und London schickt. Sie erkundigt sich bei den aus Bagdad Geflüchteten, wie die Osmanen die Stadt verteidigten und ob sie beliebt seien. Sie stößt auf Schwierigkeiten: Die Stämme zögern, sich mit den Briten einzulassen, weil sie deren Absichten nicht kennen. Niemand kennt sie, es sind verschiedene Optionen im Gespräch. London, Delhi und Kairo sind immer noch unterschiedlicher Ansicht, es ist zu früh dafür, der Krieg hält an, im Westen ist die Lage an der Front erstarrt, und Irland probt seit Ostern den Aufstand, insofern konzentriert man sich in Basra erst einmal darauf, die Revanche einzufädeln, immerhin. »Hindernisse sind dafür da, ausgeräumt und überwunden zu werden«, hat ihr Vater ihr beigebracht. Im Vorfeld der Offensive verstärkt Gertrude ihre Tätigkeiten, schließlich steht das Überleben des Empires auf dem Spiel: Die Militärs und die Zivilverwaltung müssen über die Kräfteverhältnisse zwischen den verschiedenen Konföderationen bis nach Bagdad unterrichtet sein, bevor sie zum Sturm ansetzen. Am Wochenende verfasst sie Beiträge für die *Gazetteer of Arabia,* ein umfassendes Verzeichnis der arabischen Stämme, das die Briten im vorigen Jahrhundert anzulegen begonnen hatten. »Das ist purer Sport«, schreibt sie ihrem Vater.

Ein strapaziöser Sport. Im Sommer verzichtet Gertrude auf Reisen in die Region. Die warme Jahreszeit ist in Basra eine Strafe. Sie hüllt die Hafenstadt in einen klebrigen Pelzmantel. Die Kanäle sind ausgetrocknet, die Luft ist dick, zähflüssig, stickig. Im Suq kreisen Fliegen um verdorbene Gedärme, und die Besucher waten durch Blutlachen, die die Abflüsse verstopfen. Meuten streunender, verwahrloster Hunde. Mücken, Malaria und Typhus. Sogar wenn man sich auf der Suche nach einem Windhauch auf die Dächer begibt, ist es schwer, in den Schlaf zu finden. Gertrude träumt von einem Schneesturm und wacht um drei Uhr morgens schweißgebadet auf. Selbst im eiskalten Wasser ihrer Badewanne schwitzt sie noch. Ihr Organismus leidet. Im August bekommt sie Fieber, im September eine üble Gelbsucht. Sie verbringt mehrere Wochen im Krankenhaus.

Sobald sie wieder auf den Beinen ist, nimmt sie ihre unermüdliche Tätigkeit auf. Sie ist die Einzige unter den Verbindungsoffizieren, die den ganzen Sommer lang nicht nach Persien oder Indien geflohen ist. Ihre Berichte sind detailliert und voller treffender Beobachtungen. Die islamische Rechtsprechung, die Route der Karawanen, die Oasen, die Gerichtsbarkeit der Stämme, Kaufmannsgilden, Reisanbau, die Geschichte der Dörfer und Sternenanbeter, die Wege der Hirten und Herden in der Regenzeit – nichts entgeht ihr: Gertrude weiß alles über alles, ihr Ressort wird immer größer. Sir Percy macht sie zu seiner Hauptvermittlerin mit den Arabern und animiert sie, sich die regionalen Angelegenheiten genauer anzusehen. Sie ist an seiner Seite, als er Ende November Ibn Saud mit seiner Leibgarde aus Eunuchen empfängt. Der Herr der Wüste wird zum Ritterkommandeur des indischen Empires ernannt. Die Engländer überreichen ihm ein mit Edelsteinen besetztes Schwert, kutschieren ihn mit dem Automobil bis zum Krankenhaus, wo er die Röntgenstrahlen entdeckt, und fahren mit ihm an der Eisenbahnlinie entlang, deren Schienen wie Diamanten in der Sonne funkeln. Die Briten wollen Saud in ihrem Einzugsbereich behalten und sichergehen, dass seine wahhabitischen Phalangen in ihrem Fanatismus nicht Scherif Husseins Männer angreifen, auf die Saud eifersüchtig ist, seitdem er sich selbst zum König der Araber ausgerufen hat.

Die britische Wissenschaft: Ein Flugzeug knattert, bevor es wie von Zauberhand in den Himmel fliegt. Ist dieser Holzvogel nicht fabelhaft?, fragt Miss Bell. Der Krieger, stolzer Besitzer von fünfundsechzig Frauen, gerät aus dem Konzept angesichts dieser Frau mit dem Schwanenhals, die mit Männern arbeitet, mit unverhülltem Gesicht von gleich zu gleich zu ihnen spricht und ihre Meinung kundtut, wann immer es ihr beliebt.

Ihr Tatendrang, die ausgefallenen Hüte und ihre wichtige Miene gehen den Kollegen in Basra auf die Nerven, vor allem Arnold Talbot Wilson, Cox' Stellvertreter, ein hartgesottener Kerl, der von seinen wenigen Vertrauten A. T. genannt wird, Initialen, die in den Siegelring an seiner rechten Hand eingraviert sind. Wilson hat nur zwei Schwachpunkte, eine auf dem Kinn prangende Warze und vorspringende Augenbrauen, die aussehen, als trüge er einen Schnurrbart auf der Stirn. Miss Bell ist durchaus eine Hilfe, aber verdankt sie ihren Posten nicht diversen Machenschaften, ihrer Geburt oder ihren gesellschaftlichen Beziehungen? Wilson fällt der Umgang mit Frauen nicht leicht, und er begegnet Persönlichkeiten wie Bell und ihrem Freund Lawrence, diesem verrückten kleinen Angeber, mit Argwohn. Er selbst hat die Karriereleiter nach allen Regeln der Kunst erklommen, und zwar aus eigener Kraft: Seit Adams Zeiten ist der Mensch gezwungen zu arbeiten, um seine Sünden wiedergutzumachen, und in diesem einsamen Kampf lässt Gott die Seinen nicht im Stich, wie der ungefähr dreißigjährige Verbindungsoffizier nicht müde wird zu betonen. Massig und düster, spickt er seine Berichte mit Zitaten von Shakespeare und Bacon oder aus dem Alten Testament, das er immer bei sich trägt. Wilson war es, der acht Jahre zuvor per Telegramm den Erfolg der ersten Bohrungen in Südpersien mit dem dritten Satz aus dem 15. Vers von Psalm 104, den er auswendig wusste, bekannt gegeben hatte. Auf der Stelle wies er seine Lanzenreiter an, die Lagerstätte zu umzäunen, als gehörte sie bereits zum Territorium der Krone. Sein Arbeitseifer, seine unbändige Energie und seine Hingabe an das Empire fielen Cox, der seit 1904 die deutschen Bewegungen im Golf überwachte, positiv auf.

Schon als Kind hatte Wilson die Berichte in *Boy's Own Paper* verschlungen und beschlossen, dass er der Verwaltung des Empires angehören wollte. In fernen, gefahrvollen Gefilden würde er ein Leben führen wie die Helden dieser Zeitschrift. Das zauberhafte Indien, schwarze Kannibalen, Tigerjagden, Kabeljau aus Neufundland, den seine Mutter am Tag nach Weihnachten mit Ahornsirup glasierte, die Piraten der Karibik: Das Empire war ein grandioser Abenteuerspielplatz, der Zenit der Zivilisation. Sein älterer Bruder hatte ihm den Weg gebahnt. Er hatte sich an der Schatzsuche in Südafrika beteiligt und der Mining Company von Cecil Rhodes angeschlossen, dem Gold- und Diamantmagnaten,

»ein genialer Konquistador der Moderne«. Zurück im Mutterland, verfasste er einen brillanten Bericht über den mächtigsten Mann des schwarzen Kontinents, der im Begriff war, eine Eisenbahnlinie zwischen dem Kap und Kairo zu bauen und die Vereinigten Staaten von Afrika zu gründen, ein Beweis dafür, dass »die angelsächsische Rasse die beste, menschlichste und ehrwürdigste ist, die die Welt je gekannt hat«. Der junge A. T. hatte Kiplings *Le Premier Navigateur,* das er unter seinem Spitzenkopfkissen aufbewahrte, um die dreißigmal gelesen. »Den Kopf wohlgeordnet, mit Worten sparsam und die Hände tatkräftig, unglaublich tatkräftig«: Die Engländer waren die Söhne von Meer, Wind, Sonne und Schiffen. »Ihr werdet die Welt erobern, ohne dass jemand fragt, wie ihr es angestellt habt; ihr werdet die Welt bewachen, ohne dass jemand erfährt, wie ihr es angestellt habt; und ihr werdet die Welt auf euren Schultern tragen, ohne dass jemand sieht, wie ihr es angestellt habt …«

Wilson bereitete sich auf die historische Aufgabe vor, die auf seine Generation zukam, als wollte er einer Berufung folgen. Er las die Klassiker, militärgeschichtliche und geopolitische Abhandlungen, lernte auf dem Kontinent Französisch und stärkte seinen Körper, indem er als Kohlentrimmer auf einem Schiff anheuerte und anschließend von Marseille mit dem Fahrrad zurück nach England fuhr. Jeden Morgen tauchte er zur Abhärtung in ein Eiswasserbad. Das Royal Military Academy in Sandhurst schloss er als Major ab und wurde mit der Royal Medal und der Ehrenwaffe ausgezeichnet. Folgerichtig schickte man ihn nach Indien, wo er in ein Regiment der *Sikh Pioneers* aufgenommen wurde. Ein männlicher Schnurrbart ließ sein rundliches Gesicht markanter wirken. Er lernte Hindustani, Paschtu und Bengalisch und war ein exzellenter Polospieler. Er fand Gefallen am Umgang mit Männern und Waffen, am Geruch geölter Stiefel. Der junge Wilson wurde in die politische Abteilung befördert, das Elitekorps der Britisch-Indischen Armee. Gott hatte ein Auge auf ihn.

Er bekam einen Posten im Südwesten Persiens als Verbindungsoffizier zugewiesen, der mit dem Schutz der ersten Erdölbohrungen betraut wurde. Mit dreiundzwanzig Jahren wollte er alles sehen und wissen, Botanik studieren, Sprachen, Geologie, Archäologie und die Zoologie in der Region des Zagros-Gebirges, jenen geheimnisvollen, mit Narzissen und Wildschweinen übersäten Hochländern, die er, eine Kufija um den Kopf gebunden, auf eigene Faust erkundete. Seine Kameraden waren beeindruckt, wie neugierig, mutig und ausdauernd er war. Ein Stamm hatte ihn angeblich wieder laufen lassen, weil er dessen Sprache perfekt beherrschte. Er ließ dem Museum in Bombay Schlangen schicken und dem in Kalkutta antike Münzen. Wilson, der Asket, hatte einen gesunden Appetit und verausgabte sich unermüdlich für sein geliebtes Empire. »Wir müssen uns auch weiterhin ausdehnen, langsam vielleicht, aber uns dennoch ausdehnen, bis die Vorsehung beschließt, dass wir die Grenze erreicht haben«, schrieb er seinen Eltern.

Seitdem er Cox' erster Offizier in Basra ist, hat er sich durch etliche Glanzleistungen hervorgetan. Er ist ein berüchtigter Krieger: Zu Beginn des Konflikts befriedete er die Region zwischen Persien und Mesopotamien, bevor er, bis zum Hals in dem von Schlangen und giftigen Insekten wimmelnden Wasser und dem Kreuzfeuer der türkischen und arabischen Heckenschützen ausgesetzt, die Strafexpedition gegen die Araber der Sumpfgebiete anführte. Sein Wagemut trug ihm weitere Orden ein. A. T. Wilson ist ein begabter Verwalter. Er befolgt Cox' Anweisungen aufs Wort, ohne sie jemals anzuzweifeln, und achtet darauf, dass die besetzten Gebiete nach indischem Vorbild gestaltet werden. Er hat die Einführung der Rupie beaufsichtigt sowie die Prägung indischer Schriftzeichen auf osmanische Briefmarken. Miss Bell kann ihm nicht ins Gehege kommen. Er hat sie fest im Blick, aber gibt sich herzlich, weil sie sein imperiales Credo teilt.

Gertrude war acht, als Queen Victoria 1876 zur Kaiserin von Indien gekrönt wurde. Ein paar Monate zuvor hatte ihr Vater ihr eine Mercator-Weltkarte geschenkt, die sie übers Bett gehängt hatte, neben das Porträt ihrer Mutter und das der Königin. Während sie auf seinem Schoß saß, schauten sie es sich vor dem Zubettgehen gemeinsam an und verweilten bei den rot schraffierten Territorien, die die britischen Überseegebiete markierten. Die Karte musste regelmäßig ausgewechselt werden. Sie schien eine ansteckende Krankheit zu haben, als wäre sie von einem aggressiven Pilz befallen, so rasch, in einem schwindelerregenden Tempo, breiteten sich die Flecken Jahr für Jahr weiter aus. Belutschistan und Birma, Täler in Afghanistan, Ägypten, Bruchteile von China, kleine Krumen von Ozeanien, riesige Teile Afrikas, und Sansibar und, und, und … zahlreiche neue Landstriche fielen den Briten wie von Zauberhand zu. Das größte Reich der Geschichte wuchs weiterhin, raffte Millionen von Quadratkilometern, natürlichen Ressourcen und Bewohnern auf sämtlichen Kontinenten an sich. Der *Union Jack* flatterte über Montreal, Kingston, Kapstadt, Bombay, Kalkutta, Singapur, Hongkong, Melbourne, Auckland, Sydney: Der kaiserliche Archipel war ein Kosmos. Als Victoria starb, herrschte Großbritannien über ein Viertel des Erdballs und ein Drittel der Menschheit. Robinsons Verheißung bewahrheitete sich, sagte Gertrudes Vater, mit dem sie etwas später Defoes Roman lesen sollte. Der Überlebende, der nach seinem Schiffbruch nichts besaß außer einem Messer und einer Pfeife, erfand für sich allein in einer unwirtlichen Umgebung die Zivilisation neu. Klug, mutig, hartnäckig und arbeitsam, legte er sich nach und nach eine kleine Festung zu (und ein Flügelhemd aus Ziegenfell und einen Regenschirm). Er führte den Kannibalen Freitag zur Erleuchtung, bevor er mit dem Anbau von Zuckerrohr zum reichsten Mann der Insel und schließlich zu ihrem König wurde. Die Vorsehung hatte ihn erwählt. Robinson war der Prototyp des britischen Kolonisators und der Roman eine Vorwegnahme des Empires, wie ihr Vater ihr erklärte. Jetzt, am Ende des neunzehnten Jahrhunderts, war diese Insel die Welt und Robinson, sprich die Engländer, das neue auserwählte Volk. Die Verwahrer des Universums, die Erben von Alexander dem Großen und Rom.

Um sich davon zu überzeugen, genügte es, durch die Royal Botanic Gardens in Kew zu schlendern, wie Gertrude es in ihrer Zeit am Queen's College in London tat. Die unermessliche Vielfalt an Bäumen und Pflanzen, die aus sämtlichen Ecken des Empires stammten, führten den Schaulustigen vor Augen, welchen Einfluss ihr Land weltweit ausübte. Wie die Geschichtsbücher oder schlicht die Zeitungen: *first in the world, best in the world,* England glänzte in allen Bereichen. Die erste liberale Demokratie konnte ihren Bürgern neue Rechte und Sicherheiten bieten. Sie hatte den Sklavenhandel verboten und war den Händlern auf den Weltmeeren nachgejagt. Die Royal Navy hielt die freie Seeschifffahrt auf eigene Kosten aufrecht: Die *Pax Britannica* garantierte die florierende Entwicklung des internationalen Handels. Der Telegraf und die britischen Seekabel hatten die Märkte vereinheitlicht und die Nachrichtendienste revolutioniert. Dutzende von Städten, Seen und Wasserfällen auf den fünf Kontinenten wurden nach Victoria benannt: Die Engländer waren die Zivilisationsbringer. »Überall haben wir unsere wohltätigen Spuren hinterlassen. Sämtliche Regionen spüren unsere körperliche, moralische und geistige Anwesenheit. Sie könnten ohne uns nicht leben«, konstatierte die *Illustrated London News.* Die Engländer betrachteten die Welt von der Spitze ihrer Großmaste aus, schrieb der im Zuge der Pariser Kommune nach London geflohene Jules Vallès, und folgten entschlossenen Schrittes dem Weg, den Gott für sie vorgezeichnet hatte.

»Wir sind ein Volk von Abenteurern«, dachte Gertrude, während sie sich durch die Regale der großen Familienbibliothek las. Dort hatte sie die Romane von Jules Verne entdeckt, in denen sich so viele ihrer Landsleute hervortaten, außerdem die epische Schilderung von Henry Morton Stanley, dem großen Entdecker Afrikas, der am Ufer des Tanganjikasees auf Doktor Livingstone traf, einen schottischen Missionar auf der Suche nach den Nilquellen. Und sie hatte den Bericht des polyglotten (insgesamt 29 Sprachen beherrschte er!) Richard Francis Burton über seine Pilgerreise nach Mekka verschlungen. Burton war der Übersetzer einer unzensierten Fassung von *Tausendundeine Nacht* und einer der ersten Europäer, die sich in der Nichtmuslimen verbotenen Stadt unter die Büßer gemischt hatten, indem er sich, Haar und Bart lang, die Haut mit Henna gefärbt, als Afghane ausgab. Parallel zum gesamten Königreich hatte das junge Mädchen 1884 Charles Gordons Heldentaten mitverfolgt. Der fromme Christ, der als Generalgouverneur des Sudan die Sklavenhändler bekämpft hatte, wollte Khartum vor den Mahdisten retten, Derwisch-Krieger, die von einem fanatischen Mullah angeführt wurden. Rückzug sei keine Option, hatte Gordon der *Pall Mall Gazette* vor seinem Aufbruch erklärt und den Einwohnern von Khartum ein beruhigendes Telegramm geschickt: »Fürchtet euch nicht, ihr seid Männer und keine Frauen, ich komme.« Als er sich weigerte, wie vom Generalstab gefordert, das Feld zu räumen, kürte die Presse ihn zum Helden und, nachdem er ein paar Monate später beim Sturm auf die Stadt ermordet wurde, zu einem Märtyrer der Zivilisation. Der tapfere Gordon war auf den Stufen seines Palasts von Lanzen durchbohrt worden, und sein abgetrennter Kopf wurde auf einer Mistgabel im Triumph dem Mahdi überreicht, der ihn Hunden und Geiern zum Fraß hinwarf. Das Land trauerte über seinen grausamen Tod, und Gertrude nahm lebhaften Anteil an den Opfern des »edelsten Mannes, der je gelebt hat«: Auch Gordons Porträt zierte inzwischen die Wand in ihrem Zimmer, auf der die Mercator-Weltkarte prangte. Zehn Jahre später sollte sie Kitcheners Strafexpedition gutheißen: Die Knochen des Mahdi waren exhumiert worden, sein Schädel diente Kitchener, der ihn als Schale oder Tintenfass benutzte, angeblich als Souvenir. In Gordons zerstörtem Palast in Khartum ließ er einen ökumenischen Gottesdienst abhalten.

Zu dieser Zeit – um 1895 – war Gertrude seit Langem überzeugte Imperialistin. Sie las die *Times,* die sich für die Expansion starkmachte, und die *Pall Mall Gazette,* die einen »verantwortlichen Imperialismus« vertrat. Wenn sie auf Durchreise in London war, lauschte sie den Vorträgen der Royal Geographical Society. Sie hatte alle aktuellen Bestseller gelesen – *Greater Britain, The Expansion of England, Oceana, England and Her Colonies …* – und sich eine Aufführung der Fils de la mer angesehen. Künstler, Wissenschaftler, Missionare, Kaufleute, Abenteurer, Intellektuelle und Politiker verkündeten, von wenigen Ausnahmen abgesehen, mehr oder weniger das Gleiche: Die Expansion nach Übersee sei Englands Bestimmung, der Imperialismus seine unbedingte Berufung und das beste Mittel, Abstand zu wahren zu den anderen großen Mächten, die im ausgehenden Jahrhundert seine Führungsrolle anfochten. Sein Genie werde rückständige Länder verwandeln, die unter dem Einfluss nahezu barbarischer Glaubensformen wie des Islams standen. Es konnte schalten und walten, wie es ihm beliebte, seine Interessen deckten sich mit denen der Menschheit. Und weil künftig von Rassen die Rede war, verglichen die Briten ihre eigene mit dem Licht der Sonne: Wer an ihr Strahlen nicht gewöhnt war, fühlte sich zwangsläufig geblendet. Sie trugen das Heil der Welt auf ihren Schultern, die schwere Bürde des weißen Mannes. Der kleine britische Fisch herrschte über ein gewaltiges Aquarium.

Darüber hinaus entfaltete das Empire einen einzigartigen Prunk. 1903 hatte Gertrude in Delhi dem großartigsten Schauspiel seiner Geschichte beigewohnt, dem *Durbar,* der nach dem Tod Victorias anlässlich der Thronbesteigung des neuen Kaisers von Indien, König Edward VII., abgehalten wurde. Zur großen Enttäuschung des Vizekönigs wurde der Monarch durch seinen Bruder, den Herzog von Connaught, vertreten: Dieser hatte horrende Summen aufgewandt, um binnen weniger Monate in einer wüstenartigen Gegend um Delhi eine ultramoderne, elektrifizierte Zeltstadt aus dem Boden zu stampfen, in der ein gutes Dutzend Festlichkeiten stattfand. Die Festivitäten sollten gefilmt werden. Es war eigens eine Eisenbahnlinie gebaut worden, um Gäste und Neugierige zu befördern, man kreierte Briefmarken und Medaillen zu diesem Anlass. Maharadschas, vornehme Damen des Empires und britisch-indische Schlossbesitzerinnen waren zur Stelle, weil sie um nichts in der Welt die prachtvolle Parade und das Feuerwerk am ersten Januar 1903 verpasst hätten.

Hinter Reiterkolonnen und Lanzenträgern in bunten Uniformen hatten der Vizekönig, der einen hellen Hermelinmantel über den Schultern trug, und seine Gattin, gefolgt von den Connaughts, an diesem Morgen ihren großen Auftritt. In von kostbaren Teppichen beschatteten Tragsesseln ritten sie unter den Hochrufen der Zuschauer auf Elefanten. An den Ohren der Dickhäuter hingen goldene Quasten, an die Stoßzähne waren Leuchter genietet, auf die lederne Haut Muster in Rot, Gelb und Blau aufgemalt. Ihnen folgten Hunderte von Fürsten und Rajahs, die ebenfalls schaukelnd auf Elefanten saßen und mit Saphiren, Gold und Perlen behangen waren, die bis an den unteren Rand ihrer bestickten Turbane baumelten. Das gleißende weiße Licht hätte Turner gefallen. Es war grandios, die herrlichste Show, die man sich denken konnte, wie ein riesiger leuchtend roter Garten, hatte Miss Bell Wilson berichtet, als sie einmal zusammen in der Offiziersmesse zu Mittag aßen. Sie saß auf der Ehrentribüne und wohnte anschließend der Parade der Britisch-Indischen Armee bei, an der Spitze Lord Kitchener, Graf von Khartum, ihr Oberkommandant. Die Truppen marschierten im Schritt, während das Orchester dazu das *Rule, Britannia* spielte.

Gertrude machte im Rahmen der Weltreise, die sie mit ihrem Halbbruder Hugo angetreten hatte, gerade in Delhi Station, wie sie Wilson erklärte, während sie ihren Teller behutsam wegschob. Es war noch die Hälfte eines Rinder-Nieren-Puddings übrig. Nach der Parade war sie Cox, der damals in Maskat arbeitete, zum ersten Mal begegnet. Den anschließenden Nachmittag verbrachte sie am Rand des Polofeldes. Dort traf sie einige Bekannte, eigens aus London angereiste Adlige und hochrangige Offiziere, die nach Bombay und Kalkutta ausgewandert waren. Sie hatten genüsslich Pimm's getrunken, der auf silbernen Tabletts von eingeborenen Dienern in Regenbogenlivreen serviert wurde, und sich bis zum großen Krönungsball, der noch am selben Abend stattfand, die letzten Klatschgeschichten über den englisch-indischen Hof erzählt. Während Wilson sein Schälchen Gelee aufaß, hätte sie ihm gern die Pracht der Festlichkeiten geschildert, aber sie spürte, dass der ehemalige Rugbyspieler nicht geneigt war, ihr weiter zuzuhören. Sie begnügte sich damit zu berichten, dass die Gattin des Vizekönigs, die an diesem Abend ein mit Gold- und Silberfäden durchwirktes und mit Pfauenfedern geschmücktes Kleid getragen habe, eine »recht freundliche Amerikanerin« sei und die Rede ihres Mannes, eine Würdigung des Empires – »das beste Werkzeug des Guten, das die Welt seit der Vorsehung erlebt hat« –, »gut, aber ein bisschen lang« gewesen sei. Was für eine eingebildete Pute, hatte Wilson im Stillen gemurrt, nachdem er vom Tisch aufgestanden war.

Besser versteht sich Gertrude mit Harry Saint John Philby, einem hochaufgeschossenen, bärtigen Verbindungsoffizier um die dreißig, der aussieht wie ein Prophet. Als Cambridge-Absolvent ist Philby zunächst kaiserlicher Steuerbeamter gewesen, bevor er in den indischen Nachrichtendienst eintrat. Auch er beherrscht zahlreiche Sprachen, und es bereitet ihm Vergnügen, sich in eine fremde Gesellschaft einzufügen. Er begeistert sich für die Stammeskultur und die Genealogie der Araber, über die er sich gern mit Gertrude unterhält, besonders über Ibn Saud, dessen Format und starke Persönlichkeit er sehr bewundert.

Ihre wenige freie Zeit in Basra verbringt Miss Bell, seitdem Lawrence nach Kairo zurückgegangen ist, meist allein: »Ich kann Ihnen nicht beschreiben, was es bedeutet, niemanden zu haben, niemanden, den ich oder der mich früher gekannt hat«, schreibt sie einem Freund. Hin und wieder ist sie zum Tee bei Cox und seiner Frau, doch deren Geplauder bringt sie zur Verzweiflung, und Sir Percy ist ein wortkarger Vogelkenner, der lieber ausgestopfte Vögel betrachtet und einen Großadler mit Fledermäusen füttert, als außerhalb der Dienstzeit mit seinen Untergebenen zu plaudern. Manchmal besucht sie ein Ehepaar, protestantische Missionare aus Amerika, die sich im Süden des Landes gut auskennen. Sie, eine gebildete Frau und eine der wenigen, mit denen Gertrude sich unterhalten mag, wirft ihr vor, die Bedeutung des Islams und seiner Strömungen in der Region zu verkennen. Gertrude interessiert sich für Völker, nur wenig für Religionen, »archaische Glaubenssysteme, die das zwanzigste Jahrhundert endgültig fortwischen wird«, behauptet sie. Meistens aber geht sie abends nach Hause, verzehrt ein paar Feigen und Joghurt von den Bauern anstatt der eingemachten Rinderzunge, die ihr von der Verwaltung zugestellt wird, und betrachtet von ihrem Dach aus die zahlreichen Einzelgängersterne. Sie denkt an ihren Bruder Maurice, der an der Westfront kämpft und von dem sie seit Monaten keine Nachricht mehr bekommt. An die freundlichen deutschen Archäologen, mit denen sie unweit der Ruinen von Babylon gezeltet hat und die sie vermutlich nie mehr wiedersehen wird. An den Krieg, der ihr verhasst ist und der Herzen und Kontinente verwüstet. Gerade tobt die Schlacht an der Somme. Innerhalb von vier Monaten würden mehr als zweihunderttausend britische Soldaten dort ihr Leben lassen.

Gelegentlich stellt sie die von Lawrence zerbrochene Öllampe auf den Tisch, die sie sorgfältig wieder zusammengesetzt hat. Sie hatte sie gemeinsam mit dem gut aussehenden Mann auf dem Foto im Sommer ihres Kennenlernens in Anatolien ausgegraben. Sie erzählt der Lampe, was sie tagsüber erlebt hat, als könnte der Geist von *Aladin und die Wunderlampe* aus ihr fahren, eine götzendienerische Gewohnheit. Sie wird schwach. Sie schämt sich. Sie wäre gern stärker, ganz auf ihre Aufgabe konzentriert. Bei der Arbeit lässt sie sich nichts anmerken. Man hat ihr beigebracht, ihre Gefühle unter Kontrolle zu haben, nicht ihr Herz auszuschütten, die Empfindsamkeit zu zügeln. Egal unter welchen

Umständen, übt sie sich in vornehmer Zurückhaltung, bleibt maßvoll, wie der Anstand es verlangt. »Eine Frau, die sich geheimnisvoll gibt, verfügt über Macht und Charme«, hat man ihr eingetrichtert. Doch in den feuchten Herbstnächten, allein in ihrem kleinen Haus, wenn ihr die Kraft fehlt, zu lesen, ihren Eltern zu schreiben oder mit einer alten Gießkanne ihre Pflanzen zu wässern, während die vermaledeiten Frösche quaken und die Hunde jaulen, überkommt sie eine unermessliche Traurigkeit. Sie möchte nur noch weinen.

Cox bietet ihr an, zu den Festen am Jahresende nach England zu reisen. Miss Bell lehnt höflich ab. Zu gern würde sie ihre Familie wiedersehen, eine Platte mit Austern oder eine üppige Gänseleberpastete mit ihnen teilen. Aber es ist zu früh, die Rückkehr ins Mutterland wäre zu schmerzlich, so viele Gespenster spuken noch dort, ihr fehlt die Kraft dafür. An Weihnachten ist das Yorkshire feucht und fahl, die Wälder riechen faulig. Seitdem sie fort ist, hat sie sich nicht geschont, so will sie sich nicht zeigen, ihre Familie würde sich Sorgen machen. Eher wollte sie sich ein paar Ruinen anschauen, Mister Philby wäre vielleicht bereit, sie an Silvester auf einem Segelschiff in die Sumpfgebiete zu begleiten. Sie ist in Alarmbereitschaft, denn soeben hat General Maude in Basra die Gegenoffensive gestartet. Endlich kommen die Dinge wieder in Bewegung, das hat sie schon immer gerettet. Bestimmt wird er bald ihre Dienste in Anspruch nehmen.

6.

Isfahan, Juni 1892

In einer Villa im armenischen Viertel gönnt sich die britische Delegation etwas Ruhe. Nur Gertrude schläft nicht. Sie zündet eine Kerze an, greift ein paar Minuten lang zu einem Buch, ist außerstande, sich zu konzentrieren. Man hört den Schrei eines Nachtvogels, zirpende Grillen, es ist drei Uhr morgens. Gertrude versucht, die grünen und gelben Emailmedaillons zu zählen, die ihre Zimmerdecke schmücken. Verwirrt von den süßlichen Düften der Zypressen und Rosensträucher, die durch das halb offene Fenster aus dem Garten zu ihr strömen, rätselt sie über das eigene Verhalten nach, über ihre wirren Gedanken, seitdem sie mit der Familie Lascelles und deren imposantem Gefolge in der blauen Stadt eingetroffen ist. Sie befindet sich in einem Schwebezustand, träumerisch, seltsam betäubt, »nicht wiederzuerkennen«, hatte Tante Mary tags zuvor ihrer Cousine Florence zugeraunt, als sie beobachtet hatte, wie sie unter den lauen Gewölben einer Karawanserei ihre Handschuhe abrupt abstreifte und dann, mitten beim Lunch, grundlos auflachte.

Während der Besichtigung der Moscheen mit den bläulichen Kuppeln am Naqsch-e-Dschahan, dem riesigen Platz des Abbildes der Welt, auf dem lange Reihen von Kamelen und Prozessionen aus Schaulustigen ein unbeschreibliches Getümmel bildeten, hatte Gertrude kein Wort verlauten lassen. Sie, die ausdrücklich darauf bestanden hatte, die berühmte Stadt zu besichtigen, blieb scheinbar teilnahmslos angesichts der erlesenen Paläste, der Kaufleute, die auf dem Basar in ihrer dunklen Nische hockten und Tee und Gewürze abwogen, und der Mosaisten, die, wie Kopisten über ihre Auslagen gebeugt, kleine Stücke Elfenbein, Kupfer und Gold zusammenfügten. Während sie, von fliegenden Händlern bestürmt, unter den schattigen Bedachungen umherschlenderten, überlegte Gertrude, dass Mister Cadogan sie entschiedener hätte abblitzen lassen als ihr Onkel und für die lange Halskette, die Florence ihr geschenkt hatte, einen besseren Preis ausgehandelt hätte. Ihre Gesellschaft war ihm sicher lästig, dachte sie, während sie sich schlaflos hin und her wälzte. An diesem Nachmittag wollte sie allein durch die Parks spazieren und sich der feuchten Hitze der Stadt überlassen, Sinne und Haut vom Duft der blühenden Heckenrosen betört, vom Geruch nach Zucker und Honig, der aus den Teehäusern herüberwehte. Dann wiederum wünschte sie sich Mister Cadogan an ihre Seite, wäre am liebsten sofort zu ihm nach Teheran gereist.

Und wenn er es wäre?, fragt sie sich. Wenn er der zukünftige Vater ihrer Kinder war, der Mann, mit dem sie ihr Leben teilen würde? Sie lässt ihre Gedanken schweifen. Schwalben zwitschern, der Himmel wird heller, das Morgengrauen ist nicht mehr fern. Im Halbschlaf träumt Gertrude von einem

Cottage mit roten Fensterläden, in dem überall Blüten und Früchte duften, die sie in einem mit Butterblumen und Hyazinthen übersäten Garten am Ufer eines Flusses gepflückt hat – sie wären glücklich. Mister Cadogan fehlt ihr, seit sie in Isfahan ist, denkt sie unablässig an ihn. Sie hat ihm mehrere Briefe geschrieben, die sie als unpassend empfunden und ins Feuer geworfen hat. Er liebt mich, er liebt mich nicht … Neulich hat sie sich dabei ertappt, wie sie die Blütenblätter von Mohnblumen abgezupft und die verbleibenden Schritte bis zur Villa gezählt hat: Wären es weniger als vierhundert, würde sie ihm gehören. Gertrude schießt die Röte ins Gesicht, wenn sie seinem Blick begegnet, sie zuckt zusammen, wenn sie seine kraftvolle Stimme hört. »Kämpfen Sie nicht gegen den Frühling, Gertrude!«, hatte er damals, als sie auf dem Basar zusammen Tee getrunken hatten, zu ihr gesagt. Es ist, als führte ihr Körper in seiner Anwesenheit ein neues Leben. Noch nie hat sie solche Gefühlsregungen erlebt, auch diese sehnsüchtige Wärme nicht, die sie an jenem Morgen beim Erwachen quält. Doch sie traut sich nicht, sich selbst zu erkunden, eine ehrbare junge Frau wagt sich in solche Regionen nicht vor.

Mister Cadogan ist ein ausgezeichneter Billardspieler. Mister Cadogan spielt hervorragend Tennis und gewinnt jede Partie Karten. Mister Cadogan ist elegant, wissbegierig und gebildet, ein unübertrefflicher Erzähler. Gertrude bekommt gar nicht genug von seinen Abenteuern in Südamerika, wo er tätig war, bevor er nach Persien geholt wurde. Wenn der leicht gebräunte Diplomat, an den großen Banyanbaum im Garten der Chancellerie gelehnt, mit hochgestreiften Ärmeln und geöffnetem Kragen Sufi-Gedichte über die Liebe und den Wein rezitiert, überzieht eine Gänsehaut ihren Körper. Mister Cadogan ist willensstark und kühn, und er hat etwas Jungenhaftes an sich, das sie ganz durcheinanderbringt: ein schelmischer Blick, wenn er *Punch* liest, ein entwaffnendes Lächeln, wenn er seine Serviette auffaltet, bevor er sich über die aufgetragenen Gerichte hermacht. Gertrude sieht ihm gern beim Essen zu, sie mag die zupackende Art, mit der seine fleischigen Finger nach dem Brot greifen, und die Vehemenz, mit der er seinen Schnurrbart abwischt: Mister Cadogan regt ihren Appetit an. In der Dämmerung schimmern seine schönen Augen so türkisfarben wie das Email auf den Kuppeln der Schahmoschee in Isfahan.

Henry Cadogan ist anders als die Männer, denen sie bisher begegnet ist, angefangen bei ihrem Cousin William, mit dem ihre Tante Mary, die Schwester ihrer Stiefmutter Florence, sie verheiraten wollte. Im Winter 1888 waren Gertrude und Billy nach Bukarest gefahren. Die gesellschaftliche Saison war in vollem Gange. Die beiden jungen Leute hatten an der abendlichen Tafel Champagner getrunken und am Hof von König Carol I., in den Botschaften und den schneebedeckten neugotischen Palästen des rumänischen Adels Walzer getanzt, wie im Märchen. Anschließend waren sie weiter nach Konstantinopel gereist. Unter Marys wohlwollender Aufsicht tranken sie am Goldenen Horn und am Marmarameer im Schatten blühender Kirschbäume Zitronenwasser. Gertrude hatte ein Faible für türkische Zigaretten, Billy, dessen Gesicht so rot war wie der Fes, den er sich stolz aufgesetzt hatte, weil er aussehen wollte wie ein Janitschar des Sultans, rauchte lieber Shisha. Sie mieteten Esel, hakten sich beieinander unter und hatten eine kindliche Freude an allem. Tante Mary fasste bereits eine Hochzeit ins Auge, zu der alles, was in der viktorianischen Gesellschaft Rang und Namen hatte, geladen würde. Sie kabelte die erfreulichen Neuigkeiten ihrer Schwester und Gertrudes Vater.

Zurück in London, sahen sie sich nach einer denkwürdigen Fahrt mit dem Orientexpress auch weiterhin regelmäßig. Die Junināchte waren lau, sie spielten Canasta und aßen im Mondschein zu Abend. Doch im Mutterland büßte der angenehme Reisegefährte an Glanz ein. Er langweilte sie. Er hatte ihr keine Anregungen zu bieten. Es fehlte ihm an Neugier und Tatendrang. In Gesellschaft gab er sich wichtigtuerisch und betont lässig: Sie fand ihn lächerlich. Sein spärlicher Schnurrbart und das Monokel, das er sich ins Auge klemmte, wenn sie ein Konzert besuchten, täuschten niemanden. Obwohl Billy an der Royal Military Academy Sandhurst ausgebildet worden war, hatte er den treuherzigen Blick eines nach Streicheleinheiten gierenden Hündchens. Im Juli 1889 löste sie ihre unschuldige Verlobung.

Gertrude war einundzwanzig. Nach den Standards der Londoner Haute Society, die in der Ehelosigkeit einen Fluch und in der Ehe eine Pflicht sah, hatten das Studium in Oxford und ihre Reisen sie viel wertvolle Zeit gekostet. Im darauffolgenden Frühjahr wurde sie unverzüglich in die Gesellschaft eingeführt. Die Saison der Brautwerbung, an der sich die Sprösslinge der wichtigsten Dynastien des Reichs beteiligten, dauerte bis zum Sommeranfang.

Florence Bell, ihre Stiefmutter, war eine elegante, modebegeisterte Künstlerin, die Gertrude auf ihre Einführung in die Gesellschaft vorbereitete. Sie schenkte ihr einen Fächer aus Straußenfedern und bestellte für sie eine Haute-Couture-Garderobe, die den blassen Teint und die grünen Augen zur Geltung brachte, herrliche Kleider von Worth und Madeleine Laferrière, von denen eines, aus nachtblauem Samt, mit Tüll-Musselin besetzt und mit Perlen und Pailletten bestickt, identisch mit dem war, das die Modeschöpferin für Königin Maud von Norwegen angefertigt hatte. Ein ehemaliger Tänzer von der Scala übte mit Gertrude einen anmutigeren Gang ein und brachte ihr bei, wie man Quadrille, Boston und Mazurka tanzte. Heerscharen von Bediensteten kümmerten sich um die Spangen und Ösen ihrer Toiletten, und Friseurinnen flochten, wanden und lockten ihr kupferfarbenes Haar. Wie eine Prinzessin gekleidet, ähnelte Gertrude einem präraffaelitischen Geschöpf von Burne-Jones, einem Freund ihrer Stiefmutter. Sie war bereit, sich der vornehmen Gesellschaft zu stellen. Ihre beträchtliche Mitgift würde bestimmt den Sohn eines Herzogs oder Marquis für sie einnehmen. Gertrude wurde bei Hofe vorgestellt, und ihre Eltern gaben für ihre nun heiratsfähige Tochter in Florence' Londoner Wohnung in der 95, Sloane Street, ganz in der Nähe des Hyde Parks, eine Abendgesellschaft. Die Bells waren zuversichtlich: Gertrude würde kein Mauerblümchen bleiben.

Drei Ballsaisons lang schraubten sie ihre Hoffnungen immer weiter herunter. Mit Florence oder einer der Tanten als Anstandsdame an ihrer Seite hatte Gertrude zwar hin und wieder eine kleine Liebelei, aber keiner der Männer hielt um ihre Hand an. War sie trotz der Stunden bei Mister Rossetti zu ungelenk, zu ungeschickt an den Armen ihrer Tanzpartner, denen sie bisweilen auf den Fuß trat? War es ein Mangel an Anmut, an Sinnlichkeit? Ihr Gesicht und ihre etwas plumpe Statur strahlten etwas Männliches aus. Ihre hervorspringende Nase und ihre Finger, deren Nägel sie lange abgekaut hatte, hemmten sie: Gertrude war nicht hübsch. Aber auch nicht unansehnlich, und sie hatte etwas zu sagen, zu viel vermutlich für den Geschmack dieser Herren.

Gertrude flößte den jungen Männern Angst ein. Sie wollten keine gelehrte Frau und schon gar keinen Blaustrumpf. Von einer Gattin und Erzeugerin ihrer Nachkommen, die Wächterin über die englische Tradition und Hüterin von Heim und Herd zu sein hatte, erwarteten sie, dass sie folgsam und bescheiden war, ein frommes, unschuldiges und liebliches Geschöpf. Ein zerbrechlicher Engel, der körperliche Anstrengungen vermeiden sollte, den der Mann vor den Elementen und sich selbst beschützte, indem er sie unter Schleiern und Hüten begrub wie ein gefrorenes Baiser-Dessert. Sie sollte lesen, schreiben, rechnen, sticken und eine Tür öffnen können, gegebenenfalls ein Instrument spielen und über ein paar Grundkenntnisse in Fremdsprachen, Literatur und Kunstgeschichte verfügen, singen und zeichnen, aber ganz bestimmt nicht eigenständig denken und ihre Nase in Bereiche stecken – Politik, Diplomatie, Krieg und Frieden –, über die ausschließlich Männer herrschten. Intellektuelle Debatten schadeten der Gesundheit von Frauen. Professor Spencer hatte sie gewarnt: Ein zu stark entwickeltes Gehirn könne ihre Fortpflanzungsorgane in Mitleidenschaft ziehen.

Seit ihrer Kindheit sprach Gertrude mit ihrem Vater über das Weltgeschehen. Er hatte ihr das Lesen beigebracht und sie in die schönsten Museen Europas mitgenommen, in dem mahagonigetäfelten Rauchsalon tranken sie Sherry und kommentierten das Tagesgeschehen. Dank ihrer weltgewandten Stiefmutter hatte sie schon in jungen Jahren mit den klügsten Köpfen in den Londoner Salons und auf den Tribünen in Ascot Umgang: mit dem Schriftsteller Henry James, dem Dichter Robert Browning, dem Kunstkritiker John Ruskin, mit den Balfours, den Grosvenors und dem Schatzkanzler Randolph Churchill, dessen Sohn Winston, ein verfressener, nervöser Teenager, sechs Jahre jünger war als sie. Hugh Bell ermunterte sie, zu reisen und in Oxford zu studieren. Frauen waren dort erst seit etwa zehn Jahren zugelassen. Sie mussten sich mit dem Rücken zum Podium setzen und einen schwarzen Hut tragen, da die Professoren Angst hatten, während des Unterrichts ihrem Bick zu begegnen. Gertrude hatte Kurse in neuerer Geschichte, Soziologie, Politik- und Wirtschaftswissenschaften belegt. In der Bodleian Library oder der Radcliffe Camera vergraben, verschlang sie die Biografien der englischen Könige und lieferte sich in den Diskussionsclubs der Universität mit den Kommilitonen, künftigen Führungskräften des Empires, Wortgefechte. Sie drängte ihnen ihre Weltsicht auf – und die ihres Vaters. Sie widersprach dem Prüfer im mündlichen Examen, was sie nicht daran hinderte, ihren Abschluss in neuerer Geschichte mit »sehr gut« zu bestehen. Zum großen Leidwesen ihrer Tante Mary widersprach sie bei den offiziellen Abendessen, an denen sie in Bukarest teilgenommen hatte, auch Ministern und Botschaftern: Gertrude fühlte sich den Männern ebenbürtig und zu einem außergewöhnlichen Schicksal berufen.

Auf den Tanzkarten ging sie mit ihren Partnern hart ins Gericht. Einer der Cavendish-Söhne wurde nach einer Diskussion über den Freihandel als »einfältiger Grünschnabel«

tituliert. Der junge Baron Fairfax begriff rein gar nichts von der irischen Frage. Der elegante Simon Mortimer, ein Neffe des ehemaligen Premierministers Gladstone, verstimmte sie – er war ein begeisterter Spiritist. »Das Tischrücken ist wirklich nichts für mich, und ich habe diesbezüglich auch kein Blatt vor den Mund genommen«, schrieb sie am Tag nach einem Maskenball bei Gräfin Aston in Mayfair. Die Männer fürchteten ihre Unverfrorenheit, wenn sie sich nicht über ihren Snobismus und ihre Arroganz lustig machten. Gertrude ließ sie schonungslos abblitzen. Egal, über welche Ahnentafel oder welches Vermögen ihre Anwärter verfügten, Gertrude war nicht bereit, ihre Freiheit zu opfern oder sich ohne Liebe auf den ersten Blick mit einem eintönigen Leben abzufinden, wie es das Schicksal ihrer Zeitgenossinnen aus der Oberschicht war: hin und wieder ein Einkaufsbummel bei Harvey's, ein Picknick oder eine Jagdpartie. Während der drei Ballsaisons, an denen sie teilnahm, verliebte sich Gertrude jedoch kein einziges Mal. Ihrem Vater oder Großvater, einem berühmten Industriellen, den Queen Victoria ein paar Jahre zuvor in den Adelsstand erhoben hatte, konnte keiner der Lord-Söhne das Wasser reichen.

Isaac Lowthian Bell war ein Titan, einer jener Männer, die dem viktorianischen England zu Ruhm und Reichtum verholfen hatten. Der kahlköpfige, weißbärtige Hüne, ein genialer Chemiker und Physiker, hatte zusammen mit zweien seiner Brüder ein gigantisches Imperium der Metallindustrie aufgebaut, ein Konglomerat aus Minen, Kohlengruben, Stahlhütten und Aluminiumfabriken. Am Ufer des Tees unweit von Middlesbrough produzierten die Hochöfen der

Brüder Bell Schienen, Metallträger und Gerüste – für England, das Empire und die ganze Welt. Der große Eisenwerkbesitzer hatte es zu einem Vermögen gebracht. Kurz nach der Geburt seiner Enkelin Gertrude 1868 ließ er sich ein zauberhaftes Anwesen bauen, Rounton Grange, eine überdimensionale neugotische Villa. Die mit Deckengewölben versehenen Salons, die Galerien und der Speisesaal waren mit Glasfenstern und Wasserspeiern aus Terrakotta überfrachtet. Auch ein ganzes Dorf errichtete er für seine Leute: East Rounton lag auf einer Anhöhe, die mit ihren Schafen, hohen Ahornbäumen und sanften Weiden dem Hintergrund eines Gainsborough-Gemäldes glich. Leben bedeutet, sich vorzuwagen, pflegte er frei nach Samuel Johnson zu sagen.

Hugh Bell, Gertrudes Vater, war der älteste Sohn. Mit seinem rötlichen Haar und den feinen, schmalen Gesichtszügen hatte er etwas Vornehmes. Sein Vater nahm ihn schon als kleinen Jungen mit zum Hafen in Newcastle, wo sie sich die mit Kohle, Blei und Wolle beladenen Schiffe ansahen, die zu den Kolonien aufbrachen, eine Tradition, die Hugh zu Gertrudes Entzücken fortführen sollte. »Wer über das Meer herrscht, herrscht über den Welthandel, wer über den Welthandel herrscht, herrscht über den Reichtum der Welt, und wer über den Reichtum der Welt herrscht, herrscht über die Welt an sich«, sagte Isaac Lowthian Bell in Anlehnung an Walter Raleigh, den Freibeuter Elisabeths I., gern zu dem kleinen Hugh, wenn sie gemeinsam die Docks erkundeten. Die Königin schickte ihre Landsleute im 16. Jahrhundert auf die Meere – ein zivilisatorischer Bruch, nachdem die Engländer bisher immer gegen den Kontinent Krieg geführt hatten. Sie stellte die erste moderne Seestreitmacht der englischen Geschichte auf, weil sie Angst hatte, dass die Spanier über die holländischen Küsten eine Invasion planen könnten. England forderte die unbesiegbare Spanische Armada heraus: Seine Seefahrer begannen, die Welt zu erforschen, und brachten die ersten Kolonien in Amerika und auf den Antillen in ihren Besitz. Der Anbau von Tabak, Zuckerrohr und Kaffee sowie die Ausbeutung von Sklaven brachten dem Land enorme Gewinne ein, erklärte der Vater dem Sohn: England war zu einer Seemacht, zu einer Thalassokratie, aufgestiegen.

Isaac Lowthian Bell ließ Hugh an der Sorbonne und in Deutschland Chemie und Mathematik studieren, bevor er ihn in die Leitung des Familien-Konglomerats einband. Ruhig, aber energisch und voller Tatendrang, zeigte der junge Mann eine frühe Veranlagung für die Metallindustrie. Eines Tages würde er seinem Vater folgen. Doch er war sanftmütiger als Isaac und stets darauf bedacht, das Wohlergehen seiner Arbeiter zu verbessern. Kunstliebend und reiselustig, war er nie um einen Scherz verlegen. Der reiche Erbe war ebenfalls ein treusorgender, liebevoller Gatte, ein perfekter Gentleman, ein guter Reiter und begeisterter Wanderer – kurzum, ein außergewöhnlicher Mann, der von seiner Tochter innig geliebt wurde.

Endlich dämmert der Tag, und Gertrude steht auf. Sie trinkt eine Tasse Tee und kämmt sich vor dem Spiegel. Sie weiß, dass Henry Cadogan nicht das Format ihrer Vorfahren hat. Er will kein Reich begründen. Aber er ist ein Schatz. An seiner Seite könnte sie ein anderes Leben führen als das, was sie mit einem jungen Adligen oder einem bedeutenden Bankier erwarten würde. Sie bliebe nicht auf ein häusliches Leben beschränkt, würde im Gegenteil von Botschaft zu Botschaft das erlebnisreiche Dasein genießen, das sie sich erträumt, und ihren Entdeckungs- und Wissensdrang mit einem warmherzigen Familienleben vereinbaren können. Mister Cadogan ist feinfühlig und fleißig. Wenn ihr Vater oder Onkel Frank ein bisschen nachhelfen würden, könnte er eine glänzende diplomatische Karriere absolvieren und Zugang zu den höchsten Ebenen erlangen, sodass Gertrude nicht für den Rest ihres Lebens damit beschäftigt wäre, Blumenmotive auf Porzellan zu malen. Sie wollte keine alte Jungfer bleiben. In zwei Wochen würden sie Isfahan verlassen, endlich könnte sie Mister Cadogan in Teheran wiedersehen.

7.

Umgebung von Bagdad, 11. März 1917

Vielleicht haben sie ihn gefunden, den Garten Eden. Unter Sykomorebäumen ausgestreckt, ihre Waffen neben sich, stillen die Männer der *Black Watch* nach wochenlangen Gewaltmärschen ihren Durst am Flussufer. Sie teilen sich Granatäpfel, die sie in einem benachbarten Obstgarten stibitzt haben. Der Morgen duftet nach Jasmin und Rosen. Schläfrige Büffel beobachten sie, ein paar Reiher halten Wache: Sie bilden die Vorhut der riesigen Armee von General Stanley Maude, die seit Dezember Richtung Norden vorrückt. Am 24. Februar ist Kut trotz des erbitterten Widerstands der türkischen Infanterie endlich den Briten in die Hände gefallen. Nach einem zweieinhalbjährigen Feldzug in *Mespot,* wie sie das feindliche Land nennen, in denen so viele Kameraden ihr Leben lassen mussten und das sie aus ganzem Herzen hassen, schicken sich die Soldaten jetzt an, Bagdad zu erobern.

Während der Schweiß unter ihren Stahlhelmen herabtropft, marschieren sie in geschlossenen Reihen, auf der

Lauer wie Tiere. Sie folgen den Windungen des honigfarben schimmernden Tigris, durchqueren Schilf und spektakuläre Palmenhaine. In der Ferne funkeln die märchenhaften Umrisse der sagenumwobenen Stadt. Minarette ragen vor dem tiefblauen Himmel auf, die goldenen und türkisfarbenen Kuppeln der Heiligtümer glänzen in der Sonne. Bagdad, die Stadt von Al-Mansur und Harun ar-Raschid, *Madīnat as-Salām,* Stadt des Friedens! Die Hauptstadt des größten muslimischen Reichs der Geschichte, der prachtvolle Schauplatz von *Tausendundeine Nacht,* Gegenstand ihrer Fantasien, seitdem sie hier kämpfen. Sie werden als Erste in den einstigen Nabel der Welt vordringen, der von den Dichtern besungen wurde, zur Zeit der ersten Abbasiden-Herrscher im achten und neunten Jahrhundert, nachdem die islamische Revolution das Römische und das Persische Reich besiegt hatte. In Bagdad war eine außergewöhnliche Symbiose zwischen Arabien und Persien erblüht. In der Mitte eines fruchtbaren, von Tigris und Euphrat bewässerten Tals quollen die Handelsstraßen aus Asien, Afrika, Byzanz und Skandinavien, die Basare und reichen Anwesen über vor Esswaren, Edelsteinen und Edelmetallen, Holz, Juwelen und Gewürzen, Arzneimitteln, weißen und schwarzen Sklaven und jenen von gemischter Abstammung, vor Pelzen und Gewürzkräutern, Schwertern, Porzellan, Elfenbein, Bernstein, Seidenwaren, Duftstoffen und Perlen: alles, was die Erde hergab und die Menschen an sich bringen wollten. Angeblich schöpfte das Volk mit vollen Händen aus großen, mit Silber und Gold gefüllten Schalen. Künstler, Wissenschaftler und Gelehrte aller Couleur drängten an den Hof Harun ar-Raschids, wo sie Studien betrieben, Erfindungen vollbrachten und das Wissen der griechischen, persischen und indischen Antike ins Arabische übersetzten. Bagdad war eine kosmopolitische Utopie, die reichste und bevölkerungsstärkste Stadt der Welt, die Hauptstadt des Profits, der lasziven Konkubinen, zu denen die Gedanken der groben Männer der *Black Watch* wandern, während sie auf gepanzerten Jollen den Fluss durchqueren.

Der Himmel verdüstert sich, je weiter sie vorankommen. Ein blutroter Lichtschein schwebt über der Stadt. Die Soldaten husten, ein beißender Geruch nach Verbranntem macht ihnen zu schaffen. Bagdad steht in Flammen, die Delegation aus christlichen und jüdischen Würdenträgern, die nachts zu ihnen gekommen ist, hat recht behalten. Sie beschleunigen ihren Schritt, klettern über leere Schützengräben und betreten die ersten Vororte, wo sie hinter Mauern aus Schlamm und Ziegelsteinen Deckung suchen. Schwirrende Fliegen, streunende Hunde, doch in den mit Leichen übersäten Straßen ist kein einziger türkischer Soldat zu sehen. Die eisernen Vorhänge der Geschäfte sind hastig mit Brettern vernagelt worden. Die *Black Watch* ziehen weiter. Eine verschleierte Frau spuckt auf den Boden, als sie vorbeikommen, murmelt auf der Schwelle eines zerborstenen Hauses eine Verwünschung. Sie hält einen ausgehungerten Jungen auf dem Arm.

Plötzlich Geschrei. Ein paar Männer plündern die Läden an einem kleinen Platz. Sie schreien aus Leibeskräften, als Krieger in Schottenröcken die Waffen auf sie richten. Bagdad ist der Anarchie ausgeliefert, die Türken haben Chaos gestiftet, bevor sie sich, gefolgt von den deutschen Kaufleuten der Stadt, Richtung Norden zurückgezogen haben. Sie haben das Talisman-Tor gesprengt und die einzige Pontonbrücke über den Tigris in Brand gesteckt. Ein Teil der alten

Festung brennt. Die britischen Kontore, Banken und Lagerhallen am linken Ufer sind zerstört worden. Die Türken haben ihre Munition in den Fluss geworfen und die Stadt vermint. Vor ihrer Flucht haben sie noch riesige Mengen an Nahrung beschlagnahmt. Die *Black Watch* drahten ihrem Hauptquartier, dass die Straße frei sei, sie aber dringend Verstärkung benötigten.

Aus Seleukeia-Ktesiphon kommt eine bis zu den Zähnen bewaffnete Flotte aus Sumpf- und Korbbooten den Fluss hochgefahren. General Maude, mit gewienerten Stiefeln und Knebelbart, bezieht zusammen mit seinen englisch-indischen Mitarbeitern die britische Residenz. Er ist der Eroberer Mesopotamiens, der Mann, der nach einem beispielhaften Feldzug mit einer neuartigen Kombination aus Grenadieren, Reitern, Land-, See- und Luftstreitkräften die Schmach von Kut gerächt hat. Er lässt den *Union Jack* auf der Spitze der Festung hissen, während die Militärkapelle *God Save the King* spielt. Einundzwanzig Böllerschüsse ertönen, Hurrarufe zu Ehren von King George: Nach vier Jahrhunderten unter osmanischer Herrschaft fällt Bagdad, die heilige Stadt der Schiiten, in der sich die Pilger aus Persien und Afghanistan an den Grabstätten der heiligen Imame versammeln, fällt Bagdad, der Leitstern der arabischen Kultur, erneut einer fremden Macht in die Hände. Und wird erstmals in seiner Geschichte christlich.

Nach zweieinhalb Jahren erbitterter Kämpfe auf vier Kontinenten erzielt England in diesem Krieg den ersten großen Sieg. David Lloyd George, der neue Premierminister, ein sturköpfiger, opportunistischer Waliser, wegen seines eisernen Willens und seiner weiblichen Eroberungen auch als »Welsh Wizard« bekannt, darf sich freuen. Die Briten versperren den Deutsch-Türken den Weg, die mit ihrem Dschihad keinen Anklang bei den muslimischen Massen fanden. Wenn es der Britisch-Indischen Armee gelingt, einen Korridor vom Kaspischen Meer bis zum Persischen Golf zu bilden und zu den im Nordwesten Persiens stationierten russischen Truppen aufzuschließen, können Afghanistan und Indien geschützt werden. Deutschland wird nie ein östliches Reich besitzen. Doch seit einigen Tagen scheitert Maude bei dem Versuch, Kontakt zum russischen Kommando aufzunehmen: Im Februar ist in Sankt Petersburg eine Revolution ausgebrochen.

Die Geschäfte öffnen erneut, die Ordnung ist wiederhergestellt, die ersten Tage gestalten sich vielversprechend. Die Einwohner von Bagdad nehmen die neuen Machthaber in Augenschein, wirken friedlich, ja geradezu wohlgesinnt. Christinnen im Sonntagsstaat überreichen ihnen Rosen und Fruchtsäfte, Jüdinnen bringen mit Datteln gefülltes Gebäck, das sie aus ihren letzten Mehlresten zubereitet haben. Einige Jungen heißen sie auf Englisch oder Französisch willkommen und luchsen ihnen ein paar Rupien oder Zigaretten ab. Männer, Frauen, Kinder und Insekten umschwirren die unerschütterlichen Riesen, die aus sämtlichen Poren schwitzen, merkwürdige Korkhelme und in allen Lebenslagen eine Krawatte tragen. Sie wissen weder, was die Eindringlinge von ihnen erwarten, noch, wie lange sie bleiben werden, aber sie haben ihnen binnen einer Nacht die Türken vom Hals geschafft.

Die Aufgabe, die die Briten erwartet, ist kolossal. Die einst so glanzvolle Stadt gibt es nicht mehr: Die Häuser und noch übrigen Festungsmauern sind in einem derartig schlechten Zustand, dass sie beim ersten Windstoß zusammenfallen würden; die schmalen Gassen sind schmutzig, die Pracht der Stadt ist Vergangenheit. Bagdad ähnelt einem verfallenen mittelalterlichen Dorf, das von den Mongolen, von den Horden Timurs, von Überschwemmungen und Seuchen verwüstet worden ist. Die Osmanen haben es Jahrhundertelang herunterkommen lassen, kein Sultan oder Wesir hat je in der Stadt residiert. Stattdessen wurden träge, grausame und korrupte Paschas dorthin verbannt, in Ungnade gefallene Würdenträger, vor denen sie ihre Ruhe haben wollten.

Sir Percy hat den Siegesmarsch von General Maudes Armeen unterstützt. Die Zivilverwaltung muss die Märkte beliefern, die Stadt instand setzen, eine neue Verwaltung etablieren und verlässliche Vermittler finden, um baldmöglichst regieren zu können. Gegen den Willen von General Maude, der sich keine Frau aufhalsen will, schickt Cox ein Schreiben an Miss Bell, sie möge alles stehen und liegen lassen und ihm nach Bagdad folgen. Sie sei seine beste Beamtin, erklärt Cox. Er verleiht ihr den Titel einer »Orientsekretärin«, den höchsten Rang innerhalb der Zivilverwaltung.

Gertrude ist ebenso entzückt wie zuversichtlich. »Wir werden Bagdad, da bin ich mir sicher, zu einem blühenden Zentrum der arabischen Zivilisation machen. Wir werden seine frühere Größe wiederherstellen«, schrieb sie ihrem Vater, ein paar Tage bevor sie die Koffer packte. Anfang April stand sie mit ihnen an der Rezeption des Grand Babylon Hotel.

8.

Teheran, Ende Juni 1892

Sie geht ihm auf die Nerven. Sie findet alles »famos« oder »irrsinnig amüsant«. Sie ist anstrengend, kann nicht stillhalten, muss ständig herumlaufen, spielen, klettern, sich verkleiden, lesen oder rezitieren. Er beneidet sie. Ihr, der Hochbegabten, fällt alles leicht, ihr Gedächtnis ist präzise, phänomenal, schon bald wird sie besser Persisch sprechen als er. Sie ist verwöhnt, manchmal wirkt sie wie eine Vierzehnjährige auf ihn. Am Tag vor ihrer Reise nach Isfahan hat sie ihm geschrieben, die Bäume, Blumen und Vögel seien das Wunderbarste überhaupt auf der Welt. Ihr Briefpapier duftete nach Rosenwasser. Er findet sie nicht sonderlich anziehend. In Südamerika hat er etliche Frauen kennengelernt, die schöner und sinnlicher waren als dieses pausbäckige, von Keuschheit umwehte Mädchen. Aber Mister Cadogan ist schlau, er weiß, was er will: Gertrude ist die Chance seines Lebens. Die Bells verfügen über das sechstgrößte Vermögen Großbritanniens. Er würde es sich nie verzeihen, wenn er sich eine solche Beute entgehen ließe.

Und so macht Mister Cadogan ihr, seitdem sie, schwärmerischer denn je, wieder in Teheran ist, eifrig den Hof. Er schenkt ihr Pflaumen aus Schiras und eine Stola aus silbrigem Grün, zuckrige Aprikosen aus Aserbaidschan, Pistazien aus Nischapur und eine Nachtigall, die seine Dulzinea auf den Namen Isadora tauft. Er findet sich mit der Anwesenheit ihrer Cousine und ihrer Tante ab, mit der obligatorischen Anstandsdame. Er begleitet sie zu einer Falkenjagd – »umwerfend!«, jubiliert Gertrude –, reitet mit ihnen zwischen Olivenbäumen und Zypressen, den »Paradiesbäumen«, die sich im Norden Teherans über die Berge ziehen. Leuchtende, weiß blühende Mohnfelder. Das Blau des Himmels wird von der Hitze getrübt, doch die zu Ruinen verkommenen Wachtürme, die sie jetzt erblicken, sind keine Fata Morgana, erklärt er ihnen, sondern Türme des Schweigens, in die die Zoroastrier ihre Toten legten. Am Ufer eines Wildbaches steigen sie vom Pferd. Gertrude zuckt zusammen, als Mister Cadogan ihre Taille umfasst und, um ihr beim Absitzen zu helfen, ihre Brust streift. Er wirft Kissen auf den Boden und reicht den Damen eine in Scheiben geschnittene Wassermelone und ein mit Orangenblüte aromatisiertes Getränk. Dann schwingen sie sich wieder in den Sattel, auf der Suche nach einem Palast, in dem der Schah seine Konkubinen eingeschlossen haben soll. Doch vergebens. Ihr galanter Fremdenführer hat den falschen Weg genommen: Sie stehen am Rand der Wüste, für Gertrude, die sich noch nie dorthin vorgewagt hat, eine weitere Offenbarung. Raum, Stille, Unermesslichkeit. Durch das Gewebe ihres Rocks spürt sie den lauen Wind an ihren Beinen. Sie ist wie verzaubert von dem ausgehenden Tag, der goldenen Pracht, den köstlichen Orangen, den Rosen, die von der glühenden Sonne ausgebleicht sind. Ihre Tante und die Cousine möchten nach Hause, aber sie schenkt Florence' Klagen keine Beachtung. Sie ist ganz in die wunderbare Aussicht versunken, würde am liebsten auf das rötliche Gestirn zugaloppieren, wünscht sich, dass die Zeit diesen paradiesischen Augenblick festhalten möge, wie zwei Tage zuvor, als sie in der Altstadt von Teheran zur Stunde des letzten Tagesgebets einen Wanderdichter an einem Brunnen getroffen hatten. Der Mond spiegelte sich im dunklen Wasser des Beckens, Zitherspieler interpretierten einen melancholischen Singsang, und an den Bäumen hingen chinesische Laternen, die sich in der süßlichen Abendluft wiegten. Dem alten Mann saß ein Vogel auf der Schulter. Der Dichter hielt ihnen ein paar zerknitterte Umschläge hin, und der Wellensittich pickte einen davon mit dem Schnabel heraus: »Dieses Gedicht ist für Sie, Gertrude, es soll unsere besondere Freundschaft besiegeln«, sagte Mister Cadogan. Und er las ihr Verse von Hafis vor: »Brennen des Herzens, vergossene Tränen / Seufzer am Morgen, nächtliches Schluchzen – alles das empfinde ich dank Ihres anmutigen Blickes.« Gertrude drückte Henrys Arm. Ihre Wangen waren rötlicher als die Mütze des Bettlers.

Anfang Juli, eine drückende Hitze senkt sich lähmend über Teheran. Als die Cholera ausbricht, zieht die englische Kolonie in ein Bergdorf um. Gertrude ist selig, nach dem, was Mister Cadogan ihr berichtet, warten auf den von Wegelagerern unsicher gemachten Straßen neue Abenteuer auf sie.

Ein paar Tage nach ihrer Ankunft in Gulayek schiebt Cadogan während der Mittagsruhe ein Briefchen unter ihrer Tür durch. Er schlägt ihr vor, am Fluss ein bisschen frische

Luft zu schnappen. Gertrude zögert, überlegt, ob sie der Tante Bescheid sagen soll, lässt es bleiben, schlüpft in ein Schülerinnenkleid mit weißem Kragen und leichte Stiefel, nimmt einen Strohhut, verabschiedet sich von Isadora und erklärt dem Pferdeknecht, sie könne kein Auge zutun und wolle lieber ausreiten. Mister Cadogan stößt am vereinbarten Treffpunkt zu ihr.

Am Wasser angelangt, errichtet er ein kleines Lager. Er breitet einen dicken türkischen Teppich aus, verteilt Fladenbrot, Butter, eine riesige Dose Kaviar, Granatäpfel, »Früchte der Liebe und des Vergessens«, eine Korbflasche mit purpurfarbenem Wein, »das Elixier der Befreiung«, und silberne Fingerschalen, die er abends mal aus der Küche hatte mitgehen lassen. Er hat seine Jacke zusammengerollt, damit sie den Kopf darauflegen kann, und pfeift vor sich hin, während er ein Feuer anzündet. Während der Tee zieht, bittet er Gertrude, die Augen zu schließen, und reicht ihr, sichtlich gerührt, ein Päckchen: ein kupfernes kadscharisches Räucherfass, das mit Medaillons zur Geschichte Persiens verziert ist. Sie heben das Glas: »Herzlichen Glückwunsch zum Geburtstag, liebe Freundin!«

Gertrude ist aufgewühlt. Sie hat sich aufgesetzt, die Arme um die angezogenen Knie geschlungen, und sieht ihn verträumt an. Mister Cadogan steht in Hemdsärmeln im Wasser und angelt. Das hat sein Vater ihm beigebracht, »ein gerechter, großherziger Mann, wie Ihr Onkel, der beste Botschafter, dem ich je dienen durfte«. An den Wintersonntagen schulterten sie ihre Ausrüstung und machten sich auf den Weg zu den Chalkstreams, den Kreideflüssen des Wiltshire, die sich durch Heckenlandschaften und Wiesen schlängelten.

Die Forellen und Äschen, die sie fingen, hatten die Größe von Hechten. Die Köchin pochierte sie nach ihrer Rückkehr, eine tröstliche Delikatesse nach dem Tod seiner Mutter, der bereits im Alter von acht Jahren über ihn hereinbrach. Dieser Verlust hinderte ihn lange daran, zu lieben. Er war streitsüchtig, labil, permanent im Konflikt, Schatten und Licht, »wie der zoroastrische Kosmos«. Doch mit dreiunddreißig sei er genug herumgekommen: Die Einsamkeit macht ihm zu schaffen. Er will sich in ein neues, ebenso verheißungsvolles wie anspruchsvolles Abenteuer stürzen, die Gründung einer Familie, »das Versprechen einer Fortsetzung des Lebens auf Erden, es ist an der Zeit, Blumen welken rasch«. Mit seiner zukünftigen Frau wolle er Ägypten und das Heilige Land bereisen, sagt er und schaut ihr dabei tief in die Augen. Die unschuldige Gertrude nimmt ihm bereitwillig alles ab.

Ein Vogel zwitschert, die Wellen plätschern ans Ufer, es ist heiß. Henry legt seine Angel ab und entkleidet sich hinter einem Gebüsch. Gertrude fächelt sich mit ihrem Hut Luft zu und schaut angestrengt auf den Fluss. Sie zündet sich eine Zigarette an und trinkt einen Schluck Wein. Diverse Kleidungsstücke sind über den Rasen verteilt: In seiner langen Unterhose ist Mister Cadogan, den Oberkörper mit Robbenfett eingeschmiert, ins eiskalte Wasser getaucht. Sie weigert sich, ihm nachzukommen, ihr Badekleid und die dazugehörige Mütze sind im Dorf geblieben, aber die koordinierten Bewegungen seiner Beine und kräftigen Schultern lässt sie nicht aus den Augen.

Strahlend und tropfend kommt Cadogan aus dem Wasser. Er zieht sich wieder an und setzt sich neben Gertrude. Die Frucht ist reif, dementsprechend setzt er zu seinem Monolog an, den er am Vortag mehrmals vor dem Spiegel aufgesagt hat. Sie sei die Frau, auf die er so sehnlich warte, die ideale Gefährtin, mit der er ein Heim teilen wolle, Kinder, ein aufregendes Leben wie das, was sie führten, seitdem sie sich kennen. Durch sie habe sein Leben eine neue Wendung genommen. Er sei ein besserer Mensch geworden. Dem Allmächtigen sei Dank! Wie klug und elegant, wie anmutig und gebildet sie doch ist. Sie gefällt ihm. Sie zieht ihn in ihren Bann und lässt ihn über sich hinauswachsen: Er liebt sie. Und sie, kann sie ihn ebenfalls lieben? Will sie ihn heiraten? Henry schaut Gertrude mit seinem blauen Blick tief in die Augen. Er berührt flüchtig ihr Gesicht, streichelt ihr übers Haar, führt ihre Hand zum Mund, bedeckt sie mit Küssen. Gertrude zittert. Ihr Herz pocht laut in der Brust, als Mister Cadogans Mund nach ihrem sucht und seine Hände an ihr herabgleiten, um ihre Taille zu umschlingen. Sie versucht, die Fassung wiederzugewinnen, weicht zurück und starrt ihn an, mit glühenden Wangen, überwältigt. Ja, sie will. Mister und Miss Henry Cadogan, murmelt sie und umarmt ihn innig. Er küsst sie, und sie lässt es geschehen, sie, die in ihrem Leben noch nie einen Mann geküsst hat. Cadogan begehrt sie. Ein zarter, jungfräulicher Körper … Am liebsten würde er sie gleich auf dem Teppich hier nehmen, vielleicht würde sie sich ihm hingeben, schließlich weiß man nie mit den Frauen, sie sind so unvorhersehbar, vor allem wenn sie zur Hautevolee gehören und prüde sind, denkt er, aber mit der Erbin des Bell'schen Empires sollte er besser nichts überstürzen. Schließlich darf er seine Lebensversicherung nicht wegen einer plötzlichen Hitzewallung am Ufer eines Flusses gefährden.

Am darauffolgenden Tag schreibt Mister Cadogan Hugh Bell und hält um die Hand seiner Tochter an.

Ihr Rendezvous ist nicht unbemerkt geblieben. Tante Mary sieht diese Romanze nur ungern. Sie informiert die Bells, Gertrude verteidigt sich. Ihr Ruf sei unbeschadet, sie habe sich nicht kompromittiert, und Mister Cadogan sei ein Gentleman. Sie beschreibt ihn ihrer Familie als »edlen, guten und liebevollen Mann«, in den sie »über beide Ohren verliebt« sei. Schließlich willigt sie ein, Henry nicht mehr zu sehen, bis ihr Vater, wie es die Sitte will, seinen Segen zu ihrer Verbindung gegeben hat. Außerdem ist Cadogan Anfang August zu einer Aufklärungsmission an die afghanische Grenze aufgebrochen: Der Botschafter wollte ihn von seiner Nichte fernhalten.

Unterdessen sitzt Gertrude unter der drückenden Hitze in Gulayek fest und wird immer fiebriger. Es fehlt ihr ein geneigtes Ohr, ihr Vater, der stets Rat weiß, ihre Stiefmutter, die ihr zureden könnte. Der Onkel hat andere Sorgen als ihre Liebeleien, und Tante und Cousine verstehen nicht, dass sie sich Cadogan, dem sie mit gemischten Gefühlen begegnen, sofort an den Hals geworfen hat. Gertrude ist schwindlig, als wäre ein Orkan in ihr aufgekommen, der die unterschiedlichsten Gefühle mit sich bringt, Erleichterung, Hoffnung und Angst, die große Angst, ihre Unschuld zu verlieren, zu fallen, Frau zu werden. Sie findet keinen Schlaf mehr. Sie stellt sich vor, wie Cadogan neben ihr liegt, seine Beine an ihre gepresst, seinen warmen Atem in ihrem Nacken, und dann in seiner unteren Lendengegend dieses »Ding«, das sie nicht ohne zu schaudern zu benennen wagt, aber das sie neulich, am Fluss, mit Entsetzen begehrt hat. Sie schämt sich. Ihre Stiefmutter hat ihr eingetrichtert, das Fleisch, »das Tier« sei ekelerregend für eine Frau. Eine ehrbare Engländerin soll sich für die Zivilisation und Menschheit einsetzen, wie Queen Victoria, die eine gute Mutter und anständige Frau ist, anstatt sich von ihrer Lust treiben zu lassen. Nie hat Gertrude die Worte eines Medizinprofessors, damals, in einem überfüllten Hörsaal in Oxford, vergessen. Er erklärte, Frauen hätten keine Libido, nur Huren oder Hexen empfänden so etwas wie Begehren, »jede zehnte, mehr nicht«. Dabei justierte er sein Monokel und präsentierte die dazu passenden Schautafeln: Nun macht sich Gertrude Sorgen und Vorwürfe, sie findet keine Ruhe. Seit dem Aufbruch von Mister Cadogan leidet sie an einem Ekzem, kratzt sich wie verrückt an Oberschenkeln und Waden, während durch die Fensterläden Geschrei und Getrommel in ihr Schlafzimmer dringt, ohrenbetäubende Schläge, immer drei mal drei. Es ist Muharram. Wenn es dunkel wird, gehen die Schiiten auf die Straße und gedenken des Imams Husain, der in der Frühzeit des Islams in Kerbala zu Tode gekommen war und als Märtyrer verehrt wurde. Gertrude beugt sich aus dem Fenster. Sie sieht Gläubige in Trance, eine Prozession wie auf einem Gemälde der Apokalypse. Männer klopfen sich an die Brust und skandieren den Namen des Heiligen, Schultern und Brust von den wiederholten Schlägen bläulich gefärbt. Sie geißeln sich, raufen sich die Haare, Gesicht und Hemd blutbefleckt, mit großen Messern haben sie ihren Schädeln Schnitte zugefügt. Derwische mimen die Qualen des Märtyrers. Sie bestrafen die Körper, preisen Enthaltsamkeit und Tugend: Panisch schließt Gertrude das Fenster. Ihr Puls pocht vernehmlich. Sie fühlt sich schmutzig. Am liebsten würde sie sich unter ihrem Bett verkriechen und auf einen fliegenden Teppich steigen, der sie zu ihrer Familie nach England brächte, in jene beruhigende Welt der gezügelten Leidenschaften. Sie lässt sich ein Bad einlaufen. Vielleicht vermag das kalte Wasser ihren Juckreiz zu besänftigen. Seit fast zwei Monaten wartet Gertrude nun schon auf eine Antwort ihres Vaters. Sie hält sich an dem Glauben fest, dass sich die Zustellung der Post durch die Cholera-Epidemie verzögert hat.

9.

Bagdad, Herbst 1917

Den Bevölkerungen in Bagdad und Mesopotamien verkündet General Maude: »Edle Araber, wir sind als Befreier gekommen, nicht als Eroberer oder Feinde. Seit der Epoche Hülegüs sind eure Stadt und euer Land einer fremden Tyrannei ausgesetzt, eure Paläste sind verfallen, eure Gärten verwüstet … Eure Söhne sind in Kriege gezogen, die ihr nicht gewollt habt. Eure Reichtümer sind euch von ungerechten Menschen gestohlen und weitab eurer Häuser verwahrt worden. Großbritannien gibt euch das Versprechen, dass es euch wieder so gut ergehen wird wie damals, als Bagdad zu den Wundern der Welt zählte … Großbritannien will euch keine fremden Einrichtungen aufzwingen … Ich lade euch ein, *über die Vermittlung* eurer Ältesten, Adligen und Volksvertreter in Zusammenarbeit mit den politischen Verantwortlichen Großbritanniens an der Verwaltung eurer zivilen Angelegenheiten teilzunehmen …«

Seit General Maudes Ansprache auf Arabisch an den Mauern der Stadt prangt, stürmen die Menschen die Residenz.

Religionsvertreter mit grünen Turbanen, sunnitische Adlige, schiitische Scheichs, schwarz verschleierte Frauen, Nestorianer, Sabbatianer, Chaldäer, Juden, Orthodoxe, die Arabisch, Türkisch, Kurdisch, Persisch, Hebräisch und Armenisch sprechen, stehen sich unter den Arkaden des Gebäudes am Flussufer die Beine in den Bauch. Sie wollen einen Vertreter der Besatzungsverwaltung sprechen, sich ein Bild von ihren neuen Herren machen, deren Absichten zu nobel wirken, um nicht suspekt zu sein. Wie sehen die neuen Spielregeln aus? Welche Regierung werden die »Anglez« bilden? Wer wird »die Zusammenarbeit in zivilen Angelegenheiten« in die Hand nehmen, von der Maude gesprochen hat? Und falls die Türken, die noch nicht das letzte Wort gesprochen haben – sie haben sich geordnet nach Mossul zurückgezogen und werden von Hunderten von Offizieren und mehreren Zehntausend deutschen Infanteristen unterstützt –, ja, falls die Türken wiederkommen, was passiert dann?

Die britisch-indischen Verwalter nicken, notieren Namen und Beschwerden, beschwichtigen. Sobald ihre Gesprächspartner ihnen den Rücken zugekehrt haben, zucken sie mit den Achseln oder lachen höhnisch. »Die edlen Araber …«: General Maudes Erklärung ist von einem Eierkopf in London verfasst worden, der nicht die geringste Ahnung von den Verhältnissen vor Ort hat. Sie wissen, dass Mesopotamien, wo tausend Ethnien und ebenso viele Religionen und Sekten leben, genau wie Indien keine Nation darstellt; dass die nationalistischen Strömungen dort nur schwach, wenn nicht inexistent sind; dass die Juden und Christen, unter osmanischer Herrschaft zweitklassige Bürger, ihre Anwesenheit begrüßen; dass nur wenige Einheimische für verantwortliche Positionen qualifiziert sind. Die Araber in Mesopotamien zählen zu den unterworfenen Völkern, so wie sie kurz vor dem Krieg von einem ehemaligen Prokonsul in Kairo in einem epochemachenden Essay definiert worden sind: »Ihr Wesen hindert sie daran, vernünftig zu denken. Während der Europäer ein gründlicher Denker, ein von Natur aus begabter Logiker ist und seine geübte Intelligenz wie eine Mechanik funktioniert, lässt das orientalische Denken, gleich seinen malerischen Gassen, bezüglich der Symmetrie zu wünschen übrig. Ein durchschnittlicher Ägypter wird sich vermutlich ein halbes Dutzend Mal widersprechen, bevor er seine Geschichte zu Ende bringt … Seine Gedankengänge sind höchst verworren; der Islam bedeutet ein Hindernis für den Fortschritt und die Staatsbürgerlichkeit …«

Die Schreibmaschinen rattern, die Depeschen der Eastern Telegraph Company treffen ein, die Indian Mail packt und befördert Postsäcke. Wie Robinson, der sich mit seiner Arbeit und seinen Einfällen die Insel untertan macht, widmet sich die englisch-indische Zivilverwaltung mit rasanter Geschwindigkeit ihrer Aufgabe – mit der »manischen Energie von Ameisen«, kommentierten die angesichts von so viel Eifer und Sorgfalt sprachlosen Einwohner Bagdads in den Cafés.

Trotz der abschreckenden sommerlichen Temperaturen, es herrschen fünfzig Grad, wird das dem Westen unterstellte Mesopotamien in arithmetischer und bürokratischer Hinsicht geschröpft. Die Kolonialbeamten protokollieren, die Ingenieuroffiziere reparieren, erbauen, messen und verzeichnen. Sie kritzeln und kompilieren: Listen, Statistiken, Berichte, noch und nöcher. Sie beschlagnahmen den Weizen der Bauern, denn der Krieg ist nicht zu Ende, und die Soldaten wollen verpflegt werden. Sie bringen eine offensive Steuerpolitik auf den Weg. In Begleitung bewaffneter Männer holen sich die Steuereintreiber Grund- und Wohnsteuer sowie die Abgaben für Wasser, Handel, Schlachthöfe, Ernten und Tierhaltung. Die Britisch-Inder wollen den jüngst unterworfenen Bevölkerungen ihre Macht demonstrieren, ihre erbarmungslose Effizienz. Es ist ihnen daran gelegen, einen bleibenden Eindruck zu hinterlassen. Impfstoffe, Kloaken, Abfallentsorgung, der Bau von Brücken und Kraftwerken, Fortschritt und Zivilisation haben ihren Preis. Alle großen Reiche sind für ihre Besteuerung bekannt. Indien kostet das Mutterland nicht ein Pfund Sterling.

Die Mechanik ist gut geölt, die Männer sind erfahren. Das Empire verdankt sich der entschlossenen Tatkraft von Menschen ihres Formats, die sich weder von Fieberzuständen noch von den Wölfen in Nordkanada noch von dem unbarmherzigen Klima der australischen Wüste haben aufhalten lassen. Sie sind die Nachfahren der ersten Siedler und ihres Pioniergeistes. Kipling nannte sie die *doers,* die Macher, und nun wirken sie in Mesopotamien, das sie sich, wie Trajans Legionen achtzehn Jahrhunderte zuvor, hart erkämpft haben. Sie sind zuversichtlich. Eine Handvoll Beamter bestimmt über die riesigen indischen Menschenmengen. Da dürfte es ihnen eigentlich nicht schwerfallen, die zwei Millionen Einwohner des neuen Protektorats in den Griff zu bekommen.

Die Britisch-Inder setzen die Verantwortlichen ab, die unter den Osmanen das Land regierten, um ein neues arabisches Polizeikorps ins Leben zu rufen. Sie richten sich bequem ein, wie überall, wo sie ihre Fahne hissen. Schon im

September eröffnet ein Club an den Ufern des Tigris. Man widmet sich englischen Sportarten – Fußball, Tennis, Cricket, Golf oder Polo –, trinkt Tee auf schattigen grünen Rasenflächen und an der Bar, von anzüglichen Scherzen garniert, eisgekühlten Whisky Soda. In Vollmondnächten werden Feste veranstaltet, unter denen die vom Punjabi-Regiment ausgerichteten Stuhltänze die beliebtesten sind. In jenen ersten Monaten der Besatzung herrscht eine gewisse Euphorie in der Zivilverwaltung. Ihre Beamten denken bereits an die Nachkriegszeit. Sie sind sowohl von den Kämpfen, die nach wie vor auf den anderen Kontinenten wüten, als auch von den Versorgungsengpässen, unter denen England zu leiden hat, meilenweit entfernt.

A. T. Wilson tanzt nicht. Er hat sich die Haare abrasiert und weigert sich, die neue Uniform der Britisch-Indischen Armee zu tragen, hält lieber an dem früheren Waffenrock mit dem steifen, bis zum Hals zugeknöpften Kragen fest. Er ist der Kopf der Zivilverwaltung, der Chef der kolonialen Partei. Mesopotamien soll dem British Raj eingegliedert und von seinen Vertretern in Bagdad verwaltet werden. Mit seinen fruchtbaren schwarzen Böden war es in der Antike die Kornkammer des Ostens. Nur der energische Zugriff der Kolonialmächte würde die Region nach Jahrhunderten des Chaos und der Verwüstung wieder aufrichten können. Die mongolischen Rohlinge und faulen Türken hatten aus dem Garten Eden eine Brache gemacht; die arabischen Nomaden hatten es verkommen lassen, außerstande, sich einer Tätigkeit zu widmen, die nicht unmittelbar ihren habgierigen Interessen diente; ihnen ist alles egal. Der Schlüssel zum Wohlstand liegt in der Kontrolle der großen Flüsse, der Instandsetzung der Bewässerungskanäle, dem Bau von Staudämmen. All das erfordert erheblich Arbeitskräfte und Geldmittel, das entsprechende Know-how und eine fast übermenschliche Willensanstrengung: das Markenzeichen des Empires. Die britischen Ingenieure wissen, wie man eine Landschaft verwandelt. Sie haben das Flussbecken des Indus neu gestaltet und einen spektakulären Staudamm am Nil in Assuan errichtet, also werden sie auch den Tigris und Euphrat bändigen können. Anschließend werden sie das Land bewirtschaften und Zehntausende arme Bauern aus Bengalen und dem Punjab holen lassen. Mithilfe moderner Technologien werden die Siedler das Land kultivieren, und Mesopotamien wird Baumwolle, Erdöl und Weizen abwerfen. Es wird Indien, das regelmäßigen Hungerperioden ausgesetzt ist, ernähren. Der britische Saft wird die mesopotamische Wüste aufs Neue fruchtbar machen, zum Wohle der Menschheit.

Man muss sich bloß ein Jahrhundert oder zwei, vielleicht auch ein Jahrtausend, gedulden. Eden, Sumer, Babylon: Die Wiege der Zivilisation wieder zu beleben ist kein beliebiges koloniales Unterfangen. Es ist ein prometheisches, heiliges Erlösungsvorhaben, die Apotheose des imperialen Projekts, das den Krieg, die Toten und alle erbrachten Opfer rechtfertigt. Das Abenteuer ist noch nicht zu Ende. »Wir sind wirklich ein bemerkenswertes Volk. Wir bewahren unterdrückte Nationen vor der Zerstörung, wir setzen uns großzügig für sie ein, verbessern mühsam ihre hygienischen Lebensbedingungen und erziehen ihre Kinder in ihrem Glauben … So laufen die Dinge eben unter der britischen Flagge. Fragt mich nicht, warum«, schreibt Gertrude ihren Eltern.

Sie fühlt sich wie der »Schöpfer in der Wochenmitte« und die »Hebamme« eines kurz vor dem Erblühen stehenden Landes. »So etwas hat es noch nie gegeben, verstehen Sie das doch: Das ist außergewöhnlich! Wir errichten eine neue Welt!« – Gertrudes Vokabular begnügt sich nicht mit halben Sachen, bemerkt ihr Kollege Philby.

Das Büro der Orientsekretärin befindet sich im vorletzten Stock der Pyramide, auf deren Spitze Sir Percy thront. Er hat ihr eine enorme Verantwortung übertragen, quasi Ohren und Augen der Zivilverwaltung: Sie ist die Geheimdienstchefin. Miss Bell obliegt es, zu eruieren, zu filtern, zu überzeugen und möglicherweise anzuwerben. Die Briten brauchen vertrauenswürdige Männer, die in den gerade entstehenden Niederlassungen oder als Vermittler in der noch immer von den Türken kontrollierten Wüste zwischen dem Euphrat und Syrien dienen können.

Ein Boy klopft an die Tür. Sie rückt ihren Hut zurecht, zieht den Rock bis zu den Knöcheln hinunter und wirft einen letzten Blick in den Spiegel, bevor sie ihren Besucher empfängt. Sie verwöhnt ihn mit Zigaretten, Erfrischungen und Süßigkeiten, beglückwünscht ihn zu seinem guten Aussehen und erkundigt sich nach der Gesundheit des Letztgeborenen, nach seiner Viehherde oder der derzeitigen Ernte. Anfangs wagen viele Araber ihr nicht in die Augen zu sehen, fühlen sich unwohl im Beisein einer Frau, die sich weigert, ihr Gesicht zu verhüllen. Doch als sie aufgrund der ihr zugetragenen Informationen Tacheles redet, ist ihr Geschlecht plötzlich nebensächlich. Miss Bell lässt das Gebiet bereits engmaschig durch Spitzel überwachen und will im Euphrat-Tal, wo die schiitischen Stämme seit Kriegsbeginn quasi autark leben, sogar noch weitere einstellen. Die Unentbehrlichsten bekommen ein Entgelt, Taschen voller Rupien, die sie, sobald sie in der Stadt sind, in ihrem Büro in Empfang nehmen, und sie bekommen Titel – in sämtlichen Regionen sind die Einheimischen ganz verrückt nach Auszeichnungen. Die gute sunnitische Gesellschaft bestehend aus Kaufleuten, Grundbesitzern und Gelehrten pflegte einst eine enge Verbindung zu den osmanischen Behörden. Noch immer verfügt sie über die Schlüssel zur Stadt. Entsprechend hofiert Miss Bell ihren religiösen Anführer, Abd ar-Rahman al-Haidari, einen anderen Nachfahren des Propheten, den sie auf ihrer ersten Reise nach Bagdad kennengelernt hat. Die großen Scheichs kommen zu ihr. Sie sähen es gern, wenn sich die Briten über ihr Gebiet verteilen und ihre gebieterischen Vasallen befrieden würden. Dann müsse es auch eine Gegenleistung geben, schlägt Miss Bell ihnen vor: Wenn sie ihnen dabei helfen, Steuern einzutreiben und genügend Zwangsarbeiter zu finden, werden auch sie auf ihre Unterstützung zählen können. »Wir wissen alle, dass Allah die Frau schwächer gemacht hat als den Mann. Doch wenn schon die englischen Frauen so schlau und verständig sind, müssen die Männer richtige Löwen sein. Wir täten gut daran, mit ihnen Frieden zu schließen«, erklärt einer von ihnen. Miss Bell ist die *Khatun,* eine Grande Dame, die über die Interessen des britischen Mesopotamiens wacht. Sie führt das in Basra begonnene Verzeichnis der Stämme weiter und rät Cox, diese in die Verwaltung der Provinzen mit einzubeziehen. »Nichts leichter als das. Sie werden uns aufs Wort gehorchen«, versichert sie ihm.

Ein paar Wochen zuvor, im September, hatte ihnen ein Offizier des Arabischen Büros in Kairo einen Besuch abgestattet. Gertrude empfing ihn auf der Cox'schen Terrasse mit Blick auf den Tigris. Der Tag neigte sich langsam, sie tranken Cocktails, während er ihr die Neuigkeiten von der Arabischen Revolte erzählte: Lawrence habe in den vergangenen Monaten wahre Wunder vollbracht. Der Offizier hatte ihn im Herbst 1916 nach Dschidda begleitet, als der Aufstand ins Stocken geraten war. Während der Überquerung des Roten Meers hatte sich der junge Mann an Deck Tag und Nacht im Schießen geübt, indem er auf Flaschen zielte, die er auf die Reling gestellt hatte. Anschließend war er, in ein arabisches Gewand gehüllt, auf dem Rücken eines Kamels in den Hedschas geritten, wo die Beduinen unter der Führung von Prinz Faisal ihr Lager errichtet hatten. Lawrence wollte ihre Kraft einschätzen. Er war höchst aufgewühlt nach Kairo zurückgekehrt, wie der ranghohe Offizier Gertrude und Cox berichtete, während er ein zweites Glas Gin Tonic in der Hand schwenkte, das ihm von zwei indischen Bediensteten serviert worden war: »Fast so, als wäre ihm eine Offenbarung zuteilgeworden.« Lawrence sprach mit Rührung von dem dritten Sohn Scherif Husseins und verglich ihn mit einer hohen, schlanken Säule, die die Revolte zu vollem Ruhm führen werde, »das sind seine Worte, Miss Bell, nichts davon ist frei erfunden, Sie kennen diesen Luftikus besser als ich.« Die Orientsekretärin pflichtete ihm lächelnd bei. Lawrence war der Ansicht, dass die nomadischen Armeen in der Lage seien, den türkischen Gegenangriff zu stoppen, und keine Verstärkung der Verbündeten bräuchten, schon gar keine französischen Bataillone, die eher hinderlich wären. Wie auch immer, die Araber wollten keine Verstärkung. Doch es galt, sie in finanzieller und logistischer Hinsicht zu unterstützen und eher auf Faisal als auf dessen Vater zu setzen, ein Söldner und erbärmlicher Kriegsherr, laut dem, was Lawrence berichtete.

Inzwischen hatte der Offizier sein drittes Glas auf die Brüstung des in ein leicht orangefarbenes Licht getauchten Balkons gestellt. Er ahmte den schlampigen Abenteurer nach, der sich ungeduldig über eine Landkarte Arabiens beugte, ein Lineal in der Hand, mit funkelndem Blick, was Gertrude belustigte, Sir Percy allerdings weniger. Er hatte diese Grünschnäbel aus Kairo noch nie gemocht, schon gar nicht, wenn sie tranken. Also befahl er den Indern, Ginger-Cracker zu bringen und eine Siphonflasche mit Sodawasser, und zwar schnell, *yalla*. Der Offizier kam allmählich wieder zu sich. Er habe Faisal ein paarmal getroffen. Etwa dreißig Jahre alt, schlank und elegant, verfüge er trotz seiner latenten Nervosität über eine unverkennbare Ausstrahlung, alles in allem habe er einen guten Eindruck auf ihn gemacht. Faisal hatte in Konstantinopel studiert, beherrschte mehr schlecht als recht die europäischen Sprachen und schien keinem religiösen Fanatismus anzuhängen, »bei den Mohammedanern eher eine Seltenheit«. Er verstand es, rivalisierende Stämme zu versöhnen, und wurde von seinen Männern geachtet – ein geschickter, kluger Anführer.

Lawrence' Wünsche waren, zumal in Ermangelung entsprechender Alternativen, erhört worden. Als einen der Revolte nahestehenden politischen Offizier hatte man ihn nach Arabien zurückgeschickt. Er beaufsichtigte den Transport von Waffen und Gold – Barren, die in Patronenschachteln versteckt und in den Satteltaschen der Kamele verstaut worden waren. Unter dem Kommando Faisals, dem Lawrence unter die Arme griff, eroberten die Araber Anfang 1917 die Hafenstadt Al-Wadschh. Die türkische Garnison Medina war damit in Reichweite. Doch anstatt sie frontal anzugreifen, wie Kairo es forderte, sabotierten sie regelmäßig die für den Nachschub unerlässliche Eisenbahnstrecke aus Damaskus, rissen Schienen aus, sprengten Brücken und die entlang der Eisenbahnlinie aufgestellten Tanks und nahmen, indem sie unvermittelt aus der Wüste auftauchten, die Züge unter Beschuss. *Tip and run,* hatte der nunmehr wieder nüchterne Offizier die von Lawrence und seinen beduinischen Kameraden angewandte Taktik erläutert. Anschließend zogen sie Richtung Norden und legten Hunderte von Meilen Richtung Akaba zurück, einen strategisch wichtigen Hafen an einem Seitenarm des Roten Meers, der von mehreren türkischen Bataillonen bewacht wurde. Nach Faisals Einschätzung waren sie für seine Eroberung nicht gerüstet. Also beschloss Lawrence, sich allein vorzuwagen, und überfiel an der Spitze eines Reiterkommandos die Türken, deren Kanonen auf das Meer gerichtet waren, über die Gebirgskämme oberhalb der Reede von hinten. Eine echte Heldentat, die er sogleich fortsetzte, indem er die Wüste Sinai auf dem Kamel durchquerte, um den britischen, ihm bisher wenig geneigten Offizieren von seiner Glanztat zu berichten. Die Eroberung von Akaba eröffnete der Armee von General Allenby den Weg nach Palästina: Lawrence wurde zum Major befördert und mit dem Most Honorable Order of Bath geehrt. Die Araber liebten ihn, er war jetzt einer der ihren, und zwar so sehr, dass er seine Reden mit

»im Namen Allahs, des Allerbarmers, des Barmherzigen« begann wie ein frommer Muslim … »Als er das letzte Mal in Kairo war, hat er nur noch von Syrien geredet. Er will Damaskus befreien und Faisal die Stadt übergeben«, sagte der Offizier. Cox verzog das Gesicht. Er war der Arabischen Revolte von Anfang an feindlich gesinnt gewesen. Ihr Erfolg und Faisals Beförderung durch diesen Lawrence verhießen nichts Gutes.

Dann setzten sie sich zu Tisch. Madame Cox erwartete sie schon seit einer halben Stunde. Sie hatte kalten Fisch mit Portwein und gemischtes Gemüse zubereiten lassen.

Lieber Papa,
bitte entschuldigen Sie, dass ich nicht früher geantwortet habe, ich weiß gar nicht mehr, wo mir der Kopf steht. Aber Sie sind bei allem, was ich tue und denke, dabei, das wissen Sie ja. Zunächst einmal zwei schöne Neuigkeiten. Sie werden Ihr Herz erfreuen: Meine Monografie über die Araber in Mesopotamien wird in Basra veröffentlicht und soll an sämtliche Militärs und Verwalter, die hier eintreffen, verteilt werden. Das ist eine schöne Anerkennung. Ich werde Ihnen eine Abschrift schicken. Und dann die zweite, halten Sie sich gut fest: Man will mir die Auszeichnung eines Commander of the British Empire verleihen. Stellen Sie sich das nur vor! Ich habe meinen Ohren erst nicht getraut, als Sir Percy mir das verkündete. Ich glaube, dass es verdient ist, obwohl ich solchen Auszeichnungen weniger Bedeutung beimesse als die Männer. Wie stolz sie sich ihre Orden immer an das Revers ihrer Jacken heften!

Um das zu feiern, haben wir Samstag mit mehreren Kollegen einem Pferderennen beigewohnt und anschließend auf der Terrasse des wunderschönen osmanischen Hauses am Flussufer, das von einem Oberst bewohnt wird, einen Drink genommen. Sogar Mister Wilson, dieser verschrobene Sonderling, kam, um mich zu beglückwünschen. Gott sei Dank war Sir Percy ohne seine Ehefrau da. Die Verlobte des Obersts, ein rothaariges, frisch aus Bombay eingetroffenes Püppchen, hatte ihre Augen wie eine Beduinin mit Kajal geschwärzt, lächerlich. Es gibt so viele intelligente junge Männer, die derart dämliche Frauen heiraten, es ist ein Jammer … Ich habe die Smaragdbrosche getragen, die Sie mir zum Geburtstag geschenkt haben. Sie machte sich ausnehmend gut auf dem cremefarbenen Spitzenkleid, das Florence mir im vergangenen Monat hat schicken lassen. Der Abend hätte lustiger sein können, wenn General Maude nicht ausgerechnet drei Tage zuvor an Cholera gestorben wäre. Nun, er war auch nicht restlos missraten, denn Maude war in der Zivilverwaltung nicht sonderlich beliebt. Als Militär jedoch war er bedeutsam, und sein Tod bedeutet einen unleugbaren Verlust für die Krone in Mesopotamien, aber er war hochmütig und unsympathisch, die Araber mochten ihn nicht. Er ist meinen und Sir Percys Vorrechten ständig in die Quere gekommen, anstatt unsere Positionen im Norden Bagdads zu stärken. Ich habe seine Verstöße unserem guten Freund, dem Unterstaatssekretär für indische Angelegenheiten, gemeldet und die Führung der Armee mit der eines Irrenhauses verglichen, Sie erinnern sich gewiss. Wir brauchen gar keine weiteren Worte mehr darum zu machen, Maude ist tot, er ruhe in Frieden.

Morgen Abend kommt Mister Philby zu uns. Wir wollen draußen essen, um diese Jahreszeit ist es noch mild. Von den Gartenarbeiten, denen ich mich widme, erzähle ich Ihnen ein andermal, aber Sie sollen wissen, dass Ihre alte Gießkanne mir noch immer gute Dienste leistet! Sie müssen mich besuchen, wenn dieser verflixte Krieg endlich vorbei ist, jetzt, wo die Renovierungsarbeiten abgeschlossen sind. Das Haus ist wunderschön und seit dem Einbau der Küche und des Badezimmers auch sehr komfortabel. Der Bedienstete und der Gärtner arbeiten zu meiner vollsten Zufriedenheit, sie würden auch einem anständigen englischen Haus zur Ehre gereichen. Das ist tatsächlich kaum übertrieben. Mein Koch bereitet masgouf zu, eine Art Karpfen, den er im Tigris fängt, mit Kräutern und Gewürzen mariniert und anschließend grillt, ein Gedicht! Die Störche nisten auf dem Minarett der angrenzenden Moschee. Sonntags höre ich sie den ganzen Tag lang klappern. Und stellen Sie sich vor, die Familie hat Zuwachs bekommen: Unlängst habe ich eine Gazelle adoptiert! Ein entzückendes, anmutiges Tier und so treu wie der beste Hund. Sie hat noch keinen Namen, Sie können mir gern ein paar Vorschläge machen, Ihr Rat ist mir immer willkommen.

Mir geht es in letzter Zeit sehr gut. Meine Arbeit begeistert mich, und Bagdad gefällt mir. Es hat keinen guten Ruf, das kulturelle Leben lässt zu wünschen übrig, und die Stadt riecht schlecht, das stimmt wohl, aber die in Angriff genommenen Arbeiten haben das Abwassersystem schon merklich verbessert. Meine Kollegen beklagen sich regelmäßig. Sie hatten gehofft, hier Scheherazade zu begegnen, den sinnlichen Kurtisanen der orientalistischen Maler, die Armen … Sie täten besser daran, Arabisch zu lernen. Ich finde die Leute ausgesprochen herzlich, ich mag die Wärme, die üppigen Blumen und Früchte, die Poesie der Stadt, wenn ich sie frühmorgens zu Pferde durchquere und flussaufwärts Richtung Wüste reite. Es duftet nach warmem Brot und Sesamfladen, den Moschusgerüchen des Orients. In den Kirchen gurren Tauben, der Muezzin singt, und die ersten Straßenbahnen voller Pilger machen sich ächzend zu der schiitischen al-Kazimiyya-Moschee auf, von alldem bekomme ich nie genug.

Bagdad bleibt eine bunt gemischte Stadt. Sicher, die Ausländer, denen man hier begegnet, sind nicht mehr so glanzvoll wie zur Zeit der Abbasiden, aber wie bei Harrods findet man auch hier von allem ein bisschen. Männer aller Ethnien und die größte Bandbreite an Kopfbedeckungen der Welt, lieber Papa: Turban und Kufija natürlich, aber auch den Tarbusch, ein Kegel aus Filz, Kippa, Fellmützen, Baretts, Kappen, Panamahüte und unsere Helme aus Pflanzenfasern, die bei großer Hitze so gute Dienste tun. All das ist ungeheuer exotisch. Und was die Kippa anbelangt, so habe ich mit mehreren jüdischen Kaufleuten Bekanntschaft geschlossen. Ein Drittel der Bevölkerung in Bagdad ist jüdisch, stellen Sie sich vor. Interessante Leute. Sie führen Textilien aus Manchester ein und exportieren sie weiter nach Persien, Indien und bis nach Schanghai, wo sie eigene Kontore eröffnet haben. Anders als die kleinen Musliminnen besuchen ihre Mädchen, die oft französische Vornamen tragen, gute Schulen. Die Väter haben Bärte und Schläfenlocken abgeschnitten. Ich hoffe, dass diese europäisierten Juden den anderen Gemeinschaften als Vorbild dienen. Aber ich bezweifle es, und manche Muslime neiden ihnen ihren Erfolg. Jedenfalls ist der Einfluss, den wir auf die jungen Araber ausüben, bemerkenswert. Die Spiele und Duschen, zu denen wir die Neuzugänge bei der Polizei verpflichten, haben ihre Oberkörper und ihre Moral schnell in einen besseren Zustand gebracht.

Mein lieber Vater, ich muss mich jetzt verabschieden. Ein Freund erwartet mich in seinem Obstgarten zum Picknick. Seine Früchte und sein Honig zählen zu den köstlichsten der ganzen Stadt, und er ist Schiit, ein besonnener Mann, der mir wertvolle Informationen zu seinen Religionsgenossen liefert. Eigentlich mag ich sie nicht, sie sind meist fanatisch, aber sie stellen die Mehrheit der Bevölkerung dar. Mein Freund sagt, ich sei bereits ein Teil von Mesopotamien. Davon bin ich überzeugt. Ich liebe dieses Land, niemand kennt es so gut wie ich, und meine Hand gestaltet seine Zukunft. Aus dem Lehm Mesopotamiens ist der Mensch erschaffen worden. Er hat einen Turm begonnen, dessen Spitze bis zum Himmel reichen sollte. Babel ist nie vollendet worden, aber wir wollen es besser machen, daran arbeite ich unermüdlich, und dank Ihrer Liebe kann ich Berge versetzen. Mein geliebter Vater, Sie wissen, dass es nichts in der Welt gibt, das ich Ihnen nicht zu Füßen legen wollte, die großen wie die kleinen Dinge.

Ihre Sie liebende Tochter Gertrude,
Bagdad, den 25. November 1917

10.

Teheran, Ende September 1892

Gertrude erkennt die schräge Schrift ihres Vaters. Sie wiegt den Umschlag in der Hand, dreht und wendet ihn zwischen den Fingern und zieht sich banger Hoffnung in ihr Zimmer zurück, um ihn zu öffnen. Die Bestürzung steht ihr ins Gesicht geschrieben, Hugh Bell lässt nicht mit sich reden. Er hat einen Privatdetektiv engagiert und ist entsetzt über die Informationen, die man ihm teuer verkauft hat. Das Erbe und die Erziehung ihres Anwärters sind erbärmlich. Hinter Cadogan, einem zweitrangigen Diplomaten ohne Familienvermögen – sein Vater steht sogar kurz vor dem Bankrott –, verbirgt sich ein mit Schulden überhäufter Spieler und ehemaliger Opiumraucher. In London wie in Rio de Janeiro und Teheran beschreibt man ihn als intolerant, sturköpfig und unerzogen. Als einen, der nach dem Tennisspielen sein Jackett nicht wieder anzieht und dessen Reitstil keineswegs den Regeln der Kunst gehorcht. Sein mageres Gehalt wird ihm nicht erlauben, Gertrudes Lebensstil zu finanzieren. »Ich fürchte, mein liebes Kind, dass Ihr Freund Cadogan bestenfalls ein

Abenteurer und schlimmstenfalls ein Schuft und Nichtsnutz ist. Sollten Sie ihn heiraten, würde Ihre Mitgift in seine Hände wandern. Dieses Risiko werden wir nicht eingehen. Ich habe mit Ihrem Großvater darüber gesprochen. Er ist ganz meiner Meinung. Sie verdienen eine bessere Partie, einen wohlhabenden Mann, mit komfortablen Einkünften und der Aussicht auf eine vielversprechende Laufbahn. Ich kann mir Ihre Enttäuschung denken und teile sie auf meine Art, aber in ein paar Jahren werden Sie mir dankbar sein. Ich will stets nur Ihr Bestes und Ihr Glück.« Hugh Bell bittet seine Tochter, nach England zurückzukehren. Er hofft, die Trennung möge sie wieder zu Vernunft bringen.

Gertrude ordnet sich unter, die Situation ist unerträglich, Persien derzeit unausstehlich: Sie wird zurückreisen. In Begleitung eines Cousins.

Vor der Abreise sieht sie Cadogan im Park der Residenz ein letztes Mal. Sein Gesicht ist verschlossen, sein Blick distanziert, scheinbar gleichgültig. Sie nimmt es ihm übel. Warum er ihr nichts gesagt habe? Cadogan stammelt. Er … er habe sich geschämt. Schon lange spiele er nicht mehr um Geld, das schwört er, eine bloße Jugendsünde. Wer habe sich so etwas nicht vorzuwerfen? Sind die Menschen nicht dazu verurteilt, für ihre Sünden zu büßen? Die großen Religionen geben ihnen die Chance, ihre Vergehen wiedergutzumachen, »warum also nicht auch Sie, Gertrude?« Das Herz sei der Thron der Barmherzigkeit, proklamieren die islamischen Mystiker, und das des Menschen sei nun einmal fehlbar, sagt Cadogan. Sein Vater, »dieser arme Teufel«, habe in den letzten Jahren einen schweren Schicksalsschlag hinnehmen müssen, die Informationen, die Hugh Bell vorliegen, seien zutreffend – und für seine Ohren besonders schmerzlich, wenn sie aus einem geliebten Mund kommen, murmelt er mit gesenktem Kopf. Aber die Liebe beschränke sich nicht auf Geld und das gesellschaftliche Milieu. Die Liebe, die Anziehung, die sie seit ihrem ersten Ausflug auf den Basar füreinander empfunden hätten, sei machtvoll, sagt er und blickt ihr tief in die Augen; sie überwinde Grenzen und durchbreche selbst die robustesten Mauern: »Weder Gegenwind noch das entfesselte Meer vermag diejenigen zurückzuhalten, die von Liebe beseelt sind.« Ob sie bei der Lektüre von *Romeo und Julia* und *Sturmhöhe* denn keine Tränen vergossen habe? Möglicherweise sei er ein unverbesserlicher Romantiker. Aber so habe Gott ihn nun einmal gemacht, wie ein Pfeil habe ihre Liebe sein Herz durchbohrt. Das sei überaus selten; er will daran glauben, seine Zuneigung für sie sei grenzenlos; sie dürfe auf keinen Fall an der Aufrichtigkeit seiner Gefühle zweifeln. Cadogan wirft sich vor Gertrude auf die Knie. Er nimmt ihre Hände in seine, fleht um Verzeihung und bittet sie, ihm eine letzte Chance zu gewähren, er wird sie nicht mehr enttäuschen. Er will ihr Gefährte sein, ein treuer Freund, in guten wie in schlechten Tagen stets an ihrer Seite. Er versteht ihre Verbitterung und die Reaktion ihres Vaters. Sie kann ruhigen Gewissens zurückfahren, er akzeptiert die Entscheidung, auch wenn ihr Aufbruch ihn betrübt, und er wird sie nicht vergessen, seine Flamme wird bis in alle Ewigkeit brennen. Er verspricht ihr, unermüdlich zu arbeiten, eine Beförderung anzustreben und seine Schulden zu begleichen. Gertrude bricht in Tränen aus und bittet ihn, aufzustehen, bevor sie ihn in den

Arm nimmt: In England werde sie versuchen, ihren Vater zu überzeugen.

Gertrude verbringt ihre Tage auf dem Schiff damit, das graue Meer zu betrachten sowie die Matrosen, die das Deck putzen. Sie schaut in die Herbstlandschaften mit den tweedfarbenen Schattierungen, die an ihrem Abteilfenster des Orient-Express vorbeiziehen. Trübsinnig und bange hängt sie ihren Gedanken nach. Mit ihrem Cousin tauscht sie ein paar Belanglosigkeiten aus, wenn sie sich im Speisewagen treffen. Ausgestreckt auf ihrer Liege, den Blick an die Decke geheftet, lässt sie die letzten Monate, die ihr Leben erschüttert haben, Revue passieren: die Begegnung mit diesem Mann, seine Gedanken und Aufmerksamkeiten. Obwohl Isadora piepsend in ihrem Käfig hin und her flattert, hört Gertrude seine warme Stimme. Sie spürt seine Hände an ihrer Taille unten am Fluss, der Geruch seines Körpers vermischt sich mit dem der betörenden Rosen in den Gärten, durch die sie geschlendert sind. Könnte sie noch einmal wählen, würde sie nicht zögern, und falls sie sich nie mehr wiedersehen sollten, hätte sie doch zumindest das Glück gehabt, eine wahre Leidenschaft zu erleben, Gefühle, die so rein und machtvoll sind, dass sie das Herz beständig klopfen lassen. Sie schluchzt auf, hat den Kopf zwischen die Arme auf den Tisch gelegt. Tausende von Kilometern, Wochen des Reisens trennen sie, je schneller der Zug seinen wilden Lauf durch Europa fortsetzt. Doch Mister Cadogan hat recht, ihre Liebesgeschichte könnte aus einem Roman stammen. Sie will sich gedulden, schwört sie der Nachtigall, er wird seine Schwierigkeiten überwinden, und dann werden sie heiraten und Kinder bekommen.

Kaum angekommen, versucht Gertrude, ihre Entscheidung zu begründen. Ihre Eltern, die auf der Ottomane im blauen Salon sitzen, erinnert sie daran, dass sie seit Jahren davon träumt, zu heiraten, und nun »endlich, endlich« einen Mann gefunden habe, der ihr gefällt. Sie verurteilt Cadogans Vergangenheit, aber sie vertraut ihm, er habe eine edle Seele, ihr Instinkt täusche sie nur selten, »glaubt mir«. Gertrude beteuert, dass sie keine Angst vor »Armut« habe und »weder Luxus noch Pracht« begehre. Sie will die nötige Zeit abwarten, bis es wieder bergauf geht mit Henry. »Nun, er soll sich um eine Beförderung bemühen, dann sehen wir weiter«, verkündet Hugh Bell. Gertrude willigt ein. Nie würde sie ihrem Vater widersprechen.

Sie setzt sich der Abwesenheit aus, fühlt sich dem Geliebten verbunden, indem sie sich in ihre gemeinsame Welt versetzt: »Finstere Nacht, bedrohlicher Seegang, furchterregende Strudel, ob sie je unseren Zustand kennen, jene Sorglosen, die an den Stränden der Meere ausharren?« Über die Bücher taucht Gertrude wieder in Persien ein, in Hafis' Persien, ein märchenhaftes Land der Träumer auf der Suche nach Liebe und Schönheit, die in Wein, Rosen und Ekstase vergehen. Der Dichter der gebrochenen Herzen und verzweifelten Gemüter hat sie damals auf ihrer gemeinsamen Reise begleitet und ihren Gesprächen Nahrung gegeben. Gertrude beginnt nun, eine Auswahl seiner Gedichte zu übersetzen. Bei jedem Vers denkt sie an Henry. In dem kleinen Band, den er mit Rührung entdecken wird, wenn sie eines Tages wieder vereint sind, trägt jedes Sonett eine Widmung an ihn. Sie verbringt den Winter in London, feuchte, fahle Wochen in der Wohnung ihrer Stiefmutter, nur einen Steinwurf vom

Cadogan Square entfernt. Ihr Herz krampft sich zusammen, wenn sie ihn morgens auf dem Weg in die Bibliothek des British Museum überquert. Dort sucht sie nach Literatur für das ambitionierte Vorwort zu ihrem Buch. Sie studiert die indischen und zoroastrischen Einflüsse des Schiismus, das Wesen des Sufismus, »die Art und Weise, in der sich seine Anhänger in der Göttlichkeit auflösen wie ein Tropfen Wasser im Ozean«, notiert sie, und sie vergleicht Hafis' Dichtung mit der seines Zeitgenossen Dante. Mister Cadogan wird stolz auf sie sein. Sie schreiben sich. Mehrere Monate gehen ins Land. Henry bemüht sich und zahlt den Gläubigern ihr Geld zurück. Er ist guter Hoffnung. Die Zeit verfliegt. Gertrude vergeht vor Sehnsucht und macht sich Sorgen: Im Juli wird sie fünfundzwanzig, ein Jahr weniger als ihre Mutter zum Zeitpunkt ihres Todes. An manchen Tagen hat sie das Gefühl, dass ihr der Boden unter den Füßen weggezogen wird. Lebt sie nur von Illusionen? Werden sie sich wirklich wiedersehen? Hat es Mister Cadogan je gegeben? Manchmal weiß sie es selbst nicht mehr.

An einem Morgen im August 1893 reitet sie im Galopp in den Wald von Rounton Grange. Ihr Pferd ist unruhig und verirrt sich, obwohl es das Gelände kennt. Gertrude streichelt ihm den Hals, tätschelt seinen Kopf, gibt ihm zu trinken, verlangsamt das Tempo – doch es ist nichts zu machen, das Pferd bäumt sich auf und wiehert, also kehrt sie im Schritt zurück. Ihr Vater erwartet sie auf der Freitreppe des riesigen Anwesens, ein Telegramm in der Hand: »Cadogan in einen eisigen Fluss gestürzt. Stopp. Lungenentzündung. Stopp. Gestern Morgen verstorben. Stopp.«

Noch tags zuvor hatte Gertrude folgenden Vers von Hafis übersetzt: »Öffne mein Grab nach meinem Tod und sieh selbst, wie durch die Flamme, die mich verzehrt, der Rauch meines Leichentuchs emporsteigt.«

Isadora ist fortgeflogen.

11.

Bagdad, 31. Oktober 1918

Endlich trifft das chiffrierte Telegramm ein, auf das sie seit vier Monaten warten. Auf der Insel Lemnos ist ein Waffenstillstand geschlossen worden, das Osmanische Reich kapituliert: In den Räumlichkeiten der Zivilverwaltung ertönen Hurrarufe. Die Beamten stürzen ins Büro des frisch beförderten Oberstleutnants A. T. Wilson. Im Falle eines Sieges hat er ihnen Champagner versprochen. Seit Cox in Persien ist, um mit dem Schah ein Abkommen auszuhandeln, ist Wilson ihr neuer Chef. Hinter seinem Schreibtisch richtet er sich auf, wölbt seinen Oberkörper vor wie ein Löwe und stößt einen langen Seufzer der Erleichterung aus. Die Sache war knapp. Nach der Revolution und dem Abtrünnigwerden der Russen hatten sich die Deutschen über die Ukraine und ihren Weizen hergemacht, nahmen jetzt die Ölfelder Bakus, den Norden Irans und die Straßen Zentralasiens ins Visier und hatten an der Westfront einen so massiven Angriff gestartet, dass die französischen und britischen Armeen einzubrechen drohten. Die Türken rechneten von einem Tag auf den nächsten mit Verstärkung. Eurasien, das Herz der Welt, befand sich jetzt in Reichweite der Mittelmächte. Doch im August war die deutsche Maschine auf wundersame Weise ins Stocken geraten, und die von den amerikanischen Truppen unterstützten Verbündeten hatten eine blitzartige Gegenoffensive gestartet.

Wilson zieht seinen Waffenrock glatt und räuspert sich. Er bringt einen Toast auf King George, auf England und das Empire aus, zum Gedenken der Tapferen, ihrer gefallenen Brüder. Miss Bell, von einem Malaria-Anfall geschwächt, nickt zustimmend und hebt ihr Glas, die Augen traurig umschleiert. Doch als sie den Blick des Kolosses auf ihrem blassen Gesicht ruhen fühlt, ringt sie sich ein den Umständen angemessenes Lächeln ab. Ihre Opfer haben sich ausgezahlt, die Johnny Turks sind besiegt, »zermalmt«, wirft ein munterer kleiner Feldwebel ein, und im Orient bricht eine neue Ära an, erklärt der amtierende Zivilkommissar. Dennoch ... er wird durch die Hochrufe der politischen Offiziere unterbrochen ... Trotz des Waffenstillstands ist der Krieg in Mesopotamien noch nicht vorbei. Die Kämpfe werden sich im Norden, in der Region von Mossul, fortsetzen, so verlangt es die Regierung, und die Zivilverwaltung soll die Britisch-Indische Armee in den neu eroberten Gebieten ersetzen.

Einige Tage zuvor hatte Premierminister Lloyd George eine hochgeheime Mitteilung überflogen. Der Krieg erforderte astronomische Mengen an Treibstoff. Die Marne-Taxis, die amerikanischen Panzer im Nordwesten Frankreichs, die Rolls-Royce-Panzerwagen im Mittleren Osten sind dabei entscheidend gewesen. Die Intuition von Admiral Fisher und Churchill hat sich bestätigt, die Verbündeten sind von einer Treibstoffwelle zum Sieg getragen worden. Der Konflikt hat indes auch gezeigt, dass Großbritannien für die Anforderungen des modernen Krieges schlecht gerüstet war. Da sich die persischen Öllieferungen als unzureichend herausgestellt hatten, war es in Abhängigkeit erst von Russland, dann von den Vereinigten Staaten geraten, während seine Tankschiffe den deutschen Unterseebooten ausgeliefert waren. Es galt, das Benzin zu rationieren und die Geschwindigkeit der Schiffe zu reduzieren, von denen manche schon ab 1916 feststecken mussten. Um die führende Seemacht der Welt zu bleiben und die Wirtschaft anzukurbeln, muss Großbritannien dringend seine Bezugsquellen erweitern. Die Lösung findet sich in Mesopotamien, bestätigt die Mitteilung. In der Nähe von Kirkuk auf kurdischem Gebiet, das die Britisch-Inder gerade erobert haben, vor allem aber in dem steinigen Untergrund rund um Mossul befinden sich riesige Erdölvorkommen, und die Erträge aus der Förderung könnten langfristig die Entwicklung des britischen Mesopotamiens finanzieren. Folglich befiehlt Lloyd George seinen Truppen, Mossul zu erobern. Vier Tage nach der Unterzeichnung des Waffenstillstands besetzen die Briten die Stadt und Umgebung. Die Großmacht, die die Ölfelder in Persien und Mesopotamien kontrolliert, beherrscht damit die Versorgungsquelle für die flüssigen Brennstoffe der Zukunft und sichert sich so bis zum nächsten bewaffneten Konflikt einen entscheidenden Vorteil.

Die Briten dominieren sämtliche Besitzungen des in den letzten Zügen liegenden Osmanischen Reichs. Die ägyptische Expeditionsstreitmacht ist im Dezember vergangenen Jahres triumphal in Jerusalem eingezogen. An der Spitze des

Zugs General Allenby, gefolgt von Lawrence und einem Vertreter Frankreichs. Zum ersten Mal seitdem die Kreuzfahrer 1291 von den Mamluken aus dem Heiligen Land vertrieben worden sind, quartieren sich christliche Truppen rings um das Grab Christi ein. Die britischen Zeitungen haben Allenby als neuen Paladin des Westens gefeiert. Er hat es besser gemacht als Christoph Kolumbus, der sich einst über Indien zur Eroberung Jerusalems angeschickt hatte. Zum Herbstanfang hat seine Armee mit Unterstützung von Faisals Beduinenkriegern und einem kleinen französischen Kontingent Syrien erobert. Auch bei diesem Feldzug hat sich Lawrence wieder hervorgetan. In Damaskus angelangt, kutschierte er Faisal, seinen haschemitischen Schützling, in einem Rolls-Royce Silver Ghost bis zum Palast des Serails: Allenby setzte Faisal, den Anweisungen aus London folgend, an die Spitze einer arabischen Übergangsregierung. Doch bei einer vertraulichen Unterredung in einem Salon des Hôtel Victoria, bei der Lawrence als Dolmetscher fungierte, sagte er ihm, dass Großbritannien die Souveränität über Syrien nicht anerkenne und der junge Emir sich aufgrund des Sykes-Picot-Abkommens, von dem er ja sicher wisse, mit den Franzosen arrangieren müsse – auch wenn sein Freund Lawrence ihm nichts gesagt habe, die Bolschewiken und die türkische Presse hätten ihre Bedingungen kundgetan. Die Franzosen erhoben Anspruch auf ganz Syrien, sowohl auf die libanesische Küste als auch auf das Landesinnere. Faisal brauche nur mit Paris zu verhandeln, wenn er nicht zufrieden sei. Lawrence verließ Damaskus am darauffolgenden Tag.

In London werden indes immer mehr Stimmen laut, die das Sykes-Picot-Abkommen revidieren wollen. Die Araber sind gezwungen, es einzuhalten, aber die Engländer würden sich gern ihrer Verpflichtungen Frankreich gegenüber entledigen. Der Premierminister Lloyd George sieht sie als »unter den gegenwärtigen Umständen nicht einsetzbar und von unserem Standpunkt aus wenig wünschenswert«, die Briten hätten schließlich »die Osmanen ganz allein geschlagen«, während »die anderen Regierungen sich damit begnügten, ein paar schwarze Polizisten zu postieren, um aufzupassen, dass wir das Heilige Grab nicht plündern«. Dank ihrer militärischen Erfolge befinden die Engländer sich in einer starken Position, wollen die Resolutionen für die Nachkriegszeit diktieren und den Franzosen ihren Willen aufzwingen. England hat keine permanenten Verbündeten, nur permanente Interessen. Etwa die den Franzosen versprochene Eroberung Mossuls und die Erklärung, die Außenminister Arthur Balfour ein Jahr zuvor Lord Rothschild gegeben hatte.

Palästina sollte internationalisiert werden. Doch im Oktober 1917 verzichten die Briten darauf. Künftig wollen sie sich »für eine nationale Heimstätte für das jüdische Volk in Palästina starkmachen und alles in ihrer Macht Stehende tun, um dieses Ziel zu erleichtern«, ohne den zivilen und religiösen Rechten der Araber zu schaden, versprechen sie – unter ihrer Kontrolle, versteht sich. Die Franzosen, diese Pfaffenfresser, wären außerstande, die heiligen Orte des Christentums zu beschützen. Weder am Ölberg noch in Jerusalem haben sie etwas zu suchen, entscheidet Lloyd George, ein unkonventioneller Protestant, der damit prahlt, die Geschichte der Könige Israels besser zu kennen als die der englischen Monarchen. Die Internationalisierung Palästinas wird nicht funktionieren, denn die Juden und Araber sind außerstande, auf eigenen Füßen zu stehen: Ein englisches Protektorat scheint geboten. Davon werden alle etwas haben, daran hegen die Briten keinen Zweifel: Die Araber hätten wirtschaftliche Vorteile aufgrund der absehbaren Einwanderung europäischer Juden. Und die Juden könnten nach Jahrtausenden der Wanderschaft endlich über ein eigenes Land verfügen. Doch der wahre Grund dafür, dass die Briten sich zum Zionismus bekehren, ist strategischer Art. Wenn sie Palästina kontrollieren, können sie die gefährdete Westseite des Suezkanals sichern. Das neue Protektorat würde eine entscheidende Rolle für die im Entstehen begriffenen großen kaiserlichen Ölvorhaben spielen. Der Tiefseehafen in Haifa könnte die Endstation einer Pipeline aus den riesigen mesopotamischen Lagerstätten werden, die dem Empire die erheblichen Öltransfusionen ermöglichen würde, welche es für seine Funktionsfähigkeit und Verteidigung braucht. Die Experten sind kategorisch: England wird gar keine andere Wahl haben, als im Nachkriegspalästina eine starke Präsenz zu zeigen.

Offiziell unterstützt London die Idee einer nationalen jüdischen Heimstätte aus humanitären Gründen, das Recht der Juden, in das Land ihrer Vorfahren, der Hebräer, zurückzukehren. Man wird Großbritannien nicht vorwerfen können, sich neue Gebiete unter den Nagel zu reißen: Seitdem die Vereinigten Staaten im Frühjahr 1917 in den Krieg eingetreten sind und die Bolschewiken nur wenige Monate darauf in Russland die Macht ergriffen haben, hat der Imperialismus einen schlechten Ruf. Als er für den Eintritt in den Krieg gegen Deutschland die Zustimmung des Kongresses erbat, übte der amerikanische Präsident Woodrow Wilson heftige Kritik am europäischen Imperialismus und versprach, dass die unterworfenen Völker, ob groß oder klein, nach den Kampfhandlungen selbst über ihr Schicksal entscheiden sollten. Keine Macht dürfe danach trachten, ihren Einflussbereich auf andere Nationen auszudehnen, und alle wären gut beraten, sich ein Beispiel an den Vereinigten Staaten zu nehmen, die »nicht nach Eroberungen oder einer Vormachtstellung streben«. Sie sind dem Konflikt im Namen der Demokratie, der Rechte und Freiheiten der Schwächsten beigetreten. Von ihren französischen und britischen Verbündeten, denen sie Waffen liefern und horrende Summen leihen, erwarten sie, dass sie sich für die Selbstbestimmung der Völker einsetzen, einschließlich der eines Tages von den Osmanen im Mittleren Osten befreiten Bevölkerungen. Ein neues Zeitalter bricht an, die Regeln des diplomatischen Spiels müssen sich ändern. Im Januar 1918 formuliert Präsident Wilson seine Gedanken in vierzehn Punkten aus, eine Präambel zur Friedensordnung der Nachkriegszeit. Unter Punkt fünf figuriert ein »freier, unbefangener und völlig unparteiischer Ausgleich aller kolonialen Ansprüche«; unter Punkt zwölf steht: »Den übrigen Nationalitäten, die zurzeit unter türkischer Herrschaft stehen, sollte eine völlig ungestörte Gelegenheit zur selbstständigen Entwicklung gegeben werden.«

Lloyd George hat sich die Lektion gemerkt. In seinen offiziellen Reden spricht er künftig nicht mehr von der schweren Bürde des weißen Mannes, weder von Annektierungen noch von Einflussbereich oder Protektorat. Wie Amerika kämpft auch England dafür, die Herrschaft des Fortschritts auf der Erde auszudehnen, nicht etwa wegen eines erbärmlichen Beuteguts und natürlich, weil »die Selbstbestimmung« in aller Munde ist und die Herren Lenin und Wilson dafür weltweit werben, auf dass sie allenthalben gerühmt und versprochen wird! Die Engländer haben seit Anfang des Krieges schon viel versprochen. So lässt sich auch die überraschende französisch-britische Erklärung vom 8. November 1918 lesen, die in der arabischen Welt veröffentlicht, angeschlagen und im Rundfunk verbreitet wird. Sie steht im Gegensatz zu der Politik, die die Engländer seit dem Zusammenbruch Bagdads in Mesopotamien verfolgen. Stattdessen proklamiert sie die endgültige Befreiung der unter dem türkischen Joch lebenden Bevölkerungen und die Einführung nationaler Regierungen durch die einheimischen Völker – gewiss, mithilfe der Verbündeten. Dennoch reagiert A. T. Wilson bestürzt und Miss Bell verblüfft, denn die Zivilverwaltung ist überhaupt nicht zurate gezogen worden. Beide sind überzeugt, dass die Araber unfähig sind, sich selbst zu regieren. An ihren Vater schreibt Gertrude, die Erklärung komme zu früh, sie versetze Bagdad in Aufruhr und drohe es zu entzünden. Die Mittelostpolitik der Regierung erscheint ihr nicht konsequent. Schon die Balfour-Deklaration hatte sie erstaunt: »Ich hasse sie. Das zionistische Projekt ist unrealistisch. Palästina eignet sich nicht als Land für die Ziele der Juden. Es ist arm, es hat keine nennenswerten Ressourcen für eine Weiterentwicklung und eine solide Zweidrittelmehrheit an Muslimen, die die Juden verachten. Das ist ein künstliches Schema. Ich wünsche ihm, dass es scheitert, und bin mir im Übrigen sicher, dass es keinen Erfolg haben wird.« Die in London, Kairo und Delhi ausgeklügelte Diplomatie

Großbritanniens ist ein Billardtisch mit tausend Banden, ein schwer zu entschlüsselndes doppeltes, dreifaches und sogar vierfaches Spiel.

Wie auch immer, die Regierung ist zuversichtlich. Die Feuerprobe hat die Tragfähigkeit des Empires bewiesen, egal, was die Amerikaner und Sowjets, die neuen Parvenüs der Geschichte, denken mögen. Die weißen Dominions haben die Anstrengungen des Mutterlands unterstützt, Hunderttausende indischer Soldaten haben an sämtlichen Fronten gekämpft. Die Situation kommt den Interessen der Krone im Mittleren Osten gelegener denn je. Deutschland und die Osmanen sind ausgeschaltet, die Bedrohung eines globalen Dschihads ist abgewendet und die *Bagdadbahn* begraben. Die Revolution hat Russland ins Chaos des Bürgerkriegs gestürzt. Es wird sich vorerst nicht mehr an die nördlichen Grenzen Indiens vorwagen: Der Weltkrieg hat die gefährlichsten Gegner Großbritanniens der vergangenen dreißig Jahre ausgeschaltet. Übrig sind die Franzosen, diese Kellerschaben, aber das nordöstliche Viertel ihres Landes ist komplett zerstört, und wenn sie einigermaßen bei Vernunft sind, dürften sie sich nicht auf weitere Abenteuer in Übersee stürzen. Die Amerikaner sind zum ersten Mal überhaupt in Europa eingeschritten. Sie treten beeindruckend auf, die Verbündeten verdanken ihnen den Sieg, das steht außer Frage, und außerdem versprechen sie vollmundig, die Welt verändern zu wollen. Doch die Briten ahnen, dass die Vereinigten Staaten eine isolationistische Macht bleiben. Der Rest der Welt zählt nicht, außer Japan, aber das ist eine andere Geschichte. Kurzum, mit ein bisschen Glück – aber das Glück ist mit den Tapferen, will man in London glauben – werden sie in den kommenden Jahren freie Bahn im Mittleren Osten haben, so wie im vorherigen Jahrhundert nach Napoleons Niederlage auf der ganzen Welt: Damals war ihr gigantisches Reich in einem Moment der Unaufmerksamkeit und in Ermangelung ernst zu nehmender Konkurrenten quasi aus dem Nichts entstanden. Der weltweite Krieg, der auf die Französische Revolution gefolgt war, hatte für das französische und spanische Reich das Ende bedeutet, nachdem Vizeadmiral Nelson ihre Seestreitkräfte in Trafalgar vernichtend geschlagen hatte. Daraufhin gebot die Royal Navy über eine unbegrenzte Bewegungsfreiheit auf den Weltmeeren. Zehn Jahre später hatte England Russland, Österreich, Preußen und Frankreich ein für alle Mal das Konzert der Nationen aufgezwungen. Der Alptraum eines kontinentalen Bündnisses entfernte sich, England konnte sich mit ungeteilter Kraft auf seinen Handel mit Kohle, Textilien und Maschinen konzentrieren, die künftig in industriellem Maßstab produziert wurden, und darauf, weiter zu expandieren. Es hatte keine einzige Landesgrenze zu verteidigen und konnte unter sämtlichen Himmeln der Welt agieren, als würden die Ozeane nur ihm allein gehören. Hier ein kleiner Krieg, dort ein neues Handelskontor, eine tropische Insel, ein altes Königreich. So begann ein Jahrhundert der Hegemonie, die *Pax Britannica.*

Jetzt, nach Ende des Ersten Weltkriegs, hat das Empire die Möglichkeit, sich weiter zu vergrößern. Bei der Friedenskonferenz, die in ein paar Wochen in Paris beginnen wird, kann sich Großbritannien mit ein bisschen Opportunismus die früheren Besitzungen der Türkei und Deutschlands in Afrika und im Südpazifik holen. Und auf der Mercator-Weltkarte, die ihre Eltern in ihrem Kinderzimmer aufbewahrt haben, wird Miss Bell neue Gebiete, die sich über fünf Kontinente, sieben Meere und drei Ozeane erstrecken, abermals rot schraffieren.

12.

Port-Said, 1. März 1919

Der Chauffeur beruhigt sie, sie würden rechtzeitig da sein. Gertrude schaut auf die Uhr. Der Doppeldecker, mit dem sie aus Bagdad hergekommen ist, hatte mit Gegenwind zu kämpfen gehabt und auf dem Flugplatz von Damaskus notlanden müssen, bevor er erneut starten konnte, und jetzt ist die schmale Straße zum Hafen mit Karren und Lastträgern verstopft. Der Mann mit der Schirmmütze hupt. Gertrude murrt vor sich hin, zündet sich am Fenster eine Zigarette an und schimpft lauthals, nachdem ihr ein Windstoß die Asche ins Gesicht und auf den Kragen des Regenmantels geweht hat. Sie drängt den Fahrer zum Überholen, koste es, was es wolle. Auf keinen Fall darf sie die *Ormonde* verpassen, die in wenigen Minuten den Anker lichten wird. Das Schiff soll sie nach Marseille bringen, von wo aus sie mit der Eisenbahn weiter nach Paris reisen will. Auf Bitte des amtierenden Zivilkommissars A. T. Wilson wird sie die Interessen der englisch-indischen Zivilregierung in Mesopotamien vor der Delegation des British Empire bei der Friedenskonferenz vertreten. Über das Schicksal der Region wird – wie über das der übrigen Welt – an den protzigen Kaminen der gold- und purpurfarben bespannten Salons im Quai d'Orsay entschieden.

Während der Überfahrt verlässt Gertrude ihre Kabine so gut wie nicht, nur nachts vertritt sie sich ein bisschen die Beine auf dem menschenleeren Deck. Sie arbeitet ihre Notizen aus, verfasst die Ansprache, die sie in ihren Grundzügen zusammen mit Wilson festgelegt hat, streicht einzelne Passagen und fügt Statistiken an. Die Situation ist ernst: Die Regierung zögert, noch immer sind das Gebiet, der Status und das Führungssystem Mesopotamiens nicht festgelegt, dabei ist die Stimmung im Land seit der Erklärung der Verbündeten im November merklich angespannt. Sie hatte ein schönes Durcheinander angerichtet und die Verwaltung in Schwierigkeiten gebracht, unberechenbaren Individuen und kleinen Splitterparteien eine gefährliche Waffe in die Hand gegeben, während die überwiegende Mehrheit der Bevölkerung die britische Herrschaft weiterhin anzuerkennen bereit war oder sich die Frage gar nicht erst stellte. Die Erklärung hatte die Gemäßigten verängstigt, Juden, Christen und Minderheiten, aber auch viele Muslime, die befürchteten, dass eine nationalistische Regierung oder ein religiöser islamischer Staat in der Anarchie, wenn nicht gar in einem Blutbad endete. Kurz vor ihrem Aufbruch hatte Abd ar-Rahman al-Haidari sie in ihren Überzeugungen bestätigt. Nicht zum ersten Mal warnte der geistliche Führer der Sunniten in Bagdad vor den »unbeständigen, götzendienerischen und heuchlerischen« Schiiten und vor den Beduinen: »Wer ihnen vertraut, gleicht einem Mann, der ein Haus auf dem

Wasser errichten möchte.« Er hofft, dass die Briten regieren. »Die Selbstbestimmung ist eine dumme Idee von Scheich Wilson. Der Amerikaner kennt die Völker des Orients nicht. Die Engländer regieren in Asien seit dreihundert Jahren, warum nicht noch länger? Die Macht dem Volk zu überlassen, wäre so, als würde man ihm die Zügel eines Vollblüters ohne Reiter anvertrauen.« Im Grunde, denkt Gertrude, während sie die olivgrünen Hänge Siziliens hinter dem Bullauge ihrer Kabine auftauchen sieht, ist Mesopotamien ein turbulentes, von den Briten in die Welt gesetztes Kind. Erst soll sich ein autoritärer Vormund um dieses Kind kümmern, bevor es seinen eigenen Weg gehen darf. Im jugendlichen Alter wird es an Besonnenheit gewinnen und ihm seine Gunst zu danken wissen. »Unsere Pflicht und unser Privileg ist es, ein wirksames Protektorat zu errichten.«

Als Gertrude am 7. März in Paris eintrifft, entdeckt sie eine brodelnde Stadt. Seit zwei Monaten schon tagen die eitlen Mächtigen dort. Noch nie sind so viele Staatschef auf einmal zusammengekommen. Schwarze aus Harlem, Rabbiner aus Galizien, Suffragetten, Gewerkschafter, Vertreter aller Arten und Nationen werden im Quai d'Orsay mit ihrem Beschwerdekatalog vorstellig. Die Friedenskonferenz ist das erste weltweite Gipfeltreffen der Geschichte. Man unterzeichnet Abkommen, gründet Institutionen und Nationen, gestaltet die Weltkarte um. Die alten Kontinentalreiche sind zerbrochen, eine neue internationale Ordnung zeichnet sich ab. Nach der unsäglichen Katastrophe mit zehn Millionen Toten, zwanzig Millionen Verwundeten und komplett verwüsteten Landstrichen soll sie Sicherheit für alle bringen, die Schwächsten schützen und mithilfe des neuen Völkerbunds Konflikte schlichten. Der Great War wird der letzte bleiben, der, der alle weiteren Kriege unterbindet, hatte Präsident Wilson versprochen, der in Frankreich mit dem Nimbus eines Messias eingetroffen ist. Er ist der Friedensmacher, der Garant der bislang missachteten Nationen. Hat er nicht verkündet, dass »die Völker der Welt erwacht sind«? Plakate mit der Aufschrift »Wir wollen den Frieden mit Wilson!« schmücken die Wände. Plätze, Prachtstraßen und Parks in ganz Europa sind bereits nach ihm benannt worden.

Doch der amerikanische Präsident stößt sich rasch an der Unnachgiebigkeit seiner französischen und britischen Kollegen. So gut wie nichts verbindet die drei Entscheidungsträger: den Sohn eines amerikanischen Pfarrers der Presbyterianischen Kirche aus den der Rassentrennung anhängenden Südstaaten, den sarkastischen alten Soldaten und Republikaner aus Frankreich und den listigen Waliser, der in Paris von seiner Sekretärin und Geliebten begleitet wird, aber auch von wachsender Antipathie. Sie verbringen ihre Tage damit, Ruthenen, Kurden und Letten zu verhören, und sitzen abends einträchtig nebeneinander in der Opéra Garnier. Für Wilson und Lloyd George ist Clemenceau ein zänkischer, nach Revanche gierender Zwerg. Für Clemenceau und Wilson ist Lloyd George ein Zyniker, der ständig seine Meinung ändert, und für Lloyd George und Clemenceau ist Wilson ein arroganter Langweiler, der sie um die Dividende des Sieges bringen will. Der Brite vergleicht den Amerikaner mit einem Missionar, der den europäischen Heiden mit seinem Rezeptkasten voller klischeehafter Predigten zu Hilfe eilen will. Und was die vierzehn Punkte betrifft, ist Gott immerhin so bescheiden gewesen, nur zehn Gebote anzuordnen, wie der französische Ratspräsident dem britischen Premierminister zuraunt, als Wilson zu einem zigsten Sermon ansetzte. Der Amerikaner hatte sich dem von Clemenceau vorgeschlagenen Besuch der Schlachtfelder verweigert, mit dem Argument, der Frieden müsse in einem sachlichen Klima verhandelt werden.

Von allen Kriegsteilnehmern hat Frankreich am meisten gelitten. Jeder vierte Franzose ist zu Tode gekommen, der an Industrie und Landwirtschaft reiche Nordosten ist nach den vierjährigen Kämpfen dem Erdboden gleichgemacht worden. Clemenceau will Elsass und Lothringen zurückhaben, er will Deutschland entwaffnen, einkreisen und zur Kasse bitten. »Das Recht des Siegers auf Eroberung ist eine alte europäische Tradition« – doch Wilson, der erste amerikanische Präsident, der einen Fuß auf den alten Kontinent gesetzt hat, »versteht nichts von Europa«, wie Clemenceau seinen Beratern erklärt. »Er will nicht einsehen, dass Frankreich bei dieser Konferenz seine Sicherheit verhandelt, was weder sein Land noch England tun.« Der Tiger, so verbraucht und schlaflos er auch sein mag, kämpft verbissen. Frankreich, »gestern ein Soldat Gottes, heute ein Soldat der Menschheit … und immer ein Soldat des Ideals, wird seinen Platz in der Welt wiederfinden, um seinen herrlichen Weg bis zum Unendlichen des menschlichen Fortschritts fortzusetzen«. Und dann seine zivilisatorische Mission in der Levante: Frankreich will sich kraft des Sykes-Picot-Abkommens Syrien einverleiben – oder, wie es im Wilson'schen Sprachgebrauch nun heißt, ein Völkerbundmandat zugesprochen bekommen. Da die Araber als »halb zivilisiertes

Volk« anerkannt worden sind, können sie keinen Anspruch auf Selbstbestimmung erheben, die den »weiter entwickelten Nationen« des ehemaligen Österreich-Ungarns vorbehalten bleibt.

Kurz vor Eröffnung der Friedenskonferenz hatte Lloyd George Clemenceau in London versprochen, dass Großbritannien die Forderungen Frankreichs unterstützen und ihn im Tausch gegen Mossul und Palästina am mesopotamischen Erdöl beteiligen würde. Frankreich würde durch den Erwerb der Anteile der Deutschen Bank in das Kapital von Turkish Petroleum einsteigen.

Die Dämmerung bricht herein, es regnet auf dem Place de la Concorde. Gertrude sitzt auf der Rückbank einer Limousine und sieht, wie sich die zahllosen Fußgänger auf dem nassen Pflaster zwischen den Automobilen und den cremefarbenen Omnibussen der Compagnie générale de Paris hindurchschlängeln. Deutsche Kanonen und Flugzeuge, Kriegstrophäen des siegreichen Frankreichs, glänzen unter den Straßenlaternen auf der Terrasse der Tuilerien. Der Wagen umfährt den Obelisken, überquert den Place de la Madeleine und hält in der Rue Royale. Ein Page des Maxim's öffnet den Wagenschlag. Hinter ihm, unter der roten Markise, erblickt sie eine elegante Silhouette: Hugh Bell ist extra über den Ärmelkanal gekommen, um seine geliebte Tochter zu sehen.

Freudig stoßen die Bells miteinander an, bevor sie sich schweigend mustern und auf dem Gesicht des jeweils anderen nach den Spuren der Zeit forschen. Das opalfarbene Haar und die mit Falten überzogene Stirn überraschen ihn. Fast hatte Hugh vergessen, dass seine Tochter fünfzig war. Aber ihre Augen funkeln immer noch genauso klug und weise, und auch ihr loses Mundwerk ist ihr nicht abhandengekommen. In letzter Zeit hat sie versucht, die drei Provinzen Mossul, Bagdad und Basra zu einem einzigen Gebiet zu vereinen. Vor Ort hat eine erdrückende Mehrheit der Bevölkerung für das Projekt einer einheitlichen Nation gestimmt. A. T. Wilson hat auf die Schnelle eine Volksabstimmung organisiert, weil es derzeit in Mode ist, die Bevölkerungen nach ihrer Meinung zu fragen. Gertrude weiß, dass die Mitarbeiter des amtierenden Zivilkommissars gelegentlich Druck auf die Honoratioren ausgeübt haben, die Einzigen, die je wirklich befragt worden sind, und zwar aus gutem Grund: Das Land existiert nicht und hat noch nie existiert. Die drei Provinzen sind an miteinander rivalisierende Zivilisationen gekettet, diskrepante Welten, soweit man zurückdenken kann. Basra orientiert sich nach Süden hin, zum Persischen Golf und nach Indien. Bagdad ist mit der persischen Welt verbunden, Mossul schließlich mit der Türkei und Syrien. In religiöser wie in ethnischer Hinsicht haben sie nichts miteinander gemein. Doch das verschweigt Gertrude ihrem Vater. Die Gründung eines neuen Staats sei ein aufregendes Spiel, betont sie vielmehr und skizziert mit der Messerspitze eine Karte Mesopotamiens. »Nur die Grenzen müssen noch festgelegt werden, und das ist einer der Gründe für mein Hiersein ...« Gertrude wird von einem Oberkellner unterbrochen. Ob er später noch einmal wiederkommen könne? Ihr Gast treffe jetzt erst ein. Tatsächlich schreitet gerade ein britischer Militär mit Kufija energisch durch das Restaurant auf sie zu.

Lawrence grüßt die Bells unterkühlt, auf Arabisch. Er ist schlecht rasiert und ebenso schlecht gelaunt: Mit Faisal, den er in Paris unter seine Fittiche genommen hat, kassiert er einen Misserfolg nach dem anderen. Die Franzosen haben sie auf dem Kieker, seitdem sie sicher sind, dass Lloyd George seine Versprechen in puncto Syrien nicht einlösen wird. Sie nehmen den arabischen Nationalismus nicht ernst – »So schnell lässt sich eine Unzahl von Stämmen nicht in ein schlüssiges Ganzes verwandeln«, heißt es am Quai d'Orsay –, so wie sie auch die Arabische Revolte unterschätzt hatten: »eine Revolte von Zuchthäuslern, geeint durch den verzweifelten Wunsch nach einem unmöglichen Ausbruch aus dem Kerker, aus dem unheilbaren Krebs, der ihr Fleisch befallen hat; die mit einer banditenartigen Kriegstechnik ohne gemeinsames geistiges Ideal angeführt wird, von einer Person, der jedes Verständnis für den muslimischen Glauben abgeht«, hatte ein Korrespondent des Ministeriums während des Krieges kommentiert. Jetzt in Paris verstecken die Engländer sich hinter dem exotischen Zweigespann – der Emir und sein Abenteurer –, um Frankreich aus der Levante zu verdrängen. Der böse Geist ist Lawrence, der nie einen Hehl aus seinem Widerwillen gegen das Sykes-Picot-Abkommen gemacht hat, daran erinnern sich die Franzosen noch gut. Er hat Faisal gegen sie aufgestachelt. Die arabischen Forderungen bei der Friedenskonferenz entsprechen Punkt für Punkt denen der Briten im Mittleren Osten, wie die französischen Orientalisten bemerken: volle »Unabhängigkeit« Syriens, aber »effiziente Fremdherrschaft« in Mesopotamien und Palästina. Faisal hat sogar sein Einverständnis zur Gründung einer jüdischen Heimstätte im Januar gegeben: »Wir bringen der zionistischen Bewegung tiefe Sympathie entgegen und werden die Juden herzlich aufnehmen.« Die Engländer unterstützen ihn mit fünfzigtausend Pfund im Monat, ihre technischen Berater leiten seine Verwaltung in Syrien. Der haschemitische Prinz ist ihre Marionette.

Von einem doppelten Whisky wiederbelebt, erzählt Lawrence von den Nöten, denen er ausgesetzt ist, während die Bells ein Filet Wellington mit einer knusprigen Kruste verschlingen. »Sehen Sie den Kerl, der da drüben an der Bar steht? Ja, den Großen mit Schnurrbart und Zylinder. Schauen Sie nicht hin, Sir«, sagt er zu Gertrudes Vater gewandt, der sich schnell wieder umdreht. »Er arbeitet für die nationale Sicherheit. Er und seine Komparsen lassen mich den ganzen Tag nicht aus den Augen. Sie öffnen Faisals Briefe und zögern das Absenden seiner Telegramme hinaus. Und mich versuchen sie zu verleumden.« Lawrence, der aus Lust an der Provokation die Kufija aufbehalten hat, zieht ein zwei Wochen altes *Paris-Match* aus seiner Innentasche. Auf der Titelseite prangt über die ganze Breite sein Foto, darüber die Schlagzeile: »Der britische Imperialismus unter arabischer Haube.« Auf den Innenseiten enthüllt die Tageszeitung »seine wahren – panislamischen – Ansprüche«. Eine Woche darauf hat *L'Echo de Paris* geschrieben: »Nichts vermag diesen von seinen Träumen besessenen Mystiker mehr aufzuhalten, noch nicht einmal die Interessen seines Landes. Lawrence will Whitehall vor vollendete Tatsachen stellen.«

Als die Konferenz eröffnet wurde, hatten die Franzosen Faisal nicht auf die offizielle Liste der Delegierten gesetzt. »Sie haben ihm erklärt, dass die Dinge ins Lot kämen, wenn er sich auf ihre Seite schlagen würde. Das war ein bisschen zu offensichtlich … Schließlich hat man ihm erlaubt, als Vertreter des Hedschas, aber nicht als Vertreter Syriens teilzunehmen«, sagte Lawrence, während er den Rest Suppe mit einem Stück Brot austunkte. »Diese Dilettanten wissen nicht, wie sie es anstellen sollen. In Marseille ist Faisal von einem Diplomaten im Ruhestand empfangen worden. Als der französische Geheimdienst dann herausgefunden hat, dass ich schon unterwegs war, um ihn abzuholen, haben sie ihn zu den Schlachtfeldern in Flandern geschleift, um ihn zu erweichen. In Straßburg hat ihm ein General die Ehrenlegion verliehen, und er ist von Präsident Poincaré empfangen worden. Aber Orden sind Faisal herzlich egal. Er will den syrischen Thron besteigen. Die Franzosen begehen den Fehler, das auf die leichte Schulter zu nehmen und zu glauben, dass wir ihn manipulieren. Er ist ein wunderbarer, aufrechter Mann, der in seinem Land verehrt wird. Nach Jahrhunderten will er den Arabern endlich wieder einen Platz in der Geschichte sichern. Wir helfen ihm dabei. Ich werde ihn Ihnen bald vorstellen.« Mit einer abrupten Handbewegung wischt Lawrence sich den Mund ab. Doch anstatt die Serviette wieder auf die Knie zu legen, formt er sie zu einem Dreispitz. Gertrude packt ihn energisch am Unterarm: »Ich weiß, was Sie vorhaben. Tun Sie es nicht. Nicht im Maxim's und nicht vor meinem Vater. Auch ich mag die Franzosen nicht sonderlich, aber sie haben wirklich über die Maßen gelitten. Ein bisschen Anstand, ich bitte Sie«, appelliert sie an ihn. Lawrence gehorcht mit gesenktem Kopf, wie ein Kind, das gerade eine Dummheit begehen will und dabei ertappt wird.

Ein paar Tage vor Gertrudes Ankunft in der Stadt hatte sich ganz Paris über eine Begebenheit empört. Faisal und

Lawrence waren in ein Flugzeug gestiegen, um die Hauptstadt von oben zu bewundern, dabei hatten sie Kissen aus der Maschine auf die unter ihnen liegende Stadt geworfen: »Schade, dass wir keine Bomben haben«, hatte der arabische Prinz seinem Reisegefährten zugebrüllt. Ihr Pilot, der sich beeilte, von diesem Ausflug zu berichten, war ein maronitischer Libanese, was die beiden Scherzbolde nicht gewusst hatten.

Doch noch etwas anderes beschäftigt Lawrence an diesem Abend. Gertrude merkt es an seinen einsilbigen Antworten auf Hughs Fragen und daran, wie zerstreut er mit dem Salzfass spielt, während sie ein Omelette surprise verzehren.

Am 6. Februar hat die Delegation des Hedschas vor dem Obersten Rat der Konferenz das Wort ergriffen. Faisal, in einem Gewand aus goldbestickter cremefarbener Seide, einen Krummsäbel am Gürtel, schien einem orientalistischen Gemälde von Fromentin oder Delacroix im nahe gelegenen Louvre entstiegen. Seine stolze Haltung und der glühende Blick verstärkten den Eindruck, er würde direkt vom Propheten abstammen. »Aus seinen Worten weht der Duft von Räucherstäbchen, sie evozieren farbenfrohe Diwane, grüne Turbane und den Glanz von Schmuck und Gold …«, kommentierte ein amerikanischer Diplomat, der Araber bisher nur aus den Illustrationen der bereinigten Fassung von *Tausendundeine Nacht* kannte. Mit dröhnender Stimme hatte Faisal, ganz ohne Aufzeichnungen, sein Publikum in Bann gezogen. Er forderte die Alliierten auf, die Verpflichtungen im Rahmen der im vergangenen November abgegebenen Erklärung – »an die sich so viele Hoffnungen für mein Volk knüpfen« – zu erfüllen, verlangte ein Recht der Araber auf Selbstbestimmung und eines Tages auch auf einen eigenen, nach Möglichkeit einheitlichen, föderalen Staat. Dieser solle sich eher auf den gerechten Prinzipien von Präsident Wilson gründen als auf den undurchsichtigen Versprechen, die die Briten seinem Vater während des Krieges gegeben hatten. Faisal hinterließ einen so starken Eindruck, dass Lloyd George nach seiner Ansprache erklärte, sein Land werde die arabischen Verbündeten nicht im Stich lassen. Blass vor Wut schwenkte Clemenceau ein Bündel Dokumente und erinnerte ihn an die Verpflichtungen des Sykes-Picot-Abkommens und an die Versprechen, die er ihm vor einem Monat in London gegeben hatte. Doch seither war auf englischer Seite nichts oder nur sehr wenig geschehen, denkt Lawrence in seinem Zimmer im Hotel Continental, während die britischen Diplomaten in einem Luxushotel unweit des Place de l'Etoile nächtigen. Sie blockieren die französischen Forderungen in Bezug auf Syrien, ohne die Ansprüche Faisals zu unterstützen.

Als Lawrence sich, wieder in Damaskus, bei der Kommission für Ostangelegenheiten erkundigt hatte, was die britische Regierung für die Araber zu tun gedenke, hatte man ihm erklärt, dass der Aufschwung der Bewegung zu einem entscheidenden Zeitpunkt der Geschichte eine glückliche Entwicklung dargestellt habe, er nun aber besser daran täte, herauszufinden, inwiefern die Araber dem Reich, jetzt, wo der Krieg vorbei sei, auch weiterhin nützlich sein könnten. Lawrence hatte sich taub gestellt und sein Verwaltungsschema für Mesopotamien erläutert, obwohl die Diplomaten kein Interesse daran bekundet hatten und sein Plan – die

Aufteilung des Landes in zwei Emirate, die von zwei Söhnen Husseins regiert wurden – dem von Wilson und seiner Freundin Gertrude verfolgten Einigungsvorhaben zuwiderlief. Für wen hält sich dieser exzentrische Zwerg überhaupt? Und worin mischt sich dieser größenwahnsinnige Homosexuelle eigentlich ein?, fragen sich die Verantwortlichen des Foreign Office und des Staatssekretariats in Indien. A. T. Wilson, soeben in Paris eingetroffen, sieht in Lawrence den Grund für ihre Probleme mit den Franzosen in Syrien. Sein Buffalo-Bill-Abenteuer in der Wüste ist ihm zu Kopf gestiegen. Sein Bedürfnis, im Rampenlicht zu stehen, und sein enges Verhältnis zu dem Beduinenfürsten, den er mit seiner Delegation in einer gemeinsamen Villa im Bois de Boulogne untergebracht hat, machen ihn suspekt. Er begleitet ihn Tag und Nacht als Verwalter, exklusiver Berater und Dolmetscher. Manche fragen sich, ob Major Lawrence nicht auf die arabische oder sogar eine noch schlimmere Seite übergeschwenkt ist. In Paris machen die Gerüchte schnell die Runde.

Doch die französischen und britischen Delegierten haben Besseres zu tun, als sich seine Hirngespinste anzuhören. Seinem Freund Faisal fehlt es nicht an Talent, und sein Auftritt ist eher überzeugend gewesen, seine Forderungen indes sind maßlos, dementsprechend sollten sie sich wieder ernsteren Dingen zuwenden, denken die Verbündeten: Wir wollen gute Freunde bleiben, den Mittleren Osten zerstückeln, und weil der amerikanische Präsident nun mal unbedingt die Form wahren will, lassen wir uns von seinem neuen internationalen Spielzeug eben die entsprechenden Mandate erteilen. Aber es gelingt ihnen nicht. Franzosen und Briten liefern sich im Laufe der folgenden Wochen einen zweiten Stellungskrieg. Keiner von beiden tritt dem anderen auch nur einen Zoll Boden ab.

Die französische Kolonialpartei rüstet sich und kann auf die Vermittlung von Außenminister Pichon zählen. Die Expansion in der Levante wird Frankreich erlauben, sich schneller wieder zu berappeln. Auf diese Weise soll sein kulturelles, linguistisches und moralisches Apostolat fortgesetzt werden. Dank der französischen Truppen, die sich an der Westfront geopfert haben, hat Großbritannien Syrien erobern können. Frankreich verdient eine Entschädigung. Lloyd George, der ein paar Monate zuvor triumphal wiedergewählt worden ist, will davon jedoch nichts wissen. Man hat ihn informiert, dass die Oasenstadt Palmyra auf syrischem Gebiet ein Knotenpunkt der Ölpipeline zwischen Mossul und dem Mittelmeer werden soll. Er will sie in Mesopotamien eingliedern lassen, Clemenceau schnappt nach Luft, tituliert Lloyd George als Rotzbengel, Betrüger und Lügner, droht mit der Rücknahme von Mossul. Der britische Premierminister hat das Kunststück zustande gebracht, aus ihm, einem eingefleischten Antikolonialisten, einen Syrer zu machen. Clemenceau warnt ihn, und das gilt auch für Wilson: Nie werde die öffentliche Meinung in Frankreich akzeptieren, dass Frankreich das Mandat entzogen wird. Es habe erheblich in das syrische Transportwesen und die dortige Infrastruktur investiert. Seit den Kreuzzügen umsorge, erziehe und beschütze es die syrischen Christen und habe die Araber der modernen Zivilisation zugeführt. »Mitteilsamer und umgänglicher mit diesen spontanen und beweglichen Charakteren, die sich nur einem Führer anvertrauen wollen, der sie versteht und mit sanfter, aber sicherer Hand leitet, gewinnt der Franzose schneller den Zugang und das Zutrauen des arabischen Volks als der Engländer«: Dementsprechend muss Frankreich das Mandat in Syrien zugesprochen werden. Lloyd George zuckt mit den Achseln. Die Engländer seien als einziges Volk in der Lage, sich in andere Völker hineinzuversetzen. Sie seien intuitiv dafür prädestiniert, die Araber zu verstehen. Das Land, erinnert er sich plötzlich, sei übrigens von seinem Vorgänger den Arabern versprochen worden. Pichon verlangt nach einer Erklärung. Warum sollte Frankreich an ein hinter seinem Rücken ausgehandeltes Abkommen gebunden sein, wo es doch einen vorschriftsmäßigen Vertrag unterzeichnet hatte, der ihm die Region ganz offiziell abtrat? Lloyd George erwidert, immerhin hätten zwischenzeitlich Hunderttausende britischer Soldaten für die Befreiung des Mittleren Ostens gekämpft und »Millionen von Pfund sind in die Kampagne geflossen«. Ohne das entschlossene Eingreifen der Briten würden sich die Franzosen noch nicht einmal die Frage eines Mandats in der Levante stellen! Es gibt in England auch eine öffentliche Meinung, der es missfallen wird, dass die Franzosen durch Damaskus paradieren, nachdem die Befreiung der Stadt die Soldaten des Empires so viel Blut und Tränen gekostet hat. In der darauffolgenden Sitzung lässt Pichon einen alten, graubärtigen Araber auftreten: »Wir wollen, dass die Franzosen uns helfen«, fleht er weinerlich. Doch Wilson und Lloyd George finden heraus, dass der alte, graubärtige Araber schon seit fünfunddreißig Jahren in Frankreich lebt. Clemenceau tadelt Pichon. Dieses Mal hat der Minister einen maronitischen Libanesen aufzubieten, der ein Loblied auf Frankreich singt. Die Briten antworten mit einem besonders hohen

Tier, General Allenby. Er warnt sie: Die Araber würden sich gewaltsam gegen eine französische Besatzung wehren. Die Kriegsgefahr ist greifbar, und die Franzosen übernehmen die Verantwortung dafür: Faisal hat angedroht, Reiter aus dem Hedschas und aus Syrien zu versammeln, um gegen sie in den Dschihad zu ziehen. Clemenceau schließt daraus, es sei leichter, Krieg zu führen, als Frieden zu schließen.

Präsident Wilson, der seit über drei Monaten in Europa weilt, hat langsam genug von den französisch-britischen Querelen. Sykes-Picot, ein Name, der ihn an eine Tee-Sorte erinnert, steht in seinen Augen für das Schlimmste der Geheimdiplomatie im alten Stil, für alles, was ihm verhasst ist. So macht er den Vorschlag, einen Untersuchungsausschuss nach Syrien zu schicken, um die Wünsche der lokalen Bevölkerung zu ergründen: Einige Stunden später stößt Faisal in der Überzeugung, dass sich der Ausschuss für die Unabhängigkeit Syriens aussprechen wird, mit Lawrence und ein paar amerikanischen Delegierten darauf an. Die Araber würden lieber sterben, als ein französisches Mandat zu akzeptieren, heißt es. Doch da haben sie die Rechnung ohne Clemenceau gemacht. Er akzeptiert Wilsons Vorschlag, aber unter einer Bedingung: Der Ausschuss soll auch die Wünsche der Bevölkerungen in Mesopotamien und Palästina sondieren. Damit hat er die Engländer ausgetrickst: Eine unabhängige Regierung in Damaskus würde die Massen in Palästina und Mesopotamien nicht gleichgültig lassen. Auch sie würden ihre Freiheit einfordern, vielleicht sogar gewaltsam. Und die Briten würden Gefahr laufen, aufgrund der instabilen Situation ihr Erdöl nicht mehr fördern und transportieren zu können. Sie verstehen, dass sie keine andere Wahl haben, als sich mit den Franzosen zu einigen und gemeinsam mit ihnen die Arbeit des Ausschusses zu hintertreiben. In einem Punkt sind sich die Verbündeten einig: Die Araber kommen aus dem Nichts. Seit Jahrhunderten haben sie inzwischen ihre Souveränität und Unabhängigkeit verloren, da sollen sie sich doch bitte schön mit dem begnügen, was die beiden Großmächte ihnen anbieten – das ist schon viel. Es wird noch Monate dauern, bis die Wirrnisse in Syrien entzerrt sind. Aber es wird kein arabisches Großreich geben. Faisal und Lawrence haben verloren: »Wenn wir uns schon streiten müssen, dann lieber mit den Arabern als mit den Franzosen«, schreibt Lord Balfour.

Während sich die Franzosen und Engländer um Syrien streiten, fehlt Mesopotamien auf der Tagesordnung, und Gertrude nutzt ihre Zeit in Paris, der Hauptstadt sämtlicher Intrigen. Nachdem sie jahrelang an den Rand der Zivilisation verbannt gewesen ist, findet sie hier blank geputzte Wasserhähne, ein sauberes Waschbecken und das gesellschaftliche Leben ihrer Jugend wieder, reiht glücklich dienstliche und private Treffen aneinander. So isst sie mittags in Gesellschaft eines Lords im Fouquet's, sitzt abends im Pré Catalan am Tisch eines Ministers und seiner Geliebten mit weiß gepuderter Nase oder tauscht sich in der Bar des Hôtel Crillon mit Journalisten einer großen Presseagentur über die Reparationen aus, die man Deutschland auferlegen wird. Sie hofft, Lloyd George zu begegnen, und eines Abends macht sie Faisals Bekanntschaft.

Als sie die Villa in Boulogne betritt, eilt der Prinz sofort auf sie zu, hocherfreut, wie er sagt, die mächtigste Frau

Mesopotamiens empfangen zu dürfen, Lawrence und etliche Scheichs hätten schon ihr Lob gesungen und ihre Vorzüge gerühmt. Gertrude verneigt sich ihrerseits. Der junge Mann ist schlank, fast schon dünn, und kleiner als in ihrer Vorstellung. Was sie aber vor allem verblüfft, sind die schmalen, frühzeitig eingefallenen Schultern, der unverhältnismäßig große Kopf und die schwermütigen Rehaugen, dunkle Spalte, die sogar, wenn er lächelt, noch etwas Trauriges ausstrahlen. Das einer Messerklinge ähnliche Gesicht verschwindet hinter dem Qualm der Marcovitchs, die er am laufenden Band raucht. Wie eine siamesische Katze beobachtet er viel und spricht wenig. Doch wenn er das Wort ergreift, fesselt er die Aufmerksamkeit seiner Zuhörer. Die langen, nikotinfleckigen Finger fuchteln durch die Luft, während er seine Vorstellungen darlegt. Er besitzt einen analytischen Geist und schlagkräftige Argumente, ohne kategorisch zu sein, und er zitiert gern arabische Dichter. An diesem Abend also, nachdem er von dem Hühnersalat gekostet hat, den Lawrence in seiner Dschellaba in der Küche für die Delegation – zum Großteil Gefährten der Revolte, die aus Mesopotamien stammten – zubereitet hatte, spricht Faisal, ohne Gertrude aus den Augen zu lassen. Er bedauert, dass ihre Regierung ihm nicht zur Seite stehe, wie sie es zugesichert hatte. Ein von Großbritannien beaufsichtigtes Bündnis aus selbstständigen oder unabhängigen arabischen Staaten wäre »die gerechteste und geschickteste Lösung« gewesen. Und eine zukunftsträchtige noch dazu: Die Welt habe das Stadium des Imperialismus hinter sich gelassen, und er habe England und Frankreich diese Schmach ersparen wollen, bringt er in einem resignierten, seine Bitterkeit kaum verhehlenden

Tonfall hervor. Gertrude unterbricht ihn. Sie habe versucht, die Amerikaner davon abzubringen, Frankreich in Syrien ein Mandat zuzusprechen. Aber sie hätten ebenfalls auf Granit gebissen, so wie die Briten. Jetzt sei es seitens der Araber vernünftig, einen Kompromiss mit Clemenceau auszuhandeln, beharrt sie im Hinblick auf die Stabilität Mesopotamiens. Das kommt gar nicht infrage, entgegnet Faisal schroff. Er hat seinen Plan noch nicht aufgegeben: Die französische Armee wird Damaskus nicht besetzen, vielmehr soll die englische die Stadt räumen. In dieser Nacht beschließt er, baldmöglichst zurückzukehren. Die Pariser Komödie hat lang genug gedauert. Er will den Franzosen zuvorkommen und das Schicksal zwingen.

Auch Lawrence wird abreisen. Aber vorher will er Gertrude noch einmal sehen. Er schlägt ihr ein Treffen in einem Bistro vor, wo sie keinem dieser wichtigtuerischen Diplomaten begegnen werden, die er nicht mehr ausstehen kann. Als Gertrude das Café du Croissant betritt, sitzt ihr Freund bereits vor einem angefangenen Krug Wein. Unter seinen müden Augen zeichnen sich schwere Tränensäcke ab. Er trägt eine Kufija und wirkt noch verzweifelter als neulich im Maxim's.

Seitdem er Lloyd George und Lord Balfour im Treppenhaus des Hôtel Majestic mit Klopapierrollen beworfen hat, gilt er bei der britischen Delegation als *persona non grata.* »Wenn Sie die Gesichter gesehen hätten, Gertie, hätten Sie auch lachen müssen … Diese Schurken haben es wirklich verdient. Am liebsten hätte ich auch die anderen Notabeln dieser betrügerischen Gesellschaft zu fassen bekommen. Die Alten haben uns unseren Sieg weggenommen. Wir Briten hatten eine Ehrenschuld. Und wir haben sie nicht eingelöst, sondern stattdessen lieber unsere kleinen Freunde verraten, um die großen zu bezahlen und unsere zukünftige Sicherheit im Mittleren Osten zu verkaufen. Das ist ein tragischer Irrtum: Jede Eroberung führt zu einem Erwachen des nationalen Bewusstseins und zum Aufstand des unterworfenen Volks oder aber in die Tyrannei«, sagt Lawrence, während er ihnen einschenkt. Sofort verdüstert sich seine Miene wieder, er wirkt abgespannt, gedemütigt. Man hat ihn nicht ernst genommen. Und er hat Faisal mitgerissen: Nicht das geringste Zugeständnis hat man ihnen gemacht. Palästina, der Libanon, Syrien, Mesopotamien – alles ist verloren.

Dabei hatten sich die beiden Männer vor nicht einmal einem halben Jahr vor den Toren von Damaskus so viel erhofft. Während der zwei Jahre dauernden Wüstenkampagne hatte die Befreiung der Stadt ihren Träumen Nahrung gegeben. Beiderseits der Straße, über die sie im offenen Rolls-Royce fuhren, hatte sich die Menge eingefunden und ihre Ankunft bejubelt. »Die Honoratioren an den Fenstern haben Blumen vor uns gestreut, Stoffbahnen und Teppiche ausgerollt, und ihre Frauen haben uns mit Düften besprengt. Die Derwische sind wie wild umhergewirbelt und haben ihrem Körper Schnitte zugefügt …« Gertrude weiß, dass das nicht stimmt, dass ihr Freund sich in Illusionen wiegt und den Sinn für die Wirklichkeit verloren hat. Er fabuliert. Faisal ist in Damaskus mit gemischten Gefühlen empfangen worden, seine Kämpfer stellen für Allenbys riesige Armee bloß eine Unterstützung dar. Die Araber bilden nicht die geeinte Nation, die Lawrence jedem, der es hören will, beschreibt. Der kleine, angetrunkene Mann, der sich schon als neuen

Alexander sah und wie Napoleon die Geschichte gestalten wollte, bricht ihr das Herz. Aber was glaubte er denn? Was bedeutete die Arabische Revolte und die Eroberung von Akaba schon neben den ungeheuerlichen Schlachten in Verdun und an der Somme? Am liebsten würde sie Lawrence in den Arm nehmen, aber sie beschränkt sich darauf, ihm die Hand zu tätscheln. Gertrude ist für solche Dinge noch nie sonderlich begabt gewesen.

Da kommen zwei Männer, die sie schon seit einer Weile beobachtet haben, näher. Der größere, stattlichere von beiden zieht sich, sichtlich betrunken, einen Stuhl neben Lawrence. Ist das hier nicht der weiße Araber, der Chefimperialist der Inselaffen?, fragt er seinen Komplizen, während er Lawrence' Tuch befingert. Der Engländer wirft ihm sein Glas an den Kopf. Die Männer stürzen sich auf ihn, Gertrude schreit, es hagelt Schläge, bis der Wirt, ein vierschrötiger Typ mit Bierbauch, mithilfe des Obers die beiden Betrunkenen zur Tür hinausschmeißt. »Entschuldigen Sie, meine Herrschaften. Die Franzosen sind sonst gar nicht so schlecht erzogen. Eigentlich kennen wir unsere wahren Feinde. Die nächste Runde geht auf mich.«

Doch Gertrude und Lawrence brechen auf. Betört von den Frühlingsdüften, bummeln sie über die großen Boulevards. Lawrence, dessen eine Wange angeschwollen ist, hakt sich bei seiner Freundin unter. »Seit meiner Ankunft in Paris segele ich von einer Katastrophe zur nächsten. Aber wenn ich ehrlich mit mir bin, und manchmal gelingt mir das, habe ich mir das alles selbst eingebrockt«, murmelt er. Er hätte seine Männer nach Hause schicken sollen, anstatt sie ihr Leben riskieren zu lassen, nachdem sie in Aqaba von dem Sykes-Picot-Abkommen erfahren hatten. Von seiner eigenen Legende berauscht, der er Woche für Woche ein spektakuläres Kapitel hinzuzufügen hoffte, hatte er lieber die Augen vor der Wirklichkeit verschlossen, weil er überzeugt davon war, die Mächtigen bei der Friedenskonferenz in die Tasche stecken zu können. Sie spazieren durch die ins Halbdunkel getauchte Rue Richelieu. Lawrence nimmt es sich übel, andere manipuliert zu haben und selbst manipuliert worden zu sein, seine Kampfgefährten, »die tapfersten und fröhlichsten Männer überhaupt«, hinters Licht geführt zu haben. Er sei ein Hochstapler, der seine Qualen unter einer arabischen Kopfbedeckung versteckt – »auf die niemand hereinfällt«, denkt Gertrude –, und ein treuloser Verräter. Nachdem er die Araber verraten hatte, versuchte er in den letzten Monaten, seine Landsleute zu hintergehen. Ein betrügerisches Spiel: Auch manche aus Faisals Entourage misstrauen ihm inzwischen. Neulich hatte er hinter der Tür ein Gespräch belauscht. Ein arabischer Offizier warf ihm vor, ihre Bemühungen im Auftrag des Intelligence Service, für den er einem bolschewikischen Gerücht zufolge angeblich schon seit zehn Jahren arbeitete, aus dem Inneren zu hintertreiben. Ein anderer kritisierte ihn als selbstverliebten Faxenmacher: »Ich weiß nicht mehr, wer ich wirklich bin, Gertie, nur noch eine leere Hülle.« Lawrence muss sich setzen. Er fühlt sich nicht gut.

Er lässt sich auf eine Bank am Seineufer fallen. Ein mit Fässern beladener Frachtkahn gleitet über den Fluss. Im Schein einer Straßenlaterne küsst sich ein Liebespaar. Lawrence bricht in Tränen aus. Er hat Damaskus nicht deshalb verlassen, weil Allenby Faisal wissen ließ, dass er, wie verlautbart geworden war, unter der Herrschaft der Franzosen regieren würde. Ein ehemaliger Arbeiter von der Ausgrabungsstätte in Karkemiš hatte ihn am Tag ihres Einzugs in Damaskus am Eingang des Serails erwartet: »Die Hälfte von uns ist während des Krieges an Hunger und Typhus gestorben. Auch Dahum ist gestorben, sagte man mir … Mein treuer Freund, wie habe ich ihn geliebt …«, schluchzt Lawrence. »Für ihn habe ich gekämpft. Dafür, dass Dahum und seine brüderlichen Männer würdig auf ihrem Stück Erde leben können. Das war ich ihnen schuldig. Und ich habe kläglich versagt.« Dieses Mal umschlingt Gertrude ihn. Nun weint auch sie. Auch ihr hat der Krieg die große Liebe entrissen.

Anfang Mai luchsen A. T. Wilson und Gertrude der britischen Delegation ein Abkommen über die zukünftige Zusammensetzung Mesopotamiens ab. Es soll die drei ehemaligen osmanischen Provinzen von Mossul, Bagdad und Basra umfassen, »nach dem Modell des neuen Jugoslawiens, das ebenfalls unterschiedliche Ethnien und Religionen umfasst«, erklärte Wilson. London hatte ursprünglich zu einem unabhängigen Kurdistan tendiert, aber die beiden Verwalter konnten ihre Gesprächspartner überzeugen: Das Erdöl aus dem Norden sei für das Empire unerlässlich. Die kurdischen Berge seien unverzichtbar, um die Ebenen in der Mitte und im Süden des Landes verteidigen zu können. Sie dienten den antikommunistischen Kräften Russlands und den neuen unabhängigen Kaukasusrepubliken als Rückzugsbasis und eröffneten Kommunikationswege nach Persien, in den Kaukasus und nach Anatolien, deren Schicksal in der Schwebe blieb. Auch der Landweg nach Indien könne so besser gesichert werden. »Wir fügen der kaiserlichen Kette noch eine funkelnde Perle hinzu. Sie wird uns erlauben, Kleinasien und Südasien zu beherrschen. Mesopotamien ist immer der Schwerpunkt der großen kosmopolitischen Reiche des Mittleren Ostens gewesen. Ich verspreche Ihnen, dass wir das trostloseste Land der Welt in ein Paradies verwandeln werden«, schloss Wilson gar nicht mal unbravourös.

Der amtierende Zivilkommissar wurde zu seiner Weitsicht beglückwünscht. Wie er meint, ermächtigt ihn dieses Lob nun dazu, die Kolonisierung des Landes fortzusetzen. Trotz des Durcheinanders in Syrien bleibt Gertrude optimistisch: »Die Verbündeten sind im Begriff, im Mittleren Osten ein heilloses Durcheinander anzurichten. Ich bin mir sicher, dass es noch schlimmer kommen wird als vor dem Krieg – mit Ausnahme von Mesopotamien, wo wir das allgemeine Chaos vermeiden können.«

13.

East Rounton, 6. Januar 1904

»Der Heilige Geist bestärke euch in eurem Glauben und eurer Liebe …« Hugh Bell tritt zu den Brautleuten, die sich gerade das Eheversprechen gegeben haben. Wie es die anglikanische Tradition verlangt, übergibt er seine Tochter feierlich einem Baronet und liberalen Abgeordneten aus dem Yorkshire namens Charles. Der vermögende, gut aussehende Großgrundbesitzer ist ein idealer Schwiegersohn, dessen Abstammungslinie bis auf einen Ritter der Tafelrunde und auf die normannischen Barone, die an der Eroberung Englands beteiligt waren, zurückgeht. In der Kirche der Hüttenbesitzer bewundern die Anwesenden die Braut. Sie ist groß und schlank, ein seidenes, mit Spitze besetztes Miederkleid betont ihre üppigen Kurven. Auf ihrem à la Madame Pompadour hochgesteckten rotblonden Haar sitzt ein Kranz aus Orangenblüten und weißen Rosen. Die jadefarbene Iris, die griechische Nase und ihre fein umrandeten Lippen haben den Zauber einer Venus von Botticelli. Während sich der dunkle Winterabend über die Kapelle senkt, zieht die Braut das Licht der Deckenleuchten auf sich wie eine Sonnenblume im Hochsommer. Die Röte, die sich von Zeit zu Zeit über Molly Bells Wangen zieht, verrät ihre Rührung. Gertrude, die ältere Halbschwester, vergießt hinter ihrem kleinen Tüllschleier verstohlen ein paar Tränen.

Die Glocken läuten. Die sonntäglich gekleideten Bauern und Arbeiter der Bell'schen Hochöfen jubeln dem Hochzeitszug zu. Das Liebespaar ist in eine Kutsche gestiegen, die von acht Schimmeln gezogen wird. Ihr folgt das Auto, das die Eltern der Braut befördert, Großvater Isaac Lowthian, Gertrude und einen Onkel von Florence, einen melancholischen Greis, dem sie in das Fahrzeug hatte helfen müssen. Sie durchqueren den Wald, vorbei an dem nebelverhangenen künstlichen See, und erreichen die Apollostatue vor der Freitreppe von Rounton Grange. Eine Kolonne gepuderter Diener hält bereits nach ihnen Ausschau. Sie tragen orangefarbene Beinkleider und haben ein Ehrenspalier mit Fackeln in der Hand gebildet.

Der Empfang ist in vollem Gange. Die von der Menge belagerten Brautleute sind überall zugleich, schlendern Hand in Hand von einer Gruppe zur anderen. Liebe, Jugend, Schönheit: Gertrude stößt mit ihrem Bruder Maurice und ihrer Cousine Florence auf sie an. Florence präsentiert ihnen John, ihren Verlobten, einen Diplomaten, der schwer beeindruckt ist vom Wappen der Bells, das auf den Saalfenstern prangt; von den beiden Constables und den flämischen Meistern, die die mit Seidenstoffen bezogenen Wände zieren. Wie Florence verkündet, wollen sie nach ihrer Hochzeit im Frühjahr nach Südafrika ziehen. John wird zu den Rechtsberatern des Gouverneurs zählen. Sein Bruder Billy, der sich mit einem Glas Champagner in die Menge gestürzt hatte, tritt zu ihnen. Er bittet einen Kellner um Nachschub. Ihm folgen zwei reizende blonde junge Mädchen mit ihrer Mutter, einer belgischen, schwangeren Gräfin. Bärtig und beleibt wie König Leopold II., unter dem er eine Kautschukplantage im Kongo bewirtschaftet, hat Billy seit seiner Rumänienreise mit Gertrude an Selbstsicherheit gewonnen. Sie haben sich Jahre nicht mehr gesehen, und als er ihre aus dem Taftkleid stakenden Schlüsselbeine sieht, findet er sie stark verändert. Gertrudes Wangen sind eingefallen, ihr Körper hat seine Rundungen verloren. Sie sei doch hoffentlich nicht krank? Das Bergsteigen und die Wüste, beruhigt ihn Gertrude schroff, während sie an ihrer Zigarettenspitze aus Elfenbein zieht. »Ja, das habe ich in der Zeitung gelesen, und man hat mir davon berichtet. Aber davon abgesehen?«, fragt ihr früherer Verehrer. Ob sie ihnen denn keinen Verlobten vorzustellen habe? Gertrude lässt die anderen stehen, sie wolle ihren Vater suchen. »Noch ganz die Alte, immer noch genauso unsympathisch«, flüstert Billy Florence zu. »Für wen hebt sie sich eigentlich auf? Eine vermögende fünfunddreißigjährige Frau, da zerreißen sich die Leute doch das Maul.«

Gertrude flieht in den großen gewölbten Salon, der sich für das bevorstehende Dinner in einen prächtigen Speisesaal verwandelt hat. Sie begutachtet die Tische, die mit Rosen und Flieder, mit Schalen voller Obst, mit goldgesprenkeltem Geschirr und Stafford-Keramik geschmückt sind. Das Menü verspricht vierzehn verschiedene Gänge, ebenso viele edle Weine und Champagner. Sie tritt an den mit mittelalterlichen Wappen überfrachteten Kamin, betrachtet die kleine Cartier-Uhr, die Seladon-Schalen und ein Porträt von Hugh und Florence am Tag ihrer Hochzeit. Plötzlich muss sie an ihre Mutter denken. Niemand spricht mehr von ihr, als hätte es Mary Bell nie gegeben. Gertrude hockt sich vor das Feuer, um sich aufzuwärmen, und muss zugeben, dass auch sie nicht ständig an sie denkt. Ebenso wenig wie an Cadogan, der vor mittlerweile über zehn Jahren in den Fluten ertrunken ist und dessen Gespenst sie irgendwann verdrängt hat. Doch als Mollys Hochzeit näher rückte und ihre Angst vor all den hochwohlgeborenen Leuten wuchs, die sie wie Billy, dieser Trottel, lächelnd fragen würden, wann denn sie »an der Reihe sei«, spukt er wieder in ihrem Herzen. Sie würde viel darum geben, Cadogan an diesem Abend bei sich zu haben.

Lange hat sie die Erinnerung an ihn kultiviert, indem sie über Persien schrieb und die Landessprache studierte. Ihre Liebesgeschichte hingegen quälte sie, Cadogan ging ihr nicht aus dem Kopf. Sie fragte sich, ob sie in irgendeiner Weise für seinen Tod verantwortlich war, ob er sie genauso geliebt hatte wie sie ihn oder wie ihr Leben aussähe, wenn er sie, wie es seine Absicht gewesen war, tatsächlich geheiratet hätte. Manchmal dachte sie sogar, er sei noch am Leben. Hatte sie ihn nicht in einem Eisenbahnabteil in Frankreich gesehen, auf einem Liegestuhl in einem Hotelgarten am Ufer eines Schweizer Sees? Sie forschte auf den Renaissancebildnissen in den Uffizien nach seinen Gesichtszügen oder fühlte sich von Michelangelos David an die Proportionen des Geliebten erinnert, als er in dem Fluss schwamm, der ihm zum Verhängnis werden sollte. Eines Tages, sie war gerade in Venedig, litt sie sogar unter Halluzinationen. Auf dem Markusplatz voller schnurrbärtiger Männer mit Strohhut tummelten sich lauter Cadogans, sollte sie ihrem Bruder Maurice unter Tränen berichten. Tags zuvor war sie auf einer Brücke zusammengebrochen, nachdem sie ein junges Brautpaar in einer Gondel gesehen hatte. Maurice verordnete ihr ein paar Tage Ruhe. Dieser Zwischenfall hielt sie nicht davon ab, ihre Reisen fortzusetzen. Mit einer Freundin fuhr sie in die Alpen und nach Norditalien, zusammen mit ihrem Vater nach Französisch-Nordafrika und dann mit Maurice 1897 zu einer ersten Weltumrundung nach Kanada, Guatemala, Japan, China und Ägypten.

»Die Erinnerung an dich ist mir ein lieber Gefährte an meinem einsamen Rückzugsort …«, hatte Hafis geschrieben. Alles Lügen, murmelte Gertrude. Sie litt, trotz ihrer ersten Erfolge bei den Kritikern und der wachsenden Anerkennung in orientalistischen Kreisen. Nie hätte man gedacht, dass ein Fräulein so kluge Dinge schreiben konnte. Eine Frau war doch weder in der Lage, an der Universität zu unterrichten, noch, einen Beruf zu ergreifen. Und so führte Gertrude ein geruhsames Leben in Rounton Grange. Sie las, gärtnerte und spazierte durch den kleinen Lustgarten an dem bogenförmigen Brunnen. Sie langweilte sich, die kurzen regnerischen Wintertage stimmten sie traurig. Sie hielt unbedeutende Einzelheiten in ihrem Tagebuch fest: die Klavierstunden des kleinen Hugo, den Termin mit der Näherin, den Tee mit Lady Hampton, »die aus ihren mit Butter bestrichenen Scones die Rosinen pickte«. Sie mied London, die laute Stadt, die nach aufgewärmtem Gussmetall und Ruß stank und unablässig im Nebel qualmte, wie Huysmans, den sie bewunderte, geschrieben hatte. Die Menschen dort waren nicht aufgeschlossen. Sie ertrug ihre Blicke nicht mehr, ihr Getuschel und das Etikett, das sie ihr anhängten, »die betuchte Bell-Tochter, eine eingefleischte Junggesellin und brillante Oxford-Absolventin«. Nun war sie an der Reihe, ihre reizenden Halbschwestern auf die Bälle der Saison vorzubereiten. Sie zurrte ihre Korsetts fest, die ihre schimmernden Brüste bargen, und stärkte die langen weißen Seidenhandschuhe, auf die ihre Tanzpartner einen Kuss drücken würden. Manchmal begleitete sie sie, todunglücklich. Alle ihre Freundinnen hatten nacheinander geheiratet. Sie hatten Kinder in die Welt gesetzt, wie die Gesellschaft es verlangte. Insgeheim beneidete sie sie: Zwischen ihnen lag eine Kluft. Sie hatte Angst, entsetzliche Angst, eine alte Jungfer zu bleiben, sich in Einsamkeit zu verzehren, all ihre Lieben würden der Reihe nach sterben, nur ihr Vater nicht – Gott schütze ihn, betete die Ungläubige verstohlen, wenn sie an einer Kirche vorbeikam. Der plötzliche Tod ihrer Tante Mary hatte Gertrude überrascht, als sie gerade von einem Aufenthalt in Berlin zurückkam, wo ihr Onkel Frank zum Botschafter ernannt worden war. Kurz darauf starb ihre beste Freundin im Wochenbett. Seit dem vorzeitigen Tod ihrer Mutter fühlte sich Gertrude von einem Fluch verfolgt, als lauerte hinter der scheinbaren Sicherheit ihres sorglosen Lebens ein Labyrinth aus tückischen Fallgruben. Cadogans Tod hatte diese Ahnung bestätigt: Bei jedem Schritt drohte der Boden unter ihr wegzubrechen, in jedem Augenblick konnte das Leben sie verraten. Künftig war sie auf der Hut. Sie gab sich nicht mehr hin. Liebe war gefährlich und konnte unendlich schmerzlich sein. Und so ging Gertrude auf Reisen.

Sie war wie ausgewechselt, wenn sie einen Bahnhof betrat, hinter sich Scharen von Kofferträgern. Der Geruch nach Kohle, das Stimmengewirr am Schalter und die nachtblauen Uniformen der Angestellten des Orient-Express elektrisierten sie. Die Reiseziele auf den Anzeigetafeln verleiteten sie zum Träumen. Noch war sie nicht ungebunden – sie reiste stets in Begleitung –, aber das Unvorhersehbare, das den Reiz des Reisens ausmacht, ließ sie aus dem Korsett ausbrechen, das ihr zu Hause die Luft nahm. Sie war keine reiche Exzentrikerin mehr, sondern eine gebildete Reisende. Durch das Eisenbahnfenster vom Achterdeck aus schaute sie in die Ferne und atmete befreit auf. Der von der See herüberwehende Wind beruhigte ihre Nerven, das Rattern des Zuges besänftigte sie. Es waren gute Heilmittel, beflügelnde Drogen. Sie wurde offener und nahm beschwingt am Leben an Bord teil. Gertrude warf geflochtene Ringe über einen Ständer mit Stangen, spielte Himmel und Hölle, Puck oder Bridge oder tanzte maskiert mit Unbekannten, die sich wie sie von ihrem Weltschmerz und aus dem grauen Alltag losrissen.

Wie wunderbar es doch war, in Luxuskabinen zu reisen und die Kindheit zu verlängern, der größte Vorzug des Reisens. Sie hatte sich ausgerüstet wie ein kleines Mädchen vor Schulanfang, verschiedene Baedeker bei Mudie's gekauft, einen Fotoapparat und ein Faltboot bei Henry Heath auf der Oxford Street. Die Reise würde abenteuerlich werden. Es galt, bei Sturm die Bullaugen festzuschrauben, Gurkenkekse oder Rinderfleischextrakt zu essen, um nicht seekrank zu werden. Räuber konnten sich an ihrem Gepäck oder Schmuck vergreifen. Dann würden Detektive ihre Nachforschungen anstellen und Polizisten sie verfolgen, sie selbst hatte sich einen Revolver gekauft, den sie mit heimlichem Vergnügen vor den Zollbeamten versteckte. War sie glücklich gelandet, hatte sie nur noch angenehme Dinge zu erledigen: ein Hotel aussuchen – in Kairo das Shepheard's, in Kalkutta das Great Eastern –, sich für ein Restaurant oder Museum entscheiden, das sie am nächsten Tag besichtigen wollte, oder aber Blumenzwiebeln kaufen, die sie den Gärtnern von Rounton Grange per Kurierzug schicken ließ. Wie eine Biene, die von Blüte zu Blüte fliegt, war sie ständig in Bewegung und hielt so Traurigkeit und Schwermut auf Abstand. Nach dem Tod ihrer Mutter hatte sie sich, wenn ihr Vater aus geschäftlichen Gründen oder mit Florence auf Reisen ging, allen möglichen Zerstreuungen hingegeben. Gertrude konnte nicht stillsitzen. Sie lief Schlittschuh, schwamm, trat in die Pedale und ließ sich immer wieder etwas Neues einfallen, »an ihr ist wirklich ein Junge verloren gegangen«, klagte die Gouvernante dem gutmütigen Bruder Maurice ihr Leid. In jedem Hotel machte sie es sich heimelig, platzierte Bilder von ihrer Familie, stellte die Gießkanne ihres Vaters bereit, räumte ihre Bücher in alphabetischer Reihenfolge ein, glättete Tee- und Abendkleider und schob eine Wärmflasche zwischen die Laken, bevor sie erneut weiterwirbelte.

Jede Etappe hielt ihre Überraschungen bereit. Die Welt war ein glitzernder Luna Park. Sie und ihre Gefährten verkleideten sich, kauften einheimische Souvenirs und Hüte und legten sich eine Routine zu, die erträglich war, weil sie nicht anhalten würde. Sie glitten über die Oberfläche der Dinge, verschönerten die Wirklichkeit mit Lektüre und den Geschichten, die sie einander erzählten. Irrtümer und Misserfolge hingen ihnen nicht lange an. Auf Reisen durfte man sich täuschen, alles war »amüsant«, »exotisch« und »absolut entzückend«, wie sie täglich nach Hause schrieb.

»Hat Ihnen die Ochsenschwanzsuppe geschmeckt?«, fragt sie mit erhobenem Löffel Edward, Charles' Onkel, der am Ehrentisch des Brautpaars neben ihr sitzt. »Ich finde, der Koch hat mit dem Madeirawein ein bisschen übertrieben.« Die Rückkehr in die Wirklichkeit war immer hart und an diesem Abend ganz besonders. Gertrude ist gerade von ihrer zweiten Weltreise, diesmal in Begleitung ihres Halbbruders Hugo, zurückgekehrt. Sie waren in Indien, wo sie den denkwürdigen Zeremonien des *Durbar* beigewohnt haben, in Afghanistan, Birma und Singapur, in Niederländisch-Indien, in Seoul, Schanghai, Tokio, haben Osaka mit der Rikscha erkundet und anschließend den Pazifik an Bord der *Impératrice de Chine* überquert, bevor sie die Rocky Mountains entdeckten, Chicago (das sie hasste), Québec und Boston, ihre Endstation, von wo aus sie sich wieder nach Liverpool eingeschifft hatten.

Gertrude erzählt Edward, dessen Augen beim Anblick des gratinierten Steinbutts leuchten, von ihrer Unterredung mit einem russischen Fürsten in Peking, von den Sorgen, die sich der Zar in Bezug auf die japanischen Ansprüche im Gelben Meer macht. Ihr Gegenüber weiß nichts darauf zu antworten. Der Lebenskünstler mit der Chrysantheme im Knopfloch ist nie über Marienbad hinausgekommen, wo er gegen seine Leibesfülle anzugehen versucht. »Vergeblich«, denkt Gertrude angesichts des sich wölbenden Gehrocks, und Zeitungen liest er auch nicht gern, die Lektüre »deprimiert« ihn. Was die Russen angeht, erwidert er schließlich, während er das Glas Corton-Charlemagne absetzt, habe er im vergangenen Jahr einen von ihnen in seinem Kurort kennengelernt, »einen glücklichen Mann, der die Zeit damit totschlägt, auf seinen Ländereien zu jagen«. Die Treibjagd ist Onkel Edwards letzte Leidenschaft, seit seine Frau verstorben ist. En détail beschreibt er Gertrude seine Gewehre, die Pferde und die Hunde seiner Meute, die »Gnade« des Horns in der Morgenfrühe, die knirschenden Herbstmorgen, wenn er sich mit den Kameraden, »vollendeten Gentlemen«, auf der Suche nach Wild ins Unterholz begibt. Er besitzt ein großes Schloss in den Cotswolds. Wolle sie nicht ein Wochenende im April kommen, mit ihrer »reizenden Schwester und Charles«? Dort lebe man wie Gott in Frankreich. Sie könne sich die sächsischen Kirchen und elisabethanischen Farmen des Grundstückes anschauen und den herrlichen englischen Frühling in den mit Kastanienbäumen übersäten Tälern genießen, erklärt er und fährt sich mit einer Hand über den hochroten Schädel. Onkel Edward bietet Gertrude eine Zigarette an. Nicht ohne Stolz hat er sie aus einem roségoldenen Etui gezogen. Seit Anfang des Abendessens ist er um ihr Wohlergehen besorgt, weist die Diener an, ihr, sobald sie das Glas abgesetzt hat, nachzuschenken und nach jeder Zigarette einen frischen Aschenbecher zu bringen. Er hat ihr violettes Kleid gelobt, »die Lieblingsfarbe meiner verstorbenen Mutter und von Queen Victoria, das wissen Sie sicher, Miss Bell, ach … Gertrude, wenn Sie erlauben«.

Seit einer Weile gefällt Gertrude Adligen vom Schlage Edwards, Witwern oder alten Junggesellen, die sich darüber beklagen, dass es in den Korridoren ihres Herrenhauses zieht wie Hechtsuppe, und die Erbsen mit der Gabel aufspießen. Während er eine mit Fettammer, Trüffel und Gänseleber gefüllte Wachtel in Angriff nimmt, denkt Edward wie alle anderen, dass er sie schon zur Raison bringen wird. Sie würden friedlich zusammen alt werden, Ende August Auerhühner und Rebhühner jagen und mit Herbstbeginn Fasane, im Rhythmus »der Saat- und Erntezeiten des von der galoppierenden Moderne bedrohten alten England«. Gertrude lauscht ihm höflich, aber er langweilt sie, die in den vergangenen Jahren das Bergsteigen und das Adrenalin der Gipfel entdeckt hat, zu Tode.

Im Sommer 1902 war sie sogar knapp dem Tode entronnen, als sie den Finsteraarhorn und seine atemberaubenden Felsnadeln über die Nordostseite erklimmen wollte, was bislang noch niemandem gelungen war. Zusammen mit den beiden Bergführern war sie während des Aufstiegs in einen Schneesturm und eine Lawine geraten. Ohne Sicht und angesichts des starken Windes außerstande, weiter auf- oder wieder vom Gletscher abzusteigen, hatten sie sich auf einen rutschigen Grat geflüchtet, der wundersamerweise nicht unter ihrem Gewicht nachgab. Bis auf die Knochen durchnässt, mit eiskalten Händen und Füßen und ohne Streichhölzer oder Laterne, verbrachten sie ganze sechzehn Stunden dort. Zu ihrer Stärkung hatten sie nichts als eine Handvoll Rosinen, ein bisschen Käse und eine Trinkflasche mit Wein. Die Leute aus dem Tal trauten ihren Augen nicht, als sie sie absteigen sahen. Gertrude war zwar gescheitert, aber dennoch zu einer lokalen Berühmtheit geworden. Die Bergführer waren beeindruckt von ihrer Selbstkontrolle, Widerstandsfähigkeit und Kraft. »Was für ein sonderbares Frauenzimmer«, dachten sie bei sich. In nur vier Saisons hatte sie einige der höchsten Gipfel des Berner Oberlands bewältigt, von denen einer, den sie als Erste bestiegen hatte, ihren Namen trug: die Gertrudspitze.

Reisen, Bergsteigen, mit jeder neuen Herausforderung schwimmt Gertrude sich weiter frei. Dem Gedanken an eine Ehe hat sie noch nicht entsagt. Aber irgendetwas funktioniert nicht. Es fehlt ihr an Schalk und ihrem Blick an Sinnlichkeit. Sie versteht es nicht, zu flirten oder zu spielen. Sie fühlt sich unwohl in Gesellschaft von Männern, vor allem mit solchen Typen wie dem, der beim Hochzeitsessen links neben ihr sitzt.

William, der Trauzeuge des Bräutigams, der eine dicke Zigarre zwischen den Fingern hält, ignoriert sie seit Anfang des Essens. Dabei kennen sie sich, haben in denselben Salons in Mayfair und Kensington verkehrt. Er und seine Frau Elisabeth, eine üppige Schönheit, deren Diamantencollier in der Kuhle zwischen ihren Brüsten verschwindet, waren in London unter King Edward ein prominentes Paar gewesen. William zählt zu jenen Finanziers, die zwischen Strömen von Devisen, Werten und Rohstoffen die Bewegungen der Weltwirtschaft regulieren. Von der Lombard Street aus, im Herzen der City, verleiht und investiert seine Brokerfirma Millionen Sterling in die Kolonien des Empires und in Argentinien, ein Land, von dem er sich viel verspricht: Die Ausstattung der neuen Metropole Buenos Aires erfordert gigantische Mengen an Kapital, die viel abwerfen könnten. Er geht bei Hof ein und aus, fährt ein Auto und isst im Grill Room des Savoy zu Abend. Sie ist eine Frau von Welt, die Enkelin des Gründers der den Markt der Informationen dominierenden Eastern Telegraph Company, die Spekulanten wie ihr eigener Ehemann nutzen, um sich zu bereichern. Sie geben sich modern und frivol, verbringen den Sommer in Monte Carlo. Auf ihrem Besitz in Norfolk empfangen sie die Sprösslinge der alten Aristokratie, jüngst in den Adelsstand erhobene Industrielle, die elegante Boheme aus Chelsea und Bloomsbury, Schauspielerinnen vom West End und Entdecker, die gerade en vogue sind. Ihre Gartenpartys sind ein Muss. Sarkastische, extravagante junge Leute halten ein Glas Punch oder Whisky in der Hand und lachen demonstrativ. Und man trifft den bedeutenden amerikanischen Maler John Singer Sargent dort, der schlicht John genannt wird.

Gertrude hat Molly an einem Wochenende dorthin begleitet. Schnell spürte sie, dass diese Gesellschaft sie betrachtete wie die Protagonistin aus einem Dickens-Roman, ein Relikt des Viktorianischen Zeitalters, ohne Witz und Charme. Sie wiederum fühlte sich eingeengt zwischen all diesen Genussmenschen, die sich für wer weiß wie unabhängig hielten, aber einander glichen wie ein Ei dem anderen. Sie hatten in Eton studiert und gingen in London, Indien oder an der Riviera in denselben Häusern ein und aus. Sie spielten ständig eine Rolle, weil sie Angst hatten, sie selbst zu sein, und hatten zu keinem Thema eine eigene Meinung.

An jenem sonnigen Samstag im September 1903 hielten William und Elisabeth für ihre Gäste eine Überraschung bereit. Sie hatten Emmeline Pankhurst und zwei ihrer Töchter überzeugen können, zum Lunch zu kommen – ein gelungener Coup, den ganz London noch tagelang bekakeln sollte: Schließlich standen die Pankhursts an der Spitze der Suffragetten. Die von Emmeline gegründete Women's Social and Political Union forderte das bisher in Großbritannien verbotene Wahlrecht für Frauen. Zwischen Roastbeef und Rhabarberkuchen ergriff Emmeline das Wort. Die Suffragetten waren zum Kampf bereit und würden alle Mittel einsetzen, um ihre Ziele zu erreichen – wenn es sein musste, also auch auf die Straße gehen, Kundgebungen stören und Schläge oder Gefängnis erdulden. »Vertrauen Sie auf Gott: Sie wird Sie beschützen!«, schloss Misses Pankhurst strahlend. Die Anwesenden, unter denen sich etliche *new women* befanden, die George Sand und Henrik Ibsen lasen, die sexuelle Emanzipation anstrebten und ein neues Leben nach eigenen moralischen Vorstellungen, applaudierten wohlwollend. Gertrude hielt sich zurück. Sie sei dagegen, erklärte sie. Ehe und Mutterschaft entsprächen doch der natürlichen Ordnung der Gesellschaft. Frauen seien nicht unabhängig, sie verstünden nichts von Politik oder Diplomatie, beides sei, und zwar »aus gutem Grund«, den Männern vorbehalten. Die Frauen seien einfach noch nicht reif, um zu wählen. Ihnen das Wahlrecht zuzugestehen bedeute eine Gefahr für die englische Demokratie …

»Und, haben Sie seither Ihre Meinung geändert?«, wendet sich William endlich an sie – womöglich nur, weil seine andere Nachbarin in einen mit Austern gefüllten Krebs vertieft ist und er seinen nicht anrühren mag. »Nicht im Entferntesten«, erwidert Gertrude. Sie schickt sich an, ihm ihre Gründe darzulegen, denn beim letzten Mal hätten die Freundinnen seiner Frau, »diese Furien«, sie daran gehindert, ihre Ausführungen zu beenden. Das Geräusch einer klirrenden Gabel unterbricht sie. Charles setzt zu seiner Rede an, und während er seinen Eltern dankt und die »wunderbare Molly«

würdigt, kocht Gertrude plötzlich vor Wut. Eine Woge des Zorns überkommt sie. Auf William, den Schönling mit dem einschmeichelnden Lächeln, der ihr mit seiner Gewandtheit, dem geölten Haar und der blütenweißen Hemdbrust auf einmal unerträglich ist. Auf Edward, das alte Ferkel, und auf das nicht enden wollende Abendessen, auf all diese Plutokraten, die den alten englischen Adel nachäffen, und auf die Aristokraten, die sich vor den Parvenüs eine Blöße geben. Auf all diese Leute und ihren falschen Schein, auf die selbstzufriedene Gesellschaft, in der sie keinen Platz findet. Ihretwegen zieht es sie immer weg, hin zu denen, die ihr in den letzten Jahren Trost, Gelassenheit und wahre Lebensfreude geschenkt haben.

Es zieht sie zu den Arabern. Als sie im Jahr 1900 ihre Sprache in Jerusalem studiert hat, konnte sie die Trauer um Cadogan verwinden. An den Ufern des Jordans, in den Ebenen des Hauran, in Petra, der roten Felsenstadt, ritt sie unter einem mit Sternen oder pastellfarbenen Wolken übersäten Himmel der Freiheit entgegen. Und in den Wüsten begegnete sie ihresgleichen, den Nomaden, Menschen, die keine Mühe scheuten, die unzugänglich, romantisch, rebellisch und konservativ waren: den Beduinen.

14.

Damaskus, 10. Oktober 1919

Am liebsten hätte sie den ganzen Nachmittag damit verbracht, den Shisha-Rauchern und Tricktrack-Spielern im Café des Stadtparks zuzusehen. Schade, seufzt Gertrude und zahlt ihr Zitronenwasser. Zwanzig Jahre zuvor hatten ihr diese Menschen und die schmeichelnden Farben der Straßen neuen Schwung gegeben. Sie mochte den Geschmack des weißen Kaffees, wenn der Mandelsirup richtig verdünnt worden war; die starken Aromen von Kardamom, gegrillter Kohle und Kümmel, die die arabischen Städte einhüllten. Ihre Einwohner waren freundlich und bescheiden. Sie hatten sie herzlich aufgenommen. Gertrude konnte noch einmal neu anfangen. Sie hatte ihren Platz gefunden, einen Sinn für ihr Leben – sie war wieder jemand. Und wie Lawrence hatte sie das Gefühl, ihnen etwas zu schulden.

Sie begibt sich zu einem Termin beim englischen Konsulat in das muslimische Viertel. Es ist Mittagszeit, Damaskus ist still. Eine leichte Brise bauscht das rote Dreieck und die schwarzen, grünen und roten Linien auf den Fahnen der

Arabischen Revolte auf, die an den staubigen Gebäudefassaden hängen. Die Stadt ist schmutzig, die Menschen sind noch ärmer als bei ihrem letzten Aufenthalt vor dem Krieg, weniger zuvorkommend auch, angespannter, denkt sie, während sie an der leer stehenden osmanischen Bank vorbeigeht. Schwarze Schatten gleiten an der Umayyaden-Moschee entlang. Mit Indigo tätowierte Frauen tragen verdreckte Kinder auf dem Arm. Männer mit Fes haben in einem Wachhäuschen vor dem Eingang zu Saladins Grabmal Schutz vor der Sonne gesucht. Sie warten, bis das Mausoleum wieder öffnet, und werfen der vorbeigehenden Gertrude feindselige Blicke zu. Als sie nach links abbiegt, stößt sie auf englische Soldaten, patrouillierende arabische Polizeibeamte und einen stöhnenden Bettler, dem sie ein paar Münzen gibt. Dann durchquert sie die Paradiespforte und präsentiert sich am Eingang des Palasts. Der Konsul führt sie in einen schattigen Innenhof, wo ein Brunnen plätschert. Unter einem Pflaumenbaum sitzen drei uniformierte Araber und essen, während sie auf ihr Eintreffen warten, Süßigkeiten.

Sie sind die starken Männer der Regierung von Emir Faisal, der seit einem Jahr mehr schlecht als recht über Damaskus herrscht. »Mesopotamier, interessante Kerle«, hatte ihr ein General erklärt, ein ehemaliger Kollege aus dem Arabischen Büro, den sie drei Wochen zuvor in Kairo getroffen hatte.

Nach sieben Monaten in Europa erkundet Gertrude die Region, bevor sie nach Bagdad zurückkehrt. Sie hat ein angespanntes Ägypten entdeckt. Im Frühjahr war es dort zu blutigen Aufständen gekommen, nachdem die Briten ihren großen nationalistischen Anführer nach Malta deportiert hatten. Ihre Häuser und Gärten waren geplündert worden, und die Polizei hatte für die Demonstranten Partei ergriffen, unter denen sich, eine absolute Seltenheit, auch Frauen befanden: Ganz Ägypten lehnt den Status als Protektorat ab, den London ihm 1914 aufgezwungen hat, und fordert die versprochene Selbstbestimmung. Die Engländer haben das Kriegsrecht eingeführt und General Allenby zurückgerufen, in der Hoffnung, so die Ordnung wiederherstellen zu können.

»Hier herrscht eine unsichere Ruhe«, sagte ihr Freund zu Gertrude, »auch wenn der Ort unseres Treffens das Gegenteil vermuten lässt.« Sie tranken Tee auf der Terrasse des Mena House Hotels, während die rote Sonne hinter den Pyramiden von Gizeh verblasste. Rings um sie, wie Halt gebende Spalierstangen, blühende Bougainvillea und die kosmopolitische Welt der Abonnenten der *Egyptian Gazette.* »Binnen weniger Jahrzehnte haben wir das Land umfassend modernisiert, die Ägypter sollten uns dafür dankbar sein. Aber Sie werden überrascht sein, Miss Bell, denn im Grunde genommen verstehe ich sie. Diese Leute sind vollkommen im Recht.« Die Briten sollten die Kontrolle über den Kanal und über den Handel auf dem Nil behalten, über Streitkräfte und Polizei. »Ansonsten müssen wir sie regieren lassen. Mit Sicherheit werden sie Fehler begehen. Aber ich glaube, wir haben keine andere Wahl. Schließlich will niemand ein orientalisches Irland dieser Größe am Hals haben.«

Kleine Öllampen erleuchteten die Terrasse. Ein Pianist spielte die *Mondscheinsonate* von Beethoven. Miss Bell bestellte ein Glas Punsch und fragte den General nach der Politik, die sie in Mesopotamien verwirklichen sollten. Er riet ihr, einen arabischen König oder Präsidenten einzusetzen und dazu eine Regierung aus einheimischen Ministern, die britischen Counselors unterstanden. Sie war skeptisch: Anders als Ägypten, seit einem Jahrhundert ein relativ moderner Staat und seit Jahrtausenden fest in einer Geschichte und Geografie verwurzelt, verfüge Mesopotamien über keinerlei Strukturen und die Briten über keine oder fast keine Relais, auf die sie sich stützen könnten. Wie in Indien brauche es einen Vermittler, um all die verschiedenen Völker und Provinzen zu einem friedlichen Zusammenleben zu führen. »Theoretisch haben Sie recht«, erwiderte der Geheimdienstoffizier. »Aber das muss erst einmal möglich sein. Wir sind im Jahr 1919, nicht mehr 1890. In diesem Teil der Welt funktioniert der Paternalismus nicht. Die Araber können nicht nach indischen Kriterien regiert werden. Und die Muslime lassen sich nicht beliebig lange von den Christen beherrschen, ohne zu reagieren.« Der General interessierte sich für Geschichte. Er rief Gertrude in Erinnerung, dass die beiden Zivilisationen sich unaufhörlich bekämpft hatten, dass die Mohammedaner zunächst die Oberhand gewannen und riesige Gebiete in Europa eroberten, deren Einwohner ein Jahrtausend lang Sonntag für Sonntag zu Gott flehten, sie vor ihrem Zorn zu bewahren. Dann hatte sich das Kriegsglück gewendet. Das christliche Europa schickte sich zur Rückeroberung an bis hin zum Zusammenbruch des Osmanischen Reichs im vergangenen Jahr. »Wir haben ihr letztes Reich besiegt. Ich bin mir nicht sicher, dass sie uns das je verzeihen werden«, fuhr der General fort und zog an seiner Pfeife. »Und mit unserer Erklärung im letzten Herbst und unseren taktlosen Versprechen während des Krieges haben wir den Geist endgültig aus der Flasche gelockt. Die arabische Nation schwört nur noch auf Selbstbestimmung. Sie befindet sich im Aufbruch.«

Wie in Ägypten glimmt auch in Palästina das Feuer, stellte Gertrude auf dem Weg nach Syrien fest. Die Araber werfen den Briten vor, die Zionisten zu unterstützen, während die Juden meinen, sie bevorzugten die Araber. Täglich kommt es zu Auseinandersetzungen. In Jerusalem hat Gertrude Anhänger von Faisal getroffen. Die panarabischen Ideen, die in der Vorkriegszeit nur eine untergeordnete Rolle gespielt haben, verbreiten sich nun wie ein Lauffeuer in der Region. »Die trügerischen Versprechen, herrliche blaue Vögel, die England in sorgenvollen Zeiten den Arabern so großzügig geschickt hat, werden ihr Nest dort bauen«, hatte Lawrence während der Friedenskonferenz zu ihr gesagt. Und jetzt, in Damaskus, wetzt jedes Lager die Messer wie am Abend vor der Schlacht.

Vergangenen Monat hat Lloyd George verkündet, dass die Briten ihre Truppen bis zum 1. November aus Syrien abziehen würden, um sie teilweise in Palästina zu stationieren. Die Franzosen würden weiterhin ihre Militärposten besetzen dürfen, aber Damaskus und die großen Städte im Inland sollen Faisal übergeben werden. Inakzeptabel, wettert Clemenceau. Der fanatische katholische General Gouraud, ein armamputierter, spitzbärtiger Junggeselle, wird nach Beirut entsandt. Löwe der Champagne genannt, seitdem er im Sommer 1918 einen letzten deutschen Durchbruch an der Westfront abgewehrt hat, soll er die Kontrolle über die syrischen Städte übernehmen und dort den französischen Einfluss stärken. Gouraud hat erklärt, er werde unter Umständen Blut fließen lassen, um die Ordnung durchzusetzen. Er ist zum Hochkommissar der Republik für Syrien und Libanon ernannt worden und zum Oberbefehlshaber der Armée du Levant.

»Wir lassen ihn aber nicht einfach machen. Es wird einen Aufstand und ein Gemetzel geben, wenn die Franzosen die arabische Regierung nicht anerkennen. Das Volk ist auf unserer Seite. Es will weder, dass die Franzosen Syrien unter Kontrolle haben, noch, dass die Engländer Mesopotamien kolonisieren. Wir fordern eine Zivilverwaltung in Bagdad, wie Sie es uns versprochen haben.« Im Konsulat in Damaskus lauscht Gertrude aufmerksam ihren drei Gesprächspartnern, ehemaligen Offizieren der osmanischen Armee, die sich im Krieg auf Faisals Seite geschlagen haben. Sie tragen die britische Uniform, dazu eine Krawatte und die Kufija der Beduinen. Auf dem Kragen ihrer Waffenröcke prangen zwei gekreuzte Säbel und ein siebenzackiger Stern, der für die sieben Verse der Eröffnungs-Sure des Korans steht. Ihre Augen glänzen, wenn sie von den seit einem Jahr erfolgten Umsetzungen der Regierung sprechen: Ein Parlament, der Syrian National Congress, ist ins Leben gerufen worfen, in Damaskus werden derzeit wichtige Verkehrsadern angelegt, und das Dach des Suqs direkt neben der Umayyaden-Moschee ist endlich geöffnet worden. Die Geschäfte gehen ihren Lauf, die Straßenbahnen fahren, die Straßen sind beleuchtet. »Sehen Sie, Miss Bell, Syrien ist nicht im Chaos versunken. Wir sind gar nicht so unfähig«, bemerkt derjenige der drei Männer, der die Bernsteinperlen einer Gebetskette zwischen seinen Finger hindurchgleiten lässt. Sie könnte sie daran erinnern, dass das Land nur dank der finanziellen Unterstützung der Briten funktioniert, aber sie hört lieber, was sie zu sagen haben. Zwei von ihnen machen einen guten Eindruck auf sie. Sie waren mit Faisal in Paris gewesen, jetzt erinnert sie sich wieder. Jafar Pacha-al-Askari ist ein aus Mossul gebürtiger Kurde. Trotz seiner rundlichen Erscheinung und seines offenbar gutmütigen Charakters ist er ein Elitesoldat, dem die Deutschen vor seiner Gefangennahme das Eiserne Kreuz verliehen hatten. Er spricht sieben Sprachen und gilt als bester Verwalter der Regierung in Damaskus. Nuri Saïd kommt aus Bagdad. Zurückhaltender als Jafar, ist er Faisals Mann des Vertrauens, sein wichtigster politischer Berater, seitdem er während des Krieges eine Kolonne von cherifischen Kämpfern befehligt hatte. »Er ist schlau und verfügt über eine bemerkenswerte politische Intelligenz«, notiert Gertrude. »Nuri Saïd und Jafar Pacha sind seit der Schulzeit miteinander befreundet und mit der Schwester des jeweils anderen verheiratet. Sie sind uns nicht feindlich gesinnt, vorausgesetzt, dass wir auf manche ihrer Forderungen eingehen. Sie wissen, dass Mesopotamien noch nicht auf eigenen Füßen stehen kann. Und sie wollen in ihr Land zurückkehren. Ich bin dafür. Eines Tages könnten sie uns nützlich sein.«

Kaum zurück in Bagdad, verfasst sie einen langen Bericht für das Foreign Office über ihre Rundreise durch die Levante. Ihre Beobachtungen vor Ort haben sie, von der nationalistischen Inbrunst beeindruckt, zu einem Sinneswandel bewogen. Auch die Warnungen von Faisal und Lawrence in Boulogne gehen ihr nicht mehr aus dem Kopf: Jeder Versuch einer direkten ausländischen Verwaltung wird für einen erheblichen Wirbel sorgen. Gertrude kämpft inzwischen dafür, dass ein Emir an die Spitze Mesopotamiens gesetzt und von einem britischen Hochkommissar sekundiert wird. Ihr Schema orientiert sich an der Theorie, die Frederick Lugard Anfang des Jahrhunderts als Gouverneur in Nigeria praktiziert hatte. Da es aussichtslos war, ein Land dieser Größe zu kolonisieren, hatte Lugard die lokalen Eliten nicht abgesetzt und ihr Prestige sowie ihre symbolischen Vorrechte unangetastet gelassen, sich dafür aber unauffällig die Hebel der Macht gesichert: Steuerwesen, Streitkräfte und Außenpolitik. »Der politische Offizier achtet darauf, der Autorität des Emirs stets seine Unterstützung zu sichern und ihm hinter dem Thron zu soufflieren, ihm diesen allerdings nie, und sei es nur vorübergehend, streitig zu machen. Das Empire will die traditionellen Anführer an ihrem Platz lassen«, so Lugards Credo. Autorität und Diskretion verbinden, die tatsächliche Unterordnung nach außen hin tarnen, damit das Empire in der Übergangszeit zugleich die Kontrolle und das Gesicht wahren konnte – diese Ziele verfolgte nun auch Miss Bell in Mesopotamien. »Es gibt kein anderes Mittel, die Bevölkerung friedlich zu halten, als ihr das zu geben, worauf sie nur ungern verzichten wird. Eine gute, von anderen – also von uns – geführte Regierung wird nicht genügen«, schreibt sie. Eine Kompromisslösung sei wünschenswert: »Wenn wir auf bestimmte Forderungen der Araber eingehen, können wir unseren wirtschaftlichen und politischen Einfluss behalten. Und langfristig vielleicht sogar stärken.«

Gertrude hat den Sommer in England verbracht. In London, im Yorkshire und in den Badeorten des Dorset, wo sie sich ein paar Wochen lang erholt hat. Dort ist sie zahlreichen körperlich und geistig zerrütteten Menschen begegnet.

Maurice hat ein Drittel seiner Freunde verloren, fast achthunderttausend junge Briten sind auf den Schlachtfeldern und auf See umgekommen. Die Spanische Grippe hat in England nicht minder gewütet als anderswo. Das Königreich muss mit nie da gewesenen finanziellen Schwierigkeiten zurechtkommen. Der größte Gläubiger der Welt ist zu seinem eigenen Schuldner geworden; Streiks lähmen das Land; es hat keine Kapazitäten mehr, um sich in eine ehrgeizige Kolonialpolitik zu stürzen. Die großen Leitartikler fordern eine Reduzierung der außenpolitischen Ausgaben. Dreihunderttausend Soldaten sind im ehemaligen Osmanischen Reich stationiert, Kosten, die sich dem Steuerzahler gegenüber nicht mehr rechtfertigen lassen. Lloyd George nimmt den Mund inzwischen weniger voll. Er hat seinen Kriegsminister Winston Churchill gebeten, die Demobilisierung voranzutreiben und die von der Besatzung verschlungenen Summen zu kürzen, zunächst in Mesopotamien, wo die Truppen besonders zahlreich sind. Die Engländer kämpfen außerdem in Russland gegen die Bolschewiken, halten eine Eisenbahnlinie im Kaukasus besetzt und kampieren in Persien, Konstantinopel und Saloniki. Die Royal Navy überwacht die Dardanellen und blockiert als Unterstützung der Weißen Bewegung die Ostsee und das Schwarze Meer. Eine derartige Verzettelung ist untragbar geworden, zumal das Empire in Bedrängnis gerät – in Irland sind die Engländer ja daran gewöhnt, aber in Indien besteht Grund zur Sorge. Im Namen der Kongresspartei fordert Gandhi die vollständige Unabhängigkeit. Im April hat die Armee auf die riesigen Demonstrationen mit einem Massaker an Hunderten von Zivilisten in Amritsar reagiert. Angesichts dieser Schwierigkeiten sollte die Regierung in Bagdad schleunigst ihre Taktik ändern, schreibt Miss Bell als Fazit.

Oberstleutnant A.T. Wilson ringt nach Luft, als er das Memorandum seiner Untergebenen liest. Er lässt sich nicht davon abbringen: Ein Brite soll Mesopotamien regieren, und ihm sollen die entsprechenden arabischen Minister unterstehen. Die von Miss Bell anvisierte Verwaltung hingegen schadet den Interessen der Krone. Sie könnte die Stabilität im Land sowie die Erdölförderung gefährden. Die Vorräte sind unermesslich, die Förderbedingungen hervorragend und kostengünstig noch dazu. Beeinflusst von Lawrence, »diesem homosexuellen Narziss«, und »seinem kleinen Freund Faisal«, spiele Miss Bell mit dem Feuer. Ihr Damaskuserlebnis sei indiskutabel, erklärt Wilson seinen Männern und kratzt an seiner Warze. »Ohne uns, die aufgeklärten Hüter der Ordnung, würden die Sunniten den Schiiten an die Gurgel springen, die Kurden würden die Schuld bei den Arabern suchen, ganz zu schweigen davon, dass sich Muslime, Christen, Juden und diverse Sekten gegenseitig abschlachten würden.« Wilson hat Faisals Anhängern verboten, nach Bagdad zurückzukehren. Nie werden die Schiiten, die in der Mehrheit sind, eine von den sunnitischen Anhängern des Emirs aufgezwungene Regierung akzeptieren. »Alles Lügner, verantwortungslose Dilettanten. Sie werden nur die öffentliche Ordnung untergraben, wovon dann die Türken und Bolschewiken profitieren, um das Land an sich zu bringen. Ich kann schließlich nichts dafür, wenn die Rassenunterschiede unmöglich auszulöschen sind.«

Der amtierende Zivilkommissar sieht die Hand der Vorsehung im Spiel, als sein Namensvetter, der amerikanische

Präsident, im Oktober einen Hirnschlag erleidet und der Senat den Beitritt der Vereinigten Staaten zum Völkerbund ablehnt. Amerika wird sich so schnell nicht mehr in die Angelegenheiten im Mittleren Orient einmischen, und England profitiert davon! Dennoch schickt er Miss Bells Bericht nach Whitehall, nicht ohne mit roter Tinte am Rand zu vermerken, dass er komplett anderer Meinung sei als sie und sie sich mit ihren Schlussfolgerungen täusche. Am 31. Dezember wendet sich Wilson mit einer Nachricht an seine mesopotamischen Untertanen und ruft »denen, die ungeduldig darauf warten, dass erneut eine Zivilverwaltung eingesetzt wird (…), in Erinnerung, dass sie sich in einer der wenigen Regionen befinden, in denen das Gespenst der Anarchie noch nicht aufbegehrt hat«. Die Engländer sind unverzichtbar. Binnen kürzester Zeit haben sie eine Brücke über den Tigris gebaut, seine Ufer gegen die Hochwassergefahr befestigt, die Straßen verbreitert, Bagdad kartografiert und ein erstes Kataster erstellt. Anfang Januar schreibt Wilson an Sir Percy, der immer noch in Teheran ist, dass die Scheichs und peripheren Stämme allenthalben zahmer werden. »Das Klima in Basra ist gut. In Bagdad bessert es sich, und nach allem, was ich höre, sieht es in Mossul ähnlich aus.« Das Jahr 1920 beginnt also unter denkbar günstigen Vorzeichen.

Der Prokonsul macht sich etwas vor, wettert Gertrude. Im Nordwesten des Landes haben die von den syrischen Nationalisten unterstützten arabischen Milizen eine Grenzstadt am Euphrat in ihre Gewalt gebracht und geplündert. Sie haben britische Offiziere als Geiseln genommen, sodass die britischen Luftstreitkräfte die Stadt unter Beschuss nehmen mussten, um die Rebellen zu vertreiben. Die Aufständischen rufen die Scheichs der Region dazu auf, sich zu erheben und die Händler, die sich noch in die syrische Wüste vorwagen, auszurauben. Auf dem Weg nach Babylon, wo sie Silvester feiern will, hat Gertrude festgestellt, dass immer mehr Stammesälteste erbost auf die Briten sind, die sie zu Steuerzahlungen verpflichten. In der heiligen Stadt der Schiiten, Nadschaf, gehen Gerüchte über einen Aufstand um. In einer Bagdader Schule drucken sunnitische Nationalisten Flugblätter, die Studenten in Cafés verteilen, wo sie laut vorgelesen werden. Gleich mehrere davon sind auf Miss Bells Schreibtisch geflattert: »Keine Freiheit ohne Unabhängigkeit«; »Die Unabhängigkeit können wir nur im Schatten der arabischen Flagge und Einheit erringen« … Im Norden haben Kurden Massaker an Christen verübt, und die Stämme in manchen Gebirgsregionen haben sich abgespalten. Gertrude hat man wissen lassen, dass die Türken in ihrer ehemaligen Provinz Mossul sowjetische Propaganda verbreiten: Nach den gescheiterten Revolutionen in Europa orientieren sich die Bolschewiken nun nach Asien. In Moskau haben sie eine Abteilung gegründet, die den Kampf der muslimischen Völker gegen den europäischen Imperialismus unterstützen soll, und in Anatolien gibt es eine Basis, die sich direkt um die britischen Interessen in der Region kümmert. Miss Bells Meinung nach muss die Regierung erfahren, dass die Kolonialpolitik des amtierenden Zivilkommissars den Interessen der Krone erheblich zu schaden droht. Ohne Wilson in Kenntnis zu setzen, schreibt sie ihrem alten Freund Edwin Montagu, der Staatssekretär in Indien ist. Ihrem langen Brief fügt sie einen Verfassungsentwurf bei, den sie in mehreren Nächten ausgearbeitet hat.

»Für wen hält sich dieses eingebildete Weibsstück eigentlich? James Madison? Alexander Hamilton?« A. T. Wilson kann sich gar nicht mehr einkriegen, seitdem Montagu ihn, von Miss Bell in Kenntnis gesetzt, um eine Erklärung gebeten hat. Sie hat ihn gedemütigt. Sie hat gegen sämtliche Regeln der kaiserlichen Verwaltung verstoßen. Sie untergräbt die Arbeit der Kollegen, die ihren Standpunkt nicht teilen. Nie hätte ein Mann sich so verhalten. Diese Weltenbummlerin redet dummes Zeug daher, gefährlich ist sie. Wilson hat nicht vergessen, was ihm ein Freund gesagt hat, als er erfuhr, dass Miss Bell nach Mesopotamien geschickt werden sollte: »Hüte dich vor dieser Nervensäge, das ist eine dumme Gans, eine Plaudertasche, ein Mannweib, flach wie ein Bügelbrett. Sie wackelt mit dem Hintern und schmiedet, immer nur auf den eigenen Vorteil bedacht, unablässig Intrigen.« Die kaiserlichen Beamten sind ganz ihren Opfern und Pflichten verschrieben. Sie dienen der Krone und dem Ruhm Großbritanniens, den schönsten Belohnungen überhaupt. Sie wollen selbst keine Ehre einheimsen. »Weder Ihr noch Eure Söhne werdet aus diesem unbedeutenden Vorhaben Vorteil ziehen«, schrieb Kipling: Das Empire will diskrete Männer, deren Loyalität und Patriotismus nicht durch persönliche Ambitionen oder Eitelkeiten durchkreuzt werden. Im Gegenzug sind sie der Kontrolle der öffentlichen Institutionen und Medien entzogen. Miss Bell hat diese Konventionen mit Füßen getreten. Sie drängt ins Rampenlicht. Dafür wird sie büßen müssen.

Wilson bestellt sie in aller Frühe in sein Büro. Seine Augen funkeln erbost, die buschigen Brauen ziehen sich vorwurfsvoll nach oben, er schlägt buchstäblich mit der Faust auf den Tisch. So hat noch nie jemand mit Gertrude gesprochen: »Nichts und niemand erlaubt Ihnen, die Hierarchie zu unterlaufen und hier Ihre Privatdiplomatie zu betreiben. Kommen Sie wieder auf den Boden der Tatsachen, Miss, und liefern Sie mir brauchbare Informationen über die schiitischen Provinzen, auf die Sie herabschauen, obwohl an ihnen die Stabilität des Landes hängt. Tun Sie Ihre Arbeit und mischen Sie sich nicht in Dinge ein, die Sie nichts angehen.« Wilson ist noch nicht fertig. Ein Verwaltungssystem wie in Nigeria könne nur unter einer Bedingung funktionieren: unter Mitwirkung eines charismatischen einheimischen Anführers, der die traditionellen Eliten um sich scharen, Gesetze durchsetzen und Steuern eintreiben kann. Erst recht in der arabischen Welt, wo praktisch keine zwischengeschalteten Institutionen existieren. »Es gibt keinen großen Mann in Mesopotamien. Ihr Vorhaben ist zum Scheitern verurteilt.«

Wilson bittet Cox, Gertrude unverzüglich zu versetzen. »Ihr verantwortungsloses Handeln sorgt bei der gesamten Zivilverwaltung für Verbitterung«, schreibt er ihr. Er schließt sie von den Entscheidungsverfahren aus, überwacht ihre Post und verbietet ihr den Zugang zu den unter Geheimhaltung stehenden Kabeln aus London und Delhi. Seine Männer unterstützen ihn, sie haben Miss Bell noch nie gemocht. Sie werfen ihr Snobismus und eine »böse Zunge« vor und nicht zuletzt den unwürdigen Empfang, den sie ihren Ehefrauen bereitet hat. Immer schon war sie unfreundlich gewesen zu all den jungen Frauen, die, kaum angekommen, über das Klima klagten, über die von starken Gewürzen und »labbrigen Toasts« verursachten Verdauungsbeschwerden und über die »schrecklichen Araber, die auf der Straße ausspucken und sich in die Finger schnäuzen«. »Genießen Sie nur den Winter, im Sommer wird es noch unerträglicher«, hatte sie ihnen beschieden. Ihre Kollegen sind neidisch auf ihren Lebensstil, auf ihre zahllosen Bediensteten, ihre neuen Möbel und ihr Porzellanservice von Maples, auf die Abendessen mit der guten Bagdader Gesellschaft, zu der sie selbst nie geladen sind. Von Wilson ermutigt, machen sie sich über sie lustig. Miss Bell ist »ein Blaustrumpf, der dem Ruhm hinterherjagt, anstatt sich um Haus und Kinder zu kümmern«, »eine verbitterte, exzentrische alte Jungfer, die Königinmutter«; »ihre panarabischen Wallungen müssen mit den Wechseljahren zusammenhängen«. Ihr Haus haben sie »Kloster« getauft.

Gertrude katzbuckelt, ohne nachzugeben. Sie erklärt Wilson den Krieg: »Es gibt Tage, an denen ich ihn erdolchen würde, wenn ich könnte«, vertraut sie ihrem Tagebuch an.

15.

Konya, 12. Mai 1907

Gertrude kniet in einem Graben und kratzt vorsichtig die Erde ab. Sie bittet den Boy, der ihr folgt, um die Wurzelschere und die schmiedeeiserne Pinzette. Vorsichtig reibt sie die schwarzen Ablagerungen ab, entdeckt einen Hühnerknochen. Gertrude richtet sich auf und wischt sich die Stirn ab. Seit dem frühen Morgen arbeitet sie unermüdlich auf der Grabungsstelle, die Sonne hat inzwischen die schneebedeckten, in Nebel gehüllten Gipfel des Taurus erreicht.

Es ist acht Uhr, eine Glocke läutet. Die Arbeiter kriechen aus ihren Laufgängen wie die Kaninchen aus dem Bau. In kleinen Schlucken trinken sie rings um ein Feuer kochend heißen Tee und essen Fladenbrote, Joghurt und Feigen, die die Frauen aus dem Dorf gebracht haben. Die Männer scherzen und singen. Ein Stück weiter weg, vor einer byzantinischen Kirche, weiden ihre Herden das mit Blumen übersäte Gras ab. Die idyllische Szene gleicht einer arkadischen Landschaft, denkt Gertrude. Sie ist glücklich, seitdem sie nach Kleinasien zurückgekehrt ist, und zufrieden mit dem Erfolg ihres letzten Buchs, ein kurzes Nachschlagewerk zur arabischen Kultur, das mit fünfzig eigenen Fotos illustrierte Ergebnis ihrer Expeditionen in die Levante. Seit ihrem ersten Aufenthalt in Persien fünfzehn Jahre zuvor ist sie nicht mehr so erfüllt gewesen.

In den vergangenen Wochen hat sie entlang der Küste die antiken griechischen Städte mit den im gleißenden Licht strahlenden Kalkmauern besichtigt. Das Meer, der Scirocco, die Antike: Sie hat das Theater von Milet bewundert, all die großartigen Stätten, die hellenistische Kultur Asiens. Eng mit den Mythen und der Geschichte verbunden, ist sie, von dem Gefühl eines intensiven Lebens berauscht, in Anatolien über die windgepeitschten Hochebenen geritten, hat seldschukische Moscheen entdeckt, herrliche Wälder durchquert, auf den Abhängen eines Vulkans unbekannte Blumen gepflückt und schwimmend das türkisfarbene Wasser des Eğirdir-Sees durchmessen. Anschließend ist sie zu der Ausgrabungsstätte in Binbirkilise gestoßen, dem Land der unzähligen Kirchen – ihre Grabungsstelle.

Seit ihren ersten Reisen nach Griechenland, Rom und Petra interessiert sich Gertrude für Archäologie. Als Jugendliche stand sie, fasziniert von den Szenen der Löwenjagd, wie angewurzelt vor den assyrischen Basreliefs im British Museum. Ihre Generation verfolgte die Ausgrabungen an den großen Stätten der Antike atemlos mit, Babylon, Susa, das Tal der Könige: Nachdem sich Jahrhundertelang nichts getan hatte, offenbarten die Zivilisationen nun allmählich ihre Geheimnisse und erwachten zu neuem Leben.

Im Oktober 1904 war sie nach Paris gereist, um von dem besten französischen Spezialisten zu lernen. »Die Steine sprechen, und wenn Sie ihnen zuzuhören verstehen, können Sie ein fruchtbares Gespräch mit den antiken Völkern führen. Eine Tonscherbe kann über Bräuche Auskunft geben, die unter jahrtausendealten Sedimenten verborgen sind«, erklärte er zum Auftakt der Unterweisungen, die er ihr jeden Morgen gab. Er machte sie mit der Geschichte der antiken Kunst vertraut, brachte ihr bei, die Objekte zu datieren und im Lichtschein einer Laterne mit einem mit Wasser benetzten Wattebausch Fotos zu entwickeln. Ihre Nachmittage verbrachte sie in den Pariser Museen. Ein Gespräch mit der Vergangenheit zu führen war genau in Gertrudes Sinne: Nur ein halbes Jahr nach dem Beginn ihrer Lehrzeit schlug der Meister ihr vor, einen Beitrag über den Einfluss der römischen und byzantinischen Architektur auf den Städtebau im Orient zu schreiben.

Gertrude reiste nach Konya, an der Grenze zwischen den zum Osmanischen Reich gehörenden Provinzen Anatolien und Kilikien. Dort erkundete sie die Kirchen einer Region, die bis zum 13. Jahrhundert von den Byzantinern besetzt gewesen war und in die sich im Folgenden zahlreiche Armenier geflüchtet hatten. Sie notierte Inschriften und architektonische Details, fotografierte die Ruinen. Ihre Befunde ließen indes noch zu wünschen übrig. Sie zeigte sie einem Spezialisten für Kleinasien, der im selben Hotel abgestiegen war wie sie. William Ramsay, Professor für klassische Archäologie in Oxford, korrigierte ihre Skizzen und gab ihr ein paar Ratschläge. Er war ein Ausbund an Gelehrsamkeit, konnte aber keinen Schritt ohne seine Gattin tun. Gertrude schloss sie beide ins Herz, obgleich »Lady Ramsay eine Unmenge an Banalitäten von sich gibt«. Als sie ihre Forschungen beendet hatte, schlug sie dem Professor vor, eine Grabung durchzuführen. Sie wolle das Projekt komplett finanzieren, gemeinsam würden sie ein Buch über die frühchristlichen Klöster und Kirchen der Region schreiben.

Gertrude hat sich angewöhnt, zweimal pro Woche ihre Post im Konsulat in Konya abzuholen. An diesem Donnerstagnachmittag ist die zuständige Person nicht da, sodass der Vizekonsul ihr die Briefe aushändigt. Als Major Richard Doughty-Wylie zum Gruß seine Mütze abnimmt, kommt sein kahler Schädel zum Vorschein. Er hofft, dass ihre Ausgrabungen Erfolg haben werden. Seiner Frau und ihm sei es eine Ehre, die berühmte Gertrude Bell zum Abendessen einladen zu dürfen: »Ihr letztes Buch hat mir ausnehmend gut gefallen.«

Sie hätte die Einladung nicht annehmen sollen, denkt sie, als sie sich am darauffolgenden Montag auf den Weg zur Villa der Doughty-Wylies macht. Der Bericht, auf den Ramsay ungeduldig wartet, ist noch nicht fertig. Doch die Neugier hat sie von ihrem Schreibtisch fortgezogen: Sie will wissen, ob der liebenswerte Diplomat mit Charles Doughty verwandt ist, dem Verfasser von *Arabia Deserta.* Aus Paris hat ihre Stiefmutter ihr ein Kleid mit einer perlmuttfarbenen Hemdbrust geschenkt. Und in dieser entlegenen Ecke der Türkei gibt es nur selten eine Gelegenheit, sich elegant zu kleiden.

Er ist tatsächlich der Neffe des berühmten Entdeckers, einer der wenigen Europäer, die durch die unwirtlichen Wüsten Zentralasiens gestreift sind. Er trägt im Übrigen den gleichen Vornamen wie sein Onkel, wird aber Richard oder vielmehr Dick genannt. »Charles Doughty ist einmalig. Es kann auf der Erde nicht zwei davon geben«, sagt er zu Gertrude. Sein scheues Lächeln kontrastiert mit seiner tiefen Stimme, die einen unverbesserlichen Liebhaber ägyptischer Zigaretten verrät, der gleichen, denen auch Gertrude seit ihrer ersten Orientreise zuspricht. Sie sitzen im Park des Konsulats und verbringen einen amüsanten Abend. Vor dem Essen hat Dick die Speisen gesegnet. Judith, seine Frau, ist ebenso zuvorkommend wie klein und unansehnlich: Mit ihrem schmalen Gesicht und dem bohrenden Blick sieht sie aus wie ein Fischotter. Sie steckt in einer schlecht sitzenden Bluse mit Puffärmeln. Judith und Dick sind erst seit drei Jahren ein Ehepaar. Er hat sie nach dem Tod ihres ersten Mannes geheiratet: »Er war mein bester Freund, der Bruder, den ich selbst nie hatte. Ich bin also den Geboten des Alten Testaments gefolgt«, erklärt er, während er mechanisch nach Judiths Hand greift. Sie ist eiskalt. Dick geht eine Decke holen, in die er seine Frau hüllt, und reicht auch Gertrude eine.

Während sie mit Judith plaudert, schaut sie ihn verstohlen an. Dick ist groß und kräftig gebaut, seine Nase ist gerade, das Kinn markant, der Blick sanft, aber entschlossen, ein gut aussehender Mann. Über seine linke Wange zieht sich eine Narbe. Sein vorteilhaftes Äußeres scheint ihn jedoch zu hemmen, fast so, als misstraute er sich selbst oder der Wirkung, die er auf seine Gesprächspartner haben könnte. Als er Gertrude, die auf Einzelheiten gedrungen hat, seine diversen Funktionen auseinandersetzt, sieht er ihr nicht in die Augen, wahrscheinlich weil sie für sich sprechen. Dick, der an der Royal Military Academy in Sandhurst ausgebildet worden ist, hat in den vergangenen zwanzig Jahren an sämtlichen Fronten des Empires gekämpft: an den Grenzen von Indien und Afghanistan, im Sudan gegen die mahdistischen Rebellen, im zweiten Burenkrieg unter Lord Kitchener in Südafrika, später in China, um den Boxeraufstand zu bezwingen, und schließlich in Somaliland am Horn von Afrika. Er hält sich darauf jedoch nichts zugute. »Dick wird es Ihnen selbst nicht erzählen, aber er ist schwer verwundet worden und mehrfach für seine außergewöhnliche Tapferkeit ausgezeichnet worden. Das Ministerium hat ihn nach Konya geschickt, damit er sich etwas Ruhe gönnt«, sagt seine Frau. Dick macht eine ungelenke Bewegung und streicht sich unbeteiligt über den Schnurrbart. Anstatt über sich selbst zu reden, fragt er Gertrude, wie es mit den Ausgrabungen vorangehe. Die kartografische und stratigrafische Erfassung des Terrains sei fast abgeschlossen. Sie lädt die beiden ein, die Grabungen selbst in Augenschein zu nehmen. Es werde ihr eine Freude sein, ihnen in Binbirkilise vor Ort zu zeigen, was sie dort seit einem Monat zutage fördern. »Das ist ausgesprochen amüsant, Sie werden sehen. Kommen Sie am besten frühmorgens, wenn die Luft noch frisch und der Morgen so wunderbar ist.«

Einige Tage später verlässt Gertrude die Ausgrabungsstätte, um eine alte armenische Kirche in der Innenstadt von Konya zu vermessen. Mit dem Bleistift in der Hand kniet sie in einem der Seitenschiffe auf den Tuffplatten, als ein schwerer, metallischer Schritt durch das menschenleere Mittelschiff hallt. Sie hebt den Kopf und sieht den Major, der mit dem Hut in der Hand auf eine der Chorkapellen zugeht. Hinter einer Säule versteckt, beobachtet Gertrude, wie er die rechte

Hand in das Weihwasserbecken taucht, sich inbrünstig bekreuzigt und mit gefalteten Händen vor einer Ikone des Pantokrators eine Kniebeuge macht, als wäre er von einem inneren Beben erschüttert worden, bevor er Gebete murmelt und sich wie ein Muslim auf den Boden wirft.

»Wissen Sie«, schreibt sie ihren Eltern, »hier gibt es einen Vizekonsul, einen charmanten, bemerkenswerten jungen Soldaten mit seiner netten kleinen Frau. Er ist der Interessantere von beiden. Ein guter Engländer, offen und neugierig, der alles sehen und lernen will. Eine ganz hervorragende Ernennung.«

16.

Region Mittlerer Euphrat, 24. Juli 1920

Der Reiter wird langsamer, als er sich dem Schützengraben nähert. Leichenblass fasst er sich an die Schulter, das kurzärmelige, klebrige Hemd ist blutbefleckt. Die Kameraden helfen ihm, vom Pferd zu steigen und ein paar Schlucke Wasser zu trinken. Der Verwundete flucht und spuckt die warme, nach Asche schmeckende Flüssigkeit aus. Auf einmal lassen ihn seine Beine im Stich. Er sieht entsetzt aus. »Sie sind nur … zwei Meilen weit entfernt … sie sind mir dicht auf den Fersen. Sie kommen auf uns zu. Vielleicht zehntausend«, stöhnt er, bevor er das Bewusstsein verliert.

Die Späher schlagen von den baufälligen Wachhäuschen aus Alarm. Es ist keine Fata Morgana: Im Fernglas erscheint eine Phalanx aus bis zu den Zähnen bewaffneten Reitern. Sie wirbelt vor dem spätnachmittäglichen, korallenfarbenen Horizont Staubwolken auf und stürmt in gestrecktem Galopp, den Namen Allahs, des Allmächtigen, brüllend, auf das britische Lager zu. Die Maxim-Maschinengewehre und die sechs Kanonen des zweiten Manchester-Regiments reagieren. Sie mähen Hunderte von Rebellen nieder, aber die Kugeln und Granaten scheinen die arabischen Legionen nur noch weiter zu befeuern. Sie streben zusammen, bevor sie sich wieder in einzelne Gruppen aufteilen, um von den Flanken aus anzugreifen. Die Engländer feuern aus sämtlichen Rohren. Es gelingt ihnen, die Angreifer ein paar Dutzend Meter vor ihren Schützengräben zu stoppen. Doch in dieser Ecke der Wüste, im Umkreis des Dorfes, das sie befreien wollen und dessen lächerliches Minarett sie erblicken, können sie einer Belagerung nicht lange standhalten: Es fehlt ihnen an Wasser, und die Telefonisten dringen mit der Bitte um Verstärkung nicht zu der Garnison durch, aus der sie am Vortag aufgebrochen sind. Die Telegrafenlinie ist durchtrennt worden.

Der Befehlshaber der Kolonne zieht die beiden politischen Offiziere, die ihn begleiten, zurate. Sie haben nur schlechte Lösungen parat für ihre Männer, Sepoys in zinnoberroten operettenhaften Waffenröcken, Sikh-Reiter und junge Rekruten aus den Elendsquartieren in Nordengland. Zu ihnen gehört auch John Terry. Ein schmächtiger kleiner Dreikäsehoch, der noch nie im Krieg gewesen ist – im Oktober wird er neunzehn. Er wollte nicht in der Textilfabrik in Bolton arbeiten, in der sich sein Vater abrackerte, er wollte etwas sehen von der Welt und Geld auf die hohe Kante legen, um sein eigenes Kurzwarengeschäft zu eröffnen. Da der Sold nicht schlecht ist und ihm im Land von *Tausendundeine Nacht* das Blaue vom Himmel versprochen wurde, hat er sich freiwillig verpflichtet. Die Kameraden mögen ihn. Little Johnny ist ein gut gelaunter Trinker und ein ausgezeichneter Mundharmonikaspieler.

Am Vortag haben sie ihr Quartier zu spät verlassen und, um ein bisschen verlorene Zeit aufzuholen, die Karren nicht mit ausreichend Wasser beladen, gerade mal das Nötigste zum Leben, »und selbst das nicht«, klagte die Truppe, der die Offiziere während des Marschierens verboten haben zu trinken. Dabei herrschten fast vierzig Grad im Schatten, um die Tagesmitte sogar über fünfzig. Gelblich tanzte die Landschaft um die schweigsame Kolonne. Die stickige Hitze lähmte sämtliche Organismen, Menschen, Esel, Pferde waren dem Sterben nahe. Die zuvor in Irland stationierten Soldaten hatten sich in den kühnsten Träumen nicht ausgemalt, wie heiß es auf der Erde sein konnte. Bei ihm herrschten im Sommer nie über fünfundzwanzig Grad, schimpfte Johnny vor sich hin. Womit hatte er sich auf der Grünen Insel versündigt, dass er so jung schon in der Hölle schmoren musste? Und was taten sie überhaupt hier, er und seine Kumpels, blasse Bengelchen aus dem Lancashire – in diesem Land, von dem sie nichts wussten und das nichts von ihnen wissen wollte? In dieser gottverdammten Steinwüste gab es weder Schatten noch Wind, noch nicht einmal Insekten, Raubvögel oder Schlangen. Hätte Johnny das gewusst, hätte er ebenfalls in der Fabrik geschuftet. So übel war das Leben in Bolton dann doch nicht.

Die Männer des zweiten Manchester-Regiments rangen nach Luft. Am liebsten hätte Little Johnny sein Gewehr auf die Sonne angelegt und sie ein für alle Mal abgeschossen, den Himmel zerfetzt, damit endlich Regen fiel. Er delirierte. Die intensive Rückstrahlung brannte ihm in den Augen. Mehrere der Kameraden, die früher robuster gewesen waren als er, erlitten einen Hitzeschlag und brachen neben ihm zusammen. Doch sie hatten immer noch nicht die Erlaubnis zu trinken. Sie würden ihre Feldflaschen in der Oase auffüllen können, wo sie die Nacht verbringen würden, hatte der Hauptfeldwebel gesagt. Doch auf dem Grund der Brunnen fanden sie nur brackiges Wasser, das sogar die Tiere nicht trinken mochten: Sie mussten weiter. Seither irren sie durch die steinige Ebene. Irgendwann haben sie in einem Bewässerungskanal ein bisschen Wasser aufgetrieben, doch sie sind mitsamt ihrem Lager entdeckt worden.

Sie werden alle umkommen, wenn sie nicht bald den Rückzug antreten. Der Kommandant beobachtet, wie seine Soldaten, die in den Schützengräben auf der Lauer liegen, gegen den Schlaf kämpfen. Little Johnny hat Wachdienst. Er würde gern eine Zigarette rauchen, aber auch das ist verboten. Sein Kopf ragt kaum über die übereinandergestapelten Sandsäcke hinaus, die Baumwoll-Bermudas der Britisch-Indischen Armee sind ihm viel zu weit. Sie gleichen eher Pfadfindern als Kriegern, denkt der Offizier. Es wird kein Leichtes sein, sie zu retten, aber die mondlose Nacht könnte ihnen zu Hilfe kommen. Sie wollen sich mit dem Kompass weiterbewegen. Plötzlich erscheint eine Sternschnuppe am Himmel. Der Kommandant wünscht sich etwas, bevor er seinen Untergebenen weitere Befehle erteilt.

Alle in den Sattel! Kurs auf Nordost. Das Regiment setzt sich in Bewegung. Johnny beißt die Zähne zusammen. Es ist heiß und dunkel wie in einem Bergwerk. Der erste Kilometer ist ein Spaziergang. Die Soldaten marschieren in engen Reihen, die Karren in der Mitte des Konvois, die Feldküche dahinter. Mühelos wehren die Reiter die sporadischen Angriffe der Araber ab. Doch auf einmal bricht Panik aus. Die

Packesel und Lastenpferde schlagen in sämtliche Richtungen aus, greifen blindlings an, schmeißen Karren um und trampeln Männer nieder, bevor sie das Weite suchen. Die Soldaten verstreuen sich auf der Suche nach ihnen, verirren sich, von der Finsternis verschluckt. Johnny ist umgerannt worden. Er steht wieder auf und klopft sich den Staub ab, doch bei dem Zusammenstoß hat er sein Gewehr verloren. Während er nach ihm tastet, tritt man ihm auf die Finger, läuft über ihn hinweg, er hat Sand in den Augen und Blut an den Beinen. Menschen und Tiere rennen kreuz und quer um ihn herum. Er fasst sich mechanisch an den Gürtel: Das Messer ist immer noch im Futteral.

Die Rebellen haben begriffen, dass das zweite Manchester-Regiment in Bedrängnis ist: Ihre Reiter preschen auf die orientierungslose Kolonne zu. Sie wollen Waffen und Munition an sich reißen. Die britisch-indischen Artilleristen schießen aus nächster Nähe. Die Säbel der Sikh-Reiter sausen durch die Luft. Als hätte ein Dämon ihnen die Augen verbunden, erkennen sie nichts, was mehr als drei Meter entfernt liegt. Es ist zu spät. Geschmeidig wie Leoparden sind die rebellischen Infanteristen unter ihre Pferde gekrochen, die aufgeschlitzten Tiere brechen in einer Blutlache zusammen. Für den Nahkampf werden die Bajonette aufgepflanzt. Johnny hat den Dolch gezogen. Die feuchten Hände zittern, sein Herz pocht gegen die Brust. Er hört die widersprüchlichen Befehle, das stumpfe Geräusch aneinanderstoßender Klingen, Ermahnungen auf Englisch, Arabisch oder Urdu. Aus aller Kraft haut er auf einen riesigen Rücken vor sich ein. Glücklicherweise gehört er einem Araber. Der Beduine fällt zu Boden wie ein Baum, dessen Stamm angesägt worden ist.

Da nimmt Johnny die Beine in die Hand und rennt los, immer geradeaus, ohne sich umzudrehen. Seine Lunge pfeift, er rennt, bis er außer Atem ist, zehn, zwanzig, dreißig Minuten und, um noch schneller vom Fleck zu kommen, wirft den Helm weg und das Marschgepäck, aus dem er die Mundharmonika zieht: Little Johnny will seine Haut retten. Plötzlich strauchelt er, meint an einer Halluzination zu leiden: Vor ihm läuft eine gespenstische Raupe.

Die Kompanie B des zweiten Regiments kann ihren Weg fortsetzen. Sie führt den Zug an, aber langsam, denn sie haben schwere Karren voller Munition zu ziehen. Johnny legt einen letzten Sprint hin, um zu den anderen zu stoßen. Er wird den Kumpels in Bolton einiges zu erzählen haben, vielleicht bekommt er sogar eine Auszeichnung verliehen: Ein Orden würde sich auf dem Tresen seines Kurzwarengeschäfts doch gut machen. Little Johnny glaubt, das Schlimmste sei überstanden. Er dankt der Vorsehung, dass sie ihn wie einen Propheten durch die Wüste geführt hat. Dabei sind die arabischen Krieger den Engländern dicht auf den Fersen. Sie könnten sie auch unterwegs schon angreifen, ziehen es jedoch vor, sie in einen Hinterhalt zu locken, in der festen Annahme, dass sie in der antiken Stadt Borsippa unweit von einem Kanal biwakieren und den Tagesanbruch abwarten werden. Zwischen den Ruinen versteckt, wo die Zikkurat von Nabu, dem Gott der Weisheit, emporragt, warten sie auf das Eintreffen der Ungläubigen: Da sind sie, genau wie gedacht, circa hundert erschöpfte Männer, Zombies. Ein Teil von ihnen sinkt vor Müdigkeit am Fuß einer Pyramide nieder, wo sich vor langer Zeit die Armeen von Nebukadnezar und Darius, von Aššur-bāni-apli, Alexander,

Timur und anderen Erbauern der Welt gegenseitig abgeschlachtet haben. Ein paar Briten halten Wache. Die Araber schleichen sich an die Wachhabenden heran. Sie erdolchen sie und stürzen sich anschließend auf die Schläfer, denen sie vom Ersten bis zum Letzten die Kehle durchschneiden. Little Johnny lächelt, als sein Mörder ihm mit einem kräftigen Hieb die Halsschlagader durchtrennt und ihm dann seine Mundharmonika klaut.

Die Rebellen kosten ihren Triumph aus. Sie haben die Hälfte des zweiten Manchester-Regiments getötet und eine Kanone und mehrere Maschinengewehre an sich gebracht. Die Neuigkeit verbreitet sich im ganzen Land: Die arroganten Eindringlinge können vertrieben werden, wenn die Stämme nur zusammenhalten und ihnen weiter zusetzen. Sie haben Garnisonen belagert, Eisenbahn- und Telegrafenlinien sabotiert, Gebäude in Brand gesteckt, politische Offiziere und Soldaten niedergemetzelt: Im Sommer 1920 kontrollieren die Briten nur noch die großen Städte. Ihre Frauen haben sie nach Indien zurückgeschickt, ein unmissverständliches Zeichen.

»Erhebt euch, fordert eure Rechte ein, verlangt eure volle Unabhängigkeit!« Von den Nationalisten in Damaskus ermutigt, sind im wüstenartigen *no man's land* zwischen Syrien und Mesopotamien im Nordwesten des Landes Unruhen ausgebrochen. Nachdem der Syrische Kongress Faisal im März zum König von Syrien und Palästina ausgerufen hat und seinen älteren Bruder Abdallah zum Emir von Mesopotamien, und erst recht anlässlich der Konferenz von Sanremo einen Monat später, haben sie sich bis nach Bagdad ausgedehnt. In Sanremo wurde Frankreich das Völkerbundmandat in Syrien zugesprochen, Großbritannien bekam Palästina und das Britische Mandat Mesopotamien, und beide Mächte teilten sich die Rechte an der Erdölförderung in der Region von Mossul. Mitten im Ramadan fanden sich die Bagdader, die keine politischen Kundgebungen besuchen durften, unverzüglich in ihren Moscheen ein, um zu beten und patriotische Gedichte zu rezitieren. Die Briten, »Verfechter der arabischen Freiheit«, hintergehen sie von Anfang an und machen sich auf schändliche Weise über sie lustig. Inzwischen sind anderthalb Jahre seit der alliierten Erklärung vergangen, in der ihnen eine nationale Regierung versprochen worden ist – mit dem Ergebnis, dass nun die politischen Offiziere über die Distrikte herrschen und die Zivilverwaltung keinen einzigen Araber umfasst. Sunniten und Schiiten rufen mit allen Mitteln zum Widerstand gegen die Engländer auf. Demonstrationen und Unruhen lähmen Bagdad, und Ende Juni beschließen die schiitischen Religionsführer aus den heiligen Städten Nadschaf und Kerbela eine Fatwa: »Wenn die Briten euch an der Ausübung eurer Rechte hindern, dürft ihr auf die Verteidigungsstreitmacht zurückgreifen. Es ist an der Zeit, diese Rechte für euch zu beanspruchen, tut, was ihr zu tun habt!« Hunderttausend Krieger der Stammesverbände des Mittleren und Niederen Euphrats schließen sich binnen weniger Wochen dem Aufstand an. In Mesopotamien geht es drunter und drüber.

Am Tag des Angriffs auf das zweite Manchester-Regiment besiegen die französischen Truppen Faisals arabische Streitkräfte vor Damaskus. General Gouraud begibt sich unverzüglich zum Saladin-Mausoleum und ruft: »Hier sind wir!« Ausgerechnet die Stadt, in der sich die Bekehrung des heiligen Paulus ereignet hatte, konnte von den Kreuzfahrern nie erobert werden. Faisal muss fliehen. Die Engländer springen ihm nicht bei, sondern begnügen sich damit, ihn über Palästina nach Ägypten auszuschleusen. Als ein Foto in den Zeitungen erscheint, das den Nachfahren des Propheten wie einen gewöhnlichen Flüchtling im Bahnhof von El Qantara auf einem Koffer sitzend zeigt, wird der Zorn der Anhänger des Emirs noch weiter geschürt. Engländer und Franzosen sind bloß die zwei Seiten derselben Medaille: Sollen sie doch in der Hölle schmoren.

Zu Beginn des Aufstands hatte Wilson gegenüber dem Oberbefehlshaber der britisch-indischen Truppen eine Passage aus den Paulusbriefen zitiert, um ihn zu einer Züchtigung der Rebellen zu ermutigen: »Ohne dass Blut vergossen wird, gibt es keine Vergebung.« Es war ihm egal, dass man ihn den »Despoten von Mespot« nannte, soeben war er zum Knight Commander des Empires ernannt worden. Er wollte die ermordeten politischen Offiziere rächen und die Ordnung wiederherstellen. Schließlich ging es um den Kampf gegen den orientalischen Obskurantismus und die Regenerierung Mesopotamiens, heilige Aufgaben, die ihnen von der Krone anvertraut worden waren. Jedes Zugeständnis würde als Zeichen der Schwäche gedeutet werden: Man greift das Empire nicht ungestraft an. Farbigen und Wölfen muss man die Ohren langziehen, ihre fanatische Gewalt lässt sich nur mit weißem Terror beantworten, wie in Indien nach dem großen Aufstand von 1857. Die Erinnerung an seine gnadenlose Niederschlagung hatte die Inder davon abgehalten, zu den Waffen zu greifen. Sie merkten sich die Lektion: Gandhi trat in den Hungerstreik. »Die Araber werden es genauso machen«, murmelte Wilson, während er am frühen Morgen des 5. Juni seinen Schnurrbart stutzte. »Aber bis dahin müssen diese Hurensöhne für ihre letzte Schandtat teuer bezahlen.«

Am Vortag war ein entlegenes Dorf in der Region von Mossul angegriffen worden. Die Aufständischen hatten den politischen Offizier getötet und die zur Rückeroberung des Ortes entsandten Panzerwagen in einen Hinterhalt gelockt – alle acht Soldaten waren umgekommen. Daraufhin hatten die Briten eine Vergeltungsmaßnahme angeordnet: Das Geschwader machte die Siedlung dem Erdboden gleich, nachdem die Häuser geplündert und die Einwohner mit Bajonettschlägen in die Wüste getrieben worden waren. Auch die Ernte der Bauern wurde vernichtet. Luftangriffe, ständiger Beschuss, Politik der verbrannten Erde: In sämtlichen Ecken und Enden des Landes folgte der Gegenaufstand dem gleichen *Modus Operandi.* Wilson und seine Armee waren nicht zimperlich. Sie führten präventive Festnahmen in den großen Städten durch und verschleppten die Aufwiegler auf Inseln im Persischen Golf. Die Anführer wurden hingerichtet und die Straftäter auf den Marktplätzen ausgepeitscht.

Gertrude kritisierte Wilson für diese Eskalation. Natürlich durften die Verbrechen der Aufständischen nicht ungesühnt bleiben, aber diese ungerechte Brutalität hatte gemäßigte Städter und unentschlossene Scheichs zum Lager der Unnachgiebigen überlaufen lassen. Sehr viel verlorene Zeit und verschenkte Gelegenheiten … Seitdem Cox Teheran verlassen hatte, regierte Wilson mithilfe diktatorischer Weisungen wie ein Pharao über seine Sklaven. Fest von ihrer Überlegenheit überzeugt, hatten seine Männer die Bauern zum Verlegen von Gleisen und zu aufreibenden Bewässerungsarbeiten auf dem Land gezwungen, ohne sich mit den Stammesältesten abzusprechen. Die Tagelöhner, die sich gegen die Zwangsarbeit sträubten, wurden von Offizieren, die in Indien oder im Sudan in eine harte Schule gegangen waren, mit Poloschlägern verprügelt. Die Bristol-Kampfflugzeuge und die gefürchteten DH9A der Royal Air Force bombardierten die gegen die Steuerforderungen aufbegehrenden Clans. Die Türken waren zwar nicht sonderlich beliebt, aber sie gingen anders vor. Sie verstanden es, Kompromisse einzugehen, regierten mit Zuckerbrot und Peitsche und ließen die Scheichs ihre Abgaben eintreiben, die zum Teil in ihre eigene Tasche wanderten.

»Wilson ist völlig blind gewesen«, denkt Gertrude, als sie den Bericht eines Überlebenden des Manchester-Regiments entdeckt. Dabei hatte sie ihn gewarnt. Er aber schloss sich in seinem Glashaus ein und wollte nichts hören. Als sie ihm Anfang Juli vorschlug, ein Komitee aus Sunniten und Schiiten in die heiligen Städte zu schicken, um den Aufstand zu beenden, weigerte er sich rundheraus. Sogar wenn er Spannungen zu beschwichtigen versuchte, goss Wilson unwillkürlich Öl ins Feuer. Bei einem Treffen im Serail konnte er nicht umhin, einigen Bagdader Honoratioren die Leviten zu lesen, als wären sie seine Mündel. Er bat sie um Geduld, die Mandatsmacht wache als »weiser und voraussehender Hüter« über sie. »Eines Tages«, vorausgesetzt, die Unruhen hörten auf – denn »die Militär- und Zivilregierung wird auf Gewalt immer mit rigorosen Maßnahmen antworten« –, solle eine einheimische Zivilregierung eingesetzt werden. »Selbst mit dem besten Willen der Welt muss dieser Prozess schrittweise stattfinden. Sonst steuern wir geradewegs in die Katastrophe«, verkündete Wilson. Die Buhrufe, von denen seine Aussagen begleitet wurden, fasste er als Kriegserklärung auf.

Doch auch Gertrude ist nicht über jeden Zweifel erhaben. Ganz wie ihr Vorgesetzter und der Generalstab hat sie sich lange hinter einer bequemen Entschuldigung verschanzt, um sich das Ausmaß der Revolte schönzureden: »Ausländische Mächte haben ein Komplott geschmiedet, um Mesopotamien zu destabilisieren.« Sie denkt dabei an die syrischen Extremisten, an die türkischen Nationalisten von Mustafa Kemal, die zuerst den Sultan entmachtet haben und sich jetzt gegen die Aufteilung des Osmanischen Reichs sträuben. Vor allem aber denkt sie an die Bolschewiken: Nach Persien eingeschleust, brennen sie darauf, zusammen mit »den unterworfenen islamischen Nationen gegen den imperialistischen Westen« den Heiligen Krieg zu führen. Sie schüren den Hass und unterstützen die Unruhestifter. Das mochte alles stimmen, aber die Gründe für den Aufstand waren interner Art, wie Gertrude irgendwann zugeben musste. Auch sie war überheblich gewesen, überzeugt, das Land dank ihres persönlichen Einflusses im Griff behalten zu können. Doch sie ist bei Weitem nicht so gut informiert, wie sie denkt. Die jungen Nationalisten, die sie in ihrem nach Rosen duftenden Garten mit Fruchtsäften und Kuchen verwöhnt, sind Sprösslinge der besten Familien. Sie liefern ihr beruhigende Informationen, weil sie ihre Angst vor einer schiitisch-islamischen Regierung teilen. Gertrude hatte damit gerechnet, dass sich die Gemüter gegen Ende des Ramadans abkühlen würden. Sie wollte nicht an einen nationalen Aufstand glauben, eher an eine Vielzahl von Zwischenfällen, die nichts miteinander zu tun hatten. Sie dachte, die von London gemachten Zugeständnisse – Cox' Rückkehr im Herbst, die Bildung einer arabischen Regierung, die Ausarbeitung einer Verfassung … – würden das nationalistische Lager spalten und das Klima beruhigen. Doch die Geheimdienstchefin in Bagdad hatte die Bedrohung falsch eingeschätzt, weil es ihr an Informationen über die schiitische Gemeinschaft fehlte, den toten Winkel ihres Spionagenetzes. Genau das rieb ihr Wilson am laufenden Band unter die Nase, und zwar zu Recht.

Gertrude hasst sie. Die Schiiten, schreibt sie, »sind verlogen, gewalttätig und niederträchtig«. Ihre Spiritualität und die Dogmen, die ihnen von ahnungslosen fanatischen Greisen diktiert werden, stoßen sie ab. Sie verachtet die Bestattungsindustrie, von der die Frömmler in Nadschaf und Kerbela leben, »diesen makabren Parasitenhandel, der darin besteht, die in Teppiche eingerollten verwesenden sterblichen Überreste reicher Perser in der Nähe der Imam-Ali-Moschee oder des Imam-Husain-Schreins im Tausch gegen Devisen in bar zu bestatten. Der Weg zum Paradies stinkt nach Aas«, schrieb sie einmal an eine ihrer Schwestern. Die heiligen Städte sind in Wirklichkeit mittelalterliche Dörfer, die sich an den Toren der roten Wüste hinter dicken, von Gräben umstandenen Mauern verschanzen. Es wimmelt dort nur so von Geheimgesellschaften. Angeblich sind ihre Einwohner Sodomiten. Im Sommer leben sie unter der Erde, um der Hitze zu entkommen, in fensterlosen Katakomben, die miteinander verbunden sind und weit über die Stadtmauern hinausführen. Ihre baufälligen Häuser aus Lehmziegeln sind die gleichen wie vor tausend Jahren, und ihre von Kopf bis Fuß verschleierten Frauen hüllen sich in Schweigen. Wenn man Miss Bell Glauben schenkt, ist alles dort – Gassen, Häuser, Menschen – durchweg finster und beunruhigend.

Ihre Informationen sind lückenhaft, ihre Quellen nicht sonderlich zuverlässig, zumal sie diese abgekapselte Welt nie richtig infiltriert hat. Dabei bilden die Schiiten die Mehrheit der mesopotamischen Bevölkerung. Sie kontrollieren eine Region, die im Besitz zahlreicher Reisfelder ist und das Zweistromland mit Nahrung versorgt. Die Eisenbahnlinien zwischen Bagdad und Basra durchqueren ihre Gebiete. Die Osmanen hatten darauf verzichtet, sie zu unterwerfen, und ließen sie in ihrer sektiererischen Freiheit vor sich hinvegetieren. Die Stämme des Mittleren Euphrats waren den britischen Streitkräften seit ihrer Ankunft 1914 feindlich gesinnt. Einem westlichen Eingreifen abgeneigt, schlossen sie sich größtenteils dem Dschihad an, zu dem der osmanische Kalif zu Beginn des Konflikts aufrief, obwohl ihre geistlichen Führer die Autorität des sunnitischen Herrschers nie anerkannt hatten. Während des Krieges, der weiter nördlich stattfand, genossen sie eine weitreichende Autonomie. Doch als die Kampfhandlungen beendet waren, wollten die Briten auch ihre Gebiete an sich bringen und ihnen die gleichen Zwänge auferlegen wie anderswo. Sie trafen auf erbitterten Widerstand. Die Religionsführer verboten den Gläubigen zu kollaborieren; etliche von ihnen wurden getötet, während die Mörder im Gegenzug öffentlich gehängt wurden. Die Schiiten haben nicht erst den großen Aufstand abgewartet, um der Zivilverwaltung den Krieg zu erklären. Jetzt sind sie die treibende Kraft. Die religiösen Führer, die Denker der

Geheimgesellschaften und die tonangebenden Scheichs im Mittleren Euphrat haben einen Pakt geschlossen und im Imam-Husain-Schrein sowie in der al-Abbas-Moschee in Kerbela einen Eid auf den Koran geleistet. Die Ulama wollen einen islamischen Staat gründen, sobald die Engländer aus Mesopotamien vertrieben sind.

Zu diesem Zweck haben sie eingewilligt, sich mit ihren feindlichen Brüdern zu verbünden. Der Zusammenschluss der Widerstandsbewegungen fand in der Nacht vom 22. April 1920 in Bagdad statt. An diesem Tag erkundete Miss Bell zusammen mit ihrem Vater das Land. Ende März hatte sie ihn, einen mit Pfirsichen und Kirschen verzierten Strohhut auf dem Kopf, am Hafen von Basra in Empfang genommen. Einen Monat lang reisten sie durch Gertrudes Wahlheimat, die sie ihm freudig zeigte. Sie besichtigten archäologische Ausgrabungen und eine Erdölquelle, in der Wüste tranken sie Kaffee mit befreundeten Scheichs in Ziegenlederzelten. In Bagdad erwartete Hugh Bell ein ganzer Reigen gesellschaftlicher Anlässe. Gertrude präsentierte ihm ihre Umgebung. Sie dinierten mit dem Gouverneur der Stadt, mit Ministern, jüdischen und christlichen Honoratioren und »gemäßigten« Patrioten. Sogar A. T. Wilson machte dem berühmten Industriellen seine Aufwartung.

Es war ein wunderbarer Monat. Sie tranken Aperitif in Gertrudes Garten, pflanzten einen Feigenbaum und eine Bougainvillea. Hugh war ganz vernarrt in Gertrudes Gazelle Zenobia und spielte ausgelassen mit den beiden persischen Windhunden, die ein Händler aus Tikrit seiner Tochter geschenkt hatte. Sie freute sich, ihn nach der Arbeit zu Hause anzutreffen, wenn er es sich im Lehnsessel bequem gemacht hatte, Pfeife rauchte und las. Doch unterdessen schwelte das Feuer weiter.

Die Zerstreuungen dieses Frühlings, während der Aufstand immer weiter an Boden gewann, sollte Wilson ihr später zum Vorwurf machen. Einige Monate darauf war ihr Verhältnis auf dem absoluten Tiefpunkt angelangt, nachdem Gertrude den nach Persien versetzten Oberbefehlshaber ermutigt und damit zu einer Verlängerung seines Aufenthaltes bewogen hatte, wohingegen Wilson seine unverzügliche Rückkehr nach Mesopotamien forderte, und sie »aus Versehen« einem jener »gemäßigten Nationalisten«, die sie so mochte, vertrauliche Informationen weitergeleitet hatte. Zwei unentschuldbare Fehler, die ihre Bilanz noch weiter verschlechterten. Gertrude warf ihm vor, für das derzeitige Fiasko verantwortlich zu sein. Wenn er auf sie gehört hätte und früher auf die Araber zugegangen wäre, hätte es gar nicht so weit kommen müssen. Wilson versetzte, sie hätten Krankenhäuser, Gesundheitsämter und Schulen gebaut, das Rechtssystem, die Polizei und die Steuerverwaltung neu strukturiert, und trotz der Zugeständnisse Londons an »diese verfluchten Beduinen« sei der Aufstand nicht abgeflaut, sondern ganz im Gegenteil noch weiter entflammt. »Wir haben es hier mit Anarchie und Fanatismus zu tun, sicher nicht mit einer politischen Bewegung. Sie haben eine Stadt nach der nächsten geplündert, Juden und Christen ermordet und Frauen vergewaltigt. Und Sie werden dafür bezahlt, dass man Ihnen Vertrauliches berichtet, nicht dafür, es dem Erstbesten gegenüber wieder auszuplaudern«, warf er ihr an den Kopf, drauf und dran, sie an jenem brütend heißen Julimorgen zu ohrfeigen. Sie müsse wissen, dass sie von der gesamten Zivilverwaltung für ihre arabischen Sympathien verachtet werde: »Sie richten hier mehr Unheil an als jeder andere.« Abermals schrieb er an Cox: »Es wäre ratsam, in Großbritannien eine Anstellung für Miss Bell zu finden.« Sir Percy weigerte sich, einzugreifen. Das war wenige Tage vor dem Angriff auf das Manchester-Regiment.

Ein dritter Mann säte nun Zwietracht, General Aylmer Haldane, der neue Oberkommandant der Britisch-Indischen Armee in Mesopotamien. Er selbst hatte sich über seine Ernennung wenig erbaut gezeigt. Von Mesopotamien wusste dieser Schmetterlingssammler, der ein Faible für Taschenkrebse mit Mayonnaise hatte, abgesehen von dem, was man ihm berichtet hatte, praktisch nichts: ein Rattenloch, im Winter ein Sumpfland, im Sommer ein Glutofen, zu jeder Jahreszeit ein Chaos. Haldane hatte vier Jahre lang an der französisch-belgischen Front gekämpft. Er erhoffte sich bis zu seinem Ruhestand, er war achtundfünfzig und Junggeselle, eine möglichst beschauliche Stelle. Vor seinem Aufbruch vertiefte er sich lieber in die Geschichte des antiken Mesopotamiens und die Bibel, von der er sich eine illustrierte Ausgabe gönnte, als in die ausführlichen Berichte von Miss Bell und ihren Kollegen, die der Kriegsminister ihm zur Verfügung stellte. Churchill, für seine Standhaftigkeit und Tüchtigkeit bekannt, hatte ihn auserkoren, um die Größe des Kontingents schnellstmöglich zu reduzieren. Zwanzig Jahre zuvor hatten die beiden Männer Seite an Seite in Südafrika gekämpft. Der Minister wusste, dass der Militär es ihm nie verziehen hatte, vor ihm aus dem Lager geflohen zu sein, in das die Buren sie beide gesteckt hatten – eine Flucht, die dem jungen Winston zu frühem Ruhm verholfen hatte, während Haldane ein Schattendasein fristete. »Wir müssen sparen, mein guter Aylmer«, hatte Churchill gesagt, bevor er ihn ohne gute Wünsche hinauskomplimentiert hatte. Die Unterredung Anfang Februar hatte nicht einmal zwanzig Minuten gedauert.

Als er sechs Wochen später nach einer unbequemen, eintönigen Reise auf dem Bahnsteig in Bagdad Wilson die Hand schüttelte, war General Haldane erkältet und ausnehmend schlecht gelaunt. In Basra wurde er von Starkregen und aggressiven Mücken empfangen. Die trostlose Landschaft, die staubigen Vorhänge aus Palmblättern und die zerlumpte Bevölkerung schlugen ihm auf die Stimmung, eine ungute Vorahnung, die sich bestätigen sollte, als er die Garnisonen in Augenschein nahm: Die Truppen waren untrainiert und schlecht ausgerüstet, langweilten sich und wirkten genauso apathisch wie die Einheimischen. Die meisten kamen aus Indien und waren in schlechter gesundheitlicher Verfassung. Trotz ihrer Überzahl waren sie nicht genug, um Persien im Falle einer bolschewikischen Invasion zu verteidigen oder die Sicherheit der jungen Zivilverwalter zu garantieren, die Wilson leichtsinnig ins ganze Land gesandt hatte. Die nördlichen Grenzen, an denen es in Ermangelung eines Friedensabkommens mit der Türkei äußerst unruhig zuging, waren schlecht verteidigt. »Ihre Männer sind in Gefahr«, sagte Haldane an einem Aprilnachmittag zu Wilson. »Sie sollten sie in ein paar Festungen gruppieren, die wir entsprechend verteidigen können.« Diese Maßnahme werde nicht zuletzt die von Churchill geforderte Verkleinerung der

Armee erleichtern. Von oben bis unten musterte der amtierende Zivilkommissar den ihm gegenübersitzenden Knilch, der noch drei Monate zuvor Bagdad auf der Karte nicht gefunden hätte. Das komme gar nicht infrage, niemals werde die Zivilisation klein beigeben. »Wie Sie wollen. Aber meine Soldaten werden die Ihren nicht bis zur großen syrischen Wüste eskortieren. Und noch etwas: Der Flughafen ist ungeschützt. Sie sollten ihn mit Stacheldraht umzäunen.« Damit machte Haldane auf dem Absatz kehrt.

Ihr Verhältnis verschlechterte sich, als die Rebellen Anfang Juni die Offizinen der Zivilverwaltung überfielen. Und zwar genau diejenigen, die am abgelegensten waren, wie der General es vorausgesagt hatte. Wilson war außer sich: Die Armee ließ einfach ihre politischen Offiziere abschlachten. Er schickte ein langes Telegramm an das India Office und an den Kriegsminister. »Während sich meine Männer hier abrackern und tagtäglich ihr Leben riskieren, spielen die Ranghöchsten in Bagdad Polo.« Er informierte sie, dass Haldane sich an der persischen Grenze in den Bergen verschanzt halte, während der Aufstand den Nordwesten des Landes bereits fest im Griff habe. Aufgrund seiner gesundheitlichen Anfälligkeit sei er gezwungen gewesen, dem Glutofen zu entfliehen. Eine schöne Ernennung – London hatte sich einmal mehr selbst übertroffen. Wilson konnte sich gar nicht mehr einkriegen, zumal er von seinem eigenen Ministerium und vom Kriegsministerium für sein Schreiben gerügt worden war: Er habe sich ebenfalls nicht in etwas einzumischen, das ihn nichts anging.

Auch Miss Bell fand Haldanes Sommerfrische unsinnig. Da es sich um den Feind ihres Feindes handelte, hatte sie ihn unter ihre Fittiche genommen und lud ihn trotz seines schweigsamen Wesens regelmäßig zum Dinner ein. Anlässlich eines Mittagessens, bei dem Haldane nur ein paar Bissen eisgekühlter Melone herunterbrachte, versuchte sie, ihn zu einem Gesinnungswandel zu bewegen. Trotz des elektrischen Ventilators, der über ihren Köpfen kreiste, rann ihm der Schweiß herunter. »Wir haben Kühlschränke und kühle Häuser, sodass wir der Hitze trotzen können. Die Zivilverwaltung und die Heeresleitung können sich im Moment nicht drücken«, sagte sie. Der kleine General zuckte bloß mit den Achseln und entblößte seine scharfen Wolfszähne. Er würde nach Persien reisen und seinen Aufenthalt nutzen, um »die Situation mit klarem Kopf zu analysieren« – und neue Schmetterlingsarten zu sammeln, die sich im Zagros-Gebirge tummelten, erwiderte er. Im Oktober wolle er zurück sein. »In vier Monaten!«, rief Gertrude. Sollte es »hart auf hart kommen«, sei er zur Stelle, schließlich trennten ihn nur drei oder vier Flugstunden von Bagdad. Am 5. Juni brachen Haldane und seine Mitarbeiter auf. Am 19. musste er zurückkommen, reiste fünf Tage später wieder ab und kehrte am 8. Juli endgültig nach Bagdad zurück: Tausende Rebellen hatten eine neue Garnison im Süden angegriffen und einen von Wilson gefangen genommenen Scheich befreit. Der Aufstand war außer Kontrolle geraten, Bagdad konnte jederzeit fallen, es musste durchgegriffen werden.

Ursprünglich eingestellt, um die Größe des Kontingents zu reduzieren, bat General Haldane Churchill stattdessen um neue Divisionen: um Panzer, Panzerwagen und Flugzeuge, Autos und Munition und um Geld, um sehr viel Geld sogar.

Der Aufstand musste dringend bezwungen werden. Der amtierende Zivilkommissar schickte ein Kabel an die Regierung: »Wir haben keine Alternative mehr, entweder wir regieren oder wir ziehen ab.« Ausnahmsweise sind sich Bell, Wilson und Haldane einig: Ein Rückzug wäre fatal. »Damit würde unsere Stellung in Asien angreifbar. Wenn Mesopotamien fällt, wird Persien folgen und unweigerlich auch Indien. Der Platz, den wir freilassen, würde von Teufeln besetzt, die noch gefährlicher sind als die, die wir vertrieben haben«, schrieb Gertrude Ende August an ihren Vater.

»Es ist absurd, mitten in diesen unwirtlichen Wüsten so viele Armeen und öffentliche Gelder zu verschwenden«, entschuldigte sich Churchill bei Lloyd George. Das mesopotamische Abenteuer verschlingt Unsummen an Geld. Aber die Briten sitzen in der Klemme, und die Verstärkung trifft ein. Im Spätsommer und Herbst 1920 ergießt sich ein Feuerregen über die Rebellen. Haldane ist nicht zimperlich. »Sei rau wie eine Muskat-Reibe, dann gehorchen dir die Gauner«, heißt es in seinen Memoiren. Die Royal Air Force wirft Tausende von Bomben ab. Wilson verhängt eine allgemeine Ausgangssperre und lässt öffentliche Zusammenkünfte in Moscheen verbieten. Die Stämme beginnen, sich zu entzweien, die Briten bekommen wieder Aufwind.

Im Mutterland hat die Operation eine schlechte Presse. »Es ist schon faszinierend, dass es sich die Zivilverwaltung in so kurzer Zeit mit dem ganzen Land verscherzt hat; dass die Araber ihre Jahrhundertelangen blutigen Querelen aufgegeben haben und sich die sunnitischen und schiitischen Stämme verbünden«, klagt Churchill. Der Minister muss sich vor dem Parlament erklären. Die Briten verstehen nicht, weshalb ihr Land nur zwei Jahre nach dem Weltkrieg in einer Region, von der sie nicht das Geringste verstehen, Unfrieden stiftet. Gandhi fordert die indischen Soldaten auf, die Waffen niederzulegen. Die *Times* verurteilt die Misswirtschaft: »Jede britische Regierung, die das britische Volk weiterhin dazu zwingt, den mesopotamischen Halb-Nomaden vierzig Millionen Sterling pro Jahr zu zahlen, strapaziert die Geduld des Landes.« Der vehementeste Kritiker ist der neue Liebling der britischen Öffentlichkeit, ein gewisser Lawrence von Arabien. Seit der Dia-Vorführung, die ihm ein amerikanischer Journalist ein Jahr zuvor in einem Theater in Covent Garden und dann in der Royal Albert Hall gewidmet hat, ist Gertrudes Freund zu einer internationalen Berühmtheit geworden. Beeindruckt von der fotogenen Persönlichkeit, die »zustande gebracht hat, was keinem Sultan oder Kalifen in den letzten fünfhundert Jahren gelungen ist«, hatte der Reporter ihn von Jerusalem bis nach Damaskus an der Spitze seiner beduinischen Phalangen begleitet. Der Erfolg war überwältigend, Lawrence' Abenteuer wurde weltweit von den Medien aufgegriffen. Einem Roman von Kipling entsprungen, war Lawrence der romantische Held, nach dem der Westen in den Trümmern des verheerenden Krieges suchte. Seine Stimme hatte in den orientalischen Angelegenheiten künftig mehr Gewicht als jede andere.

»Der Araberkönig ohne Krone« übt Rache. »Die Briten stecken in Mesopotamien in einer Falle. Es wird schwer werden, dort würdevoll und in Ehren herauszukommen«, schreibt er am 22. August in der *Sunday Times.* Wilsons Politik sei ein »Schandfleck unserer Kolonialpolitik«. Die Osmanen seien in all ihrem Unvermögen immer noch kompetenter gewesen als die Briten. Lawrence plädiert für die Bildung einer von britischen Beratern unterstützten arabischen Regierung: »Mit ihr können wir wöchentlich eine Million Pfund einsparen.«

Mesopotamien soll nicht wie Indien vereinnahmt werden. Wilson ist untragbar geworden und tritt zurück. »Wir haben ungeheuerliche Fehler gemacht«, schreibt Gertrude Ende August ihrer Schwiegermutter. Sie fühlt sich niedergeschlagen, »halb tot«. »Dieses Land ist eine unförmige Masse aus Gruppen und Stämmen, die sich in kein System einfügen wollen. Die Türken haben nicht regiert. Wir haben es versucht und sind gescheitert. Unsere Politik muss sich von Grund auf ändern.« Cox wird Ende Oktober zurückkehren, um eine arabische Übergangsregierung zu bilden. Aber wer soll sie anführen? Gertrude hat zunächst an Abdallah gedacht, den ältesten Sohn von Scherif Hussein, ein Leser des *Figaro,* der auch sonst europäische Sitten pflegt. Doch im Laufe des Sommers, nachdem Faisal von den Franzosen aus Syrien verjagt worden ist, ändert sie ihre Meinung. Ihr Freund Lawrence durchstreift das Land. Es war ihm stets ein Anliegen gewesen, das Bündnis mit den Haschemiten zu retten. In den Zeitungen erinnert er daran, dass die Briten Faisal, »dem bedeutendsten arabischen Anführer seit Saladin«, der von General Gouraud gedemütigt worden ist, noch etwas schulden. Er würde für die Völker Mesopotamiens einen hervorragenden Monarchen abgeben.

17.

Konya, Sommer 1907

Gertrude hätte in dieser Stadt Anatoliens, der Hauptstadt der türkischen Derwische, keine bessere Gesellschaft finden können. Die Doughty-Wylies sind herzliche Leute, deren Tür ihr immer offen steht. Nach den Ausgrabungen schaut Gertrude zum Tee oder Abendessen vorbei, als wären sie *en famille.* Judith freut sich über weibliche Gesellschaft. Sie langweilt sich in Konya, wo es nur wenige Diplomatenfrauen und kaum Abwechslung gibt. Und Gertrude begleitet sie gern auf den Basar, wenn sie ein bisschen freie Zeit hat. Beieinander eingehakt schlendern die beiden Frauen durch die überdachten Alleen und bahnen sich auf der Suche nach einem von Nomaden gewebten Kelim, nach Gewürzen und Pistazien-Lokums, die Dick zum Tee verschmaust, einen Weg durch bunte Stoffballen und Säcke voller Reis oder Bohnen.

Sie haben sie auf der Ausgrabungsstätte besucht. Judith allerdings nur einmal. Sie ist nicht sonderlich geduldig, der Staub verursacht ihr Hustenreiz, und aus der Nähe betrachtet finde sie es »sehr enttäuschend«, wie sie ihrem Mann anvertraut. Er hingegen begeistert sich für die Archäologen, jene Interpreten des Vergänglichen, die sich mit vorsintflutlichen Objekten trösten. Diese Vorstellung gefällt ihm. Dafür könnte er sich ebenfalls erwärmen. Und so sieht man ihn immer häufiger an der Ausgrabungsstelle, wo er auf dem Rücken eines großen schwarzen Pferdes frühmorgens vorbeischaut – der beste Moment, um den kleinen Hügel in Augenschein zu nehmen, da hat Miss Bell recht. Er kommt von der armenischen Kirche, in der sie ihn ein paar Wochen zuvor überrascht hat.

Dick verschlingt sämtliche Veröffentlichungen in der Bibliothek des Lagers. Er bestürmt Gertrude mit Fragen und beobachtet sie bei der Arbeit, während sie mit einem kleinen Pinsel in der Hand in den Gräben kniet. Ihre Kompetenz, die Autorität, die sie über die Männer unter sich hat, ihre Hartnäckigkeit beeindrucken ihn. Er denkt, dass sie schon ein sonderbares Leben führt. Ganz England weiß, dass ihre Familie steinreich ist. Miss Bell könnte das Geld zum Fenster hinauswerfen und an der Riviera von einem luxuriösen Hotel zum nächsten reisen, wie die anderen Leute ihrer Gesellschaftsschicht in der luxusverliebten Belle Epoque. Wonach sucht sie in diesen schlammigen Gängen, wenn sie sich in der Mittagssonne über glühenden Schutt beugt? Angeblich nach zwei bedeutenden hethitischen Städten und zahlreichen byzantinischen Überresten. Die Ausgrabungen gehen zügig voran, die Geschichte quillt nur so aus der Erde, das Vorhaben ist spannend, und Dick, der im Konsulat nicht übermäßig eingespannt ist, hilft bereitwillig mit. Gertrude hat die schnellen, präzisen Gesten dieses gewissenhaften Mannes bemerkt und ihn in den Gebrauch von Sieb und Lot eingeweiht – »nie zu vergessen, mein guter Freund, genauso wie die Handschuhe«, schärft sie ihm ein, als sie zum ersten Mal ein Stück Boden zusammen feinputzen. Doch wovor genau ist diese vierzigjährige Erbin in den Orient geflohen?

Professor Ramsay ist das Lieblingsthema der drei, wenn sie sich am Ende des Tages im Garten treffen. Der große Gelehrte fällt Gertrude zur Last. Sie muss ihn betreuen wie eine Nanny ihr Kind, sich um die Logistik kümmern und um die bürokratischen Formalitäten, auf die der Gouverneur der Region sehr erpicht zu sein scheint. Dazu all die Pläne, Berichte und den Befundkatalog, den sie täglich ergänzt. Ramsay ist mit den Gedanken oft woanders. Sobald er sich von der Ausgrabungsstätte entfernt, verirrt er sich irgendwo, »beim letzten Mal hat ihn ein Bauer auf seinem Esel zurückgebracht«. Hals über Kopf musste sie die Zelte kaufen, die er aus England mitzubringen versprochen und dann doch in einer Lagerhalle in Oxford vergessen hatte. Ramsay ist so verwirrt, dass ihm abwechselnd seine Messungen, seine Lupe oder sein Kompass abhandenkommen. Neulich morgens habe er sogar verschiedenfarbige Socken getragen, bemerkt Dick, und alle lachen.

Sie sprechen über ihre Reisen. Auch Judith ist viel herumgekommen. Bis zu ihrer ersten Eheschließung mit Dicks Freund ist sie ihrem Vater, einem Kolonialverwalter, auf seinen verschiedenen Posten gefolgt: Gibraltar, Bombay, Aden, Mombasa, Kingston, sogar die Fidschiinseln. Als junges Mädchen hat sie die britische Thalassokratie, deren Landkarte sie besser kennt als der Staatssekretär für die Kolonien, eingehend erkundet. Gertrude, die sich in Afrika und auf den Antillen kaum auskennt, ist beeindruckt, auch von Judiths wacher Intelligenz. Eines Abends weist Judith sie darauf hin, dass es in allen britischen Besitzungen Uhrentürme gebe, anglikanische Kathedralen im gotischen Stil nach dem Vorbild von Canterbury oder Bungalows wie in Indien; Rathäuser, Bahnhöfe, Bibliotheken aus rotem Backstein, überdachte Märkte, öffentliche Parks, botanische Gärten und Mädchengymnasien mit Pfostenfenstern. »Die Insignien einer Weltzivilisation auf ihrem Höhepunkt«, stimmt Dick ihr zu. »So wie die Römer Tempel, Thermen und Theater in den von ihren Legionen eroberten Gebieten errichtet haben.« Gertrude und Judith bringen einen Toast auf ihr riesiges, vor Gesundheit strotzendes Reich aus. »Ja, aber für wie lange noch?«, gibt der Major zu bedenken. »Nichts hat Bestand, alles hat ein Ende, und auch die Kulturen sind sterblich, wie wir alle. Wann genau beginnt der Niedergang? Welche Vorzeichen kündigen ihn an?« Judith gähnt, die großen Kontroversen, die ihren Gatten und die konservativen Intellektuellen umtreiben, sind nichts für sie. Noch ganz auf den Untergang Roms fixiert, lauern sie auf die Erschütterungen, die die Säulen des Empires zum Einstürzen bringen könnten. Sie lässt sie einfach weiterreden, wie all die anderen Male, als Dick und Gertrude auf die Frage des Orients und das Kräftemessen in der Region zu sprechen gekommen sind. Sie wünscht ihnen eine gute Nacht.

Dick serviert Gertrude ein Glas Arrak. »Nur einen kleinen Schluck, ich habe heute Abend schon zu viel getrunken.« Ihre Hände berühren sich. Sie wechseln einen innigen Blick, dem Dick allerdings schnell ausweicht. Gertrude wird rot, doch die Nacht legt sich gnädig über ihr Gesicht. Eine Katze miaut, Gertrude zündet sich eine Zigarette an. Seit ihren ersten Reisen gehen ihr immer die gleichen Fragen nach. Am Fuß der Sonnenpyramide von Teotihuacán und der Cheops-Pyramide in Gizeh, in den Ruinen von Palmyra, Seleukeia-Ktesiphon oder Paestum hat sie über Blütezeit und Niedergang der Zivilisationen, über die Zyklen der Geschichte nachgedacht. Morgen für Morgen versucht sie auf ihrer derzeitigen Grabung, das Geheimnis der Hethiter zu ergründen, deren riesiges Reich untergegangen ist, ohne dass man je begriffen hätte, warum. »Ja, das ist das große Auf und Ab der Geschichte«, pflichtet der Major ihr eines Nachmittags bei, als sie von der Ausgrabungsstätte gemeinsam nach Hause reiten. »Alle, die einen jahrtausendealten Anspruch erhoben haben und glaubten, sie seien vom Himmel gesandt, haben sich irgendwann die Flügel verbrannt. Die Friedhöfe sind voll von unersättlichen, hochmütigen Menschen und vergessenen Gottheiten.« Gertrude fragt ihn, ob er aus Fatalismus gläubig geworden sei. Dick reitet weiter. Sie wiederholt ihre Frage. Er bringt sein Pferd zum Stehen, wendet sich um und schaut ihr zum ersten Mal direkt in die Augen. Christus habe ihn gerettet, sagt er, die Züge in einem rätselhaften Schmerz verzerrt, er, dessen Gesicht für gewöhnlich keine Regung erkennen lässt. Er habe in seinem Leben viel Blut fließen sehen. Den Irrsinn der Menschen, barbarische Taten, Gemetzel. Gute Kameraden seien in seinen Armen gestorben. Andere vor seinen Augen gefallen. »Auf einmal waren sie nicht mehr da, einfach so«, murmelt er mit einem Fingerschnippen … »Ich hasse den Krieg, Miss Bell, aber es gab einen Zeitpunkt, da hatte ich keine andere Wahl, als den Beruf des Soldaten zu ergreifen. Andernfalls …« Dick unterbricht sich. Er bittet sie, heute Abend früh zu kommen, Judith sei müde. Und galoppiert davon.

In diesen Tagen sollte Gertrude eigentlich in Rounton Grange sein. Elsa, eine weitere Schwester, heiratet am Samstag. Sie hat vorgeschoben, dass sie Professor Ramsay – »er ist unfähig, ohne mich zurechtzukommen« – nicht im Stich lassen könne, und ihre Eltern haben ihr erlaubt, der Feier fernzubleiben. Sie will kein zweites Mal durchmachen müssen, was sie bei der Hochzeit von Molly und Charles drei Jahre zuvor erlebt hat. Doch der eigentliche Grund für ihre Absage ist er. Gertrude ist seinetwegen geblieben.

Sie badet, parfümiert sich und zieht sich, wenn sie abends die Doughty-Wylies besucht, ihre schönsten Kleider an – Dick zu Ehren. Neulich morgens hat sie auf der Grabung ein Foto von ihm gemacht. Darauf lächelt der Krieger nicht, lächelt er überhaupt jemals, überlegt sie, während sie sein ernstes Gesicht betrachtet. Es gleicht dem von Charles Gordon auf dem Porträt, das sie als Jugendliche in ihrem Zimmer hängen hatte. Als dienten sie beide, der Märtyrer von Khartum und der Major, einem Auftrag, der sie selbst überstieg. Trotzdem findet sie ihn gut aussehend und gewinnend. Nicht wegen seiner preußisch-blauen Augen, den schönsten in ganz Konya, nicht weil er ein hervorragender Schütze und Reiter ist oder genauso alt wie sie. Nein, Dick gefällt ihr mit seiner Bildung und seinem wachen Geist, weil er Erfahrungen gemacht hat, deren Intensität sie sich nur annäherungsweise ausmalen kann, und weil er ebenso ungewöhnliche wie alarmierende Standpunkte vertritt. Dabei bleibt er immer aufrecht. Er bringt ihre gewohnte Denkweise ins Wanken, er treibt sie in die Enge, wie es bisher nur ihrem Vater gelungen ist. Durch Dick hat sie die Schriften von Ibn Chaldūn über die Zyklen der großen Reiche kennengelernt, und sie hinterfragt ihre eigenen Errungenschaften und Gewissheiten.

So auch am Tag vor ihrer Trennung, gegen Ende des Sommers. Gertrude trägt ein langes weißes Kleid, um das sie den breiten scharlachroten Gürtel einer anatolischen Bäuerin geschlungen hat. Auf dem Weg zum Konsulat ist sie an der ins Mondlicht getauchten seldschukischen Zitadelle vorbeigekommen. Es ist eine herrliche Augustnacht. Unzählige Sterne funkeln am Firmament, der Wind neigt die Wipfel der Mandelbäume im Garten, und in dem alten Steinhaus nebenan säuselt eine Laute ihren traurigen Singsang. Dick, Judith und Gertrude sind mit dem Abendessen fertig. Gertrude ist in Redelaune, der Arrak, den sie seit ihrem Eintreffen trinkt, ist ihr zu Kopf gestiegen. Sie verkündet, dass die Ausgrabungen beendet seien und dies ihre letzte Grabung gewesen sei. Sie ist nicht für die Archäologie gemacht, zu statisch ist ihr dieser Beruf. Sie muss herumkommen, ständig in Bewegung sein, sich den körperlichen Mächten überlassen, die die Welt regieren, sonst meint sie zu ersticken, »als würden meine Beine und Lungen nach einer Weile verkümmern«. Reisen ist besser als Ankommen, gibt sie für gewöhnlich jenen zur Antwort, die sie nach dem Grund für ihre Unrast fragen. Sie will zurück in die Wüste. Aber weiter als in die Levante. »In die Wüste der Wüste, Major Doughty-Wylie, nach Zentralasien, auf den Spuren Ihres Onkels, dort, wo der Dunst des Morgentaus gespenstische Kronen bildet und im ersten opalgrauen Licht erlischt«, erklärt sie und schaut ihn dabei herausfordernd an.

Er zieht an seiner Zigarette und runzelt nachdenklich die Stirn. »Wissen Sie, was er mir immer gesagt hat, Miss Bell? Die Welt ist eine entzückende Braut, aber hüte dich: Diese keusche Schönheit wird nie jemandes Frau sein.« Der Vizekonsul erhebt sich. Ein paar Minuten später kommt er mit dem Buch von Charles Doughty zurück und öffnet es an einer mit Kommentaren versehenen Stelle. »Ich wüsste gern, was Sie von dieser Passage halten: ›Kann ein Mann, der von den Gefühlsregungen der menschlichen Natur bewegt wird, einfach auf das verzichten, was er in dieser Welt lieb gewonnen hat, kann er die Atmosphäre, in der er erzogen wurde, je vergessen?‹«

Die beiden Frauen schauen sich schweigend an. Es ist spät. Gertrude will aufbrechen. Sie bedankt sich, nie wird sie diese Wochen in ihrer Gesellschaft vergessen, sie haben ihren Aufenthalt bereichert. Sie versprechen, einander zu schreiben und sich bald wiederzusehen. Dann umarmt sie sie zum Abschied, Dick zuletzt. In seiner flüchtigen Berührung hat sie eine gewisse Innigkeit gespürt. Einen Elan, einen Appell. Aber sie ist sich nicht sicher.

18.

Kairo, 12. März 1921

»Es sind schon alle da«, hat Lawrence ihr zugeraunt, als er sie am frühen Nachmittag am Bahnhof abgeholt hat. »Alle«, das sind die Kolonialverwalter, Honoratioren des British Empire im Mittleren Osten, die von Winston Churchill in die ägyptische Hauptstadt zitiert worden sind: Der neue Staatssekretär für die Kolonien lässt seinen vierzig Räubern, wie er sie nennt, eine Woche Zeit, um die entsprechenden Lösungen für die Probleme in Palästina und Mesopotamien zu finden, diese turbulenten Zwillinge, für die er, auch ohne ihr Vater zu sein, fortan zuständig ist.

Am Abend trifft Miss Bell bei Marschall Allenby ihre neununddreißig Mitstreiter. Als sie, begleitet von zwei Bediensteten in Livree und mit einem purpurfarbenen Tarbusch, den Ballsaal im Amtssitz des Hochkommissars für Ägypten und den Sudan betritt, unterhält sich Sir Percy gerade mit dem Prokonsul in Palästina, General Haldane, und dem großen Kinahan Cornwallis, dem ehemaligen Leiter des Arabischen Büros. Cox trägt seine weiße Paradeuniform mit den goldenen Schulterblättern, und sein edler silbriger Kopf schimmert unter dem riesigen Kronleuchter wie sonnenbeschienener Schnee. Hinter ihnen tun sich Clementine Churchill und Mabel Allenby am Buffet gerade kaltes Fleisch auf die Teller. Sie tragen eine aufwendige Abendtoilette. Ihre Ehemänner unterhalten sich an einem Fenster, von dem aus der Blick auf den ins Mondlicht getauchten Nil geht. Churchill, ein Glas in der Hand, lacht laut auf. Die gegen die Briten gerichteten Buhrufe und Parolen haben ihn nicht weiter tangiert, vermutlich weil für den Fall der Fälle Bristol-Kampfflugzeuge und Handley-Page-Bomber am Himmel über Kairo dröhnen. Die gegerbten Gesichter riechen nach Kölnisch Wasser, nach starkem Tabak, Gin und lauwarmem Leder, der männlichen Duftnote der kaiserlichen Eliten. Gertrude wechselt ein paar Worte mit den Herren und begrüßt dann die beiden arabischen Delegierten. Die anderen Gäste haben kaum das Wort an sie gerichtet. Sie stehen einsam in einer Ecke und knabbern, in einen Gehrock und mit blütenweißen Gamaschen überzogene Schuhe gezwängt, an ihren Apfelchips. Fremdkörper in diesem Verein, dessen Regeln ihnen entgehen, gleichsam erdrückt von dem ganzen Zeremoniell, den strengen Porträts von King George und Allenbys Vorgängern, den luxuriösen persischen Teppichen, den Kommoden, den Spiegeln im Queen-Anne-Stil und den klassizistischen Chippendale-Stühlen, über die sich die beiden Attraktionen des Empfangs – zwei vom somalischen Beamten mitgebrachte Löwenjunge auf dem Weg in den Londoner Zoo – mit Heißhunger hergemacht haben. Gertrude erblickt A. T. Wilson. Der ehemalige Interims-Hochkommissar steckt in einem perfekt geschnittenen Dreiteiler und unterhält sich mit dem Gouverneur von Aden. Er ist als Generaldirektor der Anglo-Persian Oil Company eingeladen. Sie grüßt ihn von Weitem mit einem Kopfnicken, während sie die Unterhaltung mit den beiden Arabern fortsetzt.

Gertrude hält nach Lawrence Ausschau. Er ist verspätet, sein neuer Status erlaubt ihm das. »Da sind Sie ja endlich, Sarah Bernhardt des Orients«, kommentiert sie sein Eintreffen in einem munteren Tonfall, in dem eine Spur Eifersucht mitschwingt. Er reicht ihr ein Glas Champagner und macht ihr ein Kompliment zu der Fuchsfellboa, die sie sich über die Schultern geworfen hat. Lawrence, der Furchtlose, strahlt. Er ist hier als einflussreicher Berater Churchills, des Architekten der Konferenz, die am übernächsten Tag in den prunkvollen Salons des Hotel Semiramis beginnen wird. In Paris hatten ihn die Paladine, die sich jetzt mit Hochprozentigem berauschen, noch gedemütigt. Heute wenden sie sich ehrerbietig an ihn.

Beeindruckt von der Scharfsinnigkeit seiner Artikel und von seinen Augen, die »flammende Blitze aussenden«, »das Erkennungszeichen des Genies … dieses bedeutenden Fürsten der Natur«, hat Churchill dem lästigsten Kritiker der Mittelostpolitik Großbritanniens vorgeschlagen, den Dienst wieder aufzunehmen. Da er in Geldnot war und – neben seiner eigenen – die Ehre seines Landes wiederherstellen wollte, willigte Lawrence ein, »sich erneut in die Gegenwart aufzuschwingen«.

Den Reportern, die ihn vor seiner Abreise nach Kairo an der Victoria Station belagerten, erklärte Churchill – »Ich werde eure Millionen retten!« –, er wolle Mesopotamien befrieden, das problematischste Mandat von allen, das die Engländer vor Kurzem in Irak umbenannt haben.

Cox hatte diesen Namen als Erster gebraucht, als er im vergangenen Herbst nach Bagdad zurückgekehrt war. Kaum angekommen, erklärte er den Notablen, die ihn am Bahnsteig erwarteten, er wolle »rasch« das Gespräch mit dem »irakischen Volk« suchen, um eine arabische Regierung unter der Aufsicht Großbritanniens bilden zu können. Irâq-e Arab war der Name, den die ersten muslimischen Eroberer den fruchtbaren, den Sassaniden entrissenen Gebieten zwischen Tigris und Euphrat gegeben hatten. Die Bezeichnung betonte ausdrücklich die arabische Identität dieser Region. »Die Regierung wird dem arabischen Volk gehören und von Arabern geführt werden!«, hatte er noch am selben Morgen erklärt: Der Hochkommissar bekam ausgiebigen Beifall, und Gertrude, die zu seinem Empfang eine Perlenkette und ein neues Seidenkleid trug, war den Tränen nahe, als sie einen Knicks vor ihm machte. Sie war so bewegt, dass sie spontan seiner Ehefrau um den Hals fiel. Lady Cox brachte ihr aus England Pelzmäntel mit, Nachmittagskleider, ein Paar Stiefel und Blumenzwiebeln aus Kent für den Garten.

Der veränderte Ton war sehr willkommen. Er bildete einen wohltuenden Kontrast zu den Fehleinschätzungen unter Wilsons Mandat. »Als er hier stand mit seinen goldenen und weißen Litzen und seiner würdevollen Miene, dachte ich, dass es noch keine denkwürdigere Ankunft gegeben hatte … Die tief stehende Sonne hob seine große Silhouette von all dem Kaki ringsherum ab, als wäre ihr Auge, aber auch die Augen von uns Wartenden allein auf ihn gerichtet«, vertraute Gertrude ihrem Tagebuch an. Sie hatte Cox' Eintreffen ungeduldig herbeigesehnt. Er war der Mann der Situation, daran hegte sie keinen Zweifel, und verglich ihn mit »einem äußerst fachkundigen Arzt, zu dem der Patient vollstes Vertrauen hat«. Pragmatisch, gelassen, aber gleichzeitig entschlossen, erinnerte er sie an ihren Vater. Er verstand es zuzuhören – vielleicht, weil er sich für Vögel interessierte – und wurde von den Arabern respektiert. Zugleich hatte er etwas Exzentrisches: Seit seiner Hochzeit lebten ein Bär, ein Adler sowie etliche weitere Tiere in seinem Haushalt. Cox war ein Staatsmann, der britisch-indische Zivilverwalter par excellence.

Er wollte rasch und wirkungsvoll durchgreifen, und vor allem wollte er die Gemüter aufrütteln. Zunächst einmal suchte er die Stammesältesten in der Region von Mossul auf. Hunderten von Offizieren erlaubte er die Rückkehr aus Syrien und begnadigte die Aufständischen, mit Ausnahme derer, die in die Ermordung britischer Offiziere involviert waren. Cox beauftragte Gertrude und Philby – seinen neuen Stellvertreter – damit, eine Übergangsregierung zu bilden, ohne zu warten, bis die in einem Drittel des Landes noch immer wütende Rebellion von Haldanes Milizen endgültig niedergeschlagen wäre. Abd ar-Rahman al-Haidari, das religiöse Oberhaupt der Bagdader Sunniten, sollte diesem ungewöhnlichen Staatsrat präsidieren. Cox war es gelungen, den widerstrebenden alten Mann zu überzeugen. Gertrude bewunderte ihn dafür: »Offenbar braucht Sir Percy nur ›hey presto‹ zu sagen, damit eine arabische Regierung auf den Plan tritt wie eine zweite Athena, die aus Zeus' Stirn geboren wird.« Jene erste Regierung, die allgemeine Wahlen vorbereiten sollte, war Miss Bells Werk. Jafar Pascha al-Askari, den sie im Vorjahr in Damaskus kennengelernt hatte, wurde zum Verteidigungsminister ernannt und Sassoon Effendi, ein jüdischer Geschäftsmann, der im osmanischen Parlament Abgeordneter von Bagdad gewesen war, zum Finanzminister. Beide zog sie regelmäßig zurate: Jafar und Sassoon würden als arabische Delegierte an der Konferenz von Kairo teilnehmen. Die Ernennung von Talib al-Naqib als Innenminister machte ihr allerdings Sorge. Talib stand in einem schlechten Ruf. Er hatte ihr plump geschmeichelt, und sein drahtiger, kleiner Körper strahlte bei ihrer ersten Begegnung eine unangenehme Mischung aus Gewalt, Intelligenz und Ehrgeiz aus. Doch der Sohn des Naqibs von Basra war im Süden des Landes sehr beliebt und eine Leitfigur der aufstrebenden politischen Klasse im Irak. »Besser, wir haben ihn auf unserer Seite als gegen uns«: Cox war der Meinung, er dürfe in der Regierung nicht fehlen. Gertrude fügte sich.

Nach osmanischer Tradition setzten sich die Minister bis auf ein oder zwei Ausnahmen aus der sunnitischen Minderheit zusammen. Deren führende Köpfe, an erster Stelle der Naqib und die Großgrundbesitzer, deren Höfe im Mittleren Euphrat im vergangenen Herbst von den Aufständischen in Brand gesteckt worden waren, wollten keine Schiiten dabeihaben. Sie seien gänzlich unerfahren in öffentlichen Angelegenheiten: persische Agenten, fanatische Obskuranten. Die schiitischen Religionsführer wiederum sprachen dem Staatsrat jede Legitimität ab. Die wahren Entscheidungsträger waren die Briten, die alle Mitglieder berieten. Bei dieser Maskerade wollten sie nicht mitmachen.

In der Region operierten noch immer Guerilla-Gruppen, als der Staatsrat am 2. November erstmals zusammenkam.

»Seit dem Sturz der Abbasiden 1258 hat es in Bagdad keine arabische Regierung mehr gegeben«, frohlockten Cox und Miss Bell in den arabischen und englischen Zeitungen, die unter Gertrudes Aufsicht standen.

Nach den Schrecken des Aufstands knüpfte Gertrude erneut an den Tatendrang der ersten Besatzungsmonate an. Mit Cox' Hilfe näherten sie sich mit großen Schritten der Gründung eines modernen arabischen Staats unter britischem Schutz. Diese historische Aufgabe war umso beflügelnder, als sie Gertrudes täglichen Obhut unterlag. Wilson war fort, seine Entourage ausgeschaltet, und Philby hatte alle Hände voll damit zu tun, den durchtriebenen Talib im Innenministerium in Schach zu halten: Gertrude hatte freie Bahn. Und Sir Percy vertraute ihr. Sie aßen täglich gemeinsam zu Mittag und verbrachten manchmal das Wochenende mit Lady Cox, gingen auf Jagd und picknickten. Ihr enges Verhältnis stärkte Gertrudes Macht und ihren Einfluss, sodass die Bagdader sie bald *Kokusah* nannten, Cox' Frau: Alle kamen zu ihr, alle fragten sie um Rat und hofierten sie. Die Intriganten kamen an ihrem Büro nicht vorbei, und Gertrude nutzte diese Tatsache, um in alle Angelegenheiten ihre Nase zu stecken. Sie wusste, dass der Staatsrat nur eine Übergangslösung war. Der Naqib stand bereits mit einem Bein im Grab. Er war ihr treuester Verbündeter, was ihn bei einem Teil der Bevölkerung, die wankelmütig und reizbar blieb, in Misskredit brachte: Von einem Tag auf den nächsten konnte der Aufstand wieder ausbrechen. Wenn die Engländer einen stabilen Stützpunkt im Mittleren Osten bilden und sich unauffällig zunutze machen wollten, mussten sie eine überzeugendere Persönlichkeit an die Spitze setzen, einen jungen, charismatischen Mann, einen anziehenden arabischen Emir. Und Faisal war der einzig glaubwürdige Anwärter auf den irakischen Thron, da war sich Gertrude mittlerweile sicher.

Sie überzeugte Cox, während Lawrence damit beschäftigt war, Churchill zu einem Meinungswandel zu bewegen. Der Staatssekretär für die Kolonien zeigte sich bei seinem Amtsantritt skeptisch. Von einer aggressiven Presse ermutigt – »Wir müssen Mesopotamien räumen, solange wir können, und jetzt ist der richtige Moment gekommen« –, hatte er den kompletten Rückzug ins Auge gefasst, nur nicht aus der Region von Basra, von wo aus die Erdölvorkommen im Süden Persiens und der Seeweg nach Indien kontrolliert werden konnten. Cox und Gertrude warnten die Regierung: »Wenn wir den Irak verlassen, können wir Basra nicht halten. Der unabhängige muslimische Staat würde nach uns sofort den Zugang zum Persischen Golf einfordern.«

Churchill fügte sich. Sein Spielraum war begrenzt, und niemand würde es ihm leicht machen. Die Konservativen hatten ihm noch immer nicht verziehen, dass er vor dem Krieg zu den Liberalen übergelaufen war. Und das Debakel von Gallipoli begleitete ihn wie ein Schatten. Nachdem er hoch gepokert und verloren hatte, war er in eine lange Depression verfallen und sogar freiwillig an die Westfront gegangen. Noch Jahre später misstraute man dem vor Ehrgeiz verzehrten Freibeuter, der ebenso brillant wie launisch und ebenso aufbrausend wie eitel war. Lloyd George machte sich keine Illusionen: »Der würde noch aus der Haut seiner Mutter eine Trommel machen, um ein Loblied auf sich selbst zu singen«, sagte er über den Minister. Doch er wusste um seine Tapferkeit, seine grenzenlose Energie und seine außergewöhnlichen Stärken. Er hatte ihn zum Rüstungsminister und anschließend zum Kriegs- und Luftfahrtminister ernannt. Jetzt vertraute er ihm die Kolonien an, ein Ressort, das die neuen Mandate im Mittleren Osten miteinschloss. Letztere hatte der Premierminister dem India Office nach dessen katastrophaler Verwaltung Mesopotamiens wieder entzogen. Selbst Churchill würde das kaum schlechter machen.

Doch Churchill hatte Angst. Angst, jung zu sterben wie sein Vater. Angst, von den Vorwürfen eingeholt zu werden – sein Leben sei müßig und nutzlos –, die dieser ihm als Jugendlichem an den Kopf geworfen hatte. Angst, es weniger gut zu machen als er – Schatzkanzler zu werden. Außerdem fürchtete Churchill, wie seine Vorgänger über das mesopotamische Hindernis zu stolpern und mit einer neuerlichen Niederlage in Verbindung gebracht zu werden. Es wäre seine letzte Chance, es würde kein drittes Mal geben. Doch Lloyd George verlangte von ihm, die Quadratur des Kreises zu lösen: Er sollte die Sicherheit und Kontrolle des Landes garantieren, binnen kürzester Zeit eine einheimische Regierung einsetzen, die weiterhin den Interessen des Empires dienen würde – das alles ohne große Mittel, in einem ungünstigen innenpolitischen Kontext und gegen feindlich eingestellte Araber und Türken. Der Premierminister versteifte sich darauf, die Griechen zu unterstützen, die nach ihrer Landung in Smyrna jetzt in Anatolien gegen Mustafa Kemals Truppen kämpften.

»Faisal, Faisal!« Lawrence führte nur noch diesen Namen im Mund. Wenn man ihn hörte, war Faisal die Lösung für alle Probleme. Und Churchill glaubte das nur zu gern. Doch der gefallene Emir von Syrien hatte anlässlich ihrer ersten Begegnung einen enttäuschenden Eindruck bei ihm hinterlassen. Er trug einen Zylinder und einen Gehrock, in dem er aussah wie ein Erstkommunikant, wirkte ständig auf der Hut und entsprach mit seiner schmächtigen Erscheinung und dem gelblichen Teint keineswegs der Vorstellung, die sich Churchill von einem charismatischen arabischen Anführer machte. Der Minister bezwang seine Enttäuschung, zumal er keinen anderen Trumpf aus dem Ärmel ziehen konnte. Die Zeit arbeitete gegen ihn. Auf seine Bitte hin instruierten ihn seine Mitarbeiter ein weiteres Mal über die Jahrhunderte-alte Gegnerschaft zwischen Schiiten und Sunniten. Erstere waren Ali gefolgt, Mohammeds Schwiegersohn und Cousin, während Letztere die Dynastien der Umayyaden und Abbasiden unterstützt hatten, notierte er in dem Notizbuch, das Clementine ihm zu Weihnachten geschenkt hatte. Sie stellten ihm den Stammbaum der Haschemiten zur Verfügung. Es war nicht zu leugnen: Faisal war tatsächlich ein Nachfahre des Propheten, und diese illustre Verwandtschaft, betonte Lawrence, würde ihm erlauben, die verfeindeten Brüder des Islams zu vereinen und den Irak zu regieren. Als sein Berater ihm eingehend ausmalte, dass Faisal die kostengünstigste und schnellste Lösung sei, war er endlich überzeugt. Die Entscheidung sollte bei der Konferenz von Kairo abgesegnet werden. Auch mit dem Schicksal Palästinas würden sich die dortigen Experten befassen. Faisal hatte Lawrence mitgeteilt, dass er die Gründung eines arabischen Staats östlich des Jordans wünsche, dort, wo es noch keine jüdischen Siedlungen gab. Dabei waren die Weisungen, die Churchill seinen vier

Räubern erteilt hatte, unmissverständlich: Er brauchte sie nicht etwa, um die beste aller Welten oder einen modernen Staat in Mesopotamien zu errichten, sondern um der Staatskasse im Hinblick auf die strategischen und finanziellen Interessen der Krone allzu hohe Ausgaben zu ersparen. Mit diesem Billig-Empire würde man das Gesicht wahren und die Schande, die das mesopotamische Chaos bedeutete, ein bisschen mindern.

Im Vorfeld der Kairoer Verhandlungen wiederholt Churchill sein Mantra: »Bitte berücksichtigen Sie, dass alles, was im Mittleren Osten geschieht, verglichen mit unserem Einsparungsgebot zweitrangig ist.« Die im Semiramis versammelten Würdenträger versprechen der Reihe nach, dass der Wille zum Sparen ihre Entscheidungen während der Woche maßgeblich bestimmen wird. Zufrieden kann der Staatssekretär damit den ersten Punkt der Tagesordnung ansprechen, die Ernennung des Monarchen, der den Thron im neuen Königreich Irak besteigen soll. Bevor sie Faisal in seiner Funktion bestätigen, gehen sie die anderen Bewerber durch, angefangen bei seinem Bruder Abdallah. Er sei »faul und uncharismatisch«, befindet Lawrence, der Intimus beider Prinzen. Ibn Saud ist ein gefährlicher Anführer, aber seine wahhabitischen Krieger würden das multikonfessionelle Land in einen endlosen Religionskrieg stürzen. Und die lokalen Optionen? Was ist mit dem Naqib von Bagdad oder mit diesem Talib, von dem in der Region von Basra die Rede ist? Der Erste ist alt wie Methusalem, der Zweite ist ein »Intrigant erster Güte und eine zwielichtige Erscheinung«, bestätigt Miss Bell. Nein, sie können das Problem drehen und wenden, wie sie wollen, »und das tun wir seit Monaten«, versichert Cox: Der einzig ernst zu nehmende Anwärter ist Faisal. »Mit seiner charismatischen, inspirierenden Art wird es ihm gelingen, die disparaten Elemente dieses halbzivilisierten, rückständigen Landes zu versöhnen«, erklärt Lawrence. »Er hat die Arabische Revolte angeführt. Seine militärische Erfahrung wird wertvoll sein, wenn es eine einheimische Armee auf die Beine zu stellen gilt, nicht zuletzt auch im Falle einer neuerlichen Erhebung«, legt Cox dar. »Und vergessen wir nicht, dass er Syrien verwaltet hat«, betont Gertrude. Sie unterstreicht nun ihrerseits die außergewöhnlichen Züge seiner Persönlichkeit und hebt seine charakterliche Tiefe hervor, die sie gleich bei ihrer ersten Begegnung in Boulogne erkannt haben will. Und Faisal ist ein alter Kenner Englands, was ebenfalls nicht zu vernachlässigen ist. Da er im Irak keine breite gesellschaftliche Basis hat, ist er, »anders als Talib, der Schlawiner«, ihrem guten Willen ausgeliefert. Dieser Punkt gefällt Churchill. Er zündet sich eine Zigarre an und schnippt mit den Fingern nach einem Laufjungen, damit er ihm ein Glas Wein bringt. Mit einem Eiskübel ausgerüstet, soll ihn der Junge die ganze Woche lang Tag und Nacht begleiten. Ein Delegierter fragt, ob die Ernennung eines aus Westarabien stammenden sunnitischen Emirs wirklich angemessen sei: Wird er trotz seiner fabelhaften Ahnentafel ein ausländisches, mehrheitlich schiitisches Land regieren können? Faisal hat noch nie einen Fuß in den Irak gesetzt, die Kultur ist ihm fremd. Hat Miss Bell nicht erst vor zwei Wochen noch geschrieben, dass der Name Hussein im Irak kein Gewicht habe und sich nicht in politische Vorherrschaft ummünzen lasse? Der *Outsider* drohe als Spielzeug der Briten dazustehen. Man gibt ihm zur Antwort, dass sich in Griechenland oder Rumänien bereits seit Jahrzehnten deutsche Prinzen auf dem Thron abwechseln; dass die dortigen Bevölkerungen sie akzeptierten und die Verpflanzung mithin gelungen sei. Warum soll man nicht auch im Mittleren Osten so verfahren? »Meinetwegen. Aber Miss Bell, Gentlemen, wie stellen wir es an, ihn an die Macht zu bringen?« Das ist das Thema der Nachmittagssitzung, an der Churchill nicht teilnimmt. In einem gepanzerten Fahrzeug hat er sich zu den Pyramiden aufgemacht und malt dort leuchtend bunte Bilder, die er mit seinem Künstlernamen Charles Morin signiert. »Wir haben ihn bis zum Einbruch der Dunkelheit nicht mehr gesehen«, erklärt sein Adjutant. Während der gesamten Dauer der Konferenz verabschiedete er sich jeden Nachmittag. Wenn er nicht an seiner Staffelei saß, schrieb er an seinen Memoiren mit dem Titel *The Great War.*

Nach dem Empfang bei Allenby hat Lawrence Gertrude in ihr Zimmer zurückbegleitet. Sie haben den Sonntag noch damit verbracht, weiter an dem Plan zu feilen, Faisal nach Bagdad zurückzuholen. Nachdem Churchill ihn beim Frühstück am darauffolgenden Tag in seinen Grundzügen abgesegnet hat, unterbreiten sie ihn den Verbündeten. Der Nachfahre des Propheten soll unauffällig nach Mekka ziehen, um von der heiligen Stadt aus dem Irak seine Dienste anzubieten und zu verkünden, er wolle im Namen des arabischen Volks den Thron besteigen. Vater und Brüder werden ihn bereits zum Ritter geschlagen haben. Dann werde er seinen ins Land zurückgekehrten Gefährten der Revolte telegrafieren und sie mit dem Einverständnis der Briten bitten, all ihre Sympathisanten zu mobilisieren und seinen Anspruch auf die Krone zu unterstützen. Anschließend werde er in Bagdad eintreffen. »Sein Erscheinen wird eine nicht wieder rückgängig zu machende Schockwelle auslösen, gesetzt den Fall, dass wir sein Kommen gebührend vorbereiten. Ich bin überzeugt, dass zahlreiche Zusammenschlüsse stattfinden, sobald Faisal irakischen Boden betritt. Er wird schnell beliebt sein«, versichert Miss Bell. Jafar Pacha und Sassoon Effendi, die sich erstmals dazu äußern sollen, heißen den Plan gut. Er funktioniere allerdings nur dann, wenn Faisals Wahl nach außen hin von den Irakern mitgetragen werde. Die Briten dürften auf keinen Fall als Marionettenspieler erscheinen, weder in den Augen der Iraker noch in denen der Franzosen, die das größte Hindernis für den Erfolg dieser Machenschaften darstellten, wie Churchill sich gegenüber Lawrence und Gertrude äußert. Ihre Verbündeten wären verstimmt, wenn Faisal, den sie aus Syrien vertrieben haben, nur wenige Monate später mit Zustimmung der Engländer den irakischen Thron besteigen würde. Die französische Autorität in Damaskus wäre untergraben. Der einarmige Gouraud hatte sie bei einem Besuch in London gewarnt: Auf Faisal zu setzen ist, als wollten sie »sich an einem geknickten Schilfrohr festhalten«. Der haschemitische Prinz ist ein Fähnlein im Wind, außerstande, den unbeugsamen Nationalisten die Stirn zu bieten. »Spielt nicht mit dem Feuer«, betonen die französischen Diplomaten, die etwas ahnen, »oder ihr habt einen Frankenstein am Hals.« Churchill hat ihnen dicke Zigarren und ein paar Tropfen seines besten Whiskys serviert, um ihnen für ihre wertvollen Informationen zu danken. »Ich verstehe Ihre Befürchtungen, und wir werden sie berücksichtigen. Doch die Wahl des zukünftigen irakischen Regierungschefs obliegt nicht uns. Sie ist offen, die Araber sollen entscheiden. Eine große Demokratie wie unsere kann sich ihrem Willen nur beugen«, sagt er, während er sie wenige Tage vor seinem Aufbruch nach Kairo bis zur Tür seines Ministeriums begleitet.

Am Abend des 14. März, es ist ein Montag, schickt Churchill trotz des Sonnenbrands, der sein Gesicht wie ein Erdbeer-Soufflé aussehen lässt, ein gut gelauntes Telegramm an Lloyd George. Die Operation ist angestoßen worden. »Wir sind einhellig zu dem Schluss gekommen, dass Faisal unsere beste Hoffnung ist …«

Die Sitzung am darauffolgenden Morgen befasst sich mit den nördlichen Grenzen des Iraks. Was sollen sie mit den Kurden machen? Nach dem Krieg war ihnen die Unabhängigkeit zugesichert worden. Churchill und Lawrence befürworten sie. Die Bildung eines Pufferstaats zwischen Türken und Arabern würde ihnen ersparen, in dem neuen irakischen Gebilde unterdrückt zu werden, denn Araber und Kurden sind noch nie gut miteinander ausgekommen. Die mesopotamische Gruppe widersetzt sich. Cox will einen Einheitsstaat. Miss Bell nicht. Sie rückt ihren lehrerinnenhaften Kneifer zurecht, um ihren Kollegen die Leviten zu lesen: Die Region im Norden ist für die Zukunft des Landes entscheidend. Die Böden dort sind fruchtbar und voller Erdöl. Die Kurden sind Sunniten. Sie werden den demografischen Einfluss der Schiiten senken. Sie erinnert daran, dass die britische Delegation bei der Pariser Friedenskonferenz eingewilligt hatte, Kurdistan dem neuen Königreich einzugliedern. Dann verliest sie ein Zitat von Prokopios von Caesarea, das sie mit lilafarbener

Tinte auf eine Karteikarte geschrieben hat: »Die Ebenen Mesopotamiens, die sich bis in die unermesslichen Flussbecken des Tigris und Euphrats ausdehnen, bieten kaum eindeutige Grenzmarkierungen – ob Flüsse, Seen oder Berge. Jeder Gebietsgewinn bleibt ungewiss, es sei denn, man kann sich auf die Annektierung einer riesigen Fläche stützen.« Damit der Irak lebensfähig ist, muss er die drei Provinzen umfassen. Sie ist ausgesprochen optimistisch: »Ich bin der festen Meinung, dass die Kurden bis in einem halben Jahr selbst in die arabische Regierung drängen.« Still machen sich die Emissäre Notizen. Churchill ist beeindruckt. Das endgültige Schicksal Kurdistans wird zwar nicht in Kairo beschlossen, doch Gertrudes Ansichten setzen sich durch: Die Kurden werden innerhalb der irakischen Nation weder einen eigenen Staat noch ihre Unabhängigkeit bekommen.

Der darauffolgende Morgen ist der Reduzierung der Militärausgaben gewidmet. Churchill hat sich akribisch vorbereitet, hat die Konten der Zivilverwaltung und der Besatzungsarmee genau unter die Lupe genommen, bis er vor Erschöpfung nicht mehr konnte. Dabei entdeckte er, dass die Britisch-Inder auf Kosten des britischen Steuerzahlers im Irak dreiundfünfzigtausendeinhundertneunzig Maultiere und fünfundzwanzigtausend Pferde unterhielten und dass die kostspieligsten europäischen Reiterregimente dort stationiert waren. »Jetzt muss Schluss sein mit der Misswirtschaft«, erklärt er seinen Delegierten. »Wir sind im 20. Jahrhundert und wollen das Beste daraus machen.« Wissenschaft, Motoren, Flugzeuge. Flugzeuge vor allem! Sich in die Lüfte schwingen, die höchste Freiheit überhaupt. Seit seinem ersten Flug begeistert sich Churchill für die Luftfahrt. Zwar verzichtete er darauf, selbst ein Flugzeug zu lenken, nachdem er als Pilot nur knapp dem Tod entronnen war, weiß aber in seiner Eigenschaft als Kriegs- und Luftfahrtminister um das enorme Potenzial der Luftfahrt. So bald wie möglich soll sie im Irak die Infanterie und Kavallerie ersetzen. Er überlässt dem Vier-Sterne-Marschall der Royal Air Force das Wort; er hat aus dem Gegenaufstand der vergangenen Monate gelernt. Die Bomber und Jagdflugzeuge haben sich als entscheidend erwiesen, um die Revolte zu bezwingen. »Binnen einer Stunde kann ein Dorf dem Erdboden gleichgemacht werden, das wissen die Araber inzwischen. Eine Einschüchterungsmethode, die sich bewährt hat. Dementsprechend wird die Royal Air Force die Überwachung des Landes und, wenn nötig, seine Befriedung übernehmen.« Die Kontrolle dürfte effizienter und weniger kostspielig sein als die Instandhaltung zahlreicher Bodentruppen. Zu den Fliegerstaffeln gesellen sich ein paar Panzerkompanien sowie Faisals künftige arabische Armee. Es handelt sich um eine groß angelegte Reform, und als die Interessen der Krone auf so kostensparende Weise garantiert sind, reibt Churchill sich die Hände. In Kürze wird man Zehntausende Soldaten, Esel und Pferde nach Indien zurückschicken können. Endlich sind die Einsparungen gesichert: seinen Schätzungen zufolge jährlich zwanzig Millionen Pfund, die ihm, so hofft er, bei der nächsten Umbildung der Regierung einen roten Teppich zum Amt des Schatzkanzlers ausrollen werden. Der kleine, hochrote Mann ist jedoch noch vorausschauender: Der Irak soll zum großen Truppenübungsplatz der Royal Air Force werden. Hier, mitten in der Wüste, vor allen Blicken geschützt, können die Briten neue Flugzeuge testen und in

Seelenruhe den nächsten Krieg vorbereiten. Sie wollen über den Himmel herrschen wie seit Jahrhunderten schon über die Weltmeere. Mit dem Flugzeug braucht man von Kairo nach Karachi acht bis zehn Tage weniger als mit dem Schiff. Der Irak soll zum Angelpunkt des sich gerade ausbildenden kaiserlichen, militärischen und kommerziellen Netzwerks werden. Die vorerst noch durch ihre mangelnde Reichweite eingeschränkten Flugzeuge werden in Bagdad zwischenlanden, »dem zukünftigen Clapham Junction der Lüfte«, frohlockt Churchill. Danach telegrafiert er, wie jeden Tag um die Mittagszeit, Lloyd George die guten Neuigkeiten des Vormittags und bricht mit seinem Gouache-Kasten zu einem Kloster auf.

Während der darauffolgenden Tage wird das Schicksal Palästinas verhandelt. In der Hoffnung, die Spannungen zwischen Juden und Arabern zu entschärfen, stampft man einen neuen Staat namens Transjordanien aus dem Boden. Die Juden dürfen nicht dorthin auswandern. Der Staat ist dem phlegmatischen Emir Abdallah für eine sechsmonatige Probezeit versprochen. Churchill ist mit dieser haschemitischen Konstellation einverstanden. Die Briten haben ein mächtiges Instrument gegen Vater und Sohn in der Hand, die sie auf ihre Posten katapultiert haben und nun bei der Stange halten wollen – der alte Scherif Hussein bezieht noch immer eine jährliche Rente von hunderttausend Pfund. Sie sind ihnen zu Dank verpflichtet, wie die Maharadschas und die Nababs im Nordwesten Indiens. Sollte einer von ihnen etwaige Unabhängigkeitsbestrebungen an den Tag legen, würde den anderen beiden die finanzielle Unterstützung gekürzt oder gar gestrichen. Faisal ist vorgewarnt.

Höflich, aber bestimmt komplimentiert Gertrude Sassoon Effendi hinaus. Sie hat ihrem Vater den nächsten Tanz versprochen. Einen Walzer von Strauss, zu dem sie beim ersten Opernball in Wien, auf den er sie vor Beginn ihres Studiums in Oxford begleitet hatte, zusammen umhergewirbelt waren.

Seit ein paar Tagen ist Hugh Bell in Kairo. Am Tag nach Weihnachten hatte er einen beunruhigenden Brief von Gertrude erhalten. Sie verbrachte die Feiertage mutterseelenallein, während über Bagdad sintflutartige Regengüsse niedergingen. Ihr Ölofen war kaputt. Sie litt an einer Bronchitis, die sie über zwei Wochen ans Bett fesselte. Sie war erschöpft und gestand ihm, dass es ihr an Freunden fehle: »Ich interessiere mich nicht genug für die Leute und sie sich nicht für mich. Warum sollten sie auch? Ihre Zerstreuungen langweilen mich zu Tode, und ich habe keinen Spaß daran. Außer meinen Kollegen sehe ich niemanden sonst.« Er fasste sofort den Plan ins Auge, sie baldmöglich zu besuchen. Als er erfuhr, dass sie in Kairo sein würde, das leichter zu erreichen war als Bagdad, hatte er das erstbeste Schiff genommen.

Es muss ein vorübergehendes Stimmungstief gewesen sein, denkt er, während er seine Tochter, eine Hand um ihre Taille gelegt, forschend anschaut. Noch nie hat er sie so blühend erlebt. Gertrude trägt ein Kleid von Poiret, dazu eine Nerzstola, ein Diamantencollier und die Smaragdbrosche, die er ihr geschenkt hat. Als er sie bei dem Bankett, das König Fuad am Vortag gegeben hat, beiseitenahm, um ihr mitzuteilen, dass das von wiederholten Streiks und der Wirtschaftskrise erschütterte Familienimperium mit bisher nicht da gewesenen Schwierigkeiten zu kämpfen habe, hörte sie ihm nur mit einem halben Ohr zu. Ja, sie werde auf ihre

Ausgaben achten, er könne ihre Bezüge kürzen, aber darüber hinaus war sie nicht weiter in ihn gedrungen, sondern vor allem erpicht darauf gewesen, das mit Kinahan Cornwallis in den Gärten des Gezira Palace begonnene Gespräch fortzusetzen.

Das Orchester spielt schneller, das Paar schwenkt auf dem gebohnerten Parkett des Abdeen-Palasts nach links. Gertrude lächelt, ihr Vater hat einen Schrittfehler gemacht. Er verkörpert die Wärme der Welt, er ist ihr Schutzengel, und sein Besuch rundet eine wunderbare Woche ab. Sie hat alles bekommen, was sie wollte: ihren Favoriten auf dem Thron, ein angemessen großes Gebiet und die Zusicherung, dass die Krone sich auf lange Zeit im Irak verpflichtete, diesem Flickenteppich, dessen Einzelteile sie seit fünf Jahren immer wieder neu zusammensetzt und ausbessert. Der mesopotamische Vulkan ist dazu berufen, eine entscheidende Spielfigur auf dem kaiserlichen Schachbrett zu werden, eine vorbildliche konstitutionelle Monarchie, ein langfristiger Verbündeter. »Die beschlossene Leitlinie ist vernünftig und, davon bin ich überzeugt, die einzige, die wirklich Aussicht auf Erfolg verspricht«, sagte sie zu Churchill, als der Ball eröffnet wurde. Nachmittags schon hatte er sie anlässlich eines Ausflugs zu den Pyramiden beglückwünscht. Lawrence begleitete sie. Churchill wollte ein Zeichen setzen und seinen beiden Zuarbeitern, die maßgeblich zum Erfolg der Konferenz beigetragen hatten, danken. Selbst Churchills Kamel, das ihn vor der Sphinx abgeworfen hatte wie einen Sack Kartoffeln, hatte ihnen nicht die Laune verderben können. Die vierzig Räuber haben allen Grund zur Freude, sie haben ihre Verabredung mit der Geschichte nicht verfehlt.

Innerhalb von drei Tagen sind zwei arabische Staaten gegründet worden, ihre haschemitischen Kunden werden regieren, die Briten haben ihre Versprechen eingelöst. Es ist vereinbart worden, Ibn Saud eine ebenso hohe Pension zu bewilligen wie Scherif Hussein, wenn die Wahhabiten auf den Süden des Iraks sowie auf die heiligen Städte Mekka und Medina verzichten. Die strategischen Luftwege und die Erdölversorgung konnten gesichert werden. Das Empire festigt seine Kontrolle über den Mittleren Osten, das Herzstück der neuen, vom Erdöl regierten Welt. Lawrence schreibt: »So ist das orientalische Knäuel entwirrt worden. Churchill ist es gelungen, wörtlich und im Geiste passende Lösungen für die gegebenen Versprechen zu finden, ohne die Interessen des Empires oder der beteiligten Völker zu opfern. Wir sind also mit sauberen Händen aus diesem Abenteuer hervorgegangen.« Nach der Rückkehr von den Pyramiden ist im Hof des Semiramis ein Gruppenfoto gemacht worden. Den Delegierten steht die Zufriedenheit ins Gesicht geschrieben. Sie haben soeben binnen einer Woche – »der Zeit, die Gott zur Erschaffung der Welt benötigte« – den modernen Mittleren Osten gegründet.

Trunken vor Glück wiegt sich Gertrude in den Armen ihres Vaters. Der verstockte Wilson, all die dünkelhaften Generäle mit ihren Smokings und Zwickern haben ihre Vorschläge geschluckt, der Erneuerung des britisch-beduinischen Kriegsbündnisses: ab jetzt der Grundpfeiler des Mittleren Orients unter britischer Herrschaft. Gertrude begleitet das Projekt als Architektin, Bauleiterin und künftige Verwalterin. Sie begegnet Lawrence' Blick. Er hebt sein Glas in ihre Richtung und lächelt ebenfalls. Den Beduinen schenken sie passgenaue Reiche; dem Empire ein neues Grundmuster, mit dessen Hilfe es gegenüber seinen Konkurrenten eine Länge Vorsprung wahren kann. Die beiden Freunde, eingefleischte Arabisten und Imperialisten, sind so gut wie am Ziel.

Gertrude tanzt und tanzt in dem byzantinischen Saal. Sie flüstert ihrem Vater etwas ins Ohr. Sie will ihr Werk vollenden, die soeben niedergeschriebene Partitur soll noch vertont werden.

19.

Rounton Grange, Juli 1913

Das Cabriolet braust über den sandigen Weg. Es fährt die mit Bäumen gesäumte Allee hinauf, vorbei am farbigen Schild eines Gasthauses, bevor es die Fahrt verlangsamt. Der Kies knirscht, sie sind da. Dick und Gertrude haben Rounton Grange frühmorgens verlassen, mit dem Automobil, das Hugh ihnen am Vortag geliehen hat, damit sie sich Whitby Abbey an der Küste anschauen konnten.

Der Major klopft sich den Staub vom Blazer, streift seine Handschuhe ab und knöpft die Lederhaube auf. Sein Ehering funkelt in der Mittagssonne. Er entdeckt ein großes Gebäude aus ockerfarbenen Steinen, die Priorei von Mount Grace, die Gertrudes Großvater fünfzehn Jahre zuvor erworben hatte. Vor seinem Tod hatte er die Gebäude von Grund auf renoviert und ausgebaut. Sie werden von den Bediensteten, die Miss Bell lange nicht mehr gesehen haben, herzlich empfangen. Sie haben Tee für sie zubereitet und einen Imbiss, den sie im grünen Salon mit den wunderschönen Arts-&-Crafts-Möbeln einnehmen – Stühle aus Leder und Birnbaumholz von Guimard, eine Amphore von Auguste Delaherche. Der hungrige Major schenkt diesen Dingen kaum Beachtung.

Er drückt seine Zigarette aus, begierig, die Ruinen der Priorei auf der Rückseite des Herrenhauses, von dessen Schönheit Gertrude ihm auf der Reise vorgeschwärmt hat, endlich selbst in Augenschein zu nehmen. Im 14. Jahrhundert von Kartäusermönchen gegründet, zählt sie zu den besterhaltenen Prioreien ganz Englands. Die fast vollständig konservierte Kapelle entzückt ihn. Unter dem halb aufgerissenen Dach nisten Vögel. Wilde Rosen ranken sich um den verstümmelten Körper einer Madonnenstatue. In dem von hundertjährigen Eichen und blühenden Apfelbäumen gesäumten Kreuzgang herrscht tiefer Frieden. Dieses Eckchen der Landschaft im Norden Yorkshires haben die Hochöfen der Bell Brothers nicht mit Ruß überzogen. Dick schließt die Augen und atmet in vollen Zügen den lieblichen Geruch des frühen Nachmittags ein. Im Mittelalter haben die Mönche die gleiche reine Luft geatmet. Dieser Gedanke rührt ihn. Er stellt sich vor, wie sie ihren Tätigkeiten nachgehen, wie sie im Rhythmus der Liturgie und des Angelusläutens beten, im Frühling ihr Land umgraben, sich beim ersten Novemberschnee in ihre Kapuzenmäntel hüllen und ein stillzufriedenes, kontemplatives Leben führen, frei von Hochmut und ohne materielle Sorgen. Dick entziffert das auf der Fassade eingravierte Ordensmotto der Kartäuser, das den Jahrhunderten getrotzt hat: *stat Crux dum volvitur orbis,* das Kreuz bleibt, auch wenn die Welt sich ändert. Er bedankt sich bei Gertrude, dass sie ihn mit hergenommen hat: »So hätte ich leben wollen, wenn ich die Kraft dazu gehabt hätte«, sagte er mit einem demütigen Lächeln. Jenseits aller Begehrlichkeiten, jenseits der Menschen und ihrer Pein. »Wohl dem, der die Furcht nicht verlernt! Wer aber sein Herz verhärtet, wird in Unglück fallen, so heißt es in einem Bibelsprichwort.«

Bienen summen in den Beeten, noch ist die Besichtigung nicht vorbei. Gertrude führt den Soldaten ans andere Ende des Kreuzgangs, bis zu einem verfallenen Häuschen, eine rustikale Zelle, in der die Mönche still und einsam lebten, als einziges Gegenüber Gott, »im selben Zustand der Armut wie die Sufi-Derwische, die wir in Konya erlebt haben, auf Persisch ›die Armen‹, das haben Sie, Miss Bell, mir beigebracht. Ich habe das nie vergessen. Derwische und Mönche wollen einander kennenlernen und anbetend den Geheimnissen des Universums nahekommen.« Dick bittet sie, ihn für einen Augenblick allein zu lassen. Er spricht einen Segen, bevor er sich andächtig bekreuzigt.

Dick hat die Kurbel betätigt, Gertrude sitzt auf dem Rückweg am Steuer. Sie fährt gern, vor allem mit den schnellen Flitzern ihres Vaters. »Warum sind Sie eigentlich nicht gläubig?«, fragt er sie, während er auf die glatte Straße vor ihnen starrt. Sie berichtet von ihren Tagen in Jerusalem, von der außerordentlichen Harmonie und Schönheit der heiligen Stadt, die sie von den Hügeln aus erblickte, aber auch von der Angst, die ihr in die Knochen fuhr, als sie immer weiter in das Gewimmel hinter den Stadtmauern vordrang und den unterschiedlichsten Religionsführern begegnete: koptischen Priestern, äthiopischen Mönchen, Rabbinern, Imams, Weißen Vätern, pilgernden Ordensschwestern, die Hauben trugen und Kruzifixe um den Hals. Alle waren gleichermaßen überzeugt von der Überlegenheit ihrer Dogmen und Verbote, während die Aufrufe zum Gebet wie tote Blätter vom Himmel wirbelten. Nach ein paar Wochen, manchmal nur Tagen, musste sie Jerusalem verlassen, und erst als sie den Jordan überquert hatte, konnte sie wieder befreit durchatmen. Jenseits des Flusses lag die Wüste, die mineralische Welt der Freiheit.

Seit dem Tod ihrer Mutter ist ihr der Glaube abhandengekommen. Die irrationellen, von jahrtausendealten Ängsten und intensiven Emotionen fanatisierten Menschenmengen lassen sie erschaudern. Sie sucht nach der Wahrheit, nicht nach einer Offenbarung oder einem Aberglauben. Dick sagt ihr, er finde sie mutig, bestimmt fühle sie sich oft sehr allein auf der Welt: Ungläubige ziehen noch mehr Hass auf sich als Andersgläubige. Gertrude pflichtet ihm bei und reibt sich die Augen, an einem Bahnübergang zündet sie sich eine Zigarette an. Seit sie die Welt bereist und die Menschen beobachtet, sagt sie, während sie den ersten Gang einlegt, habe sie begriffen, dass der Begriff der Sünde nur geografisch bedingt, letztlich »also illusorisch« sei: Die Religionen passten sich bloß den lokalen Gegebenheiten an. Die Muslime sind polygam, eine empörende Vorstellung für Europäer. In Tibet können die Frauen mehrere Männer haben. Indische Witwen, die sich wiederverheiraten, werden aus der Gesellschaft ausgeschlossen. In Amerika ist die Scheidung ein einfaches Verfahren, während Untreue dort hart verurteilt wird. In den katholischen Ländern Europas verhält es sich umgekehrt, zumindest für die Männer. »Wie erklären Sie sich das, Major?« Dicks Augen funkeln im flach einfallenden Abendlicht. Die schönsten Augen von Konya … Sie würden sich beim Abendessen mit ihrer Familie darüber unterhalten, wenn sie einverstanden sei. Das Cabriolet erklimmt die wogenden

Abhänge, die nach Rounton Grange führen. Dick will nichts von der Dämmerlandschaft verpassen: die Obstgärten mit den roten, rosa- oder orangefarbenen Tupfern wie auf einem Gemälde von Signac, die majestätischen Buchen, den einsamen Glockenturm – das alles geht ihm ebenso zu Herzen wie die zwei Tage, die sie zusammen verbracht haben.

Seit ihrer Trennung am Ende des Sommers 1907 dachte sie ständig an ihn. Sie hatte auf einen Brief, auf irgendein Zeichen von ihm gewartet, das nicht gekommen war. Sie hatte sich bereits damit abgefunden – Dick lebte weit weg von ihr, und er war mit einer Frau verheiratet, deren Vorzüge Gertrude nicht leugnen konnte –, als er sich ihr erneut ins Gedächtnis rief. Im Jahr 1908 war eine Zeit lang oft von Major Doughty-Wylie die Rede. Er hatte die Armenier aus den Städten Mersin und Adana mit Waffengewalt verteidigt und anschließend mit Judiths Hilfe die Aufnahme von Flüchtlingen und Verwundeten in dem zum Lazarett umfunktionierten Haus eines höheren Beamten organisiert. Zweifelsohne war Dick einer der britischen Helden des Jahres. Gertrude klebte die dem Major gewidmeten Artikel mit in das Fotoalbum vom vergangenen Sommer ein.

Von einer Kugel am Arm getroffen, kam er zurück, um sich in London versorgen zu lassen. Während seiner Genesung schrieb er Gertrude, sie trafen sich eines Nachmittags zum Tee, und sie konnte nur mit Mühe ihre Emotionen verbergen. Ein Stück ihres Herzens, und mehr vielleicht, schlug noch immer für ihn. Anschließend brach der Major wieder nach Kleinasien auf. Sie begannen eine Korrespondenz. Sittsame Briefe, die Gertrude an das Ehepaar gemeinsam richtete, schamhaft, munter und ausführlich wie die, die sie an die Eltern schrieb. Sie erzählte von ihren Expeditionen, indem sie in der Manier des Historienmalers Jean-Léon Gérôme denkwürdige Szenen ausgestaltete, die nach Räucherstäbchen, Mandelsirup und Lammfett rochen; aus denen windgepeitschte oder strahlend weiße Landschaften entstanden, die von Nomaden, Drusen und roten Anemonen bevölkert wurden, von antiken Städten, Oasen und Karawanen, von Räubern in gestreiften Hemden und Nekropolen, von türkischen Beamten und Stammesältesten, denen sie ihre Visitenkarte hinterließ: ein Land der Wunder, von dem sie, auf die Bewunderung des Majors hoffend, alles sehen und wissen wollte. Sie war bei der Londoner Premiere der Ballets Russes gewesen und bei der Krönung von King George V., die sie detailreich beschrieb, und wenn sie von ihren Reisen zurückkehrte, berichtete sie von ihren Veröffentlichungen, den Theateraufführungen, die sie erlebt hatte, und von ihrem immer vehementeren Engagement gegen die Suffragetten. Sie war inzwischen Vorsitzende der National League for Opposing Woman Suffrage und organisierte in dieser Eigenschaft diverse Meetings und Kundgebungen. Judith teilte ihre Überzeugungen nicht. Solange die Frauen auf eine untergeordnete Rolle als passive Staatsbürgerinnen beschränkt blieben, sei die englische Demokratie unvollkommen. »Es ist Zeit, dass wir unser Schicksal in die Hand nehmen und gemeinsam mit unseren männlichen Mistreitern am Aufbau einer modernen Nation wirken, liebe Miss Bell.«

Und dann sahen sie sich doch wieder. Im vergangenen Herbst an einem trüben Nachmittag in London, im Teesalon des Savoy. Man hatte Dick kommen lassen, weil man ihm die

Leitung des britischen Roten Kreuzes in der Türkei anvertrauen wollte. Die kleinen Balkanstaaten hatten soeben das Osmanische Reich angegriffen. Sie wollten es endgültig aus Europa vertreiben und die westlichen Besitztümer an sich bringen. Die Aufgabe würde schwierig werden, sagte er ihr, der Konflikt hatte Zehntausende Flüchtlinge auf die Straßen getrieben, und aus den Kampfzonen strömten zahlreiche Verwundete zurück. Der Major wirkte ernst, einer extremen Anstrengung ausgesetzt, und aus seinen Augen waren Entschlossenheit, aber auch Besorgnis zu lesen. Noch nie hatte er einen so wichtigen Einsatz geleitet. Seine Zweifel rührten Gertrude. Sie versuchte, ihn zu beruhigen: Der Generalstab wusste, was er tat. Er könne stolz sein, die Mission sei »nobel« und er »ein Krieger des Friedens«. Das Oxymoron erhellte sein Gesicht. Die Andeutung eines Lächelns, bevor sich seine Züge wieder verfinsterten. War es ihm überhaupt möglich? Würde er die Kraft dazu haben? In der Vergangenheit hatte er sich als schwach erwiesen, an seinen Händen klebte Blut. Er senkte den Blick, murmelte in seinen Bart, seine Sünden würden ihn eines Tages einholen und … hüllte sich in Schweigen. Er verschwand hinter der Teetasse und zwischen den blauen Rauchkringeln der Zigarette. »Was wollen Sie damit sagen, Major?«, fragte sie und musterte eingehend sein undurchdringlich gewordenes Gesicht. Der Major wollte sie mit seinen alten Geschichten nicht behelligen, aber er erweckte den Eindruck, das unglücklichste Geschöpf der Welt zu sein. Am liebsten hätte sie ihn in den Arm genommen, seinen Kopf an ihrer Schulter gespürt. Der Zauber war ungebrochen. Er rührte sie, dieser große Soldat, der so mysteriös und gequält wirkte. Sie hätte ihn gern nach Konstantinopel begleitet, ihm im Alltag beigestanden und Ruhe gegönnt. Ihn geliebt, dachte sie, ohne zu wissen, was Liebe wirklich bedeutete, sie, die mit vierundvierzig nur eine körperlose Vorstellung davon hatte und sich seit ihrer Tändelei mit Cadogan im vergangenen Jahrhundert an Romanen und Gedichten festhielt. Sie aß das Stück Kuchen auf und wünschte ihm viel Glück. Er möge seine Frau von ihr grüßen. Sie hoffe sie wohlauf – das war aufrichtig gemeint.

Dick schrieb ihr aus der Türkei. Seinen Mitarbeitern fehlte es an Medikamenten, an Ärzten und sogar an Jodtinktur, so heftig brach die Zahl der Verwundeten über sie hinein. Ihre Körper waren zerfetzt, ihre Erzählungen grauenerregend: Die neuen Waffen, die die Großmächte auf dem Balkan ausprobierten, richteten unvorstellbare Verheerungen an. Ein solches Gemetzel hatte Major Doughty-Wylie noch nie gesehen: »Miss Bell, wir befinden uns in einem Zeitalter von Massakern industriellen Ausmaßes«, gestand er ihr in einer schlaflosen Nacht. Er hatte Angst. Die Entfesselung der Gewalt zwischen Nachbarn lasse das Schlimmste vermuten, sagte ihm sein Gefühl. »Wenn ein großer Krieg auf dem Kontinent ausbricht, wird er ein Blutbad ohnegleichen anrichten.« Von Konstantinopel aus beobachtete er den Niedergang der Osmanen und die politischen Machenschaften in der Region. Ihre Gier, ihr maßloser Ehrgeiz und die Art und Weise, in der sie unbewusst die Begehrlichkeiten ihrer Schutzbefohlenen auf dem Balkan weckten, seien »empörend«, jetzt, wo die militärischen Bündnisse den Kontinent in zwei riesige Blöcke spalteten, die beim ersten Funken wie ein Pulverfass explodieren würden. »Miss Bell, Sie mit Ihrem Scharfblick, wie sehen Sie das denn? Was hört man aus London, und wie reagieren die Bevölkerungen in Damaskus, Beirut und Bagdad auf die Enttäuschungen?« Er glaubte, dass die Regierung der Jungtürken früher oder später Deutschland zufallen würde: »Das wäre eine weitere Katastrophe.« Durch Dicks Kopf spukten ein von Blitzen zerrissener Himmel, zerstörte Städte, apokalyptische Anblicke. Er hatte Angst. Zum Glück konnte er auf den Beistand seiner Frau zählen. Judith, eine gelernte Krankenschwester, war »zäh, mutig und ausnehmend effizient«. Sie sah dem Tod unerschütterlich ins Auge, wenn die Sterbenden den Geist aufgaben. »Sie ist bewundernswürdig, und ich danke dem Himmel, sie an meiner Seite zu haben.«

Das grelle Licht der Sonne hat sie geweckt. Sie kann weder schlafen noch liegen bleiben. Im Nachthemd, in eine beigefarbene Strickjacke gehüllt, geht Gertrude in den Park hinunter. Sie betrachtet den blasslilafarbenen Himmel, den milchigen Nebelschleier, der sich über die Felder breitet, der Tag verspricht noch schöner zu werden als der vorherige. Sie trällert eine heitere Melodie, während sie an einem Beet mit vom Tau benetzten Gladiolen vorbeigeht. Sie kann es noch immer nicht fassen, dass sie sich getraut hat, gegen sämtliche Konventionen zu verstoßen – was sie bisher noch nie getan hat – und sich mit einem verheirateten Mann bei ihren Eltern anzukündigen.

Als die Doughty-Wylies im Mai aus Konstantinopel zurückkehrten, war Gertrude gerade im Begriff, in den Himalaya zu reisen. Sie sagte die Expedition ab. Sie trafen sich zu dritt und freuten sich daran, bei einem guten Glas Wein kleine Cheddar-Würfel zu essen und über alles Mögliche zu reden, wie damals in Konya, in dem wunderbaren Sommer ihres Kennenlernens. Eines Tages kam der Major allein zu einem ihrer Treffen. Judith habe nach Bristol aufbrechen müssen, ihr Vater habe sich ein Bein gebrochen. Sie werde ein, zwei Wochen dortbleiben, bis sie einer ihrer Brüder am Krankenbett ablösen werde. Und so hatte Gertrude dem Major vorgeschlagen, ein paar Tage in Rounton Grange zu verbringen. Ihre Einladung war ein spontaner Herzenswunsch, dem weder ihre Erziehung noch ihre Befürchtungen Einhalt geboten. Dick hatte eingewilligt, ohne sich lange bitten zu lassen.

Als sie am Abend zu ihrer Stiefmutter zurückkam, hatte sie ein schlechtes Gewissen, und dann, im Zug auf dem Rückweg nach Yorkshire, begann sie, sich selbst zu belügen. Dick war ein Freund, er brauchte nach einem halben Jahr harter Arbeit in Konstantinopel Ablenkung, schließlich tat sie nichts Schlimmes. Er hatte seiner Frau Bescheid gesagt. Sie fand nichts Bedenkliches an dieser kurzen Sommerfrische, ein einfacher »Höflichkeitsbesuch«, hatte er erklärt. Bis zum letzten Moment hatte Gertrude geglaubt oder so getan, als glaubte sie, dass er verhindert sei: Am Nachmittag seiner Ankunft, die zwei Tage nach ihrer eigenen geplant war, stand sie unter höchster Anspannung. Sie rauchte eine Zigarette nach der anderen, während sie mit klopfendem Herzen den Bahnsteig auf und ab lief. Ihr Körper entspannte sich erst wieder, als sie ihn aus dem Abteil steigen sah. Dick trug einen hellen Leinenanzug und eine rote Nelke im Knopfloch. Er hielt ihr eine Schachtel Pralinen hin und begrüßte sie herzlich. Er war auf ihrem heimischen Boden, für eine Weile gehörte er ihr, wie wunderbar.

Gertrude ist aus dem Bett gesprungen, weil sie sich keinen Augenblick dieses Tages entgehen lassen will. Jede Minute zählt, morgen um dieselbe Zeit ist Major Doughty-Wylie wieder abgereist, und wer weiß, ob sie ihn jemals wieder ganz für sich haben wird. Die kleinsten Einzelheiten des Vormittags haben sich bereits ihrem Gedächtnis eingebrannt: das tiefblaue Hemd, das er beim Frühstück unter dem Sakko trug; der Schnitt, den er sich beim Rasieren am Kinn zugefügt hatte; seine Begeisterung beim Betreten der Bibliothek, wo er am liebsten wochenlang verweilen würde, wie er rief, während er die Regale mit all den seltenen Büchern und Folianten anschaute, die sich über die Wände zogen wie wild wachsender Wein; seine Rührung am Grabmal ihrer Mutter direkt neben der Familienkapelle und das Einvernehmen, das sich im Laufe der Gespräche mit ihrem Vater ergeben hatte. Hugh Bell interessiert sich ernsthaft für diesen verheiraten Mann ohne Titel und Vermögen, den seine Tochter zu seiner Verwunderung in letzter Minute eingeladen hatte. Der zunächst spröde wirkende Major saß kerzengerade bei Tisch; seine schönen Hände, die nicht einem Haudegen des Empires gehörten, glitten flink über die Tasten des mit Perlen und Blumenintarsien verzierten Klaviers, ein Geschenk des Industriemagnaten an seine Frau. Zunächst eingeschüchtert von dem prachtvollen Ort und dem Reichtum seiner Gastgeber, deren Anwesen – nie hätte Major Doughty-Wylies gedacht, dass man so vermögend sein konnte – mit eigenen Tischlereien und Malerwerkstätten, einer Mühle und Gewächshäusern wie eine kleine Stadt ausgestattet war, taute er im Laufe der Tage angesichts der Freundlichkeit und Zugewandtheit der Bells immer weiter auf. Am Abend seiner

Ankunft feierten sie sogar seinen Geburtstag. Ein besonnener und interessanter Mann, hatte Hugh Bell erst gestern seiner Tochter beim Abendessen zugeraunt.

Jetzt gehen Gertrude und Dick im Wald spazieren. Ein lauer Wind weht ihnen ins Gesicht, und vereinzelte Sonnenstrahlen dringen durch die Laubkronen der Bäume. Sie trägt einen breitkrempigen, mit einer grünen Kordel verzierten Strohhut und er einen Matelot mit einem ebenfalls grünen Band, worüber sie lächeln müssen, als sie sich nach dem Lunch in der Eingangshalle treffen. Genauso wie sie über die Schnurrbärte der Zuchtkarpfen im japanischen Fischteich lachen, die aussehen wie die von altgedienten Soldaten. Es knackt im Unterholz, plötzlich taucht ein Reh auf. Als es sie bemerkt, jagt es schnell davon und »hebt das Hinterteil bei jedem dritten oder vierten Schritt, wie eine Antilope«, kommentiert der Major. Während er ihr die Landschaften und die Tierwelt im Sudan beschreibt, seinem ersten Posten in Afrika, erreichen sie die Felder am Waldrand, wo die zu den Ländereien gehörigen Bauern Roggen und Weizen ernten. Die Halbpächter grüßen das Paar von Weitem, bald folgt ihnen eine Mutter mit ihrer kleinen Tochter. Das hübsche Mädchen macht einen Knicks und reicht ihnen sanft lächelnd einen Korb mit selbst gepflückten Früchten. Der Major küsst das Kind auf die rosige Wange und beißt in eine Birne, »die beste, die ich je gegessen habe«. Das Mädchen erklärt, ganz in der Nähe würden Lämmchen weiden. Ob sie sie nicht mit ihr und ihrer Mutter anschauen wollten? Die Bäuerin entschuldigt sich für ihre vorlaute Tochter. Dick hingegen findet die Idee »ausgezeichnet«, und so spazieren sie über die von Klatschmohn und Butterblumen gesprenkelten Wiesen hinter dem trällernden Mädchen her. Die Lämmchen bekommen sie nicht zu Gesicht, dafür aber schöne, schweißglänzende Pferde mit dunklem Fell. Dick nimmt das Kind auf den Arm. Das Mädchen streichelt den Hals der Pferde, die fröhlich mit dem Schwanz schlagen.

Nachdem Mutter und Tochter wieder auf die Felder zurückgekehrt sind, gehen Gertrude und der Major weiter. Sie führt ihn zu der Lichtung, auf der ihr Vater nach dem Tod der Mutter einen Baum gepflanzt hat – als Jugendliche war dort ihr Rückzugsort: »Ich bin meiner Gouvernante davongelaufen, um hier an den Stamm gelehnt meine Romane zu lesen. Laut, weil ich gehofft habe, dass sie meine Geschichten hören kann.« Gertrude zieht die Stiefel aus und legt sich auf den grünen Rasenteppich. Ihr Haar schimmert rötlich, Amseln hüpfen umher, die Luft riecht nach geschnittenem Heu, nach reifem Weizen, balsamische Sommerdüfte. Dick zögert einen Augenblick, bevor auch er sich ausstreckt, die Arme hinter dem Kopf verschränkt, einen Grashalm im Mundwinkel. Gertrude erzählt ihm von den schmerzlichen ersten Jahren nach dem Tod ihrer Mutter, berichtet, dass Hughs Wiederverheiratung und erst recht die Geburt ihrer drei Halbgeschwister ihr »wehgetan« haben. Sie habe lauter Unsinn getrieben und versucht, sich in allen möglichen Bereichen hervorzutun, um die Aufmerksamkeit ihres Vaters zu erregen. Ihr Verhältnis zu Florence habe sich nach und nach gebessert, aber sie ist sich sicher, dass ihre Stiefmutter ihr »bewegtes Abenteuerdasein« verurteilt.

Nur wenige Zentimeter voneinander getrennt, träumen Gertrude und Dick still vor sich hin. Sie betrachten die Schäfchenwolken und einen Schwarm Wildgänse, der über den Himmel zieht. Eine leichte Brise streift Gertrudes Zehen und fährt unter ihr Kleid. Ein köstlicher Schauer überkommt sie. Sie blinzelt, spürt, wie die Wärme ihr in die Beine, in den Bauch flutet, sie fühlt ihr Herz pochen und ihren Puls schlagen, das Leben in seiner ganzen Intensität, als stünde sie in der Wüste hoch oben auf einer Düne oder auf einem Gipfel im Gebirge. Gertrude liebt die Stille des weiten Lands. Der Major ebenfalls, hat er ihr anvertraut, während die meisten Leute ihrer Bekanntschaft nur dummes Zeug reden. Stille ist Vertrautheit, und die Vertrautheit zwischen zwei Menschen, die sich lieben, verlangt nach Stille, denkt sie und lauscht den Atemzügen des neben ihr liegenden Mannes. Dick ist eingeschlafen, wie ein Kind.

Nach dem Abendessen setzt sich der Major ans Klavier, das vor der Fenstertür des blauen Jugendstilsalons steht. Mit halb geschlossenen Augen spielt er eine Fuge von Bach, seinem Lieblingskomponisten. Die Musik entrückt Dick in andere Sphären, und die Bells, die sich um ihn geschart haben, sind aufrichtig bewegt. »Ein wahrer Hochgenuss, bravissimo! Kommen Sie wieder, wann Sie wollen, Major Doughty-Wylie, unser Haus steht Ihnen immer offen«, ruft Florence, als das Stück verklungen ist. Gertrudes Neffen klatschen brav Beifall, wie es sich in der guten Gesellschaft ziemt, und sie, den Tränen nahe, würde ihm am liebsten um den Hals fallen, vor ihrer Familie ihre Liebe bekunden. Ja, er soll wiederkommen, guter Gott, bitte lass ihn wiederkommen, murmelt sie und fächelt sich Kühlung zu. Hugh bietet ihm einen Cognac an, aber der Künstler möchte sich lieber in sein Zimmer zurückziehen, sein Gepäck ist noch nicht fertig, und er wird am nächsten Morgen in aller Frühe abreisen. Als feinfühlige Gastgeberin bietet Gertrude ihm an, ihn zu begleiten.

Sie geht auf der monumentalen Treppe voraus. Ihr Herz schlägt zum Zerspringen, und ihre rechte Hand, die sich um das Geländer klammert, ist plötzlich entsetzlich feucht. Sie können sich doch so schnell nicht wieder trennen, einfach zwischen Tür und Angel, »unmöglich, unmöglich« nach einem so schönen Tag. Gertrude möchte die Zeit anhalten, die Treppe um tausend Stufen verlängern bis zum Dach der Welt, irgendetwas sagen, etwas Scherzhaftes, das ihre Angst und die wachsende Anspannung besänftigen würde. Doch ihr bleiben die Worte im Hals stecken. Sie wartet auf eine Einladung, eine Geste von Dick, darauf, dass er ihr zur Hilfe eilt, ihre Hand nimmt oder ihre Taille umfängt, dass er sie im Halbdunkel küsst. Sie spürt seinen Blick in ihrem Nacken und auf ihrer Lendengegend. Doch er bleibt stumm, in seine Gedanken verloren. Sie hört nur das Rascheln ihres Kleids, ihre Schuhe, die den dicken Teppich im Gang streifen, wie eine rückwärtsschreitende Zeitzählung, sechs, fünf, vier, in ein paar Metern werden sie an ihrem Zimmer vorbeigehen, das vor dem des Majors liegt, sie werden sich trennen müssen, es ist grauenvoll. Und so verlangsamt sie ihre Schritte und dreht sich um, fast flehentlich: Ob er nicht kurz mit hereinkommen wolle, sie würde ihm gern etwas zeigen … »eine Tonscherbe«, albernerweise das Erste, was ihr in den Sinn kommt.

Der Major betritt ein großes, mit Tapeten voller Tiermotive ausgekleidetes Zimmer, das nach Veilchen und kaltem Tabak riecht. Die Höhle eines kleinen Mädchens oder eines alten Entdeckers, schießt es ihm durch den Kopf, überall

Puppen, Hefte, Reitstiefel, Navigationsgeräte, Medaillen, Flakons, Nippsachen und andere Reisesouvenirs. Da, in einer Ecke, an den Frisiertisch gelehnt, ist der Alpenstock, auf den sie sich gestützt hat, um die Gipfel zu erklimmen. Er wundert sich ein bisschen, auch eine verbeulte kleine Gießkanne zu sehen. Mitten in diesem Sammelsurium, ein wahres Kuriositätenkabinett, das viel aussagt über den Eklektizismus und das abenteuerliche Dasein seiner Besitzerin, denkt der Major bewundernd, erblickt er die Öllampe, die sie in Konya gemeinsam ausgegraben haben und die nun wie eine Reliquie auf dem Nachttisch thront.

Er sitzt in einem mit Chintz bezogenen Sessel und schaut ihr zu, wie sie eine Kerze anzündet und in ihrer Kommode nach einer Tonscherbe fahndet. Gertrude will das Gesicht wahren, glaubt noch immer, sich verstellen zu können, während es in ihr hellauf glüht, seitdem sie das Zimmer betreten haben. So ein Feuer hat sie nicht mehr gespürt, nachdem Cadogan sich damals am Fluss auf sie gestürzt hatte. Sie schließt die Schublade, zieht, völlig durcheinander, mit brennendem Unterleib, eine zweite auf, aber sie traut sich nicht weiterzugehen, und anstatt sich ihm zu Füßen zu werfen, ihn an sich zu ziehen, um seine Hände zu küssen, seinen Mund, seine Augen, wonach es sie verlangt, macht sie sich weiter an der Kommode zu schaffen.

Da richtet sich Dick in voller Größe auf und greift nach ihren Handgelenken. Er schließt sie in die Arme: »Miss Bell, lassen Sie uns doch zu Ihrem Bett gehen, das ist bequemer.«

20.

Bagdad, Anfang April 1921

Von Kairo aus betrachtet, schienen die Dinge nicht allzu kompliziert zu liegen. Miss Bell sollte die Sunniten für Faisals Kandidatur gewinnen, bis er selbst eintreffen würde. Sie war zuversichtlich, wie sonst auch. »Bei den Sunniten weiß man immer, woran man ist, sie lassen sich von der Vernunft leiten, von ihren Überzeugungen«, hatte sie auf der Konferenz den Delegierten versichert. Doch in ihrer Abwesenheit haben sich Abd ar-Rahman al-Haidari und Talib auf Betreiben des intriganten Innenministers angenähert. Die beiden Männer verdächtigen die Briten, Faisal mit der Führung des neuen Staats betrauen zu wollen, sie versuchen, das Vorhaben zu hintertreiben – dementsprechend warnen sie ihre Mitarbeiter, die sich am Tag nach ihrer Rückkehr in aller Frühe in ihrem Büro einfinden: »Talib und der Naqib wollen keinen Ausländer auf dem Thron. Talib gibt sich alle Mühe. Er brüstet sich mit seiner angestammten Verankerung im Süden, verteilt Pfründe, um Anhänger zu gewinnen, schüchtert die Opposition ein und versichert, dass er unsere Unterstützung hat, wenn es ihm passt. Dieser Mann ist ein skrupelloser Demagoge, der zu allem bereit ist, um seine Ziele durchzusetzen.« Seines Ansehens gewiss, hofiert er den Naqib. Er hofft, ihn überzeugen zu können, Emir zu werden, und darauf, dass der Greis ihn zu seinem Thronfolger ernennt. Gertrude fragt Philby um Rat, ihren Fürsprecher im Innenministerium, der von den in Kairo getroffenen Entscheidungen ferngehalten worden ist: »Talib ist ein fähiger, unsteter und autoritärer Mann, der mit Rücktritt droht, sobald die Regierung nicht auf seine Linie einschwenkt. Er ist kein eingeschworener Gegner der Briten, zumal er mit unseren Händlern in Basra immer ein gutes Verhältnis gepflegt hat. Aber der Irak soll von den Irakern regiert werden, davon weicht er nicht ab.«

Wenige Tage später wird Miss Bell von einer Mitteilung alarmiert. Einer ihrer Spitzel ist in Anwesenheit des französischen und persischen Konsuls bei Talib zum Dinner eingeladen gewesen. Gegen Ende der Mahlzeit hat der Politiker eine vertrauliche Mitteilung gemacht und, ohne Gertrude zu nennen, durchblicken lassen, dass einige Entscheidungsträger rund um Cox aktiv für Faisal eintreten. »Daraufhin«, liest sie, »brüllte er, dass die Iraker niemals einen haschemitischen König anerkennen und die Dinge eine sehr ungute Wendung nähmen, falls – ich zitiere – die versprochenen Wahlen getürkt würden: Sein Vater, Naqib von Basra, würde zum Dschihad aufrufen. Er würde die Türkei, Frankreich, Ägypten und die indischen Muslime um Unterstützung bitten. Der französische Konsul ging nicht auf seine Äußerungen ein, suchte jedoch vor seinem Aufbruch das Gespräch mit ihm. Talib behauptete ferner, dreißigtausend Gewehre zu seiner Verfügung zu haben.«

Miss Bell setzt Cox unverzüglich in Kenntnis. Die Briten dürfen solche Drohungen nicht unterschätzen. Noch ist das Land nicht stabil genug. Talib manipuliert den Naqib, aus dieser »Mesalliance« kann nichts Gutes erwachsen. Er wird der Erpressung, gewalttätiger Forderungen und etlicher Morde in der Region von Basra verdächtigt, und sie hält ihn für fähig, Faisal umbringen zu lassen und einen neuen Aufstand anzuzetteln. Er droht, die Kandidatur des Prinzen auszuhebeln und ihren Plan zum Scheitern zu bringen. »Demnach rate ich dazu, baldmöglichst aktiv zu werden«, schließt sie.

Sir Percy validiert das Vorhaben. Seine Frau soll, ohne ihr Wissen, als Köder fungieren. Sie bittet Talib zusammen mit einigen Honoratioren zum Tee in den Amtssitz. Talib trifft um sechzehn Uhr dreißig ein. Miss Bell dolmetscht für ihn und begleitet ihn eine halbe Stunde später, wie geplant, zu seinem Wagen zurück: Dem Zeitplan zufolge, den ihr einer von Philbys Assistenten ausgehändigt hat, soll sein indischer Fahrer ihn zu einem Treffen nach Karkh, ein Viertel im Westen der Stadt, bringen. Er wird die einzige, unlängst von den Briten eingeweihte Stahlbrücke über den Tigris nehmen. Gertrude sieht ihm nach und blickt auf die Uhr: In wenigen Minuten soll der Überfall stattfinden, den sie bis ins kleinste Detail geplant hat.

Sobald sich Talibs Auto in einer Staubwolke entfernt, wird es von einem Wagen des britischen Geheimdienstes beschattet. Talib erreicht die Brücke. Er schäumt vor Wut: Ein liegen gebliebener Lastwagen blockiert den Verkehr. Fahrer und Beifahrer nähern sich, um Hilfe zu erbitten. Noch bevor der Minister reagieren kann, haben sich die beiden Muskelprotze in kurzärmligen Hemden schon auf ihn gestürzt und am Kragen gepackt. Sie katapultieren ihn in den Wagen, der ihnen gefolgt ist und in dem drei Agenten sitzen. Sie schieben einen Ärmel des Ministers hoch, stechen ihm in den Arm, knebeln ihn und ziehen ihm eine Kapuzenmütze über den Kopf. Zwei Tage später wird er nach Ceylon verschleppt. Gertrude ist erleichtert, der klügste Mann Mesopotamiens ist, ohne mit der Wimper zu zucken, in die simple Falle gegangen, die sie ihm gestellt hat. Das Land muckt nicht auf – ein gutes Vorzeichen.

Völlig vor den Kopf gestoßen, reicht St. John Philby sein Entlassungsgesuch ein. Cox weist es zurück. Er braucht seinen brillanten Stellvertreter im Innenministerium, von ihm hängen die Sicherheitsorgane und die Stabilität des Landes ab. Bevor er in sein Büro zurückgeht, klopft Philby bei Miss Bell an die Tür. Auch wenn er aus einfachen Verhältnissen stammt und eine Zeit lang sogar Sozialist war, schätzt sie sein Wissen über die Kultur der Stämme, seine Beherrschung der indischen Dialekte und der persischen Sprache sowie seine Talente als Cricket- und Polospieler, die ihn in seiner Jugend in Lahore berühmt gemacht hatten. Sogar seine Frau und ihr kleiner Sohn Kim sind sehr umgänglich. Mister Philby versteht die Araber, und er ist ein ausgezeichneter Geschichtenerzähler. Man weiß nie genau, ob er die Wahrheit sagt, aber Gertrude fühlt sich nichtsdestotrotz bestens unterhalten von den bilderreichen Schilderungen seiner Abenteuer in Kalkutta und Bombay, als er vor dem Krieg Sikh-Aktivisten in Absprache mit deutschen Agenten ausspioniert hatte. Sie war es gewesen, die ihn in der Kunst des Geheimdienstes unterwiesen hatte, und sie hasste Wilson noch mehr als er. Doch seit sie aus Kairo zurückgekehrt ist, hält er sich von ihr fern, weil er sie im Verdacht hat, Faisal um jeden Preis auf den Thron bringen zu wollen – und nun auch noch, Talibs Entführung hinter seinem Rücken organisiert zu haben, um ihrem Schützling den roten Teppich auszurollen. Wilson mochte ein Widerling sein, aber blöd war er nicht: Miss Bell ist zweifelsohne eine gewissenlose Intrigantin. Philby aber will keine Monarchie für den Irak und schon gar keinen Haschemiten als Herrscher. Er glaubt nicht an Faisal, und niemand, »die Araber genauso wenig wie die Engländer«, sagt er zu ihr, mögen sich von einem Ausländer regieren lassen. Philby hat sich auf Ibn Saud versteift, einen »charismatischen« Leader »mit eiserner Faust«, der eher infrage käme, das Land zu führen, falls es wirklich einen anderen Monarchen zu finden gelte. Gertrude sieht ihn verwundert an. Sie wiederholt, was Cox ihr gerade bestätigt hat: Sie haben nicht die Absicht, Faisal als König durchzusetzen. Doch Philby lässt nicht locker: »Sie würden einen schwerwiegenden Fehler begehen. Ihre Weltsicht ist völlig überholt«, sagt er, während er sich über den roten Bart streicht und dabei die spöttische Miene aufsetzt, die er unverwandt zur Schau trägt, seitdem er am Begräbnis von Queen Victoria in Westminster Abbey teilgenommen hat. Er widersetzt sich ihrem Plan einer pro-haschemitischen Zeitung. In den darauffolgenden Tagen behandelt Philby sie wie Luft, ebenso auf dem Ball, den Lady Cox Mitte Mai in den Gärten des Sports Club gibt. Erst gegen Ende des Abends kommt er schwankend und streitbar auf sie zu: »Die Katze von Kairo ist aus dem Sack, Miss Bell. Sie und Cox haben mich zum Besten gehalten. Oder nein, Sie beide halten vielmehr die ganze Welt zum Besten.«

Zu Gertrudes großem Leidwesen bestimmt Cox dennoch Philby dazu, Faisal am 21. Juni am Flughafen von Basra zu empfangen. Der Hochkommissar will ihm zeigen, dass er in Zukunft auf ihn setzt. Philby begleitet Faisal über den Euphrat und anschließend im Zug bis nach Bagdad. Eine Woche später gelangt ihr prachtvolles Gefolge ans Ziel: Der Bahnhof, blitzblank und von Bettlern und streunenden Hunden bereinigt, ist mit Blumen, mit Flaggen der Arabischen Revolte und mit Bannern zu Ehren Faisals geschmückt. In der frühabendlichen Gluthitze herrscht großes Gedränge, die Leute hasten über die Bahnsteige, tummeln sich in der Bahnhofshalle und auf dem Vorplatz: Die Bagdader wollen einen Blick auf ihren zukünftigen König – daran zweifelt niemand mehr – erhaschen. Faisal wirkt verunsichert, als er aus dem Zug steigt. Zeremoniös begrüßen Cox und General Haldane den Mann in der weißen, mit goldenen Posamenten verzierten Tunika. Begleitet von dem bedeutenden Kinahan Cornwallis, seinem speziellen Berater, und von Philby in arabischer Kriegerkleidung schreitet er die Garde und die Ehrengäste der Briten ab. Faisal hält inne, als er Miss Bell erkennt, um ihr die Hand zu schütteln. Aus der Nähe sieht der Emir noch abgekämpfter aus. Trotz der Hitze ist seine Haut fahl, während Cornwallis verärgert, fast niedergeschlagen aussieht.

Die Reise ist anders verlaufen als erhofft. In der Bruthitze von Basra haben ihnen die neugierig herbeigeströmten Bewohner einen schonungslosen Empfang bereitet. Die Schiiten im Niederen und Mittleren Euphrat waren ihnen feindlich gesinnt. Ihre Vertreter bekamen kaum den Mund auf, als sie dem Nachfahren des Propheten begegneten. »Sie müssen wissen, dass Philby alles darangesetzt hat, Faisal Steine in den Weg zu legen«, berichtet Cornwallis am darauffolgenden Morgen Miss Bell. Er hat die politischen Offiziere davon abgebracht, die Bevölkerungen in den von der Wagenkolonne durchquerten Regionen zu mobilisieren, und damit den Anweisungen von Sir Percy zuwidergehandelt. Er war unfreundlich bis widerlich zu Faisal, während er einen Whisky Soda nach dem anderen kippte: »Die Iraker wollen eine Republik, und ich unterstütze Ibn Saud. Miss Bell ist die Einzige, die an Ihnen festhält, der Hochkommissar Cox will nur eines – dass der Irak funktioniert, mit oder ohne Sie, wie die Regierung in London, das sollten Sie wissen.« Als eines Morgens ein heftiger Sturm das Schiffsdeck mit einer ockerfarbenen Schicht Sand überzog, sagte Philby ihm, dass der Naqib von Bagdad, »ein überaus mächtiger Mann, den Sie noch kennenlernen werden«, ihn als Monarchen nicht wolle und die Scherifen in Mekka ebenso verachte wie die Schiiten. »Und so weiter und so fort … Das Gesicht des armen Faisal verzerrte sich zusehends, während Philby mit seinen Schmähreden fortfuhr. Ich habe versucht, ihm zu widersprechen, Miss Bell, aber ich kenne das Land nicht gut genug«, sagte Cornwallis und wischte sich die Stirn ab. »Es wird Ihre Aufgabe sein, ihn zu beruhigen. Und dennoch, der Naqib war gestern Abend nicht am Bahnhof, das ist Ihnen bestimmt nicht entgangen.«

Die Abwesenheit des alten Mannes aus »gesundheitlichen Gründen« – so ist es am Morgen aus seiner Umgebung verlautbart worden – verstimmt Gertrude; ebenso Faisals

Arabisch anlässlich der kurzen Ansprache nach seinem Eintreffen. Sein Akzent aus dem Hedschas klingt falsch, seine Sprache ist mit ägyptischen und syrischen Wörtern, außerdem mit einzelnen türkischen Redewendungen gespickt. Sie werden seine Diktion verbessern müssen, denkt sie. Nach dem, was Cornwallis ihr gerade gesagt hat, müssen sie außerdem die Bildung einer »spontanen Bewegung zugunsten des Emirs für den Ritterschlag seiner Person« vorantreiben, wie in Kairo beschlossen, und ihm die Schlüssel in die Hand geben, mit denen er sein künftiges Reich in den Griff bekommt. Gertrude wird bewusst, welche Aufgabe auf sie wartet und wie wenig Zeit sie dafür hat: Die vorerst noch geheim gehaltene Krönungszeremonie ist für Ende April geplant. In London wird Churchill, denkbar schlecht gelaunt, seitdem ihm das Schatzkanzleramt verwehrt geblieben ist, immer ungeduldiger. Der Staatssekretär für die Kolonien bestürmt den Hochkommissar mit Telegrammen und erkundigt sich, warum der arabische Maharadscha noch immer nicht seinen Thron bestiegen habe. Vorerst gilt es vor allem, eines in Angriff zu nehmen: Philbys Verabschiedung. »Wir brauchen wirklich keinen Saboteur. Ich will seinen Kopf, und da er ohnehin zurücktreten möchte, kann er von mir aus gerne gehen«, erklärt Miss Bell Cox. Widerwillig entfernt Cox ihn aus dem Amt, denn auch sein Stellvertreter ist ein bewanderter Liebhaberornithologe. Als Gertrude und Philby sich ein letztes Mal in der Offiziersmesse begegnen, bedenkt er sie mit vernichtenden Blicken: »Gut gemacht, Miss Bell, diese Runde haben Sie gewonnen.« Sie entgegnet, es sei die Regierung Seiner Majestät, die in diesem Fall die Oberhand behalten habe – und stets behalten werde.

Diverse Festessen und Empfänge wechseln einander ab. Riesige Tischrunden, bei denen sich schweißtriefende Gäste nach einer Litanei von Ansprachen und Gebeten über Platten mit Auberginen, über Berge von Fleisch und mit Datteln und Rosinen gefülltes Geflügel hermachen. Das beste Mittel, um Faisal und seine zukünftigen Untertanen zu besänftigen, erklärt Miss Bell. Sie thront zu seiner Rechten, als Zeremonienmeisterin und einzige Frau unter Hunderten von bärtigen Turbanträgern und britisch-indischen Offizieren. Der Emir isst wenig, raucht viel und unterdrückt, auch wenn er nichts lieber täte, den Wunsch, während der nicht enden wollenden Reden zu gähnen oder sich die Füße zu vertreten. Obwohl er von der Hitze ganz erschlagen ist und von all den Unbekannten, die sie ihm vorstellt, in Beschlag genommen wird, gibt Faisal eine gute Figur ab. Er findet Gefallen an der Sache. Gertrude entdeckt, dass hinter dem schweigsamen Mann ein brillanter Redner und ein weltgewandter Charmeur stecken. So auch an jenem 18. Juli, unter dem Vorzelt, das im Hof des Großrabbiners aufgestellt worden ist. Von den oberen Stockwerken des Anwesens hängen scherifische Flaggen; Frauen und Kinder drängen sich auf den Balkonen, in der Hoffnung, einen Blick auf das Gesicht des Prinzen zu erhaschen. Seitdem die Briten haben durchblicken lassen, dass ein muslimischer Araber das Land regieren würde, befürchten die Juden, auf ihren zweitrangigen Status aus osmanischer Zeit zurückgeworfen zu werden. Manche von ihnen haben sogar schon die britische Staatsbürgerschaft beantragt. Der bei seiner Ankunft umjubelte Faisal ist gekommen, um sie zu beruhigen. Nachdem er eine Abschrift der mit goldener Tinte aufgelisteten Zehn Gebote und ein

Exemplar des Babylonischen Talmuds aus den Händen des Rabbiners entgegengenommen hat, küsst er die Tora, die dieser ihm reicht, und hält aus dem Stegreif eine Rede: »Es gibt ein Land, das Irak heißt und dessen Bewohner die Iraker sind … Wir stammen von Ham ab, dem Sohn Noahs und Vater der Semiten, wir alle gehören diesem edlen Geschlecht an. Im Irak gibt es keinen Unterschied zwischen Juden, Muslims und Christen.«

Zehn Tage später hinterlässt Faisal erneut einen nachhaltigen Eindruck, diesmal unter einem schwarzen Zelt in der Region von Falludscha am Ufer des Euphrats. In gestrecktem Galopp haben Reiter den Zug des Prinzen bis zum Zelt begleitet. Wieder haben sich Hunderte eingefunden, um den Nachfahren des Propheten zu erwarten und ihm ihre Bittschriften zu unterbreiten: Er wird ihre Jahresversammlung leiten. Faisal hört sich ihre Beschwerden an, bevor er auf das Podest unter den Baldachin tritt, wo er sich auf Einladung eines britischen Verbündeten, der die Machtergreifung des Haschemiten ebenfalls ablehnt, äußern soll. Schon bei den ersten Worten merkt Gertrude, dass Faisal in seinem Element ist. Er kennt den in der Luft liegenden Geruch nach Ziegenleder, nach ranziger Butter und Holzkohle, die jägerartigen Ausdünstungen der ungehobelten Krieger. Sie sprechen die gleiche Sprache, die Sprache der Wüste, in der er sich während des Aufstands gegen die Türken an seine Kämpfer wandte und die Lawrence damals gelähmt hatte, wie Gertrude nun begreift. Faisal hat als kleiner Junge bei den Beduinen gelebt. Instinktiv versteht er diese drahtigen, dunkelhäutigen Männer, die unter einem glühenden Himmel mit Kamelmilch aufgezogen worden sind. Er ist einer der Ihren, er ist ihr natürlicher Anführer. »Meine Brüder! Meine Worte sind eure, ich bin kein Fremder für euch. Hört vertrauensvoll meine Worte und nehmt sie an. Ihr habt mir gefehlt, meine beduinischen, arabischen Brüder …« Er fragt sie, ob sie untereinander in Frieden leben. »Ja, wir leben in Frieden. Die Wahrheit durch Gott, die Wahrheit.« Und er verkündet: »Der erste Mann, der die Hand gegen einen Krieger eines anderen Stammes erhebt, muss von diesem Morgen an vor mir dafür einstehen. Oh Araber, als Herrscher werde ich euer Richter sein und mich bemühen, eure Rechte geltend zu machen …« Die Beduinen preisen den Redner nach seiner Ansprache. Ihr Scheich umarmt ihn und leistet ihm den Treueeid. Gertrude ist zutiefst gerührt. Als sie dem Blick ihres Schutzbefohlenen begegnet, hebt sie die Arme zum Himmel und legt die Handflächen aneinander – als Symbol für den Zusammenschluss zwischen Arabern und Briten.

Faisal und seine Entourage haben in Bagdad den Palast des letzten Mamluken-Gouverneurs bezogen, ein gerade im Umbau befindliches Serail am Flussufer, aus dem die Osmanen eine Kaserne gemacht hatten. In ihren elegantesten Kleidern sucht Gertrude ihn täglich in seinen Gemächern auf, weitläufige, unterirdische Räume mit Gewölben, in denen sie einen süßlichen Veilchenduft hinterlässt. Sie trinken eisgekühlte Orangeade und rauchen eine Zigarette nach der nächsten. Der Prinz ersucht sie um ihren Rat, und sie entfaltet zahlreiche Karten, von denen sie manche selbst erstellt hat. Gertrude bringt ihm die undurchsichtige Geografie der verschiedenen Stämme und Konfessionen nahe, die

Tiefebenen und die Sumpfgebiete im Süden, das Gebirge im Norden, das fruchtbare besiedelte Land an den Flüssen, die metaphysischen Weiten mit grasenden Herden und die versteckten Ölfelder in Kurdistan.

Frühmorgens oder nach Einbruch der Dunkelheit kommt es vor, dass sie den Serail unter Bewachung verlassen und sich einen Weg durch das Getümmel der Innenstadt bahnen. Diese Spaziergänge bieten Faisal die Gelegenheit, sich mit der wechselvollen Geschichte Bagdads vertraut zu machen. Sie laufen durch die Avenue des Chrétiens mit ihren Klöstern, Kirchen und Patrizierhäusern oder schlendern an der al-Mustansiriyya-Universität vorbei, der ältesten Universität der Welt. Das aus dem 13. Jahrhundert stammende Gebäude, der letzte Überrest der abbasidischen Epoche, hat die Schicksalsschläge, die über die Stadt hereingebrochen sind, unbeschadet überstanden. Manchmal wandeln sie auch durch die Säulengänge in der Rue du Général Maude, der Tag und Nacht überfüllten Geschäftsstraße, wo bald, wie in Kairo, Beirut und Tunis, ein großes Orosdi-Back-Warenhaus eröffnen wird – mit eigenem Aufzug, dem ersten im Land. »Das könnte zum Symbol Ihrer Herrschaft werden«, schmeichelt Gertrude ihm, als sie an einem Morgen Ende Juli von der Baustellenbesichtigung zurückkommen. Sie erinnert an die Abbasiden, deren Reich und Hauptstadt »wie ein Meteorit am Himmel« aufgetaucht seien. Sie erinnert an ihren Niedergang, an die Zerstörung der Bewässerungskanäle durch die Eroberer, und verspricht ihm, als sie die Sultanpforte erreichen, ihre Bedeutung wiederherzustellen. Im Jahr 1401 verlangte Kaiser Tamerlan, nachdem er die Stadt erobert hatte, von seinen Soldaten, ihm zwei enthauptete

Köpfe auf diesem Erdhügel darzubringen. Sie übergaben ihm, auf Mistgabeln gesteckt, ganze neunzigtausend, aus denen sie Hunderte von Totems machten, die sie rings um die Stadt aufstellten. Anschließend wurde Bagdad in Schutt und Asche gelegt, so wie bereits einhundertfünfzig Jahre zuvor von den mongolischen Horden Hülegüs, des Enkels von Dschings Khan. Die Hände hinter dem Rücken verschränkt, lauscht der Prinz Miss Bell, bevor er auf den öligen, in der Sonne spiegelnden Fluss zugeht. Er sieht ihn bordeauxrot vor sich liegen, nachdem Tamerlan den Wein der ganzen Stadt hatte hineinkippen lassen, oder tintenschwarz, nachdem Hülegüs Schergen die Bücher aus den geplünderten abbasidischen Bibliotheken hineingeworfen hatten. Auch ohne Miss Bell weiß Faisal, dass die Stadt heftigen periodischen Erschütterungen ausgesetzt gewesen ist und ihre Herren nur selten im eigenen Bett gestorben sind. Das Leben Alexanders des Großen endete im Alter von zweiunddreißig Jahren in Babylon. Bagdad ist eine Stadt der Intrigen, der Meutereien und Königsmorde.

Noch ist es nicht hell, doch sie brausen bereits über eine sandige Straße nach Seleukeia-Ktesiphon. Cornwallis begleitet sie, außerdem ein armenischer Fotograf. Gertrude hatte darauf bestanden, ihn mitzunehmen, er sollte den Ausflug verewigen, nicht zuletzt den Emir, der seine Uniform als Befehlshaber der Armee trägt. Im Schatten eines Felsens halten sie an. Mit ihrem Strohhut weist Gertrude auf eine weiß leuchtende Stelle am bleiernen Himmel: den großen Ziegelbogen der einstigen Stadt, der bei klarem Wetter, wie an jenem 2. August 1921, schon von Weitem zu sehen ist.

In einem luftigen Seidenkleid führt sie ihre Reisegefährten durch die Ruinen. Eidechsen huschen davon. Sie erläutert ihnen, wie das Gewölbe in einem Zug entstanden ist, schnell dahingesetzt wie ein Komma. Sie erinnert an die Pracht der Stadt zu Zeiten von Chosrau I., dem zu Ehren der Palast ursprünglich errichtet worden sei. Nun ist kaum noch etwas übrig von ihm: Die aus Mekka herbeigeeilten arabischen Legionen, »Ihre Vorfahren, Eure Majestät«, haben die Steine benutzt, um Bagdad zu erbauen, nachdem sie Mesopotamien den Persern entrissen haben. Die Wüste, die heißen Windböen, die ihre Waden streifen, das betörende Licht – und dann ein Nachfahre des Propheten, den sie in drei Wochen zum König machen will: Gertrude hat das Gefühl, ein Märchen aus *Tausendundeine Nacht* zu erleben. »Faisal all diese Geschichten zu erzählen, in Ktesiphon, stellen Sie sich das nur vor! Ich weiß nicht, wer von uns beiden am meisten bezaubert war … Er hat mir ein Regiment in seiner zukünftigen Armee versprochen. Und auf dem Rückweg hat er bekräftigt, dass ich zum Irak gehöre und selbst eine Beduinin bin. Oh Papa, ist das nicht wunderbar? Manchmal meine ich zu träumen.«

Gertrude spürt die Müdigkeit nicht mehr. Ihre Nerven und das Adrenalin tragen sie bis zum Serail. Sie hat drei Stunden geschlafen, und in zwei wird die Zeremonie beginnen. Ihr reibungsloser Ablauf soll einen bleibenden Eindruck hinterlassen.

In den zurückliegenden zwei Wochen hat Gertrude auf Churchills und Cox' Geheiß Berge versetzt: Sie sollte eine fünftausend Gäste umfassende Liste anlegen, sie ihrer Rangordnung gemäß – ohne ihre übertriebenen Empfindlichkeiten zu verletzen – platzieren, das Protokoll im Blick behalten, die Orchestrierung, den Aufbau von Podest und Thron – im Übrigen eine schlechte Kopie des Krönungsstuhls der englischen Monarchen. Sie sollte Proben über Proben abhalten, Porträts des Königs drucken und die Flagge des neuen Staats entwerfen lassen.

Die Zivilverwaltung hat sich um eine sorgfältige Inszenierung bemüht. Faisal soll als Wahl der Bevölkerung erscheinen, während sich die Briten als redliche Mandatsträger seinen Wünschen unterordnen. Auf der Konferenz in Kairo ist vereinbart worden, dass eine verfassungsgebende Versammlung den Monarchen ernennen wird. Doch die Iraker haben keinerlei Erfahrung mit der Demokratie. Besagte Ernennung würde Monate dauern, und die kurdischen und schiitischen Vertreter würden möglicherweise gegen den Haschemiten stimmen. Demnach hat Cox beschlossen, vom Staatsrat einen Beschluss zu erbitten, der Faisal zum Regenten erklärt. Zur Ratifizierung wurde auf die Schnelle eine Volksabstimmung angesetzt, ungefähr zehn Tage vor der Zeremonie. »Wünschen Sie sich Faisal als König?« So kurz vor dem Ziel will London keine böse Überraschung mehr, schlimmstenfalls müsse »das Wahlergebnis vorsichtig in eine Richtung gelenkt« werden, hatte Churchill in Ägypten zu Cox und Miss Bell gesagt. Die beiden Komplizen haben die Zivilverwaltung in den vergangenen Wochen mobilisiert. Auf den Basaren wurden »Ja«-Zettel und Geld verteilt. Die der Krone unterstehenden Scheichs gaben ihren Vasallen und Lohnarbeitern die entsprechenden Anweisungen. Im Süden erzählte man, dass Faisal schiitischer Konfession sei, den Massen wiederum, dass die Zuckerernte vom Wahlergebnis abhänge: Sechsundneunzig Prozent der Iraker stimmten für Faisal. Kurden und Schiiten enthielten sich massiv.

Die Hähne krähen, es ist bald sechs Uhr an jenem Dienstag, dem 23. August 1921 Bagdader Zeit. Miss Bell steht mit dem Rücken zum Podium und kratzt sich an ihrem mit rosafarbenen Flecken übersäten Arm. Sie forscht im Orchester und im Publikum nach bekannten Gesichtern, grüßt sie mit einem freundschaftlichen Nicken. Militärkappen, Kolonialhelme und extravagante Hüte besetzen die ersten Reihen, die britisch-indischen Würdenträger mit ihren geschminkten, schmuckbehängten Ehefrauen. Lady Cox hat sich eine Rose ins üppige Dekolletee gesteckt. Weiter nach hinten verbannt, verstecken sich ernste Männer hinter ihren weißen oder grau melierten Bärten. Sie tragen Kopfbedeckungen in allen erdenklichen Farben. Stammesführer, Honoratioren, Großgrundbesitzer oder Botschafter Gottes auf Erden, wie durch eine Glasscheibe von den hellhäutigen Paaren getrennt. »Was für ein verblüffender Anblick, alle Vertreter des Iraks hier vereint zu sehen. Zum ersten Mal in der Geschichte«, raunt Miss Bell einem ihrer Assistenten zu.

Die Sonne schickt ihre ersten Strahlen aus, Gertrude geht an ihren Platz. Ihr Herz pocht vernehmlich. Die Blicke der Zuschauer sind auf den ersten Stock auf der Ostseite der Esplanade gerichtet. Eine Tür öffnet sich, Trommelwirbel, mit martialischer Miene verlässt Faisal seine Gemächer. Auf seinem Kopf prangt ein flacher, mit einem furunkelartigen kleinen Höcker versehener Helm, an dem ein Nackenschutz baumelt. Seine kakifarbene Kleidung hebt sich von den blitzweißen, mit Orden und Bändern geschmückten Uniformen von Sir Percy, General Haldane und Kinahan Cornwallis ab, die ihn begleiten. Neben dem Hochkommissar und seinem Sonderberater sieht der haschemitische Emir aus wie ein Zwerg.

Hinter ihnen eine Legion von Adjutanten, schreiten die vier Männer langsam die mit persischen Teppichen belegten Stufen hinab. Ein Raunen geht durch das Publikum, das sich erhoben hat. Unten an der Treppe steht das erste Bataillon von Dorset stramm, das sie nun abschreiten. Ohne sie aus den Augen zu lassen, denkt Gertrude an Lawrence: Ohne ihn wäre das alles nicht möglich gewesen. Schade, ihr Freund hatte nicht kommen wollen und sich stattdessen lieber der Niederschrift seiner Memoiren gewidmet. Nach seiner Rückkehr aus Kairo war er nach Dschidda gereist, um Scherif Hussein von den Ergebnissen der Konferenz zu berichten. Er glaubte, ihm damit einen Gefallen zu tun, aber der Greis hatte ihn wüst beschimpft, seinen Stock geschwungen und gedroht, ihn hinauszuwerfen. Auch er war an diesem Morgen in Bagdad nicht dabei. Im darauffolgenden Sommer sollte Lawrence von all seinen Funktionen im Colonial Office zurücktreten.

Noch immer von seinen Begleitern gerahmt, erklimmt Husseins jüngerer Sohn jetzt das Podest in der Mitte des Innenhofs. Sein Thron aus den hölzernen Asahi-Bierkisten ist erst ein paar Stunden zuvor gezimmert und golden angestrichen worden. Er ist viel zu groß für den kleinen Prinzen. Während Cox seine Brille aufsetzt, nimmt das Publikum Platz. Hochangespannt wechselt Faisal einen kurzen Blick mit Gertrude. Sie lächelt ihm zu. Sir Percy verliest im Stehen das offizielle Ergebnis der Volksabstimmung. Er erklärt Faisal zum König der neuen Staats-Nation Irak und ruft ein

»Long live the King!«, bei dem sich die fünftausend Gäste kerzengerade aufrichten. Gertrude rinnen ein paar Tränen über die Wangen, als die neue irakische Flagge gehisst wird, während die Militärkapelle die britische Hymne spielt. Einundzwanzig Kanonenschüsse ertönen zu Ehren Seiner Majestät, des ersten arabischen Herrschers über Mesopotamien seit dem letzten abbasidischen Kalifen im dreizehnten Jahrhundert. Er war in einen Sack eingenäht und von Hülegüs Pferden zu Tode getrampelt worden.

Faisal hält seine erste Rede als König. Er hat sie zusammen mit Gertrude vorbereitet, und Cox hat die letzte Fassung gegengelesen. Mit der dröhnenden Stimme, die zum Erstaunen des Publikums aus seinem schmalen Oberkörper dringt, dankt er den Briten für ihre Unterstützung der arabischen Sache. Er lässt die glorreiche Geschichte der »Wiege der Zivilisationen« Revue passieren, das Zentrum »sämtlicher Wissenschaften und sämtlicher Kenntnisse«, bevor ihr langsamer Niedergang eingeleitet worden sei, als »die Anarchie zu regieren begann« und sich »das Wasser der großen Flüsse in den Tiefen des Meeres verloren« habe. Das Land sei von einer Hand in die andere gewechselt, von Königreichen zu Feudalherrschaften. Doch nach Jahrhunderten des Schattendaseins breche an diesem Morgen ein neues Zeitalter an. »Mit dem Beistand der Briten« und der Einheit seiner Bürger werde der Irak nun aus der Asche auferstehen. Die einst blühenden Gefilde werden wieder Fruchtbarkeit und Macht erlangen. »Die Nation ist meine Partei! Unabhängig von unserer Religion, unserem Stamm oder unserer Ethnie ist die Nation unsere Partei, Iraker!«, wiederholt der kleine König mit Nachdruck und nimmt dabei die am weitesten vom

Podium entfernten Sitzreihen in den Blick. Gertrude nickt beifällig, wie eine Mutter, die dem Stück lauscht, das sie ihren Sohn für die Aufnahmeprüfung an der Musikschule hat einüben lassen.

Ihre Gedanken schweifen ab. Sie denkt daran, welchen Weg sie seit ihren ersten Aufenthalten in Bagdad zurückgelegt hat. Sie denkt an die Pracht ihrer neuen Heimat, die sie auf dem Rückflug von Kairo zum ersten Mal von oben sah: die Lebkuchenfarbe der Wüsten, steinigen Ebenen und Dörfer, das Geflecht der Kanäle, die grünen Briefmarken der Oasen und die blauen Kuppeln, um die sich die Flüsse winden wie majestätische Schlangen. Mesopotamien. Assyrien und Babylonien, von Akkad und Sumer bis zum Persischen Golf; die ersten Stadtstaaten, die ersten Königreiche; das Land Noahs und Abrahams. Und sie, Gertrude Lowthian Bell, hat es zu neuem Leben erweckt. Sie hat seine britisch-arabische Verschmelzung durchgesetzt: *God Save the King* neben der haschemitischen Flagge, Faisal neben Sir Percy. Sie hat sämtliche Hindernisse und Skeptiker besiegt, alles, was sich ihr in den Weg stellen wollte. Ergraut, abgehärtet, ja fast schon abgestumpft, hat sie mit immer länger und spitzer werdendem Gesicht allen Widrigkeiten getrotzt. Sie hat die romantische Fiktion in eine geopolitische Realität verwandelt und, dem Sieges- und Leistungswillen ihrer Familie treu, das bei der Beerdigung ihres Großvaters geleistete Gelübde eingelöst: Auch sie hat ein kleines Reich gegründet. Sie ist eine Fadenzieherin. Eine Königin ohne Krone. Gertrude ist weitergegangen als Lawrence. Dank ihrer Entschlossenheit wird der Name Bell nie in Vergessenheit geraten. Wo auch immer er gerade sein mag, Dick wäre stolz auf sie, denkt sie und streicht unwillkürlich über die Kriegsbänder und das Kreuz des Commander of the British Empire, die an ihr prunkvolles Kleid geheftet sind.

21.

Rounton Grange, Ende Juli 1913

»Küssen Sie mich, Major, drücken Sie mich an Ihr Herz!« Auf der Steppdecke, die über das Bett gebreitet ist, weicht Dick ein paar Zentimeter zurück. Er betrachtet ihre vor Liebe vergehenden Augen und ihre Lippen. Bei jedem Atemzug hebt sich ihre Brust, die in ein bis zum Kinn hochgeknöpftes Kleid eingezwängt ist. Der Held des Empires sucht, während er Gertrudes leuchtend rote Wangen berührt, nach Worten. Nach eindeutigen Worten. Er hat kein Recht dazu. Er wird Judith nicht verraten, das hat er vor Gott geschworen. »Ein Kuss, nur ein Kuss.« Gertrude fleht ihn an, sie liebe ihn vom ersten Tag an, wie vom Blitz getroffen, noch nie habe sie so machtvolle Gefühle empfunden. Sie sei bereit, ihm zu geben, was sie noch keinem Mann geschenkt habe. O Gott im Himmel, o allmächtiger Herrgott: Nervös lockert Dick seinen Krawattenknoten. Dicke Schweißtropfen perlen auf seiner Stirn. Er empfindet eine grenzenlose Zuneigung für Gertrude, und die letzten Tage haben seine Bewunderung für sie nur noch gesteigert: »Eine neue Tür hat sich geöffnet, Sie lassen mir eine geistige Erhebung zuteilwerden, Miss Bell, Sie herrschen über mein Herz, Sie sind meine Seelenverwandte, ein göttlicher Segen.« Aber ihre Reinheit erschüttere ihn, ihre Keuschheit. Diesen Schatz müsse sie um jeden Preis bewahren. »Sie sind unversehrt. Sie sind nicht wie alle anderen irdischen Kreaturen.«

Der Major springt vom Bett auf und durchmisst das Zimmer wie ein Boxer den Ring. »Meine Liebe, Sie ersparen sich die Qualen der Menschen, weil Sie nichts von den Bedürfnissen des Körpers wissen. Körper haben Hunger und Durst. Sie verkrampfen und krümmen sich, sie verschlingen einander. Vor diesen schlauen, unersättlichen Tieren muss man sich hüten. Sie ziehen einen in den Schlamm, und aus diesem Abgrund kommt man nicht unbeschadet hervor, glauben Sie mir. Wenn ihr nach dem Fleisch lebt, müsst ihr sterben.« Er stammelt. Hektisch bewegt er Arme und Beine, während er mit seinem Monolog fortfährt, in dem sich Strafe, Genuss und Sünde mischen und den er mehr an sich selbst als an Gertrude zu adressieren scheint. »Von dieser hässlichen Materie bleibt letztlich nur das Nichts … Es gibt überall Körper, die bereit sind, sich für wenig hinzugeben. Das Begehren entwürdigt die Schönheit. Ich werde Sie nicht auf dieses Terrain ziehen, wir verdienen Besseres. Sie zumindest, das steht fest.« Major Doughty-Wylie ist vor dem Eckfenster stehen geblieben. Er reißt es hastig auf. Auf die Brüstung gestützt, atmet er die mit Sternen übersäte bläuliche Nacht ein, nach und nach beruhigt er sich. Von den Linden ein Stück weiter unterhalb steigt ein süßlicher Duft auf. Die Außenwelt zeigt sich erfreulich sanft.

Er hört ein Stöhnen, ein gedehntes Seufzen. Gertrude hat

sich auf dem Bett eingerollt, den Kopf zwischen den Armen, als wollte sie sich schützen. Er tritt näher: »Stehen Sie auf und trocknen Sie Ihre Tränen, Miss Bell, ich bin doch bei Ihnen.« Er schiebt ihr einen Arm in den Rücken, als wollte er einem verletzten Kameraden auf dem Schlachtfeld aufhelfen. Jetzt steht sie, noch schwankend. Der Major ergreift ihre langen, spröden Hände, über die sich rote und blaue Flecken ziehen. Sie rühren ihn, diese unschuldigen Hände einer alleinstehenden Frau, die von den Wüsten, den Seilschaften im Gebirge und den trockenen Winden der Hochebenen vorzeitig abgenutzt sind. Er sinkt auf die Knie und führt ihre Finger an seinen Mund. Er will ihr zu Diensten sein. Sie ist seine Dame und er ihr Ritter, schwört er ihr. Gertrude runzelt die Stirn, seufzt auf und stammelt mit tränenheiserer Stimme etwas. Also gut, wenn es so sein soll. Die Kerzen sind heruntergebrannt, der Major empfiehlt sich.

Er legt sich angekleidet hin, ohne in den Schlaf zu finden. Die Wunde, die aufgerissen ist, wird frühstens im Morgengrauen weniger schmerzen. Mit feuchten Augen beißt er auf die Medaille der Muttergottes, die er immer um den Hals trägt, um nicht vor Wut und Verzweiflung laut zu schreien.

Eine Dezembernacht in London, die etwa zwanzig Jahre zurückliegt. Ein junger Rechtsanwalt mit Umhang und Zylinder küsst seine Frau auf der Treppe vor ihrem Haus in Kensington. Er zögert, ob er fahren soll. Ihr vierjähriger Sohn hustet seit zwei Tagen. Er fiebert und ist in einem schlechten Zustand. Sie bestärkt ihn: Er hat zugesagt, das Weihnachtsoratorium bei der Wohltätigkeitsgala der Heilsarmee mitzuspielen. Doktor Sullivan würde bald da sein, er muss sich wegen des seit Mittag unablässig fallenden Schnees verspätet haben. Es werde schon alles gut gehen, durch die Kompressen lasse sich das Fieber senken, und obwohl die Haushaltshilfe an diesem Abend Ausgang hat, könne er ruhigen Gewissens weggehen. Als er in dem Hansom Cab sitzt, das ihn in die Kirche bringen soll, schaut er noch einmal aus dem Rückfenster, um seiner Frau ein paar Handküsse zuzuwerfen.

Dick ist der Einzige seiner Freunde, der eine Liebesheirat eingegangen ist. Charlotte, eine mittellose Adlige aus den South Downs, die bereits ihren Vater verloren hat, ist eine geistreiche, aufgeschlossene und gebildete Schönheit. Blonde Locken rahmen ihr engelsgleiches Gesicht mit der kleinen Stupsnase, das ein reizender Schönheitsfleck ziert. Sie hat hell schillernde, aufblitzende Augen, die beständig lächeln. Sie kann gut zeichnen. Er vergöttert sie. Gerade erwartet sie ihr zweites Kind.

»Wieder ins Babylone, Mister?« Der Kutscher lässt die Peitsche knallen. Dick ist unter eine Decke geglitten. Er empfindet Scham. Er hat ein schlechtes Gewissen und Gänsehaut. Er ist aufgeregt. Er hat Charlotte angelogen. Es ist nicht das erste Mal: Allein oder mit ein paar vertrauenswürdigen Freunden erlaubt er sich immer mal wieder solche nächtlichen Ausflüge in die Bordelle im West End, dem Spielplatz weltlicher Freuden. Er mag den leicht ranzigen Geruch nach Reispuder und klebrigen Laken, die süßlichen Düfte, den starken Alkohol, die zwielichtigen Gassen. Es gelingt ihm nicht, darauf zu verzichten, ebenso wenig wie er sich von seiner Sammlung pornografischer Statuetten aus Indien trennen kann, obwohl er es ihr an ihrem Verlobungstag geschworen hatte.

Zwei Stunden, vielleicht sogar mehr, sind vergangen, seitdem er gefahren ist. Im Babylone ist das Fest in vollem Gange. Dick hat den Damen Champagner spendiert und ein paar Mazurkas auf dem Klavier geklimpert, um seine Nerven zu beruhigen. Er hat sich seines Anknöpfkragens entledigt und hält nun, mit dem Rücken an die Bar gelehnt, in Hemdsärmeln zwei Kokotten im Arm. Genüsslich knetet er ihre Hintern. Bald würde er in das mit rosafarbenem Satin ausgekleidete Zimmer hochgehen.

Um dieselbe Zeit klingelt es an seiner Haustür. »Endlich«, denkt Charlotte und hastet die Treppe hinunter. Das Fieber ihres Sohnes ist wieder gestiegen. Sie reißt die Tür auf, ohne zu fragen, wer zu ihr will. Vor ihr stehen drei maskierte, mit Messern bewaffnete Männer. Sie stürzen sich auf sie. Charlotte rennt in den Salon, stolpert über eine Stufe, steht wieder auf und greift nach dem Schürhaken, mit dem sie dem ersten Verfolger den Kopf zerschmettert: Neben den mit Girlanden behangenen Weihnachtsbaum kullert ein Auge. Die beiden anderen schlagen auf die junge Frau ein, die sich in einem verzweifelten Aufbäumen wehrt. Sie verletzen sie am Arm und am Bein, sodass sie stürzt, sich dabei überschlägt und mit dem Schädel auf eine Tischkante knallt.

Der Streit und das Geschrei haben den oben schlafenden Jungen geweckt. Mit einem Teddybären im Arm kommt er schlaftrunken die Treppe herunter, um zu sehen, weshalb seine Eltern sich streiten, was sonst nie vorkommt. Als er sieht, wie die Unbekannten das Esszimmer auf der Suche nach dem Schmuck, von denen die Haushaltshilfe ihnen berichtet hat, auf den Kopf stellen, während seine Mama in einer Blutlache liegt, verliert er das Bewusstsein.

In der Droschke, die ihn nach Hause bringt, kommt Dick langsam zu sich. Die kühle Luft tut das ihre, um ihn erneut in Mister Doughty, den Neffen des berühmten Eroberers, einen vielversprechenden Anwalt, guten Familienvater und treusorgenden Ehemann zu verwandeln: in einen Viktorianer ohne Fehl und Tadel. Der Wagen fährt am Hyde Park entlang, der wie in einem Märchen von Dickens im Schnee glitzert. Frohen Herzens nickt Dick für einen Augenblick ein. Als er vor seinem Haus wieder erwacht, reibt er sich die Augen, verwundert, alle Zimmer in seinem Haus und in der Nachbarschaft hell erleuchtet zu finden. Es ist nach Mitternacht.

Doktor Sullivan wartet schon mit einem Polizisten vor der Tür. Der Arzt läuft auf ihn zu. Mit blassem Gesicht und zitternden Händen: »Sie müssen jetzt sehr, sehr tapfer sein ...« Dick stürzt in die Diele und ruft nach Charlotte. Vor dem Kamin findet er, von Polizeibeamten umringt, ihre Leiche. Ihr schönes, fast noch warmes Gesicht ist bis zur Unkenntlichkeit geschwollen. Er kniet sich hin, bedeckt sie mit Küssen und Tränen. Er hakt die Kette mit der Medaille der Muttergottes auf, die auf ihrer leblosen Brust liegt. Er würde sie für den Rest seines Lebens tragen. Damit begann seine Zeit im Fegefeuer.

Eine Woche später starb sein Sohn. Die Verbrecher wurden verhaftet, verurteilt und gehängt. Dick war das jedoch gleichgültig, mit vierundzwanzig war sein Leben zerstört. Nie würde er sich verzeihen, seine Familie seinen Vergnügungen geopfert zu haben. Binnen weniger Monate verlor er seinen Schlaf, seine Haare und fünfzehn Kilo. Er verachtete sich, zog in eine Stadt in der Provinz, wo ihn keiner kannte, und führte ein keusches Leben, bis er rund zehn Jahre später Judith kennenlernte. In ihrer Hochzeitsnacht vergoss er bittere Tränen, ohne seiner zweiten Frau Näheres zu erklären. Er hatte geschworen, niemandem sein Geheimnis anzuvertrauen. Zwischenzeitlich war er Soldat geworden und hatte Buße getan. Er hatte sich in Demut geübt und das in seinem Inneren verkrochene Tier zu zähmen gelernt. Er hatte sich das Büßerhemd angezogen und Gott angenähert. Das Vaterland, das Empire und der Herr waren sein Heil. Dick klammerte sich daran wie ein Schiffbrüchiger im entfesselten Ozean an ein Wrackstück. Sie waren Balsam für seine verwundete Seele und hielten die Finsternis, die ihn zu verschlingen drohte, von ihm fern.

»Diese herrlichen Tage werden mir unvergesslich bleiben, und ich danke Ihnen nochmals dafür. Ich habe Ihnen mit Freuden gelauscht; und die Tatsache, Sie in Ihrem kleinen Paradies bewundern zu dürfen, in diesem duftenden Garten und den zauberhaften Wäldern, im Kreise Ihrer Familie, die so gut zu mir war, hat mein Herz aufgehen lassen, Sie wissen gar nicht, wie sehr, Gertrude – wenn ich so sagen darf, Miss Bell –, und ebenso möchte ich Ihnen vorschlagen, mich Dick zu nennen, das gehört sich offenbar heutzutage so zwischen Leuten, die einander wohlgesinnt sind … Sie sollen wissen, dass ich mich Ihnen als enger Freund verbunden fühle. Dankbarkeit, Bewunderung und Vertrauen sind die Worte, die mir in den Sinn kommen, wenn ich an Sie denke. Ich empfinde das dringende Bedürfnis, Sie so oft wie möglich zu sehen. Ich warte ungeduldig auf gute Nachrichten von Ihnen. *Yours ever,* D.«

Gertrude schiebt die kostbaren Blätter in eine Mappe, bittet darum, auf keinen Fall gestört zu werden, und schließt sich in ihr Arbeitszimmer ein. Sie zögert. Soll sie das Papier mit den geblümten Rändern nehmen oder das schlichtere mit den rahmenden dunkelblauen Linien? Schließlich entscheidet sie sich für einen kurzen, parfümierten Gruß. Sie sei glücklich gewesen, ihn für ein paar Tage an ihrer Seite zu haben, so nah, und schlägt ihm ein Treffen in London vor, an einem Ort seiner Wahl, »bereit, Risiken einzugehen, die die Moral nicht gutheißt«.

Dick antwortet ihr unverzüglich. Doch sein Ton ist weniger heiter als in seinem ersten Brief. Leider wird er sie nicht sehen können: Judith ist wieder da, und sie wollen gemeinsam zurück auf den Balkan reisen. Der Major soll die Briten in der internationalen Kommission vertreten, die mit der Festlegung der Grenzen zwischen Albanien und Serbien, zwischen Griechenland und Montenegro betraut ist. Übergangslos erzählt er ihr von einem Alptraum, der ihn seit ihrer Trennung nachts heimsucht. Eine bösartige, gesichtslose Frau trägt ein Schlangenkopfdiadem. Sie überhäuft ihn mit Verwünschungen in einer rätselhaften Sprache: »Ich fühle mich alt und gebrechlich. Mein verletzter Arm tut mir weh. Mir ist kalt.« Er sinniert über die Einsamkeit, über die sie auf ihren gemeinsamen Spaziergängen so oft gesprochen haben. »Die schwächsten Menschen leiden darunter, aber nicht Sie, Gertrude, die Einsamkeit ist eine Göttin, und Sie zählen zu ihren Verehrerinnen. Ich habe Sie neulich im Garten beobachtet. Sie und ich haben uns auf demselben Floß eingeschifft. Wir sollten uns treffen, nichts sagen und so weitermachen wie vorher, als wäre nichts gewesen.«

Sein düsterer, ausweichender Brief stimmt sie ratlos. Postwendend antwortet sie ihm. Wann er denn abreise, was jetzt aus ihnen werde? An welche Adresse sie ihm in Tirana schreiben könne? Sie würde ihn gern anrufen, vor seiner Abreise noch einmal seine Stimme hören, und sei es nur für wenige Minuten. Der Umschlag trägt den Stempel eines Offiziersclubs in der Nähe vom Hyde Park. Sie wählt eine Nummer, legt jedoch wieder auf, als sie die Stimme der Telefonistin hört, weil sie sich nicht angreifbar machen oder ihren Liebsten in Verlegenheit bringen will.

Die Tage werden kürzer. Ihr Intermezzo ist beendet, fürchtet Gertrude: Seit drei Wochen bekommt sie kein Lebenszeichen mehr von Dick. Vierundzwanzig, achtundzwanzig, zweiunddreißig Tage, um genau zu sein, zählt sie bange und voller Entsetzen. Sie denkt ständig an ihn. Warum lässt er sie jetzt im Stich? Er hat »seit Ewigkeiten nicht mehr so gut geschlafen und gegessen«; sie habe ihn wiederbelebt, »wie man ein Feuer anfacht« – so seine Abschiedsworte auf dem Bahnsteig, das hat sie sich doch nicht ausgedacht, und außerdem gibt es so viel, das sie verbindet, die Literatur, der Orient, die Antike, also warum nur? Es ist ungerecht. Ein Verrat. Er ist gegangen, ohne ihr eine Adresse zu hinterlassen, ihre drei letzten Briefe nach London sind an sie zurückgegangen. Ihre Eltern, die ahnen, was sie beschäftigt, machen sich Sorgen. Gertrude wird von Angst zerfressen und späht nach dem Postboten. Sie arbeitet nicht mehr, sie mag nichts essen und kriegt sich mit allen in die Haare. Irgendwann schickt sie ihm eine verzweifelte Bittschrift an die britische Gesandtschaft in Tirana, gleichsam eine Flaschenpost: »Lieber Dick, ich habe der Welt, die meine war, Adieu gesagt, ohne es zu wollen. Ich bin tief getroffen worden, und auf einen Schlag hat alles aufgehört … Die vorherige Welt ist nur noch Staub, Sie können sich gar nicht ausmalen, wie sehr. Ich werde nicht mehr schreiben, ich werde nicht mehr reisen, ich werde nicht mehr an meinen Garten rühren; seit diesem Sommer blüht er vergebens.«

Ihre Briefe kreuzen sich. Major Doughty-Wylie zerfließt in Entschuldigungen. Der Umzug nach Albanien sei nicht ohne gewesen, und seit seiner Ankunft habe ihn die Arbeit fest im Griff, aber er denke ständig an sie: »Die Entfernung zählt nicht. Wir sind in Gedanken vereint. Auf Wiedersehen, meine Liebe, ich küsse Ihre Hände.« Gertrude errötet beim Lesen dieser Zeilen. »Dick, ich habe Sie geliebt und lebe allein für Sie … Nur in Ihren Armen werde ich Ruhe finden. Sie füllen meinen Kelch, diese Schale, die Sie ausgehöhlt haben, damit meine Liebe und Ihre hineinpassen. Ich liebe Sie von ganzem Herzen.« »Sie sind das Feuer, das Leben«, erwidert er ihr. Sie verspricht ihm, ihn zu wärmen, sein klopfendes Herz zu sein. Dick fehlen die Worte, um auf »diese Dinge« zu antworten. Aber sie soll wissen, dass er ihre Zärtlichkeit, ihre Stärke wie auch ihre Urteile »liebt, schätzt und verehrt«.

Es ist ein anderer Mann, der ihr eine Woche später schreibt. Der Major verkündet, er werde alle ihre Briefe verbrennen. Er will Judith nicht wehtun, falls sie ihre Korrespondenz entdecken sollte – »zu viele leidenschaftliche Worte durchziehen sie« –, falls ihm etwas zustoßen würde. »Ich kann ihr keine solche Qual zumuten, das verdient sie nicht. Das ist das einzig Richtige.« Er bittet Gertrude, seiner Frau zu schreiben, die sich regelmäßig nach ihr erkundigt, »andernfalls kommt ihr irgendwann ein Verdacht«. Dick macht abermals eine depressive Phase durch. »Ich glaube nicht an das Glück, zumindest nicht in diesem Leben.« Dementsprechend beschwört er sie, ihre Liebe »in eine Parallelwelt« mitzunehmen. Ein paar Zeilen später klingen seine Worte noch düsterer: »Sie, Gertrude, werden durch meinen Garten wandeln wie ein Schatten. Und ich will versuchen, das zu sein, was Ihr Geliebter sein soll: ein Schatten …«

Sie will, dass er sich erklärt. Der Anfang seiner Antwort bringt sie aus der Fassung: »Geliebte, dieser Brief soll Ihnen meine Liebe darbringen und einen Kuss, als wäre ich ein Kind oder als wären Sie eines.« Er lässt sich über die höfische Liebe aus, zwei eng beschriebene Seiten über Chrétien des Troyes und die arabischen und okzitanischen Troubadoure, die sie nur mit Mühe entziffern kann. Sein Fazit lähmt sie: »Wir werden haben, was wir bekommen können – und das wird schon viel sein, glauben Sie mir. Wir werden uns in unseren Gedanken und Wünschen begegnen. Ich liebe Sie, Gertrude … aber kann Sie niemals besitzen.« Sie akzeptiert das Verdikt. »Ich teile ein imaginäres Leben mit Ihnen, da ich kein wirkliches Leben haben kann. Und so werde ich, ohne weiter darüber nachzudenken, alles tun, was Sie verlangen.«

Am darauffolgenden Tag besinnt sie sich anders. »Die Liebe, die ich für Sie empfinde, ist ein Geheimnis, das ich nicht für mich behalten kann … Die Sonne versteckt sich nicht, wenn sie aufgeht.« Gertrude mag sich nicht mit einer platonischen Liebe begnügen. »Mein Geliebter, wenn Sie sagen, dass Sie mich lieben und wollen, singt mein Herz, und ich weine vor Begehren für Sie … Ich unterscheide mich nicht von anderen Frauen, und gewiss bin ich nicht besser oder weiser als sie. Ich möchte Frau für Sie sein, so wie Sie Mann für mich sind.« Major Doughty-Wylie antwortet ihr: »Körperliche Liebe? Nur Träume, meine Träumerin. Sie macht das Herz wund und traurig.« Er erzählt ihr eine Geschichte. »Gestern Abend, im Hafen von Durrës, hat mich eine hübsche, ganz mit Schmutz überzogene kleine Bäuerin angesprochen. Sie können sich denken, warum. In jüngeren Jahren wäre ich auf ihre Avancen eingegangen. Der Körper hat seine Bedürfnisse, die das Gehirn entzünden und sich, wenn sie befriedigt werden, als außerordentlich erweisen können, aber ich will von alldem nichts mehr wissen. Also habe ich dem armen Mädchen ein wenig Geld zugesteckt und es wieder nach Hause geschickt. Wie Ovid schon schrieb: Schändlich ist ein alter Soldat, ebenso schändlich ist greise Liebe.« Gertrude ist außer sich. Wut und Eifersucht, Gefühle, die sie seit Monaten verdrängt, überschwemmen sie wie ein über die Ufer tretender Fluss. Sie sieht Dick mit anderen Frauen vor sich, mit Judith, seiner Gattin, von der sie so tut, als gäbe es sie nicht. Judith, mit der er Abend für Abend einschläft, von der er geküsst und liebkost wird, mit der er traute Stunden verbringt, während sie auf ihrem Landsitz vor Sehnsucht, Unglück und ungestilltem Verlangen vergeht. Sie ist weder seine »Elisabeth, die jungfräuliche Königin, die England an die muslimischen Reichen gekoppelt hat«, noch ein Engel ohne Beine wie eine Romanheldin von Dickens. Sie mag sich nicht auf die geistige Verbundenheit beschränken, die er ihr anbietet. Sie träumt von einem Kind mit ihm. Mit fünfundvierzig, klagt sie, während sie vor ihrem inneren Auge Dick mit einem kleinen Mädchen auf dem Arm sieht. Ein flüchtiger Blick ins Paradies. Hätte sie ihn nur früher kennengelernt. Würde er doch endlich die Augen öffnen, anstatt sich immer tiefer in seinem Labyrinth zu verirren!

Sie ist keine Statue oder Göttin. Sie ist lebendig. Während sie ihrem Pferd die Sporen gibt, beschließt sie, Weihnachten nicht bei ihrer Familie zu verbringen. Sie will dieses Land verlassen, wo der vereiste Nebel weiß ist wie ein Leichentuch. Sie will zurück in die Wüste und dort mehrere Monate lang unsichtbar werden. »Was vergangen ist, ist vergangen; was du erwartest, ist noch nicht eingetroffen; *aber* die Gegenwart gehört dir«, besagt ein arabisches Sprichwort. Sie will sämtliche Brücken abbrechen, sich selbst treu bleiben und auf den Spuren von Dicks Onkel wandeln. Auch sie wird ein wichtiges Buch verfassen: »Auf Wiedersehen, Dick«, schreibt sie ihm. Soeben ist er in Äthiopien zum Konsul Großbritanniens ernannt worden.

22.

Nadschd-Wüste, um den 1. März 1914

Ihr Führer hat recht, der Vogel ist ein gutes Omen, ebenso wie die Möwe im Ozean vom Ufer kündet: Von der Düne aus, die sie erklommen haben, erblicken sie in ihren Ferngläsern einen grünen Streifen. Etwas weiter weg zeichnen sich hohe, mit Zinnen versehene Türme und ein geweißter Bergfried ab, die Stadt Ha'il – endlich. Ihre Männer freuen sich, morgen werden sie sich ein bisschen erholen können.

Seit über zwei Monaten zieht Gertrude mit ihrer Karawane acht bis zehn Stunden täglich auf dem Kamelrücken durch die Wüste. Völlig ausgebrannt ist sie Ende November den riesigen Koffern nach Damaskus hinterhergereist. Der Direktor des Damascus Hotel, wo sie für gewöhnlich absteigt, hat seine Angestellten gewarnt: »Die alleinstehende Abenteuerreisende ist auf einmal ganz jähzornig und überhaupt nicht wiederzuerkennen.« Die syrische Hauptstadt hat sie jedoch, wie immer, nach und nach besänftigt. Das Bukett aus gerösteten Kichererbsen, die bunt gemischte Menschenmenge, die Obst- und Gemüsehändler, der Orient. Gertrude hat sich von alldem wieder anstecken lassen, ein bisschen Farbe bekommen und Gewicht zugelegt. Dick geistert nicht mehr ständig durch ihre Gedanken, sie hat alle Hände voll zu tun. Auf dem Suk-Al-Jamal handelt sie zwanzig kräftige Kamele aus, und bei den griechischen Händlern auf dem Basar-El-Arwam Vorräte, Hanfseile, dicke Decken aus Aleppo-Leder, um das Rückgrat ihrer Reittiere zu schonen, und allerhand Kleinigkeiten, die sie unterwegs verteilen will. Sie stellt eine Reisegruppe zusammen: drei Kameltreiber, zähe Burschen, die sie bis an die Zähne bewaffnet, einen Koch, einen Führer, den sie schon von anderen Expeditionen kennt, und einen ersten Kundschafter. Jedes Mal, wenn sie das Gebiet eines anderen Stammes durchqueren, wird sie sich einen neuen Reisebegleiter suchen. Sie darf keine Zeit verlieren: Die Rashids und Sauds halten gerade einen ungewissen Waffenstillstand ein, den es zu nutzen gilt. Seit Jahrhunderten schon streiten sie sich mit den Haschemiten um die Wüsten Arabiens. Ihr Konflikt könne jederzeit wieder ausbrechen, hatten sie die Experten des Foreign Office gewarnt. Sie hatten versucht, sie von ihrem Vorhaben abzubringen, wie auch ihre Eltern und Freunde: Im Ernstfall würde Großbritannien ihr nicht helfen können, auch die anderen europäischen Mächte nicht, die auf der Halbinsel keinerlei Rückhalt hatten, noch nicht einmal in Form eines Honorarkonsuls. Die letzten westlichen Armeen, die sich dorthin vorgewagt hatten, waren Kaiser Augustus' Legionen gewesen, die die Ländereien, auf denen Weihrauch gewonnen wurde, an sich reißen wollten. Dabei waren sie gescheitert.

Gertrude wäre auf sich allein gestellt, wenn sie sich in diese unwirtlichen Regionen begeben würde, in denen es von Wölfen, Schlangen und Skorpionen wimmelte. Die Beschreibung, die Charles Doughty in *Arabia Deserta* davon gab, hätte selbst die Wagemutigsten abgeschreckt. Das Klima war abscheulich. Die Helligkeit machte einen blind. Außer Heuschrecken fand man nichts zu essen, das Brunnenwasser war mit Ungeziefer und Kamelurin verseucht. Die wenigen Bewohner, die fanatischsten Mohammedaner überhaupt, hassten Fremde. Sie lebten in einer grausamen, alttestamentarischen Welt, in der Diebe zu Tode geprügelt und Hyänen oder schwarzen Adlern zum Fraß vorgeworfen wurden. Jeder Tag brächte unzählige weitere Prüfungen mit sich, Gertrude würde in ständiger Angst vor Raubzügen leben.

»Mein geliebter Papa, glauben Sie nicht, dass ich verrückt bin, und denken Sie immer daran, dass ich Sie mehr liebe, als meine Worte es je zu sagen vermögen.« Am 20. Dezember 1913 verließ Gertrude Damaskus ohne das kaiserliche Ferman des Großwesirs, das ihr erlaubte, das verbotene Land zu bereisen. Vor den osmanischen Polizisten hatte sie keine Angst. Sie würden sie schon weiterziehen lassen, wenn sie ihnen nur erklärte, dass sie Recherchen für ein Buch betrieb, und ihnen ein paar Goldstücke zusteckte. Doch sie verfolgte noch andere Ziele, von denen sie niemandem erzählte. Sie wollte die weißen Flecken auf der Karte der Halbinsel füllen, Wasserstellen ausfindig machen und ihre Kenntnisse über die Stämme abrunden. Sie wollte herausfinden, wer von Rashid oder Saud den verlässlicheren Verbündeten im Falle eines Konflikts mit der Türkei abgeben würde. Sie würde beide Seiten treffen und auf höchster Ebene ihre Meinung dazu äußern. Sie würde sich zuerst nach Ha'il begeben, die Hochburg von Rashids Anhängern, bevor sie über das Gebirge hinweg weiter Richtung Süden zog, in wahhabitisches Land.

Nichts konnte ihr Einhalt gebieten. Gertrude brauchte neue Selbstbestätigung, indem sie sich auf einem Stück Land hervortat, auf das noch kein Europäer einen Fuß gesetzt hatte. Ihre aussichtslose Liebe zu Dick hatte sie erniedrigt, sie hatte sich vor ihrer Familie gedemütigt gefühlt. Die Bells wussten, dass sie bis über beide Ohren in einen verheirateten Mann verliebt war. »Noch eine Überspanntheit …«, hatte Florence in unterkühltem Tonfall zu Hugh gesagt: Gertrude hatte gar keine andere Wahl, als Hals über Kopf vor ihnen wegzulaufen. Ihre weihnachtlichen Blicke hätte sie nicht ertragen, dachte sie am Morgen des 25. Dezember, während sie im Regen die Inschriften auf dem Mauerwerk einer verfallenen Festung notierte und sich zu vergessen bemühte, dass ihre Lieben in Rounton Grange zur gleichen Zeit in schönster Behaglichkeit die Geburt des Erlösers feierten. Sie stellte sich das nach Tannennadeln duftende Wohnzimmer vor: wie die Bediensteten letzte Hand an den gebratenen Truthahn legten, an den Plumpudding und die besten Pasteten im ganzen Yorkshire. Nach dem Festessen würde der Vater ihren Neffen am Kaminfeuer Geschichten vorlesen. Die Stimmung wäre ausgelassen, sie würden Billard oder Bakkarat spielen. Der Arbeiterchor käme vorbei, um Weihnachtslieder zu singen und heißen Punsch und Gebäck zu probieren. Gertrude indes würde am heutigen Abend bitteren Kaffee an einem Feuer aus getrockneten Kamelfladen trinken. Tags zuvor hatte sie sich mit einem beduinischen Scheich ein Schafsauge geteilt.

Sie biss die Zähne zusammen, jetzt, wo sie sich erneut

den Umhang der Abenteuerin übergeworfen hatte. Sie würde sich aus Dicks Umklammerung befreien und auf den Beistand der Wüste zählen. Alle, die auf der Flucht waren, konnten dort ihre Vergangenheit abstreifen und den Frieden der Einsamkeit finden. Die Wüste hatte ihr dabei geholfen, ihre Ketten zu sprengen und ungeahnte innere Ressourcen zu mobilisieren. Die Wüste konnte einen euphorisch stimmen, ihr Gesang war ebenso betörend wie der von Odysseus' Sirenen. Eine magnetische, unabwendbare Anziehungskraft ging von ihr aus. »Wer nie gereist ist, kann das nicht verstehen«, hatte sie Dick und Judith erklärt, als sie sich kennengelernt hatten. Charles Doughty, der dort zwei Jahre lang unterwegs gewesen war und dessen über eintausendzweihundert Seiten umfassendes episches Werk in England das Genre der Wüstenromanze begründet hatte, habe ihnen schon oft das Gleiche gesagt.

Am Tag nach Weihnachten wartete beim Aufwachen eine bezaubernde Überraschung auf Gertrude. Nach dem Regenschauer vom Vortag hatte sich nachts ein Teppich aus zarten Blumen gebildet. So weit das Auge reichte, zog er sich an dem Weg entlang, den die Pilger nach Mekka nahmen. Ein Abschnitt der antiken Straße, auf der Gold, Perlen und Gewürze gehandelt wurden, eine öde Ebene aus Sand und Lehm, die sie schon mehrmals durchmessen hatte.

Die Landschaften wurden immer karger, als sich Gertrude und ihre Männer zehn Tage später nach Osten wandten. Selten hatte sie etwas so Eindrucksvolles gesehen. Sie brachen frühmorgens auf, wenn der Nebel aus den Höhlen aufstieg, begegneten rostfarbenen Bergen und Monolithen aus gelblichem Sandstein, die spiralförmig, als Felsnadeln oder kleine Türme emporragten. In den Felsen eingeschlossener Quartz funkelte im kristallklaren Licht. Im Laufe des Tages changierte seine Farbe. Der rotgoldene Kalkboden wirkte wie unberührt. Seit Urzeiten schien sich hier nichts verändert zu haben. »So muss die Welt am achten Tag der Schöpfung ausgesehen haben«, dachte Gertrude auf ihrem Kamel. Eine Woche später erreichten sie eine hochgelegene Steppe. Der Ausblick war nicht ganz so spektakulär, aber die trockene Luft ein wahrer Jungbrunnen und das Kobaltblau der Nächte dafür geschaffen, die Milchstraße zu beobachten. Gertrude stand barfuß im kalten Sand und schaute zu den Sternen, während ihre Bediensteten im Mondschein schliefen.

Es waren tapfere Männer, die aufmerksam auf ihre Bedürfnisse eingingen. Sie brachten ihr jeden Morgen eine Schale mit schäumender Kamelmilch und über der Asche gebackenes Brot. Sie ließen sie Wurzelknollen probieren, die wie Kartoffeln schmeckten. Die Frikassees, die sie aus Gazellen- und jungem Ziegenfleisch zubereiteten, schmeckten besser als die Gerichte ihres Kochs. Sie aßen selbst nur wenig, stattdessen rauchten sie und tranken von morgens bis abends Kaffee, in den sie manchmal eine Gewürznelke oder eine Prise Zimt taten, um das Hungergefühl zu überlisten.

Ihre Energie war unerschöpflich. Sie füllten ihre ledernen Trinkbeutel mit Regenwasser, das sie aus Pfützen schöpften, und stellten Lotionen und Salben aus Pflanzen oder mysteriösen Wurzeln her. Nachdem sie auf die Kamele eingeprügelt hatten, damit sie in die Knie gingen, luden sie die Lasten ab und zogen sie zur großen Belustigung am Bart. Abends spielten sie auf einer einsaitigen Laute und summten Lieder aus der Heimat, oder aber sie erzählten, auf den Ellbogen gestützt, Geschichten am Feuer. Dann brachen sie vor Müdigkeit zusammen, als wollten sie, in Trance mit Gott, Mutter Erde küssen. Gertrude beneidete diese Männer, die sich unhinterfragt jahrtausendealten Bräuchen unterwarfen. Sie befahlen sich, egal unter welchen Umständen, dem allmächtigen Gott. »Der Friede sei mit dir«, sagten sie, bevor sie zwischen zwei Gebeten seelenruhig ihren Beschäftigungen nachgingen.

Doch Gertrude hatte die eigenen Kräfte überschätzt. Das gnädige Wetter verschlechterte sich, als sie eine düstere, mit spitzen Lavastücken bedeckte Hochebene voller vulkanischer Blöcke, Krater und Felsen erreichten. Ringsherum scharfkantige Basaltberge, über die der Wind fegte. Wenn es zu regnen begann, leuchteten ihre Wände, als wären sie mit schwarzer Schuhcreme poliert worden. Die Temperatur fiel unvermittelt ab, dicker Nebel stieg auf: Die Karawane kam nur noch langsam voran. Gertrude und ihre Männer gingen zu Fuß an Abgründen entlang, deren Tiefe sie nicht ermessen konnten. Die Abhänge aus Feuerstein waren spiegelglatt, die Steine spitz wie Nadeln. Zum ersten Mal stand ihnen die Angst ins Gesicht geschrieben. Die Beduinen sprachen von einem »Land der Toten«, von einer »Erde, auf der Geister spuken«, und es wollte ihnen nicht gelingen, die angstvoll blökenden Reittiere zu beruhigen. Instinktiv fuhren sie über die gebogenen Klingen ihrer Dolche. Gertrude saßen Müdigkeit und Muskelkater in den Knochen, ihr Hintern blutete, und von der Kamelmilch hatte sie Durchfall bekommen.

Ein Sturm hielt sie am Fuß eines Vulkans fest. Gertrude las *Hamlet* – sie hatte die Shakespeare-Gesamtausgabe in einen Koffer gesteckt. An diesem Nachmittag peitschte der Wind so heftig gegen die Stoffbahnen ihres Zelts, dass er vom Erscheinen des Geistes zu künden schien. Die Lektüre erschütterte sie; in den folgenden Tagen war Gertrude zutiefst niedergeschlagen. Manche Verse bekam sie nicht mehr aus dem Kopf. *Hamlet* oder der Verrat des Schicksals: Etwas in ihr zerbrach, als sie die Nefud-Wüste erreichten. Sie hatte keine Kraft mehr in den Beinen und rang nach Atem, sobald es hohe Dünen, Sandklippen und Geröll zu erklimmen galt. Ohne rechte Überzeugung setzte sie ihre topografischen Messungen und Kartierungen fort. Sie befand es nicht mehr für nötig, sich ein Abendkleid anzuziehen, um vor ihren Bediensteten zu essen, die erneut besserer Laune waren und ihr mit ihren Aussprüchen auf die Nerven gingen: »Der Mensch kann in Angriff nehmen, was er will, doch letzten Endes entscheidet Gott. Man muss sein Schicksal mit Ergebenheit tragen.« Ihr Fatalismus verschlimmerte das Unglück noch, das im Land der ewigen Stille an ihr zehrte.

An einem Februarmorgen flog ein Schwarm bleigrauer Heuschrecken über das Lager. Die Insekten surrten furchterregend wie Flugzeugmotoren und trübten den Horizont. Gertrude schluchzte laut auf. Am folgenden Tag erwachte sie mit vereiterten Augen und geschwollenen Lidern. Ein Kameltreiber trug eine Salbe auf und verband ihre Augen mit einem schwarzen Stoff. Ihr Schlafanzug juckte sie: Durch die Knopflöcher und Schnürösen ihrer Unterhose kamen Ameisen gekrochen. Die darauffolgenden Tage waren ein einziger Leidensweg. Der Orkan legte sich nicht, die Nächte waren eisig, und trotz ihrer Wärmflasche klapperte Gertrude mit den Zähnen. Sie lag im Zelt, konnte weder lesen noch sonst etwas tun und wurde von einem unermesslichen Kummer überwältigt. Der Mann, den sie liebte, wollte sie nicht. Die Berufe, für die sie sich interessierte, waren Frauen verwehrt. Wie der von Charles Doughty in *Arabia Deserta* erwähnte »Derwisch, der sein Haus verlassen hatte, um in fremdem Land todunglücklich zu sein«, wanderte sie seit zwanzig Jahren ohne rechtes Ziel durch die Welt. Was könnte sie mit ihrer verbleibenden Lebenszeit anfangen? Immer weiter umherirren? Ihre Neffen aufwachsen sehen, das Dasein einer alten Jungfer führen und an einem regnerischen Herbstmorgen ihren Vater zu Grabe tragen? Ihre Augen juckten und tränten. Hätte sie die Kraft dazu gehabt, hätte sie am liebsten die Stielgläser aus Kristall zertrümmert und die luxuriöse, in ihren Koffern verwahrte Tischwäsche in Brand gesteckt. All diese Nichtigkeiten konnten ihr gescheitertes Privatleben, ihre grausame Einsamkeit nicht mehr verschleiern. Sie hatte sich selbst belogen, indem sie sich zur Nacheiferin des heiligen Hieronymus aufspielen wollte, zur friedlichen Eremitin in der Wüste. Naiv hatte sie an eine Erlösung durch Leiden geglaubt, als könnten die Strapazen, die sie sich antat, ihre Reue und Qualen lindern und den zu erduldenden Schicksalsschlägen einen Sinn verleihen. Sie musste der Wahrheit ins Auge sehen: Sie war eine geplagte, einsame Seele, im Exil vor sich selbst. Außerstande, der Welt anzugehören, Frau zu sein, mit all den einfachen Freuden, die dazugehörten wie Ehe, körperliche Liebe, Mutterschaft, ein Zuhause. Sie hatte nicht nur ihren Vater verraten, sondern ihre ganze Familie und ihr Milieu. Auch die Sache mit Dick war ihre Schuld.

»Der Weg derer, die Grenzen durchbrechen, ist hart«, hatte er ihr geschrieben. Sie hatte ihre Strafe verdient. *Gertrude* oder der Verrat des Schicksals.

Im Laufe der kommenden Tage legte sich der Sturm allmählich. Die Männer kümmerten sich um sie. Sie brachten sie wieder auf die Beine: Gertrude hatte eine robuste Konstitution. Eines Nachmittags schleppte sie sich bis zur Oase in der Nähe von Ha'il, das seit Mitte des vergangenen Jahrhunderts von den Raschiden regiert wurde. Die sagenhafte Stadt, Knotenpunkt des Handels für alle Karawanen aus Zentralarabien, würde sie vielleicht ablenken. Doch Charles Doughty hatte seine Leser gewarnt: In Ha'il müsse man »sehr vorsichtig sein inmitten all der flinken, aufbrausenden Menschen, die leicht reizbar und mitnichten an den Anblick von Fremden gewöhnt sind«.

Am darauffolgenden Tag in aller Frühe holt sie ein Abgesandter des Emirs Ibn Rashid ab. Er steht an der Spitze eines Bataillons aus bunt zusammengewürfelten Uniformen – alle auf Eseln, die Musketen geschultert –, das ihnen bis zu den Stadtmauern aus Lavagestein Geleitschutz gibt. Ein zweiflügliges Tor öffnet sich. Gertrudes Männern werden die Waffen abgenommen, bevor man sie zu einer direkt an die Stadtmauern angrenzenden Festung bringt. Kamele und Koffer werden beschlagnahmt. Gut bewacht durchquert Gertrude ein Geflecht aus Gassen, bis sie zum Kornmarkt gelangt. Hühner, ein paar abgemagerte Ziegen und schwarz verschleierte Frauen. Ein Jugendlicher drischt auf einen Hund mit verstümmelten Ohren ein. Die Händler werfen der Reisenden feindselige Blicke zu. Mit Fußtritten vertreiben die Soldaten die kleinen Jungen, die sich ihr zu nähern versuchen, dann erreichen sie einen langen, rechteckigen, mit Vogelschiss übersäten Platz, der sich vor einer geweißten Festung erstreckt. Aus allen vier Himmelsrichtungen ertönen Aufrufe zum Gebet. Der Kurier übergibt die Engländerin dem Palastmarschall. Er hat den ganzen Weg lang kein Wort an sie gerichtet.

In einem großen gewölbten Saal mit weißen oder ockerfarbenen Wänden und Matten aus Palmwedeln begrüßt sie der hochgewachsene Mann, der ein blaues Gewand aus indischer Seide und am Gürtel ein goldenes Schwert trägt, liebenswürdig, fast schon feierlich. Gertrude, die Entdeckerin, stellt sich vor: Sie komme in friedlicher Absicht im Namen Großbritanniens, um den Emir zu treffen. Sie reicht ihm einen Wechsel, damit sie Nahrungsmittel für ihre Karawane kaufen kann. Seine Majestät werde sie empfangen, aber sie führe derzeit, wie jeden Winter, Krieg. Seine Majestät sei jung (sechzehn Jahre) und kräftig, bestimmt komme sie, »wenn Gott will«, bald wieder. Gertrude werde warten müssen, bis dahin könne der Marschall nichts für sie tun. Er schnippt mit den Fingern, plötzlich machen sich Heerscharen von Sklaven um sie zu schaffen. Er weist zwei Kammerherren an, Gertrude in ihre Gemächer zu bringen, ein karges Zimmer mit dicken Wänden, die Schutz vor der Hitze bieten. Durch einen Riss im Mauerwerk dringt ein feiner Lichtstrahl. Die Wände sind mit Versen aus dem Koran und ungelenk gemalten kleinen Blumen verziert. Es gibt weder Möbel noch ein Bett, nur Kissen und Teppiche aus Bagdad, auf denen verstreut ein paar alte Dattelkerne liegen. Man werde sie holen kommen, sobald der Prinz zurück sei. Unterdessen dürfe sie allerdings nicht durch den Palast spazieren oder ihn gar verlassen.

Vom Schlafmangel zermürbt, Körper und Geist gänzlich ausgelaugt, schläft Gertrude ganze drei Tage lang. Sie steht nur auf, um das zähe, mit ranziger Butter gewürzte Hammelfleisch zu essen, das man ihr in eine Ecke des Zimmers stellt. Im Morgengrauen des vierten Tages bringt ihr eine blutjunge Frau, fast noch ein Kind, die magere Kost. Die kleine, aus dem Harem stammende Tscherkessin sei ihr von jetzt ab zu Diensten, sagt sie verschüchtert und beginnt unverzüglich, den gestampften Lehmboden zu fegen.

Einige Stunden später holt ein Quartiermeister Gertrude ab. Er verbindet ihr die Augen, bevor er sie zu einem Emir führt, dessen Lider mit Khol geschwärzt sind und der sich als Onkel des jungen Prinzen vorstellt. Lange Zöpfe fallen ihm auf die Schultern, sein Bart ist nach der persischen Mode des vergangenen Jahrhunderts safrangelb gefärbt. Der dicke Mann hat sich auf einen Diwan geflätzt und zieht an einer langen Haschischpfeife. Hinter ihm steht eine Ordonnanz mit einem glimmenden Holzscheit in der Hand. »Wer bist du, welcher Teufel hat dich hergeführt, Nazarenerin?«, erkundigt er sich. Er ist noch nie einer Europäerin begegnet, und diese hier mit ihrem blassen, herausfordernden Gesicht scheint ihm nichts Gutes zu verheißen. Er glaubt nicht an ihre »Neugier«: Selbst der verrückteste aller Männer würde nicht aus bloßem Wissensdrang sein Leben in der Nefud-Wüste riskieren. Die Engländer versuchen angeblich, aus all ihren Unternehmungen Kapital zu schlagen, wie er gehört hat: »Also, was machst du hier?« Nur ungern sehen die Ulama eine Ungläubige in der Stadt, der Rat der

Weisen verdächtigt sie als Spionin. »Wir haben dein Gepäck durchsucht. Bist du die Vorbotin einer christlichen Offensive auf unserem Boden? Oder gibst du Informationen an Saud, diesen Hurensohn, weiter? Unser Herr jedenfalls ist losgezogen, um ihn zu töten. Seine Tage sind gezählt, er ist am Ende, *khalas, khalas*«, wettert er und betastet mit dem in einen überdimensionalen Fingernagel mündenden Daumen seinen Adamsapfel. Gertrude ist bis auf Weiteres seine Gefangene. Ihrem Wechsel wird nicht stattgegeben.

In den darauffolgenden Tagen geht das Spielchen weiter. Der fettleibige Pascha oder einer seiner Helfershelfer quetscht sie aus und knabbert derweil an Sonnenblumenkernen, bevor sie in ihr Quartier zurückgeschickt wird. Ihre Art zu sprechen ist harsch, ihre Blicke sind misstrauisch bis grausam, aber sie mögen sich ihr nicht nähern, als hätten sie Angst vor ihr. Nach einem langen Palaver ringt Gertrude ihnen die Erlaubnis ab, täglich eine Stunde spazieren gehen zu dürfen. Die kleine Sklavin begleitet sie über die Plantagen auf dem Gelände, wo Zitronenbäume und mickrige Salate wachsen, zum prinzlichen Gestüt oder auf den großen Friedhof mit den dicht gedrängten schmucklosen Gräbern. An einem Abend lädt die Mutter des Emirs sie ein, den Harem ihres Sohns zu besichtigen. Hinter einem Eunuchen steigen sie mit Kerzen in der Hand in ein Kellergeschoss hinab, wo eine Hitze herrscht wie im Hühnerstall. In zwei Zimmern, in denen Essensreste herumstehen, sind Dutzende von Frauen eingesperrt. Kostbare Beutestücke, die von einem Emir und von einem Clan zum nächsten weitergereicht werden. Der Sieger darf zugreifen. Sobald die Tür ins Schloss gefallen ist, umringen alle die Engländerin. Die Frauen mustern sie kichernd, und die Mutigsten trauen sich näher, um ihre Kleider zu befühlen. Gertrude weicht zurück, wedelt mit den Armen, um sie auf Abstand zu halten. Sie befiehlt ihnen, sie nicht anzufassen. Ihre Haut ist gelb oder olivgrün, die Gesichter sind von den Blattern entstellt. Die meisten sind dick, andere blutarm, manche kaum in der Pubertät, und alle haben schlechte Zähne. In indischen Brokat gehüllt, wiegen sie den Kopf und lassen ihren Schmuck und die silbernen Armreife klimpern. »Bei Allahs Leben, ist der Wein der Christen ein Liebestrunk?«, fragt die Älteste von allen Gertrude und sieht ihr dabei frech ins Gesicht. Sie bricht in ein hässliches Gelächter aus. Gertrude stammelt etwas, verhaspelt sich, errötet. Sie fleht die Mutter des Emirs an, sie unverzüglich in ihre Gemächer zurückzubringen.

Nachdem sie darauf bestanden hat, haben die Kerkermeister ihr wieder ihre Geräte, Bücher und Notizhefte ausgehändigt. Dienstags, wenn sie in die Stadt gehen darf, lässt man sie die Einwohner, die Märkte und den Palast von außen fotografieren, »was völlig abwegig ist, wenn man mich tatsächlich für eine Spionin hält«, denkt sie. Doch das Verhalten der Raschiden entbehrt schon lange jeder Logik. Sie sind zu habgierigen, degenerierten Tyrannen geworden. Von familiären Streitigkeiten zermürbt, bringen sich Brüder, Onkel und Neffen am laufenden Band gegenseitig um wie in einer griechischen Tragödie. In den vergangenen acht Jahren sind drei Emire mit ihren Sklaven und Eunuchen niedergemetzelt und in die Burgbrunnen geworfen worden. Gertrude ist bestürzt über die im Schloss herrschende Endzeitstimmung. Der über den Reitställen gelegene Teil verfällt zusehends. Es wimmelt von Ratten und Kakerlaken, die Menschen flüstern und drücken sich an den Gemäuern entlang. Das tscherkessische Mädchen hat ihr erzählt, dass der Emir und seine Getreuen aus Angst, vergiftet zu werden, nichts essen, bevor nicht eine der Sklavinnen in ihrem Beisein von den Speisen und Getränken gekostet hat. Zwei ihrer Freundinnen seien in den vergangenen Monaten dabei gestorben.

Die Wüstengefangene verliert die Geduld. Sie heckt Fluchtpläne aus, die – ohne Lebensmittel und Geld, zehn Tage zu Fuß von der nächsten Oase entfernt – ihren sicheren Tod bedeuten würden. Eines Morgens ist die Festung in hellem Aufruhr: Angeblich steht Saud mit seinen wahhabitischen Legionen vor den Toren der Stadt, die Ha'il dem Erdboden gleichmachen und die Einwohner niedermetzeln werden. Gertrude tut kein Auge mehr zu. Sie hört ein ersticktes Lachen, Schritte auf der Treppe und Stimmen, die hinter der Tür ihrer Zelle murmeln. Seit mehreren Nächten schon geht sie mit schwerem, bangem Herzen zu Bett. Dick fehlt ihr entsetzlich. Immer wieder liest sie seine Briefe, rechnet die Entfernung aus, die sie von ihm trennt, denkt an die glücklichen Tage in Rounton Grange. Ihre Reise ist nichts anderes als eine Pilgerfahrt auf den Spuren seines Onkels. Am Tag ihrer Abreise aus Damaskus ist sie extra noch einmal zur Post am Bahnhof gegangen, für den Fall, dass dort ein Brief von ihm auf sie wartet. Seit zwei Monaten führt sie ein Tagebuch, von dem sie ihm aus Amman einen ersten Auszug geschickt hat. Der zweite soll folgen, wenn sie eines Tages dieser Kloake entkäme. Abend für Abend vertraut sie ihm ihre Verzweiflung und ihr Bedauern an: »Ich war anmaßend … All diese Strapazen, nur um

Felsformationen zu beschreiben, Stammesälteste zu treffen, die niemanden interessieren, und einer detaillierten Landkarte ein paar Namen hinzuzufügen … Was für ein Elend. Das Abenteuer hinterlässt immer einen enttäuschenden Nachgeschmack, haben Sie das auch so empfunden? In den letzten Monaten habe ich nur Staub und Asche aufgewirbelt. Ich habe weder bedeutende Ruinen entdeckt noch Saud oder Rashid getroffen. Darauf verzichte ich jetzt übrigens. Auch wenn ich dieses Wort verabscheue: Ich muss dieses wahnwitzige Unterfangen aufgeben. Wenn, ja, wenn mich die Schergen des Tyrannen freilassen. Ich habe meine Zeit verloren und bin in der Tat zu nichts mehr nutze. Es tut mir leid, mein lieber Dick, aber ich werde es nie mit Ihrem Onkel aufnehmen können …«

Die von ihr gesammelten Informationen sollten sich bei Ausbruch des Krieges jedoch als wertvoll für das Foreign Office erweisen. Dank des ausführlichen Berichts von Miss Bell wissen die Briten, wo sich die Wasserstellen befinden und wo die Stämme nomadisieren. Die Osmanen haben kaum oder gar keine Macht über sie – diese Karte lässt sich ausspielen. Lawrence wird sie nicht vergessen, wenn er die Arabische Revolte ins Auge fasst. Auf die Raschiden ist kein Verlass. Die Sauds sind die Zukunft Zentralasiens, davon ist Gertrude nach ihrer Reise überzeugt.

Dann gelingt ihr die Flucht. Nach einem x-ten Verhör explodiert sie vor Wut und setzt ihre Peiniger mit Drohungen unter Druck. Wenn sie nicht auf der Stelle gehen dürfe, würden die Engländer sie mit einer Bombardierung der Stadt »wie Sie sie noch nie erlebt haben« befreien. Wenige Stunden später händigt ihr ein vogelähnlicher Eunuch einen Sack

Gold aus, dazu Lebensmittel und die Genehmigung, mit ihren Männern aufzubrechen.

Sie ziehen Richtung Norden. Gertrude möchte auf dem schnellsten Weg nach Bagdad. Sie will Dick ihre Hefte schicken. Und vielleicht wartet dort ja ein Brief von ihm.

23.

London, Februar 1915

Jetzt, wo sie nicht mehr bei ihrer Stiefmutter wohnt, bereut Gertrude die Gummiüberzieher an ihren Stiefeletten. Was für eine dämliche Idee, ausgerechnet am Tag ihres Wiedersehens! Unbewusst ist sie der derzeitigen Mode gefolgt. London rüstet sich für den Krieg und verbarrikadiert sich aus Angst vor einem deutschen Zeppelinangriff. Die Leuchten der Straßenlaternen sind mit Teer, die Verglasungen der Fabriken nachtblau angestrichen worden. Am Fuß der Denkmäler wie am Albert Memorial, an dem sie gerade vorbeigeht, stapeln sich Sandsäcke.

Gertrude durchquert Kensington Gardens. Auf beiden Seiten des ansteigenden Wegs machen Boyscouts ihre Gymnastik und trainieren auf dem verschneiten Rasen für den Kampf. Polizisten patrouillieren hoch zu Ross. Sie beobachten sie. Ihr Pelzmantel und die Zobelmütze ziehen die Blicke auf sich. Ihre Schritte auf dem vereisten Weg sind unsicher. Ihr Herz klopft vernehmlich, als sie die jungen Leute auf dem Serpentine Schlittschuh laufen sieht. Hier, vor dem

Lido, sind sie verabredet. Dick ist schon da. Er trägt eine Schirmmütze aus Tweed und sitzt, eine Zigarette zwischen den Lippen und in einen dunklen Überzieher gehüllt, mit übereinandergeschlagenen Beinen auf einer Bank. Er hält einen Blumenstrauß in der Hand.

Der seit Kurzem zum Oberst beförderte Major hat ihr während ihrer Wüstenexpedition nicht einen, sondern Dutzende von Briefen aus England und Afrika geschrieben. Die Tagebucheinträge, die sie ihm aus Amman schickte, hatten ihn begeistert. Sie eröffneten ihm »eine neue Welt«. Dick versprach, das Tagebuch nicht zu vernichten: »Ich werde es in einem Tresor aufbewahren, und wenn ich alleine bin, hole ich es hervor und lasse es zu mir sprechen … Ich erfreue mich an Ihren Worten. Ich liebe sie, so wie ich Sie liebe, und küsse Ihre Hände, Ihre Füße, geliebte Frau meines Herzens. Sie sind meine Königin und die Königin Arabiens …« Sie in der Wüste zu wissen, beunruhigte ihn. »Wo sind Sie nur?«, fragte er sie in jedem Brief aufs Neue. Er flehte sie an, ihm in die britische Botschaft in Äthiopien zu telegrafieren, sobald sie wohlbehalten in Bagdad eingetroffen sei. Er hatte das Gefühl, »einer Idee, einem Traum« zu schreiben, »Sie, die Sie frei sind, zu wandern wie eine Wolke, und ich, der ich im Gefängnis sitze … Lassen Sie mich mit Ihnen in die Wüste kommen, damit ich sehen kann, welchen Gefahren Sie trotzen.« Ungeduldig sehnte Dick ihr Wiedersehen herbei. In London hatte er zu seiner Freude ihren Vater getroffen. Er fürchtete schon, sie verloren zu haben. »Ich gefalle mir in dem Gedanken, dass Sie alleine sind und mich wollen … Möchten Sie, dass ich Ihnen einen Liebesbrief schreibe, um Ihnen zu sagen, wie glücklich ich bin, wenn ich an Sie denke?« Er schickte ihr Verse von Hafis, die aus dem von ihr übersetzten Band stammten: »Brennen des Herzens, vergossene Tränen / Seufzer am Morgen, nächtliches Schluchzen – alles das empfinde ich dank Ihres anmutigen Blickes.« Er musste beruhigt werden oder tat so, als ob. Liebte sie ihn wirklich oder war sie in die Liebe verliebt, »den mächtigsten aller Götter«? »Leider neige ich zu Letzterem. Ich bete zu Venus, damit Sie mich lieben, auch wenn ich ein solches Geschenk gar nicht verdiene. Herz meines Herzens, ich will mich an Sie binden, allen Widerständen zum Trotz.« Seine Worte waren kühner als in der Vergangenheit: »Ich möchte mich auf Ihr Bett setzen und Sie in der Morgenfrühe zur Lust am Leben erwecken.« Als er das zweite, aus Bagdad verschickte Tagebuch entdeckte, war er von ihren Abenteuerberichten »ganz verzaubert«. Noch nie habe er einen so glänzenden Reisebericht gelesen. »Jedes Ihrer Worte hat seinen Platz in meinem Herzen gefunden.« Ihr Mut sei »großartig«, ihre Charakterstärke »außergewöhnlich und einmalig«. Sie sei von Natur aus zum Herrschen berufen und hätte eines Tages ihren Platz im Pantheon der britischen Abenteurer, jener Männer, die kraft ihrer Furchtlosigkeit und Kühnheit das Empire mit Ruhm überschüttet hatten. Die Goldmedaille, die ihr die Royal Geographical Society nach ihrer Rückkehr nach England im Mai 1914 verliehen hatte, war mehr als verdient. Und er grämte sich im fernen Abessinien, wohin der Minister ihn geschickt hatte, darüber, dass er der Zeremonie nicht beiwohnen konnte.

Ob eine Frau seit Anbeginn der Welt jemals schönere Briefe bekommen hatte? Gertrude war im siebten Himmel.

Dick liebte sie, daran konnte nicht mehr der geringste Zweifel bestehen, der Sommer 1914 versprach wundervoll zu werden. Gertrude verfiel wieder in ihre Träumereien, sah sich schon auf der Freitreppe in Rounton Grange, ganz in Weiß gekleidet, am Arm ihres großen Soldaten, während es Reis und Blütenblätter regnete. Ein Jahr später würde sie ein dralles Baby auf dem Arm halten. Immerhin warnte sie ihn: »Ich bin lebendig, mehr als andere, was bedeutet, dass mich das Feuer stärker verbrennt und die Kälte mich noch mehr gefrieren lässt. Deshalb habe ich Angst, den Brand zu entfachen oder ihn durch Sie ausgelöst zu sehen, denn keine menschliche Hand – noch nicht einmal Ihre – vermag ihn zu löschen, bevor er mich nicht ganz verzehrt hat.« Gertrude hatte keine Angst, gegen die Usancen zu verstoßen und sich zu kompromittieren, wenn Dick bereit war, sich zu binden. Seine Antwort befriedigte sie nicht. Vom Horn von Afrika aus überhäufte er sie mit Komplimenten und lavierte sich, jetzt, wo sie abermals unter seinem Einfluss stand, aufs Neue durch die Situation. »Die Pracht und Herrlichkeit Ihrer Worte sind ein Zauber. Sie funkeln aufs Schönste, sie wärmen mich und singen für mich … Ich kann Ihnen gar nicht sagen, mit welcher Bewegtheit ich gelesen habe, dass Sie mich heiraten und meine Kinder tragen möchten. Ich habe Sie im Traum unter dem Hochzeitsbaldachin gesehen …« Er verkündete ihr, dass sich nach seiner Rückkehr nach England »gewisse Dinge« ändern würden, wann genau, sei allerdings ungewiss.

Gertrude wollte nicht sehen, dass sich hinter seinen Ausflüchten die tiefe Liebe verbarg, die er noch immer für Judith empfand. Er konnte sie nicht einfach ungeschehen machen.

Judith hatte ihm geholfen, seine verwundete Seele zu heilen und aus dem Fluss zu steigen, in dem er seit der Ermordung seiner ersten Frau und dem Tod seines Sohnes dahintrieb. Wenn er nicht gerade leidenschaftliche Briefe vom Dach Afrikas an Gertrude schrieb, sehnte sich Oberst Doughty-Wylie nach seinen ersten Ehejahren in Konya zurück. Am Wochenende waren Judith und er auf Entenjagd gegangen, hatten ihre Leidenschaft für arabische Vollblüter geteilt und sich im Garten des Konsulats über ihre Lektüren ausgetauscht. Dick war wieder lebenslustiger geworden. Seine Frau hatte ihn nie gedrängt. Sie respektierte sein Schweigen, seine Niedergeschlagenheit und seine Geheimnisse. Auch sie wusste, was Trauer bedeutete: »Man kann die Vergangenheit nicht wiedergutmachen, aber man kann die Gegenwart gestalten«, sagte sie zu ihm und streichelte seine Wange.

All das traute sich Dick nicht an Gertrude zu schreiben. Und so stimmte er auch in den folgenden Briefen das gleiche Lied an: »Wenn ich ein junger Ritter wäre, würde ich Sie ohne zu zögern holen und küssen. Doch leider bin ich alt, müde und voller charakterlicher Schwächen …« Sie beschied ihm, dass ihr Untreue zuwider sei und sie, wenn, dann heiraten wolle. Körperliche Treue sei unwesentlich, antwortete er ihr: »Sie messen Keuschheit und Sex zu viel Bedeutung bei. Was zählt, ist die Liebe.«

Der Krieg brach aus. Wie ganz England, mobilisierte sich auch Gertrudes Familie. Florence übernahm die Leitung des Roten Kreuzes im Yorkshire. Ihr Bruder Maurice kämpfte an der Westfront. Der Mann ihrer Halbschwester Elsa schloss sich Churchills Admiralsstab an. Die Bell'schen Hochöfen liefen auf vollen Touren. Gertrude erreichte Boulogne, wo das britische Rote Kreuz gerade sein Hauptquartier und ein riesiges Lazarett eröffnet hatte.

Nordwind und Regen plagten die kleine Stadt, der Herbst war deprimierend. Sieben Tage pro Woche registrierte Gertrude die Verwundeten, die Vermissten und die auf dem Schlachtfeld Gefallenen. Sie verschickte Formbriefe an die Familien, täglich Hunderte von Briefen, in denen sie vom Tod ihrer Angehörigen erfuhren, und besuchte die Militärkrankenhäuser in Le Touquet, Abbeville und Wimereux. Die furchtbare Apokalypse, die Dick während der Balkankriege vorausgeahnt hatte, war da. Beim Anblick der übel riechenden Säle und brandigen Körper drehte sich ihr der Magen um. Das geschundene Fleisch, die entstellten Gesichter; das Kreischen der Sägen, die pausenlos die Glieder von kaum dem Jugendalter entronnenen Soldaten abtrennten; die Entsetzensschreie der Überlebenden, ihre im Licht vergrößerten Pupillen, die nie mehr Ruhe fänden: Es fehlten ihr die Worte, um die miterlebten Szenen des Grauens zu beschreiben. »Diese Gestalten bevölkern meine Träume. Ihre flehentlichen Stimmen werden mir bis zum Ende meiner Tage in den Ohren klingen«, schrieb sie Dick in einer eisigen Dezembernacht.

Der Oberst war nach Äthiopien geschickt worden, um über den Standort eines obskuren Staudamms am Tanasee zu verhandeln, eine der Quellen des Blauen Nils, die die Briten den Italienern – Herrscher über die Nachbarländer Eritrea und Somalia – und den Vertretern des Negus streitig zu machen versuchten. Dick, in Feldstudien vertieft, deren genaue Umstände ihm schleierhaft blieben, verging vor Ungeduld. Er studierte Karten, las Zeitungen und schämte sich dafür, sich zu verschanzen, während seine Kameraden tapfer kämpften und auf dem Ehrenfeld fielen. Er wollte zurück nach Europa, baldmöglichst ins Feld ziehen, zumal er dem Ausgang des Konflikts äußerst pessimistisch entgegensah. Hoch oben auf seinem Gebirge zwischen Äquator und nördlichem Wendekreis verfiel Dick in Panik: Alles, woran er sich festgehalten hatte, war ins Schwanken geraten. Das Empire, das Vaterland, Mensch und Gott. Warum mutete der Herrgott seinen Kindern ein solches Leid zu? Warum duldete er, dass sich die Jugend Europas gegenseitig im Schlamm abschlachtete? Wie konnte man das Heil erlangen? Den Frieden der Seele? Hatten diese Wörter überhaupt noch eine Bedeutung? Schicklichkeit, Werte, Traditionen. Tag für Tag versanken seine Gewissheiten in den Schützengräben. Die Londoner Nachtclubs waren ausgebucht, hatte er gelesen, und die Kriegsgewinnler wirtschafteten tüchtig in die eigene Tasche. »Lasst uns essen, trinken und Spaß haben, denn morgen schon sind wir tot.« – Sie hatten recht. Auch er konnte jederzeit krepieren, sobald er wieder in seiner Uniform steckte. Wie Gertrude, Judith und die ganze Welt. Inzwischen fasste er ernsthaft einen Ehebruch ins Auge. Es war Krieg, der größte aller Zeiten, Armageddon. Der Kampf der Maschinen gegen die Menschen: In den vergangenen Monaten waren eine Million junger Franzosen und Engländer umgekommen, »eine Million, eine Million!«, rief er mit gebrochener Stimme. »Heute Nacht würde ich gerne mit Ihnen schlafen«, schrieb er, während die Schlacht an der Marne tobte.

Seine Stimmungsumschwünge und der immer ungezügeltere Ausdruck seines Begehrens verwirrten sie. Sie brauchte

Hilfe. In ihrem düsteren Alltag klammerte sich Gertrude an ihre Träume, um nicht schwach zu werden. Als es an Silvester Mitternacht läutete, schrieb sie Dick zum neuen Jahr: »Mein Geliebter, ich schenke Ihnen das kommende Jahr und alle, die noch folgen werden. Ob Sie diese dürftigen Geschenke wohl annehmen? Meine Seele singt, wenn Sie sagen, dass Sie mich lieben und immer wollen. Und sie weint, weil ich mich nach Ihnen sehne … Mein Begehren eilt zu Ihnen, Dick, bis in Ihre Hochebene … Nehmen Sie es, bewahren Sie es sorgfältig und falten Sie es in Ihrem Herzen … Ach, Dick, lieben Sie mich, ich lebe nur für Sie. Begreifen Sie endlich den höchsten Wert des Lebens mit all dem Elend und Ungeziefer rings um uns?«

Judith war zu Beginn des Krieges nach Europa zurückgekommen. Mit bewaffneten Konflikten vertraut, hatte sie in der Champagne ein Lazarett des britischen Roten Kreuzes aufgebaut, dessen Hauptquartier in Boulogne auch Gertrude kurz darauf aufsuchte. Sie erschrak, als sie Judith gleich am Tag ihres Eintreffens über den Weg lief. Diese zierliche Frau, so gewinnend, einfallsreich und energisch, war die letzte Person auf der Welt, der sie begegnen wollte.

Gertrude ging ihr nach Möglichkeit aus dem Weg oder verstellte sich. So auch an jenem tristen Morgen im Januar 1915, als Judith in einer Unterhaltung beiläufig erwähnte, dass ihr Mann Afrika verlassen und sie auf dem Rückweg nach England besuchen werde. Verstimmt lief Gertrude zur Post und schickte Dick ein Telegramm. Sie schlug ihm vor, ihn in London zu treffen: »Das ist eine gute Idee«, lautete seine Antwort. Seine Frau würde ihre Arbeit in Frankreich sicher nicht im Stich lassen. Am nächsten Tag besann er sich anders: Er werde sehr beschäftigt sein und wolle sie nicht nur zwischen Tür und Angel sehen. Sie blieb hartnäckig. Kurz bevor er sich auf einem Militärschiff nach Dschibuti einschiffte, gab er nach, allerdings nicht, ohne sie zu warnen. »Ich bitte Sie, bevor Sie kommen, die Konsequenzen unseres Handelns zu überdenken. Wissen Sie, diese ›Dinge‹, von denen wir seit Jahren sprechen. Wenn Sie noch immer Angst vor Ihren ›Dämonen‹ haben, rate ich Ihnen, nichts zu überstürzen.« Gertrude war fest entschlossen. Sie packte ihr Reisenecessaire und brach am 15. Februar nach London auf.

Als Dick sie sieht, läuft er auf sie zu und schließt sie, während er kalte Dampfwölkchen ausatmet, in die Arme. Sein Mund riecht nach Alkohol. »Gut, dass Sie so hartnäckig waren, Gertrude, ich bin überglücklich, Sie zu sehen.« Er überreicht ihr einen Strauß Pfingstrosen, während sie entzückt seine schönen, tränennassen Augen und die zerfurchte Stirn betrachtet. Sie lächelt über seinen bereiften Schnurrbart, er über den Tropfen an ihrer Nasenspitze und über ihre kakifarbenen Gummiüberzieher: »Lustig, ich hätte nie gedacht, dass Sie so etwas tragen.« Sie müssen beide lachen und mustern einander liebevoll, können es kaum fassen, dass sie sich nach einer endlosen Trennung jetzt wiedersehen und gemeinsam durch den Schnee laufen. »Ein Wunder, ein Wunder«, murmelt Gertrude jubelnden Herzens.

Der Krieg, Äthiopien, ihre Durchquerung der Wüste, die Front in Mesopotamien, die Strategie von Marschall Kitchener, das Kriegsrecht und die Steuern, die den Briten abgeknöpft werden – ihre Unterhaltung ist sprunghaft wie die von zwei engen Freunden, die sich lange nicht gesehen haben. Sie hat sich bei ihm eingehakt und drückt seine Hand, während sie auf dem Weg nach Mayfair den Hyde Park durchqueren. Ihre Schritte knirschen. Dick und Gertrude wechseln innige Blicke, als wollten sie sich vergewissern, dass sie nicht träumen. Hinter einem Vorhang kältestarrer Ulmen sehen sie einen Straßenhändler. Gertrude hat Hunger, sie hat seit dem Vortag nichts mehr heruntergebracht. Er kauft ihr Jellied Eels, ein Tütchen mit frittiertem Seehecht und Schaumküsse, die sie aus Frankreich kennt. Kichernd teilen sie ihre Schätze.

Es wird dunkel, und als sie Upper Brook Street erreichen, steigt Nebel auf. Die Straßenlaternen tragen Trauer, London ist nicht wiederzuerkennen. Auf den Mauern prangen Aufrufe zur Mobilmachung. Krankenwagen sausen nach Victoria Station, wo mit Verwundeten überfüllte Züge vom Kontinent eintreffen. Ein kleiner Zeitungsverkäufer läuft durch die Straßen und plärrt: »Die Krauts betreiben einen gnadenlosen Unterwasserkrieg in britischen Hoheitsgewässern! Sie vergasen die Russen, um Warschau zu erobern!« Gertrude will ihn heranrufen, doch Dick hält sie davon ab: »Lassen Sie uns für ein paar Stunden das Grauen der Welt vergessen.«

Der Oberst scheint zu wissen, wohin sie gehen. Nachdem sie Grovesnor Square überquert haben, biegen sie in eine dämmrige Gasse ein und kommen an einem spärlich bestückten Lebensmittelgeschäft vorbei. Vor über zwanzig Jahren hatte sich hier noch eine Gin-Kneipe befunden, in der der junge Doughty ein Vermögen gelassen hatte. Danach war er mit seinen Geliebten bis zu dem ein paar Häuser weiter gelegenen Hotel Duke gelaufen, ein elegantes georgianisches Gebäude, das das Paar soeben betritt. »Zimmer vierzehn«, sagt er zu der jungen Empfangsdame. Gertrude folgt ihm auf der Treppe, steif wie ein Automat. Sie betreten das Zimmer. Dick verschließt die Tür.

Mitten im Raum, dessen Wände mit purpurfarbenem Damast bespannt sind, thront ein Himmelbett. Es ist heiß. Auf einem Regal stehen ein paar halb leere Flaschen Alkohol. Dick wirft Hut und Mantel auf einen Sessel, schenkt sich einen Whisky ein, leert ihn in einem Zug und fordert Gertrude auf, es ihm nachzutun. Er hält ihr ein Glas hin: »Trinken Sie diesen Liebestrank, mein Schatz, haben Sie keine Angst, es wird ganz köstlich sein.« Sie benetzt ihre Lippen und betrachtet die Pfingstrosen, die sie auf einen Beistelltisch gelegt hat. »Wir müssen die Blumen in eine Vase stellen, die Armen, sonst verwelken sie noch«, sagt sie mit hochroten Wangen, ohne ihn anzuschauen. »Ja, aber nur, wenn Sie endlich Ihre hässlichen Überzieher loswerden und den Nerz und Ihren Hut ablegen.«

In Hemdsärmeln starrt Dick an die Decke und murmelt ein Gebet, während er Gertrude im Badezimmer pinkeln hört. Er hat eine Kerze angezündet und löscht, wie sie ihn gebeten hat, das Licht. Die Eroberin der Wüste zittert am ganzen Leib, als sie wieder ins Zimmer kommt. Sie tritt ans Fenster und zündet sich eine Zigarette an. »Es schneit dicke Flocken, schauen Sie nur.« Dick tritt näher, nimmt ihr die Zigarette aus dem Mund und drückt sie in einem Aschenbecher aus. Langsam fahren seine Hände über ihren Körper, der knorrig ist wie ein Olivenbaum; er säuselt ihr zu, sie sei »das Leben selbst, das Feuer, das voller Leidenschaft brennt«. Er schiebt ihr schweres Haar beiseite, küsst sie in den Nacken und auf die parfümierten Ohrläppchen.

Obwohl sie wie gelähmt ist, lässt sie alles mit sich geschehen, sie mag es, wie seine Hände ihre Oberschenkel und Hüften betasten, langsam an ihren Rippen emporwandern und auf ihren kleinen Brüsten verweilen. Gertrude dreht sich um, ihr schwindelt. Dicks blaue Augen funkeln im Mondschein. »Mein Gott, wie schön dieser Mann doch ist«, denkt sie und schmilzt in seinen Armen dahin, den Kopf an seinen Oberkörper geschmiegt. Ihr Herz schlägt im Gleichtakt mit seinem. »Schauen Sie mich an, mein Liebling, und lassen Sie los, ich flehe Sie an«, raunt er ihr zu. Sie küssen sich, ungestüm und ungeschickt, immer leidenschaftlicher. Sie spürt, wie sein Glied an ihrem Bauch hart wird und seine fiebrigen Finger sich auf der Suche nach dem Schlitz in ihrer Unterhose einen Weg unter ihren Rock bahnen. Sie presst die Oberschenkel zusammen, verkrampft sich, weicht panisch zurück: »Lassen Sie mich, lassen Sie mich, ich will nicht Ihre Geliebte sein, ich bin keine Hure«, ruft sie und hämmert mit den Fäusten an Dicks Oberkörper.

Dann kniet sie sich vor den Fayence-Ofen und bricht in Tränen aus.

Dick, mein Geliebter,
zunächst einmal: Verzeihen Sie mir. Ich schulde Ihnen eine Erklärung. Ich suche nach richtigen Worten, nach passenden Formulierungen, nach solchen, die ich neulich abends nicht sagen konnte und die mir ständig durch den Kopf gehen, seitdem wir auseinandergegangen sind. Ich will es versuchen, auch wenn es mich Überwindung kostet. Sie dachten, ich sei tapfer, aber in Wirklichkeit vergehe ich vor Furcht. Nicht die Konsequenzen fürchte ich,

verstehen Sie mich richtig. Aber ich habe Angst, Angst vor dieser Sache, die ich nicht kenne und nicht kontrolliere. Der tierische Instinkt, die Gesetze der Natur, das ist sicher alles nicht der Rede wert, und doch … Ich bin es mir schuldig, Ihnen zu schreiben, auch wenn das kein Mann, und auch Sie nicht, dem es so leichtfällt, verstehen kann. Ich habe es nicht gewagt, Sie diesen Schrecken – ein riesiger Schatten, der mich von jeher verfolgt – bannen zu lassen. Ich konnte es schlichtweg nicht. Unter dem Einfluss einer solchen Hemmung zu leben ist grauenhaft. Aber heute weiß ich, dass es Ihnen gelingen wird, mich davon zu befreien, den Zauber zu brechen und das Monster von mir fernzuhalten.

Ich finde keinen Schlaf mehr, es ist schon nach eins, und ich kann nicht schlafen, Dick. Meine Nächte sind eine einzige Qual, Ihre Abwesenheit vergiftet sie – nur in Ihren Armen vermag ich Glück zu finden. Sie haben mich das Leben und das Feuer genannt, und ja, ich brenne, ich verzehre mich, mein Geliebter. Ich will diese gestohlenen Stunden nicht mehr. Sonst muss ich mich irgendwann selbst verachten, und wenn das weiter so geht, werde ich kein hohes Alter erreichen. Sie müssen das Abenteuer wagen, Dick. Fordern Sie mich ein, nehmen Sie mich und behalten Sie mich für immer vor der ganzen Welt, und auch ich werde mich freimachen! Seien Sie unvernünftig, dann gebe ich mich Ihnen hin. Ich werde Ihnen Lachen und Weinen schenken, Gespräche und die Stille, nach der Sie verlangen – und den Ruhm, den Ruhm, Dick, Nacht für Nacht. Ist es an mir, Ihnen die nötige Tapferkeit einzuflößen, mein Soldat?

Künftig geht es um alles oder nichts. Können Sie das tun? Werden Sie es wagen? Werden Sie, wenn der Krieg vorüber ist und unsere Aufgaben erfüllt sind, alles für mich auf eine Karte setzen? Für uns?

Die Welt wird uns verzeihen, haben Sie keine Angst. Die Menschen, die mich lieben, werden mir beistehen, wenn wir nur offen vorgehen. Das ist die einzige Möglichkeit. Ich kenne sie, sie wissen Ehre und Treue hoch zu schätzen. Dick, ich beschwöre Sie, behalten Sie Ihr Vertrauen in die Liebe, dann werden wir vielleicht heiraten. Gemeinsam können wir die Decke der himmlischen Sphären sprengen.

Lesen Sie jetzt, wo ich fast am Ende angelangt bin, bitte aufmerksam, denn ich werde Ihnen solche Briefe nicht mehr schreiben. Ich habe mich Ihnen geöffnet, Sie wissen, was ich erwarte. Ich habe den Preis dafür bestimmt, mein Liebling. Also nehmen Sie, wenn Sie mich lieben, meine ganze Person. Ich werde Ihnen gehören und keine Angst mehr haben.
Dick, passen Sie auf, passen Sie gut auf sich auf.

Ihre Gertrude,
Boulogne, den 27. Februar 1915

Eine Woche darauf klopft Judith an die Tür ihres Arbeitszimmers: »Haben Sie Zeit, Mittagessen zu gehen, Miss Bell?«

Als sie den verrauchten Saal des Café du théâtre betritt, ist Gertrude überzeugt, dass Dick mit seiner Frau gesprochen oder sie einen ihrer Briefe abgefangen hat. Mit kreideblassem Gesicht und abgespannten Gesichtszügen gibt ihr Judith, die bereits an einem Tisch sitzt, ein schüchternes Handzeichen. Mit einem Kloß im Hals geht Gertrude auf sie zu. »Dieses Gespräch musste früher oder später stattfinden. Es ist besser so«, denkt sie, während sie ihren Pelzmantel an den Garderobenhaken hängt. Dementsprechend überrascht ist sie, als Judith ihr einen Strauß Narzissen hinhält und zwei Omeletts und einen Krug Wein bestellt, bevor sie sich ihr anvertraut: Sie sei sehr traurig, Dick verhalte sich immer distanzierter. Ihr Wiedersehen habe nicht ihren Erwartungen entsprochen. »Er ist nicht wiederzuerkennen, ich weiß nicht, was mit ihm los ist. Ist es der Krieg, die Angst? Oder die Folgen unserer Trennung? Es ist noch etwas anderes. Aber was nur? Ich komme nicht darauf. Eine Frau? Das glaube ich nicht. Mein Mann ist doch nicht wie andere Männer. Ich liebe ihn so … Verzeihen Sie, Miss Bell, aber wir kennen uns seit Langem, und Sie sind die einzige Person in Boulogne, der ich so etwas sagen kann. Was meinen Sie denn?«

An diesem Nachmittag kehrt Gertrude nicht mehr an ihren Arbeitsplatz zurück. Unter der blassen Wintersonne irrt sie, von Schuldgefühlen gepeinigt, ziellos durch die Straßen. Ihr Spiegelbild in den Schaufensterscheiben widert sie an. Judith hat sogar darauf bestanden, sie zum Lunch einzuladen, sie, die Verräterin … Mit welchem Recht zerstört sie ihre Ehe? Warum tut sie dieser bewundernswürdigen Frau so etwas an? Ihr ist übel, als sie ihre Blumen in einen Mülleimer wirft. »Sie starrten mich an und fragten mich, wie ich noch ein weiteres Frühjahr durchhalten würde. Sie machten sich über mich lustig, Dick, weil ich dem Leben den Rücken zukehre.« Sie fleht ihn an, seine Frau davon abzuhalten, sie ein weiteres Mal zu treffen. »Ich setze mich diesem Doppelspiel nicht mehr aus. Das ist eine Qual. Es war scheußlich. Aber Sie verlassen mich nicht, das versprechen Sie mir doch, nicht wahr? Oh, mein Liebling, wir könnten in Ekstase schweben.«

Noch in London überfliegt Dick Gertrudes Schreiben. An diesem Morgen hat er andere Sorgen. Er bereitet sein Gepäck vor, das am darauffolgenden Tag auf einem Frachter ins östliche Mittelmeer aufbricht, wo die Schiffe des britisch-französischen Expeditionskorps ankern. Trotz der intensiven, einmonatigen Bombardierung ist es ihnen nicht gelungen, den türkischen Riegel zu sprengen, der die Dardanellen auf dem Weg nach Konstantinopel blockiert. Die Osmanen haben die Meerengen mit Minen und Stahlleinen gespickt, ihre auf den Anhöhen verschanzte mobile Artillerie hat bereits mehrere alliierte Schiffe versenkt. Sie werden auf dem Boden eingreifen müssen.

24.

Bagdad, 11. November 1921

Um nichts in der Welt hätten sie ihre letzte Gartenparty der Saison vor den sintflutartigen Regengüssen des Winters verpasst. Im Sonntagsstaat schreitet ganz Bagdad über die Teppiche, die auf dem Rasen des nach Rosen duftenden Gartens ausgelegt worden sind; zwischen ihnen spaziert die Gazelle der Gastgeberin auf und ab. Sie stoßen auf den dritten Jahrestag des alliierten Sieges und auf Miss Bells Großzügigkeit an, überbieten einander mit Liebenswürdigkeiten. Die englischen Damen machen ihr Komplimente zu ihrem mit Rüschen verzierten Spitzenkleid und dem tadellosen Service, über den Marie, die französische Hausdame, wacht. Die Männer sinken in die auf den Rasenflächen verteilten Korbsessel, bewundern ihre persischen Windhunde – »sie sieht ihnen immer ähnlicher«, spötteln ein paar junge Offiziere – und profitieren von der Bar, an der sie sich nach Herzenslust Gin und Whisky kredenzen lassen. Gertrude hat, ein Glas Champagner in der Hand, unter den zwischen den Bäumen hängenden irakischen und britischen Wimpeln eine triumphierende Miene aufgesetzt. Ihr bescheidenes Haus ist zur Machtzentrale schlechthin in Bagdad geworden. Eine Delegation von Scheichs kommt in die Stadt? Sie beginnen ihre Rundreise bei ihr, erkundigen sich nach den neuesten Gerüchten aus der Hauptstadt und berichten ihr Neuigkeiten aus den jeweiligen Ländern. Ein angesehener Schriftsteller ist auf Durchreise in Bagdad? Er wird alle Hebel in Bewegung setzen, um zu einem ihrer *Pleasant Sunday Afternoons* eingeladen zu werden. Die Männer erheben sich und verneigen sich vor ihr, wenn sie einen Saal betritt, die Araber haben ihr den Spitznamen *mumineen* gegeben, Königin, und die ausländische Presse bezeichnet sie als einflussreichste Frau des British Empire: Miss Bell steht im Begriff, eine internationale Berühmtheit zu werden. Als bevorzugte Gesprächspartnerin des Königs und des Hochkommissars ist sie diejenige, die im neuen Königreich Irak das Sagen hat, erklärt Sir Percy Cox den frisch in die Zivilverwaltung eintretenden Beamten.

In den ersten Monaten seiner Regierung sucht Faisal ständig Rat bei ihr. Er will seine gesellschaftliche Basis vergrößern und die Verbindungen vertiefen, die er im vergangenen Sommer oberflächlich geknüpft hat. Er bittet sie, Rundreisen durch das Land zu organisieren und Abendessen mit britischen und arabischen Persönlichkeiten, angefangen bei den Oberhäuptern der großen Bagdader Familien, die sich hinter den schweren, mit Kupfer beschlagenen Türen ihrer Villa verbarrikadiert haben. Sie sind miteinander verfeindet wie die Ghibellinen und Guelfen in den mittelalterlichen Städten Italiens. Rasch haben sie sich den Briten angeschlossen, um sich auch weiterhin die Privilegien zu sichern, die ihnen die frühere Herrschaft der Osmanen zugestanden hatte. Sie misstrauen Faisal und seinen Kameraden der Arabischen Revolte noch immer. Diese ungehobelten Emporkömmlinge, ausländische Beduinen und mesopotamische Unteroffiziere, waren an der Zerstörung eines Reichs beteiligt, von dessen Freigebigkeit ihre Familien profitierten, und jetzt schien ihre Vorrangstellung gefährdet.

Miss Bell kümmert sich um die Gästelisten und die Tischordnung, sie stellt eigenhändig seine Menüs zusammen. Sie erklärt, welche Gläser für Wein oder Champagner passend sind, unterweist ihn in der Kunst, Obst mit Messer und Gabel zu schälen, und zeigt ihm, wie Einladungsschreiben zu beantworten sind. Faisal, der seine Jugend am Hof des Sultans verbracht hat, verfügt selbst über hervorragende Manieren, doch ein Teil seiner Umgebung kaut geräuschvoll und lässt bei Tisch Winde fahren. Sie erteilt ihm Etikette-Lektionen, damit er ausländische Minister und gekrönte Häupter empfangen kann.

»Ich bin glücklich, dass mir die Liebe und das Vertrauen einer ganzen Nation entgegengebracht werden … Ich habe das Gefühl, eine orientalische Prinzessin zu sein und die Schwester des Königs«, schreibt sie ihrem Vater. Stets voller Elan, hartnäckig und willensstark, regiert Miss Bell über den Palast, beeinflusst die Entscheidungen des Herrschers und steht seiner ersten, von dem unverwüstlichen Naqib geleiteten Regierung unterstützend zur Seite. Sie rät Faisal, Frau und Kinder aus Mekka nachzuholen, doch er weigert sich, noch immer unter dem Eindruck des katastrophalen Endes seiner Herrschaft in Syrien, seine Familie in Bagdad zusammenzuführen, weil er die Situation für zu ungewiss hält. Es gibt keinen Irak, nur wenige Gemeinschaften auf der Welt haben so unterschiedliche Identitäten und Interessen wie die Völker, aus denen sich sein Reich zusammensetzt, und die Nationalisten, die Kurden und Schiiten gewähren dem ausländischen König keine Schonfrist. Die Ayatollahs drohen allen Gläubigen, die die bevorstehenden Wahlen nicht boykottieren, mit dem Feuer der Hölle: »Wählen heißt, Gott und seinem Propheten den Krieg zu erklären.« Ein Teil der Bevölkerung bewundert Kemal, dessen Truppen der griechischen Invasion in der Türkei Widerstand leisten. Saud, der soeben die Raschiden im Nadschd niedergeschlagen hat, bedroht den Süden des Landes. Wenn der König die Akten durchgeht, die Gertrude und Cornwallis ihm Tag für Tag hinlegen, hat er den Eindruck, in einen dichten Wald vorzudringen, wo hinter jedem Baum ein Wolf lauert. Philby hatte recht.

Auch seine Fürsprecherin ist nicht unschuldig. Sosehr Miss Bell die Araber auch mag und so gut sie sie kennt – sie bleibt trotz allem eine dienstbeflissene Agentin des British Empire. Faisal misstraut ihr. Er ist zwischen den Franzosen und Engländern hin- und hergeworfen worden und in die harte Schule der *Realpolitik* und des gegenseitigen Kräftemessens gegangen. Diese Staaten haben nicht die geringsten Skrupel. Die Angelsachsen sind scheinheilig und eiskalt. Amerika, das sich das Selbstbestimmungsrecht der Völker auf die Fahnen geschrieben hat, überlässt das Land den beiden Kolonialmächten zum Fraß. Es hat die Erträge der Kommission, die die Bevölkerungen des Nahen Ostens am Tag nach der Friedenskonferenz befragt hatte, stillschweigend versanden lassen. Dabei hätten die Ergebnisse gar nicht deutlicher ausfallen können: Großsyrien und Palästina sollten zu einem Reich zusammengeschlossen werden, dessen Krone er getragen hätte. Darüber hinaus sollte es kurzfristige Übergangsmandate geben, das zionistische Projekt wurde verurteilt. Frankreich und England wuschen ihre Hände in Unschuld. Die Franzosen hatten den Libanon von Syrien abgespalten und verfolgten ihre kolonialen Ziele in der Levante ungestört weiter, nachdem sie ihn wie einen Halunken vertrieben hatten – und die Engländer sahen tatenlos dabei zu. Großbritannien hat ihn in Ermangelung eines besseren Kandidaten auf den Thron einer unmöglich zu regierenden Nation gesetzt. Faisal macht sich keine Illusionen. Er erinnert sich noch gut daran, wie er nach seinem überstürzten Aufbruch aus Damaskus bei seinen »Protektoren« um ein Almosen hatte betteln müssen und wochenlang in Como vor sich hinvegetierte, weil sie nicht wussten, was sie mit ihm anstellen sollten. Auch den Empfang, den sie ihm ein Jahr zuvor in London bereitet hatten, konnte er nicht vergessen. Niemand hatte ihn erwartet, weder an dem in dichten Nebel getauchten Bahnhof Charing Cross noch im Hotel. Sogar sein »lieber Freund« Lawrence, der ihn ermuntert hatte, ein letztes Mal eine Lanze für die arabische Konföderation zu brechen, ließ ihm während seines Aufenthalts kein einziges Lebenszeichen zukommen. Während der Anhörung, die Lloyd George und ein paar Minister ihm gewährt hatten, war Faisal ins Schwimmen geraten: Es handelte sich um eine Vorladung, deren Ausgang bereits abgekartet war. Tief gekränkt kehrte er nach Mekka zurück und überbrachte seinem Vater die Botschaft, dass jede Hoffnung verloren sei. Die Haschemiten waren zum Gespött der islamischen Gemeinschaft geworden. Sie hatten ihn verraten, indem sie sich gegen den osmanischen Kalifen aufgelehnt und an der Zerstörung des letzten muslimischen Reichs mitgewirkt hatten. Durch ihr Verschulden hatten sich die christlichen Mächte die Gebiete und Ressourcen der Araber unter den Nagel gerissen, Juden siedelten sich in Palästina an, die französischen, englischen und italienischen Truppen besetzten das einer internationalen Gerichtsbarkeit unterworfene Konstantinopel: Sein Vater und er hatten einen Pakt mit dem Teufel geschlossen.

Als Gertrude zu später Stunde seine Gemächer verlässt, isst der König eine Apfelsine, raucht eine Zigarette nach der anderen und denkt über seinen sonderbaren Werdegang nach. Damaskus fehlt ihm. Er kannte sich dort aus, hatte die entsprechenden Netzwerke und verlässliche Freunde. Die Hauptstadt des arabischen Nationalismus ist die pulsierende Hochburg der Goldschmiede, die gut zu seinen hehren Zielen passte. Demgegenüber ist Bagdad ein Provinznest, dessen einzige gerade Prachtstraße, die Rue Maude, noch nicht einmal gepflastert ist. Während der Regenzeit, die gerade begonnen hat, befördern Träger Reiche und Europäer auf dem Rücken, damit sie nicht durch den Schlamm waten müssen. Himmel, Fluss und Stadt, alles hat eine bräunliche Farbe. Faisal, ein hervorragender Reiter, ist verzweifelt. Die lehmige Erde bleibt an den Hufen der Pferde kleben und beschwert sie.

Der erste Winter sei der schwierigste, hatte Miss Bell ihn gewarnt. »Aber wir haben so viel zu tun, dass Sie die Kübel Wasser, die sich über unseren Kopf ergießen werden, bestimmt ganz vergessen. Majestät, wir machen den Irak zu einem Modellstaat, dem selbst die Araber aus Palästina und

Syrien angehören wollen. Und bevor ich sterbe, hoffe ich, Sie von der persischen Grenze bis ans Mittelmeer regieren zu sehen.« Sprich, wenn er sich an das hält, was sie ihm geraten hat. Faisal indes fällt nicht auf das Süßholzgeraspel seiner Gönnerin herein. Er schmeichelt seinerseits ihrer Weiblichkeit, ihrer Eitelkeit, die ihm gleich bei der ersten Begegnung aufgefallen ist. Er macht ihr Komplimente zu ihrer Toilette, schenkt ihr Blumen und japanische Seidenschals, die er sich irgendwoher beschafft, mit Kardamom gewürztes Dattelgebäck. Er vertraut ihr an, dass auch er seine Mutter im Alter von drei Jahren verloren und seinem Vater nie sonderlich nahegestanden habe, auch seinen Brüdern Abdallah und Ali nicht. Sie sind eifersüchtig auf ihn, Abdallah vor allem, der Lieblingssohn, der ihn verdächtigt, bei den Briten intrigiert zu haben, um ihn vom irakischen Thron zu verdrängen: »Ich war allein und bin es immer noch« – der König übertreibt seine Verzweiflung. Er ist ein begabter Schauspieler, der in der Lage ist, je nachdem seine Mimik, die Färbung seiner Stimme oder die Tönung seines Blicks zu ändern; der auswendig aus dem Koran zitieren oder sich mit rollendem *r* in korrektem Französisch ausdrücken kann und eine magnetische Ausstrahlung hat. Seine schmächtige Gestalt, die melancholischen großen Augen und die anmutigen Bewegungen lassen seine Gesprächspartner weich werden, und besonders die Europäerinnen zeigen sich gerührt, wenn er wie ein kleiner Junge mit dem Kopf nickt. Faisal versteht es, Gefühle zu manipulieren, wenn es die Umstände erfordern. Seit seiner Kindheit spielt er Schach. Am Hof des Sultans ist er durch eine gute Schule gegangen: Indem er die Wesire und Botschafter beobachtete, die Intrigen des Serails und das Verhalten seines Vaters – Verbündeter, Vasall und ambivalenter Gegner des Kaisers, der ihn lange unter Hausarrest gestellt hatte –, lernte er, sich zu verstellen und überall seine Finger im Spiel zu haben. Er hofft, seinen Charme bei Miss Bell spielen lassen und der britischen Politik eine andere Richtung geben zu können.

Faisal wird nicht die Marionette der Engländer sein, sondern der König aller Iraker. Er wird sie in die Unabhängigkeit führen und ein starkes, modernes zentralistisches Regime begründen, ohne es sich mit den konservativeren Bevölkerungsteilen zu verscherzen. Es gilt, zwischen den Nationalisten, deren Druck auf die Briten unerlässlich ist, und der kaiserlichen Macht, auf die er einstweilen nicht verzichten kann, zu lavieren. Die britisch-indische Armee bleibt der einzige Garant für das im Entstehen begriffene Reich. Es ist ein Drahtseilakt, aber er glaubt, aus dem Scheitern in Syrien gelernt zu haben. Er wird nehmen, was man ihm gibt, und Schritt für Schritt Zugeständnisse erzwingen.

Fürs Erste weist ihm das Großbritannien vom Völkerbund übertragene Mandat nur eine untergeordnete Rolle zu. Die Araber wittern ein inakzeptables Protektorat nach dem herkömmlichen Muster: Der junge Monarch will es durch einen Bündnisvertrag zwischen zwei souveränen Partnern ersetzen, der ihm weitreichende Befugnisse einräumt und schwarz auf weiß das Ende des Mandats stipuliert. Faisal ist sprachlos, als er den Text entdeckt. Nur der Name hat sich geändert, die Klauseln sind mit denen des Mandats identisch. Die Briten bewahren ihre Vorrangstellung in sämtlichen Bereichen. Der Souverän untersteht dem Hochkommissar wie ein Kind seinem Vater. Das Rechtssystem soll Ausländern besondere Garantien zusichern, die britisch-indische Armee mindestens zwanzig Jahre lang im Land stationiert bleiben. Faisal lässt kundtun, dass der Text so nicht annehmbar ist. Es beginnt ein großes Hin und Her zwischen Palast und Residenz.

Miss Bell versucht, ihren Schützling zur Vernunft zu bringen. Er brauche doch die Briten, um gegen die Feudalbündnisse und die unnachgiebigen Mullahs anzukämpfen. Für eine so junge, schwache Nation sei das Mandat eine Chance: »Seien Sie nicht naiv, Majestät. Wir können harmonisch miteinander leben und Sie in die Unabhängigkeit führen.« Diese könne niemals gewährt, sondern immer nur erobert werden, entgegnet er. Er müsse den Irakern beweisen, dass er nicht nur der Hampelmann der Briten sei, sonst würden sie sich erneut auflehnen, langsam kenne er sie. »Geben Sie ein bisschen nach, das wird uns allen zugutekommen.« Er behauptet, Churchill habe ihm damals, als sie sich vor der Konferenz in Kairo getroffen hatten, versprochen, das Mandat fallen zu lassen und die Unabhängigkeit des Landes anzuerkennen. Cox erinnert ihn daran, dass er bei der Thronbesteigung die »vorübergehende Vormundschaft« der Briten *de facto* akzeptiert habe.

Die bisher ruhigen und wohlwollend geführten Verhandlungen – Faisal, Gertrude und Cornwallis treffen sich regelmäßig zum Picknick – verschärfen sich, als Churchill im Mai 1922 vor dem britischen Unterhaus verkündet, dass Faisal das Mandat ablehnt. Die Erdölvorkommen im irakischen Boden, die noch üppiger sind als erhofft, wecken beiderseits Begehrlichkeiten. Vom König diskret ermutigt, versammelt sich die Opposition in Bagdad: Das Mandat soll aufgehoben werden. »Auf keinen Fall«, wettert der Staatssekretär für die Kolonien in London. Das internationale Recht verpflichtet ihn dazu, und solange Großbritannien Millionen ausgibt, um die Ordnung aufrechtzuerhalten, wird sich Faisal dem Willen des Hochkommissars beugen müssen. »Er kann nicht einfach tun, wonach ihm der Sinn steht, und uns anschließend die Rechnung präsentieren! Faisal verdankt uns alles, das sollte er bedenken, sonst rufen Sie es ihm bitte in Erinnerung«, schreibt er an Cox.

Gegen Miss Bell und die unnachgiebigen Nationalisten wagt Faisal jedoch nicht aufzubegehren. »Dem König fehlt es an Charakterstärke. Er ist leider ein reizender, aber wankelmütiger Mensch. Als Geisel einer Minderheit steht er im Begriff, die Chance seines Lebens zu vertun. Was sollen wir machen?«, schreibt Gertrude Anfang Juni ratlos ihrem Vater. Die Engländer hatten den Franzosen nicht glauben wollen, als sie sie gewarnt hatten, dass Faisal seine Versprechen nicht halten würde. Er spielt ein doppeltes Spiel, seitdem er in die Politik gegangen ist: zu Beginn des Kriegs mit den Türken, denen er die Unterstützung des Hedschas zugesichert hat, während er nun in Bagdad mit den Engländern, den Franzosen und den Nationalisten in Syrien ein Komplott schmiedet. Geflissentlich übersieht Gertrude, dass Faisal den großen Aufstand von 1920 gefördert hat oder sich unter seinen Beratern frühere Rebellen und Syrer befinden, die der Mandatsmacht radikal entgegenstehen. Doch die Engländer können ihren Schützling auch nicht einfach abhalftern. Im vergangenen Jahr haben sie einen Pyrrhussieg davongetragen, der Brand riskiert jederzeit wieder aufzulodern, und allein der arabische Monarch wird ihnen helfen können, ihn einzudämmen. Faisal und die Briten sind voneinander abhängig. Und keiner will nachgeben.

Anfang des Sommers verschärfen sich die Spannungen. Märkte und Geschäfte schließen, um ihrem Protest Ausdruck zu verleihen. Demonstranten bedrohen das Haus des Naqibs. Auf den Druck von Cox hin hat die Regierung den Mandatsvertrag akzeptiert. Der König aber stellt sich quer. Ohne mit den Briten zu brechen, setzt er sich für die Nationalisten ein, hofft auf die Unterstützung der Schiiten und finanziert eine Zeitschriftenkampagne. »Sie spielen mit dem Feuer. Die Männer, mit denen Sie uns hintergehen, werden Sie verraten, sobald wir weg sind«, warnt ihn Miss Bell. Faisal weiß das. Er riskiert, von der Welle, die er gerade hochkochen lässt, bald selbst mitgerissen zu werden. Ob Franzosen, Wahhabiten, Türken oder Perser – alle wollen seinen Kopf. Ohne den englischen Schutzwall würde sich der Irak rasch auflösen, auf die arabische Armee ist kein Verlass. Doch Faisal hofft, dass der Druck der Bevölkerung die Zivilverwaltung zu Zugeständnissen zwingen wird. »Die Sklaven, die wir sechs Jahrhunderte lang gewesen sind, wissen sich listenreich zu schützen. Ich kann gar nicht anders, als in jedem Lager einen Fuß zu behalten. Bieten Sie mir ein Abkommen an, das ich guten Gewissens unterzeichnen kann«, erklärt er Miss Bell eines Nachmittags im Serail. Doch sie hat seine ständigen Kehrtwendungen satt. Für ein paar Tage bricht sie jeden Kontakt ab, Faisal steht im Begriff, eine jahrelange Beziehung und Zusammenarbeit zunichtezumachen: »Ich werde es nicht ertragen, den Traum platzen zu sehen, den ich Tag für Tag verfolgt habe.«

Jetzt bluffen alle. Die Briten lassen durchblicken, dass sie bis Weihnachten den Irak räumen oder aber den Naqib oder Abdallah an Faisals Stelle ernennen wollen. Faisal spricht von Abdankung. Bagdad brodelt, eine neue Revolte gärt. Auf Betreiben des Königs tritt die Regierung geschlossen zurück. »Sehen Sie, Miss Bell, wenn Ihnen ein Minister nicht gefällt, bitten Sie mich, ihn seines Amtes zu entheben, aber wenn ich einen Ihrer Günstlinge entlassen will, behaupten Sie, das widerspreche dem Geist der Gesetze.« Die Briten bereuen ihre Wahl. Faisal sei willensschwach und unehrlich, eine »Natter«, »ein Autokrat hoch drei«. Cox und Gertrude, die im Palast den Jahrestag seiner Krönung begehen, werden von einer aggressiv brüllenden Menge unter der Führung eines hohen königlichen Beamten empfangen: »Nieder mit dem Mandat, nieder mit Großbritannien, nieder mit dem Kolonialismus!«

Das Schicksal spielt mit, um das Chaos zu entwirren. Am darauffolgenden Tag krümmt sich Faisal auf einmal vor Schmerzen. Eine Blinddarmentzündung, die in eine akute Bauchfellentzündung zu münden droht und sofort operiert werden muss. Die Mütze unter dem Arm, besuchen Cox und Cornwallis den von Ärzten und Krankenschwestern umringten Kranken kurz vor dem Eingriff an seinem Bett. Der Hochkommissar reicht ihm ein Schriftstück und bittet ihn, den Verhaftungsbefehl gegen die sieben Hauptoppositionsführer zu unterzeichnen. Der König weigert sich. Er will keine Iraker aus ihrem Land verbannen, und falls er sterben wird, soll seine letzte Amtshandlung keine Kapitulation sein: »Sie werden einen allgemeinen Aufstand provozieren, wenn Sie Ihren Plan umsetzen.« Sir Percy verstaut das Schriftstück wieder und macht, gefolgt von dem Berater des Monarchen, wortlos auf dem Absatz kehrt.

Während sich der König in seinem Domizil in den Bergen erholt, das er sich an der persischen Grenze geleistet hat, nimmt Cox in Ermangelung einer Regierung zu Gertrudes Zufriedenheit die Dinge in die Hand. Er löst die großen Oppositionsparteien auf, lässt ihre Zeitungen schließen und ihre Anführer festnehmen und verschleppt sie auf eine steinige Insel im Persischen Golf. Er ruft Provinzgouverneure aus dem Amt ab, schickt die widerspenstigen Ayatollahs nach Persien und setzt die Jagdflugzeuge der Royal Air Force zur Einschüchterung auf die Stämme im Euphrat-Tal an. Anschließend sucht er Faisal am Ort seiner Erholung auf: »Sie müssen das Abkommen unterzeichnen und eine neue Regierung unter dem Naqib bilden.« Am 10. Oktober 1922 leistet der König der Aufforderung Folge. Da seine Krone auf dem Spiel steht und er erleichtert ist, weil Cox ihn von den radikalsten Gegnern befreit hat, preist er das »auf den gegenseitigen Interessen des Iraks und Großbritanniens beruhende« Abkommen. Immerhin zwei Zugeständnisse hat Faisal ihnen abgerungen: Londons Unterstützung für eine »schnellstmögliche« Aufnahme in den Völkerbund und die Ratifizierung des Vertrags durch die künftige verfassungsgebende Versammlung.

Die Propeller drehen sich, die Motoren dröhnen, der Abflug steht unmittelbar bevor. Auf der Gangway winken Sir Percy Cox und seine Frau ein letztes Mal ihren Kollegen und Freunden auf dem Rollfeld des Flughafens in Bagdad zu. Gertrude ist bewegt: Damit geht ein wunderbares, siebenjähriges Abenteuer zu Ende, denkt sie und trocknet verstohlen ein paar Tränen, während sich das Flugzeug am Ende der Startbahn holprig in die Lüfte schwingt. Seit ihrer Ankunft in Mesopotamien ist Cox ihr Felsen von Gibraltar gewesen, ihr Gönner und Mentor. Eine Vaterfigur. Er ist immer für sie eingetreten, und sie ist ihm treu ergeben. Solange er in Bagdad tätig war, konnte ihr niemand etwas anhaben. Gemeinsam haben sie sämtlichen Stürmen getrotzt und den Irak wie aus einem Meccano-Baukasten Stück für Stück zusammengesetzt. Einige Monate vor seinem Aufbruch hatte Cox Saud und dem Emir von Kuwait noch ein Abkommen abgerungen, das die südlichen Grenzen des Königreichs nach dem von Gertrude vorgeschlagenen Verlauf festlegte. Eine Linie im Sand, die ihrer Kreation ein bisschen mehr Sicherheit verschaffen soll. »Kein Engländer hat in den letzten Jahren im Nahen Osten einen solchen Einfluss gehabt wie er.«

Der neue Hochkommissar ist ein halsloser Mann mit hochrotem Gesicht, der sich immer ein paar Schritte hinter ihr hält. Er heißt Henry Dobbs. Er steht im Ruf, jovial und umgänglich zu sein, gilt aber auch als aufbrausend. Ein Bonze der indischen Zivilverwaltung, ein Spezialist für Staatsfinanzen und das Eintreiben der Steuern, drei Jahre jünger als Miss Bell. Sie kennen sich vom Sehen. Während des Krieges war Dobbs für kurze Zeit in Basra. An Malaria erkrankt, kehrte er in die afghanischen Berge zurück, wo er den Großteil seiner Karriere verbrachte. Auch jetzt kommt er geradewegs aus Kabul. Während sich das Flugzeug entfernt, unterhält er sich mit einem rothaarigen jungen Mann in gestärkter Uniform, drahtig wie ein Beduine, fast schon knochig, dem Gertrude noch nie begegnet ist.

Dobbs stellt ihn ihr anlässlich eines Mittagessens vor, das er zwei Tage später in einem Salon der Residenz veranstaltet. Captain Holt, zu seiner Zeit als Hauptkommissar in Belutschistan sei er seine rechte Hand dort gewesen: »Ein geschickter, fleißiger Beamter, der mein ganzes Vertrauen hat. Er wird in ein paar Wochen, bis er sich etwas eingearbeitet und sein Arabisch verbessert hat, Ihre Nachfolge als Orientsekretär antreten. Nicht wahr, Holt?« Der Major nickt seiner legendären Vorgängerin zu, die das Gesicht verzieht. Zwischen zwei Bissen Nierenpastete bittet Dobbs Miss Bell, dem Neuankömmling alle verfügbaren Informationen zu kommunizieren, um die Übergabe zu erleichtern. Er habe nichts gegen sie, vielmehr wisse er, was sie alles für den Irak getan habe und wie sehr sie in Bagdad respektiert werde, er wolle eben nur wieder die gewohnten Mitarbeiter um sich haben. Sie werde weiter für die wöchentlichen Geheimdienstbulletins und für den Jahresbericht der Zivilverwaltung zuständig sein. »Selbstverständlich« zähle sie nach wie vor zu seinen wichtigen Stützen, um keinen Preis wolle er auf ihre »außergewöhnlichen Talente« verzichten.

Dobbs, für den Frauen ins Bett oder in die Küche gehören, mag sie nicht, schon gar nicht, wenn sie in der Öffentlichkeit rauchen, sich mit Politik auszukennen meinen und den Platz der Männer einnehmen. Vor seinem Eintreffen hat er ausführliche Gespräche mit ehemaligen Beamten in Bagdad geführt. Etwa mit Oberst Wilson: Miss Bell wird sich nicht in seinen neuen Zuständigkeitsbereich einmischen und sein Verhältnis zu König Faisal diktieren, dem sie seiner Meinung nach zu nahesteht. Der Irak braucht frisches Blut und neue Gesichter. Dobbs will sich sein eigenes Bild von dem Land machen, direkte Kontakte zu den Stammesältesten aufbauen und seine Autorität stärken: Er will führen. Dabei verfügt er über den Rückhalt der konservativen Regierung, die ein paar Monate zuvor die Wahlen gewonnen hat. Die Bells sind nicht mehr so einflussreich wie früher. »Zu sagen, dass ich es geahnt hätte, wäre gelogen«, schreibt sie noch am selben Abend traurig und resigniert ihrem Vater. »Aber ich habe es befürchtet. Sir Henry kennt weder den Irak noch die Araber, das bekümmert mich am meisten. Seine große Glanzleistung, als er den Emir von Afghanistan bei seinen Verhandlungen mit den Russen beraten hat, liegt inzwischen Ewigkeiten zurück ... Er hat nicht das Format von Sir Percy, das sieht man auf den ersten Blick. Doch der Irak, lieber Vater, braucht vielleicht gar keinen Cox mehr; diese heldenhaften Zeiten liegen möglicherweise hinter uns. Ich baue trotz allem noch immer auf Faisal. Ich hoffe, dass er mir so ergeben bleiben wird wie bisher. Mister Cornwallis denkt genauso. Schließlich haben wir ihn und mit ihm die Geschicke der arabischen Welt geführt, wenn ich mich nicht täusche.«

Doch, Gertrude irrt sich. Der König hat den Hochkommissar aufgesucht, denn auch er will die Machtübergabe nutzen, um Miss Bell aus den Spitzenpositionen zu entfernen. Sie hat schlechte Angewohnheiten entwickelt, nimmt zu viel Platz ein. Schließlich ist sie, egal, was sie selbst darüber denkt, weder die inoffizielle Königin noch die Thronfolgerin seines Reichs. Außerdem weiß sie zu viel und kennt zu viele Leute. Die Grande Dame des Empires steht für eine Epoche, mit der Faisal abschließen will. Das Gefeilsche um die Verträge hat Narben hinterlassen. Es hat ihm nicht gefallen, dass sie ihm sein Verhalten vorschreiben wollte und ihn so oft maßregelte. Er kann gut und gern auf ihren Rat verzichten, will sich stattdessen lieber auf seine mesopotamischen Gefährten der Revolte stützen. Sobald er Zeit findet, erkundet er, und zwar ohne sie, seine neue Heimat, die er in den ersten beiden Jahren seiner Herrschaft nicht einmal verlässt. Der König liebt es, nach Einbruch der Dunkelheit seinem Volk zu begegnen, wie es schon Kalif Harun ar-Raschid, sein ferner Vorgänger, getan hatte. Im Geleitschutz einiger Soldaten und umringt von ein paar Kindern, die ihn erkannt haben, kauft er bei einem Straßenhändler eine Apfelsine oder Pökelfleisch, streift mit hochgeschlagenem Mantelkragen durch die Buchhandlungen in der Mutanabbi-Straße und betritt ein Café, um ein Glas Tee zu trinken, einem Märchenerzähler zu lauschen oder, auf einer mit zerschlissenen Teppichen bedeckten Bank sitzend, eine Zigarette im Mundwinkel, eine Runde Backgammon zu spielen. Tagsüber lässt er sein Gefolge manchmal anhalten und geht zum Fluss hinunter, um mit den Frauen, die dort ihre Wäsche waschen, zu plaudern. Man sieht ihn auf dem Basar die zu Pyramiden aufgetürmten Tonkrüge und -töpfe begutachten; bei einem Schulfest oder einer Feier der Polizei; in einem Geschäft, das Waren aus London, Rom und Paris feilbietet, oder freitags mit dem Gesicht auf dem Boden in der Moschee. Überall hört er eingehend zu, kommt ins Gespräch, schenkt Aufmerksamkeit, nimmt sich Zeit.

Er stört sich an Gertrudes Prüderie. Die nackten Schultern der europäischen Frauen, die in kurzen, von Miss Bell als unanständig verurteilten Kleidern im Palast dinieren, gefallen dem König, ebenso die knabenhaften Frisuren und die rauen, amazonenhaften Stimmen: Faisal will keine

Anstandsdame. Er schäkert gern mit den durchreisenden Ausländerinnen, mit den Gattinnen der hochrangigen britischen Beamten, und als er ab 1923 unter dem Pseudonym Prinz Usama seine Ferien in England, in der Schweiz oder in den Luxushotels an der französischen Riviera verbringt, sagt man ihm zahlreiche Liebschaften nach. Obwohl ihn das Faible der Europäer für Hunde, diese unreinen Tiere, rasend macht, fühlt er sich stark zur westlichen Kultur hingezogen. Er trägt den Bart kurz gestutzt, die arabischen Gewänder hat er gegen maßgefertigte elegante Anzüge und Krawatten eingetauscht, die er bei den Schneidern in der Savile Row und Bond Street in Auftrag gegeben hat. Er trägt keine Kefije mehr, sondern Zylinder und die sogenannte *sidara,* einen selbst entworfenen Zweispitz, der den osmanischen Fes ersetzen soll. Zum Abendessen trinkt er Champagner, der angeblich eine therapeutische Wirkung hat, versucht sich im Golfspielen, schwingt den Tennisschläger auf den Lehmplätzen des Royal Olympic Club, radebrecht Englisch, lässt sich auf den Rennbahnen blicken, interessiert sich für Landwirtschaft, jagt auf dem hügeligen Grundstück Rebhühner mit seinen Männern und britischen Beamten und füttert seine Meute mit den Rationen der königlichen Garde. Die gute Bagdader Gesellschaft fiebert den Empfängen in den Gärten seines Palasts entgegen, der nun endlich fertiggestellt ist. Dort geht es weniger steif zu als unter Lady Cox und Miss Bell. Man trinkt Cocktails, arabische Dichter rezitieren unter einem Sternenhimmel ihre Verse. Aus dem ganzen Orient drängen Besucher zu ihm: Der kleine Beduinenprinz, der Tetrarch der Briten, wird Faisal I., König des Iraks.

Er schwimmt sich frei. Sir Percy hat ihm diese Aufgabe

erleichtert, bevor er gegangen ist. Indem er die drakonischen Maßnahmen ergriff, die der Souverän nicht durchzuführen wagte, ließ er ihm freies Feld, um seine Autorität zu behaupten. Nachdem sich der Naqib in den Ruhestand verabschiedet hat, schnappen sich Jafar Pacha und Nuri Saïd die Ministerien. Die großen Bagdader Familien teilen sich die Macht mit den Männern des Königs und bringen die Ländereien im Süden in ihren Besitz – fette Jahre für die sunnitischen Eliten des Landes. Trotz Faisals Öffnungsangeboten bleiben die Schiiten weitgehend ausgeschlossen. Die Reibungen mit den Briten sind zwar nicht aus der Welt, aber Faisal und Dobbs kommen so weit gut miteinander aus. Der Hochkommissar ist ein effizienter Verwalter, bodenständig und anspruchsvoll, ohne Ambitionen auf das Amt des Vizekönigs. In einem Punkt sind sich die beiden Männer einig: Sobald es in einer Provinz zu gären beginnt und die Integrität des Reichs gefährdet scheint, greifen die Fliegerstaffeln der Royal Air Force ein. Im April 1923 bombardiert die Royal Air Force kurdische Rebellen und die türkischen Streitkräfte, die noch immer an eine Rückeroberung der Region von Mossul glaubten. Wie von Churchill beabsichtigt, verleiht die britische Luftfahrt Faisal und seinem Reich ein Gefühl der Sicherheit.

Faisal versteht sich als obersten Patrioten und großen Modernisierer des Landes. Die Rue Maude wird nach dem Kalifen Raschid benannt. Die ersten Kinos eröffnen, amerikanische Schulen und eine neue Universität entstehen, auch Hotels im westlichen Stil. Und die Straßen Bagdads werden elektrisch beleuchtet. Interessiert verfolgt Faisal die Suche nach Erdölvorkommen sowie die Trassenführung der Eisenbahnstrecke und der Pipeline von Bagdad nach Haifa mit. Noch steht die Höhe der *Royalties*, die der Irak einkassieren wird, sobald die Produktion angelaufen ist, nicht fest. Auch die Vereinigten Staaten schielen nach den riesigen Ölreserven des Landes: Ein Konsortium der Standard Oil und der Mobil tritt dem Kapital der TPC bei, die mit der Förderung beauftragt ist. Im Oktober 1924 vertreibt Saud Hussein aus Mekka und erobert den gesamten Hedschads. Die Briten, Protektoren der beiden Rivalen, intervenieren nicht. Die Haschemiten haben ihre alte Heimat verloren. Der Scherif geht ins Exil nach Zypern, offenbar ohne dass sein Sohn, der König des Iraks, mit der Wimper zuckt. Sieben Monate zuvor hat Kemal Atatürk das Kalifat abgeschafft. Ein historischer Bruch, zumal die Institution immerhin auf den ersten Nachfolger des Propheten zurückging. Die Konturen des postosmanischen Nahen Ostens beginnen sich abzuzeichnen.

Obwohl sie von ihrem Sockel gestoßen worden ist, bleibt Gertrude viel beschäftigt. Cox hat ihr die Direktion des *Department of Antiquities* anvertraut, eine Funktion, die Dobbs und Faisal ihr auch nach dem Fortgang ihres Wohltäters erhalten. Sie macht sofort einen Gesetzesvorschlag, um die im Irak ausgegrabenen Schätze zu schützen und in Bagdad ein Museum einzurichten – vorerst nur ein einfacher Raum im königlichen Palast, der das reiche präislamische Kulturerbe versammelt, »ein Erbe, auf das die Einwohner des Iraks stolz sein können und das ihrem Patriotismus Nahrung gibt«, erklärt Gertrude Seiner Majestät. Faisal ermutigt sie mit dem Segen Londons und des Hochkommissars. Die archäologischen Entdeckungen mehren seinen Einfluss und sein Ansehen. Und indem sie die Wiege der Menschheit zu neuem Leben erweckt, erfüllt die Mandatsmacht die heilige Zivilisierungsmission, die der Völkerbund ihr anvertraut hat. Im November 1922 hat die Entdeckung des Grabmals von Tutanchamun weltweit für Aufsehen gesorgt: Die Ausgrabungen in Ur intensivieren sich. Gertrude inspiziert die vom British Museum und von der University of Pennsylvania finanzierte pharaonische Ausgrabungsstätte. Wie Ameisen wühlen sich Hunderte von Arbeitern in achtzehn Metern Tiefe durch Tausende Kubikmeter Erde. Die Suche fördert eine Zikkurat zutage, die zu einem mittlerweile verschwundenen Tempelkomplex gehört haben musste, außerdem einen mysteriösen Friedhof mit über zweitausend Gräbern. »Es ist ungeheuer bewegend, sich vorzustellen, dass hier vor fünftausend Jahren Menschen gelebt haben ... Ich mache gerade die aufregendsten Erfahrungen in meiner Laufbahn als Archäologin«, schreibt Gertrude ihrem Vater. Sie trägt die ersten Exponate für ihr Museum zusammen.

Seit Jahren lädt Miss Bell jeden Dienstag muslimische Frauen zum Tee ein. Sie zeigt ihnen, wie sich die Europäerinnen kleiden, und bringt ihnen die Grundzüge des Englischen bei. Mit ihren Kindern bildet sie einen Chor, den sie die britische Hymne singen lässt. Als Gattinnen von Honoratioren sind diese Musliminnen verhältnismäßig emanzipiert und können mit dem entsprechenden Schutz auch ausgehen, doch wie viele sind für immer eingeschlossen und den Männern ihres Clans ausgeliefert? Woche für Woche werden in Bagdad Dutzende von Frauen von ihren Brüdern ermordet, weil sie sie im Verdacht haben, vor der Hochzeit mit ihren Verlobten zu schlafen. Falls sie eine Beziehung zu einem Ungläubigen unterhalten, zerschneiden sie ihnen das Geschlecht mit einem Messer. Niemand verteidigt sie, und die Richter schützen ihre männlichen Artgenossen, Gertrude ist entsetzt: »Wie ich den Islam dafür hasse!«, gesteht sie einer ihrer Schwestern. Sie versucht, den König für das Schicksal der Frauen zu sensibilisieren, und richtet in Bagdad eine Außenstelle des Roten Kreuzes ein.

Faisal bleibt ihr zugetan und ist umso bemühter, je konsequenter er sie von der Macht fernhält. Als sie einmal die Möglichkeit erwägt, »für ein paar Wochen nach England zurückzukehren«, korrigiert er sie: »Sie können doch gar nicht zurück, weil Sie hier zu Hause sind. Sie können allenfalls Ihren Vater besuchen«, sagt er mit einem schalkhaften Lächeln, nachdem er ihr, wie bei jedem Treffen, die Hand geküsst hat. Sie trinken Tee mit gemeinsamen Freunden, jagen, schwimmen, weihen einen Abschnitt der Eisenbahnstrecke ein oder wohnen aus der königlichen Loge Pferderennen bei. Hin und wieder fragt Faisal sie noch um Rat, zieht es inzwischen jedoch vor, auf einem Tennisplatz oder an einem Bridgetisch mit ihr zu verkehren. Er betrachtet sie als Schirmherrin seines Königreichs, als Oberintendantin. Er beauftragt sie damit, seinen Palast zu möblieren, sein Wappen zu entwerfen und Ghazi, seinen Sohn, zu empfangen, dann auch seine Frau, seine beiden Töchter und ihre Hofdamen, die von den wahhabitischen Phalangen aus Mekka vertrieben worden sind und Ende 1924 in Bagdad eintreffen.

Gertrude nimmt den schüchternen, launenhaften Jungen unter ihre Fittiche. Sie lässt ihm von einem aus Bombay stammenden Schneider Anzüge aus Tweed anfertigen und bestellt zu Weihnachten bei Harrods eine elektrische

Eisenbahn für ihn. Da Ghazi in der Wüste aufgewachsen ist, umgeben von Sklaven und ungebildeten Frauen, rät sie seinem Vater, ihn zur Ausbildung nach Harrow zu schicken, um seine Nachfolge vorzubereiten. Fürs Erste vertraut sie ihn einer Gouvernante und einem englischen Lehrmeister an. Seine Mutter verwöhnt ihn, seit er auf der Welt ist. Sie will nicht, dass er fortgeht. Königin Husaima ist winzig, tiefreligiös und nur wenig gebildet. Faisal war jung, als er sie auf die Bitte seines Vaters hin geheiratet hatte. Sie ist eine Cousine, sie verstehen sich nicht gut: Er liebt sie nicht.

Die Leute reißen sich nicht mehr darum, bei Miss Bell zum Dinner eingeladen zu werden: Ihr Abstieg könnte sie verbittert machen, und Gertrude hätte gute Gründe, dem König böse zu sein. Doch obwohl Gertrude unter chronischer Bronchitis leidet, ist ihr »Leben ein einziges Vergnügen«. »Noch nie habe ich im Irak einen reizenderen Ausflug unternommen«, schreibt sie ihrem Vater Ende 1923, als sie von einer Jagd mit Freunden auf die Oryxantilope in der Gegend von Babylon zurückkommt. Kinaha Cornwallis war auch dabei. Trotz des schlingernden alten Fords und eines geplatzten Reifens, dem ein Schlagloch zum Verhängnis wurde, sangen die beiden Kollegen auf dem Rückweg aus vollem Hals Puccini-Arien. Ken, wie sie ihn inzwischen nennt, hat eine schöne Tenorstimme. »Ganz berauscht von der Sonne und der frischen Luft« trafen sie nach Sonnenuntergang wieder in Bagdad ein. Sein sudanesischer Bediensteter hatte für sie gekocht, und Ken brachte sie, ein bisschen angetrunken und bezaubert, erst nach Mitternacht nach Hause.

Im Zuge der Vertragsverhandlungen freundeten sich Miss

Bell und Mister Cornwallis miteinander an. Cornwallis, seit Philbys Fortgang persönlicher Berater Faisals und des Innenministers, hatte bei den Verhandlungen assistiert. Zurückhaltend und fleißig, fungierte er in der unmittelbaren Nachkriegszeit als Verbindungsoffizier des Emirs mit dem britischen Oberkommando in Syrien. Faisal vertraute ihm blind. Er bestand darauf, dass er ihm in den Irak folgte, um ihm zu helfen, die Verwaltung des Landes auf die Beine zu stellen. Gertrude beneidet ihn, aber sucht gleichzeitig seine Gesellschaft. Er ist ein kultivierter Orientalist, der in Oxford und Kairo studiert hat, ein Schöngeist und ausgezeichneter Kenner der Araber, »ein Ausbund an Kraft und Weisheit«. Ken, schlank, aber stattlich wie ein Zenturio, ist ein ehemaliger Sportler. Er ist fünfzehn Jahre jünger als sie, und obwohl sein Gesicht, das einer kykladischen Statuette gleicht, von überdimensionalen Ohren verunstaltet wird, findet sie ihn durchaus attraktiv. Hochgewachsen, blauäugig, vornehm, gebildet und gelassen – er gleicht den Männern ihres Lebens. Sie mag es, wie er den Pfeifenkopf am Rand des Aschenbechers abklopft, während sie miteinander plaudern, sie mag das Vanillearoma seines Tabaks, seine beruhigenden Gesten. Noch nie ist Gertrude einem Europäer begegnet, der die Hitze so gut verkraftet wie er. Sein ziegelrotes Gesicht scheint nie zu schwitzen, immer sieht er frisch aus, in Bagdad eine Seltenheit. Lawrence sagte, er sei aus rostfreiem Metall geschmiedet, das erst bei Tausenden von Grad schmelze.

Während der Verhandlungen haben sich Gertrude und Ken angewöhnt, im Tigris zu baden und sonntagnachmittags zu picknicken, zu lunchen, Tee zu trinken und, bald schon, jeden Abend gemeinsam zu essen, wenn der Zeitplan des königlichen Beraters es erlaubt. Sie reiten durch die Obstplantagen, beobachten die Bauern bei der Granatapfelernte und unternehmen am Wochenende Ausflüge, nachdem sie sich in Gertrudes Küche mit gebratenen Eiern und einer Schale Kakao gestärkt haben. Sie hat ihm die bedeutenden archäologischen Stätten gezeigt, den Palast von Uchaidir, Kish und Nippur, wo der Tempel des Göttervaters Enlil großen Eindruck auf ihn macht. Auf dem Rückweg springen sie kurz ins Wasser, nachdem sie im Schatten des Autos eine Siesta gemacht haben. Im Winter spielen sie bei einem Glas Porter am Kamin Mah-Jongg. Ken hat ihr ein Grammophon geschenkt. Sie versuchen, Tango zu tanzen, sind aber nicht sonderlich begabt: Ken und Gertrude flirten harmlos miteinander, froh darüber, ein bisschen ihrer Einsamkeit zu entkommen. Sie hat nicht die Absicht, sich mit fünfundfünfzig in eine neue, stürmische Geschichte zu stürzen: Auch wenn er Tausende Kilometer von ihnen getrennt lebt, hat Ken eine Frau und drei Kinder. Er sieht seine Familie praktisch nie. Wie für Gertrude ist der Irak zu seinem Lebensmittelpunkt geworden.

Als er ihr im Sommer 1924 erzählt, dass er nach England reisen werde, um sich scheiden zu lassen, beginnt sie unwillkürlich wieder zu hoffen. Nach der Ratifizierung des Vertrags, für den Cornwallis – vor dem Hintergrund diverser Einschüchterungen und Ermordungen – Tag und Nacht gerungen und die Abgeordneten der verfassungsgebenden Versammlung alle einzeln zu überzeugen versucht hat, haben sie soeben eine idyllische Woche zusammen mit dem schottischen Arzt des Königs und einem anderen Kollegen verbracht. Sie waren schwimmen, haben geangelt und sich am Flussufer gegenseitig Gedichte vorgelesen. Sie trug ein neues Badekleid, einen gestreiften Jersey-Badeanzug und Lederpantoffeln aus den Galeries Lafayette, die sie sich für die Sommerfrische von ihrer Schwiegermutter hatte schicken lassen. Abends aßen sie, wie römische Adlige auf Kissen gebettet, im Mondschein dicke, an Palmästen gegrillte Fische. Vor seiner Abreise hatte sie ihm beim Umzug geholfen und ihn ihrer Halbschwester Molly empfohlen: Ken solle sie gern anrufen, es sei ihr eine Freude, ihn, wenn er in London sei, zum Lunch einzuladen.

Den ganzen Sommer über fegt ein glühender Wind über Bagdad. Der König und sein Hofstaat suchen Kühlung in den Hochebenen des Zagros-Gebirges, die Hierarchen der Zivilverwaltung am Fuß der Vorgebirge des Himalayas. Gertrude geistert durch die menschenleeren Gänge der Residenz, überlässt sich einer unbestimmten Hoffnung, tötet die Zeit, indem sie hinter den geschlossenen Jalousien des Salons auf dem Sofa in Tourismusbroschüren blättert. Liebend gern würde sie sich einfach einer Reiseagentur überlassen, wie es inzwischen Mode ist, und es sich mit Ken im Schatten von Zitronenbäumen an der Amalfiküste gut gehen lassen oder ein, zwei Monate lang mit einem Segelschiff in der Karibik von Insel zu Insel fahren. Ken ist ein guter Gefährte, an seiner Seite würde sie gern altern. Wenn er wieder nach Bagdad kommt, wird er ein freier Mann sein. Mal freudig, mal bange wartet Gertrude auf seine Rückkehr. Er schreibt ihr, dass es »mit der Scheidung nicht gut läuft«. Er werde noch einige Monate bleiben müssen.

25.

Limnos, Ägäis, April 1915

Die Hände in die Taschen seines Trenchcoats gestopft, spaziert Oberst Doughty-Wylie durch den Hafen. Er hält seine Mütze in der Hand, aus Angst, dass sie weggeweht werden könnte. Australische und neuseeländische Bataillone sind über die Kais verstreut, große, kräftige und blonde Männer mit einem kindlichen Lachen, die unlängst *en masse* aus Ägypten eingetroffen sind. Sie begegnen schnurrbärtigen Bauern, die lebendige Lämmer um den Hals tragen, listigen Händlern in Pluderhosen und ärmellosen Westen, die von den umliegenden Inseln herbeigeeilt sind, um ihren Plunder an die Truppen zu verkaufen. Jungen in kurzen Hosen wirbeln um eine Traube aus senegalesischen Tirailleuren. Ein Pope mit geröteten Augen reckt ein billiges Kreuz in die Luft und predigt vom Ende der Welt. Dick kauft sich einen Apfel und geht zum Bootsanleger. Er schaut forschend in das graue Einerlei aus Himmel und tosendem Meer: Die Alliierten werden weder morgen noch in den kommenden Tagen zum Angriff auf die türkischen Festungen starten. Hohe Wellen zerschellen an den Flanken der Kriegsschiffe. Dutzende davon liegen in der Bucht vor Anker: Schlacht- und Transportschiffe, Torpedoboote, Kohlenfrachter, ein unbeschädigtes Lazarettschiff und zwei flache, kaum aufgetauchte Unterseeboote, deren dunkle Rundungen aussehen wie auf dem Rücken treibende Walfische. Die Armada ist bereit, in großer Zahl in die Meerengen vorzudringen und sich auf Konstantinopel zu stürzen.

Es wird dunkel. Dick folgt den roten Streifen der Scheinwerfer, die den Golf absuchen. Baggerschiffe mit ausgeschalteten Lichtern dringen in den Umkreis der Reflektoren ein. Es beginnt zu regnen, dann sogar zu hageln, Körner groß wie Wachteleier. Oberst Doughty-Wylie sucht Zuflucht im Hafencafé.

Er wischt sich das Gesicht mit einem Taschentuch ab und bestellt einen kristallklaren starken Alkohol, ohne Wasser oder Eis – »bloß nicht«. Rings um ihn rauchende alte Männer mit schwarzen Fingernägeln, die durch fleckige Ausgaben der *Salpinx* blättern, der Zeitung der Insel Lesbos. Ein kurzsichtiger junger Mann lehnt an der Theke und zupft auf einer Mandoline. Die Offiziere beneiden Oberst Doughty-Wylie. Keiner von ihnen bekommt so viel Post wie er: Er zieht ein Bündel Briefe aus der Tasche seines Regenmantels, vier Briefe von Gertrude und zwei von Judith, die heute Morgen vom Postdienst der Expeditionsstreitkräfte ausgeteilt worden sind. Seine Frau setzt ihre harte Arbeit in Boulogne fort und betet jeden Abend, vor einer Ikone der Muttergottes kniend, für sein Seelenheil. Seit seiner Abreise nimmt sie starke Schlafmittel und leidet an Bluthochdruck. Gertrude ist nach London zurückgekehrt, um im Auftrag des Kriegsministeriums Karten von der syrischen Wüste zu erstellen. Sie fordert ihn auf, ihr zu folgen, sobald er seine Pflicht erfüllt habe, als wäre die Eroberung von Konstantinopel ein Kinderspiel. Die Arme verliert allmählich jeden Bezug zur Wirklichkeit, denkt Dick fröstelnd, während er, an einem weiteren Glas Ouzo nippend, einen ihrer in einem neuartigen religiösen Duktus verfassten Briefe liest. Wieder schreibt Gertrude ihm, wie gern sie von ihm schwanger geworden wäre. »Würde ich ein Kind von Ihnen tragen, würde ich Gott danken und mich vor nichts mehr fürchten ... Das wäre das schönste Geschenk gewesen, das ich Ihnen hätte machen können, das in Ekstase gezeugte göttliche Unterpfand unseres Glücks, das wir mit der gleichen Inbrunst, mit der man den Schöpfer verehrt, geliebt und umhegt hätten. Dick, ich will nicht, dass Sie sterben, ich erwarte das Leben von Ihnen.« Überschwänglich, entsetzt, zärtlich oder missmutig, wandelt sich, je nach Tageszeit, die Stimmungslage ihrer zahlreichen Briefe. »Zwischen Ihnen und mir gibt es ein ewiges Geheimnis. Niemand weiß davon, niemand wird jemals die Frau kennen, die Sie mit Leib und Seele liebt. Niemand außer Ihnen, mein Geliebter. Sie erst haben sie hervorgebracht, und daher müssten Sie sie auch furchtlos lieben ... Egal, welche Wahl Sie treffen, für einen langen Tag wie für ein Leben oder für ein Leben, das sich auf einen Tag beschränkt ... ich gehöre Ihnen, mein geliebter Dick ... Sie können nicht auf zwei Hochzeiten tanzen. Sie müssen sich für mich entscheiden. Ich suche Erfüllung. Ich kann mich nicht damit begnügen, bloß zu hoffen ... und meinen Schmerz zu tragen, ohne ihn herauszuschreien«, schreibt sie ihm in den folgenden Briefen. Dicks Augen trüben sich, während sich der Mandolinenspieler durch eine melancholische Ballade quält, eine todtraurige Romanze, denkt der betrunkene Oberst. Seine Gedanken schweifen zu Gertrude, Judith und Charlotte – die große und einzige Liebe seines Lebens, schießt es ihm durch den Kopf – und zu ihrem kleinen Sohn, an dessen Gesichtszüge er sich nicht mehr genau erinnert, nur an seinen sanften Blick und sein fröhliches Lachen, damals, als sie auf dem Teppich im Wohnzimmer, wo seine Mutter durch seine Schuld umkommen sollte, mit der Holzeisenbahn gespielt hatten. Er ist ein Unglücksbote, egal, was er tut, schadet er den Menschen, die er liebt: Unvermittelt erhebt sich Oberst Doughty-Wylie, in großem innerem Aufruhr. Er wirft sich seinen Überzieher über die Schulter, steckt dem Musiker einen zerknitterten Geldschein zu und schwankt schluchzend zur Tür.

Am 26. April hat die Flotte in aller Frühe den Anker gelichtet und hält mit wehenden Flaggen auf Asien zu. Auf hoher See haben Delfine die Schiffe begleitet, und jetzt, wo sich der pastellfarbene Dunst des Morgengrauens lichtet und den Himmel über den bläulichen Bergen der Halbinsel von Gallipoli erglühen lässt, werden sie von lärmenden Möwen abgelöst. Schwebend spotten sie über die nach Ruhm und Eroberungen strebenden Männer, die vor der Küste von Troja in den Kampf ziehen, wie einst Menelaos und Agamemnon, als hätten sie nicht aus der Geschichte gelernt. Sie schwingen sich empor, sobald die Kreuzer das Feuer auf die türkischen Stellungen eröffnen. Wasser spritzt auf, die Osmanen schießen von ihren Festungen zurück. Die Geschütze donnern, Vorboten der alliierten Bodentruppen.

An Bord der *River Clyde* kauert Dick sich zusammen. Die zaudernde Sonne wärmt seine Augenlider, während er ein letztes Stoßgebet zum Himmel schickt – mit bebendem Herzen, das sich weder durch das Getöse der Granaten noch durch das Brummen der schwächelnden Motoren erschüttern lässt. Seitdem er beschlossen hat, am Boden zu kämpfen, anstatt sich auf einem Kreuzer mit dem Oberkommando auf offener See zu verschanzen, fühlt sich Oberst Doughty-Wylie gelassen, nahezu befreit. Als einer der Ersten wird er den Sand des Kap Helles an der Südwestspitze der Halbinsel Gallipoli unter den Füßen spüren. Vor seiner Einschiffung hatte er Gertrudes Briefe verschnürt und ihr mit einem kleinen Begleitschreiben zurückgeschickt: »So viele wunderbare Erinnerungen, mein Liebling, Königin der Worte, an Ihre wunderbare Liebe, an Ihre Küsse und Ihre unermessliche Tapferkeit … Machen Sie sich keine Sorgen, ich vertraue der Vorsehung und werde Ihnen vom ersten Postamt, das ich in Gallipoli finden werde, schreiben.« An Judith schickt er einen kurzen Brief voller Inbrunst, Dankbarkeit und Zärtlichkeit. Beiden Frauen hat Dick eine Haarsträhne von seinen ergrauenden Schläfen beigelegt.

Der vom kristallinen Meer umspülte Felsvorsprung kommt in Sicht. Aus den Qualmwolken ragen die unter ständigen Beschuss genommenen türkischen Festungen. Mit Volldampf hält die *River Clyde* unter den Geschossen auf den Strand zu, wo Oberst Doughty-Wylie und sein Bataillon an Land gehen sollen. »Und wenn Sie sterben werden, dann warten Sie auf mich. Ich habe keine Angst vor diesem Übergang. Ich werde zu Ihnen eilen …« Dick liest abermals Gertrudes am Vortag eingetroffenen Brief und wirft ihn über Bord. Er zurrt den Kinnriemen am Helm fest, zieht die Wickelgamaschen zurecht und prüft, ob die rote Stoffbinde, die ihn als Offizier ausweist, richtig am rechten Arm sitzt. Er blickt auf die Uhr. Das Dreieck seines Schnurrbarts zittert: »Landung in fünf Minuten, *gentlemen*, halten Sie sich bereit!«, brüllt er den auf der Brücke zusammengedrängten Kämpfern zu. Die Waffen rasseln, die Krieger rüsten sich, umarmen einander, sprechen sich Mut zu: Angst und Entschlossenheit spiegeln sich auf den jugendlichen Gesichtern. »Nur Mut! Wir schnappen uns die Johnny Turks, Gott schütze uns, im Namen des Königs, hurra!«

Das Signalhorn ertönt, der Schiffsbauch öffnet sich: Dick springt als Erster ins Wasser, gefolgt von seinen Männern, die zum Strand rennen und am Fuß des Hügels, von dem aus die Türken sie beschießen und die Meerenge kontrollieren, in Deckung gehen. Nur mit einem Stock bewaffnet, führt er sie in den Kampf wie ein Hirte seine Herde. Er schärft ihnen Gehorsam ein, feuert sie an und gruppiert sie um, während ihm schon die flachen Kugeln der feindlichen Maschinengewehre um die Ohren pfeifen und die ozeanische Jugend dahinmähen. Die Überlebenden wischen sich die Stirn ab, schöpfen Atem und trinken ein bisschen im Schatten eines hohen Felsens. Ihr Puls verlangsamt sich kaum, es riecht nach Pulver, nach Algen und Feigenblättern. Der Oberst erteilt seine Anweisungen. Das Schlimmste steht noch bevor, sie müssen nahezu ungeschützt auf einem abschüssigen Gelände angreifen, das ist der Preis für die Eroberung Konstantinopels: »Das Empire zählt auf uns, auf euch wartet der Ruhm, Jungs.« Er lässt sie das Bajonett aufpflanzen, zu zehnt stürmen sie vor, Dick vorneweg. Er hat keine Angst, nein, seit ein paar Tagen fürchtet er sich vor nichts mehr. Zum Angriff! In geduckter Haltung laufen seine Soldaten los, im Zickzackkurs oder kriechend wie Eidechsen, in der Hoffnung, dem türkischen Kugelregen zu entgehen, er aber prescht vor, in voller Größe, den Oberkörper vorgereckt, erhobenen Hauptes, das Zepter in der Hand. Die Stunde ist gekommen. Seine Krönung. Er wird den Heldentod sterben, als Märtyrer seiner selbst. Diese herrliche Landschaft eignet sich vorzüglich dafür, denkt er, während er den Hügel erklimmt: Das Meer ist spiegelglatt, der Himmel makellos, der Boden geschichtsträchtig. Eine erste Kugel zerschmettert ihm die Stirn. Weitere Geschosse durchschlagen ihm die Brust, die Milz, die Lunge. »Oh mein Gott, errette deinen Diener, der auf dich vertraut«: Oberst Dick Doughty-Wylie bricht zusammen.

Wenige Stunden später wird er bestattet. Bei Einbruch der Nacht zimmern seine Soldaten ihm auf die Schnelle ein großes Kreuz.

26.

Bagdad, Februar 1925

Ihre Knie geben nach. Gertrude empfindet einen heftigen Brechreiz und einen stechenden Schmerz: Der unverschämte, als Maharadscha verkleidete Cornwallis tanzt Wange an Wange mit einer vollbusigen Krankenschwester und umfängt vertraut ihre Taille. Die beiden kräftigen Körper wirbeln über die Tanzfläche, und als der Foxtrott vorbei ist, schlingt die junge Frau die Arme um den Hals ihres Kavaliers, küsst ihn gierig und begleitet ihn, Hand in Hand, bis zur Bar in der Nähe des Pools. Gertrude wendet den Kopf ab, als sie Kens Blick begegnet.

Sie hat das Gefühl, dass die Leute sich über sie lustig machen, und zieht betont gleichgültig an einer Zigarettenspitze. Dann flieht sie schäumend vor Wut und tieftraurig an den Fluss. Sie wirft die venezianische Maske in den Tigris, setzt sich, das Gesicht in den Händen vergraben, ans Ufer und überlässt sich ihrem Kummer. Was für eine Demütigung, und was für ein Schaf sie doch gewesen ist! War auf Liebe, Freundschaft und Respekt denn kein Verlass mehr? Gertrude begreift, weshalb Ken sich seit seiner Rückkehr nach Bagdad vor ein paar Wochen so rar gemacht hat. Weshalb er, fast schon angewidert, zurückgewichen ist, als sie ihm an dem Morgen, als er zum Kaffee kam, die Nasenspitze mit einem mit Spucke befeuchteten Taschentuch säubern wollte. Er schob vor, dass der König ihn brauche, und entschuldigte sich, nach einem Semester der Abwesenheit alle Hände voll zu tun zu haben. Dreckiger Lügner, elender Feigling, schluchzt sie und wirft mit bloßen Händen Schlamm in den Tigris. Die Lippen karminrot und die Augen mit Mascara angemalt wie eine jemenitische Prinzessin, das Kleid ein bisschen kürzer als üblich, hatte sie sich sorgfältig zurechtgemacht, um Ken zu verführen – und dann hing diese eingebildete Pute an ihm, die mindestens fünfundzwanzig Jahre jünger war als sie. Sie fühlt sich in ihrer Würde als alternde Frau verletzt. Nichts könnte sie in diesen Tagen empfindlicher treffen.

»Ich habe Ihnen nie irgendetwas versprochen«, verteidigt sich Cornwallis, als er ein paar Tage darauf mit einem Korb voller Früchte unangekündigt bei ihr vorbeischaut. Er hat Suzanne auf dem Rückweg auf dem Schiff kennengelernt, »Liebe auf den ersten Blick«, und seither, »das stimmt wohl«, sind sie unzertrennlich, »es tut mir leid, Gertrude«. Er suche weder eine »Mutter und Schwester«, wie sie es ihm in einem parfümierten Briefchen nach England vorgeschlagen hatte, noch eine »reife, geruhsame Beziehung«, sondern eine Verlobte und, wenn Gertrude einverstanden sei, auch eine treue, zugewandte Freundin, die er »wie eine Heilige verehren« wolle, da sie »so viele Leidenschaften teilen«. Sicher werde er sich bald langweilen, warnt sie ihn, woraufhin der stattliche Mann ungeniert erwidert, es gebe da eben gewisse Dinge, die sie nie verstehen werde. Ohne weiter nachzudenken, bittet sie ihn, ihr Haus zu verlassen, eine Aufforderung, der er unverzüglich nachkommt, sogar seinen Kolonialhelm vergisst er auf dem Tisch. Künftig geht sie ihm aus dem Weg. Schade, denn Mister Cornwallis hatte ein Feuer entfacht, das mit Dicks Tod erloschen war: Nun war sie wieder die Verlassene, ganz ohne Vorwarnung, ein weiteres Mal. Sie hustet, spuckt in ein Taschentuch und kreuzt nachdenklich und verzweifelt ihren Schal über der schmerzenden Brust. Hat sie sich ihre Vertrautheit nur eingebildet? Ist sie für den Berater des Königs ein bloßer Zeitvertreib gewesen? Auch treue Gefühle sind offenbar eine Illusion, grübelt sie und drückt ihre Zigarette aus.

Tief getroffen macht sich die ehemalige Königin ohne Krone in der britischen Residenz so unsichtbar wie möglich. Sie kommt morgens in aller Frühe, schließt sich in ihrem Arbeitszimmer ein, arbeitet sich durch Notizen, verfasst Mitteilungen und übersetzt Kette rauchend arabische Zeitungen, eine Routinetätigkeit, mit der sie nach ein paar Stunden fertig ist: Noch vor Mittag ist sie wieder zu Hause, ohne anschließend etwas vorzuhaben. Da Cox' Mitarbeiter alle hintereinander gegangen sind, hat sie in der Zivilverwaltung keine Freunde oder Verbündete mehr. Ihr Nachfolger, Captain Holt, der sich zu Beginn seines Mandats noch eifrig um ihre Informationen bemüht hatte, übersieht sie inzwischen herablassend. Die steifen jungen Beamten in ihrem Umfeld grüßen sie nur widerstrebend, nachdem die *Westminster Gazette* publik gemacht hat, wie Cox und sie sich kurz vor Faisals Eintreffen Talib vom Hals geschafft hatten.

Diese Herren gleichen Geschäftsführern. Die neue Generation hat das Empire nicht mehr im Blut.

Die Dienstälteste der Zivilverwaltung hat das Gefühl, »durchsichtig und zu nichts mehr zu gebrauchen« zu sein. Auch ein »Roboter« oder eine »Maschine« könne sie ersetzen, »das ist derzeit in Mode«, schreibt sie einer ihrer Schwestern. Gönnerhaft lädt Hochkommissar Dobbs sie hin und wieder zum Lunch ein. Doch nicht etwa, um die derzeitigen Verhandlungen über die auf fünfundsiebzig Jahre angelegte Öl-Konzession zu kommentieren, die er Faisal im Namen der Turkish Petroleum Company abluchsen will, oder um sie zu einer Initiative zu ermutigen, er will nur sichergehen, dass sie an ihrem Platz bleibt, und ein bisschen Smalltalk betreiben. Schließlich ist Miss Bell eine kultivierte Person. Ihre dürre, in langen Samtkleidern steckende Gestalt weckt das Mitgefühl des praktizierenden Anglikaners. Doch wenn sie versucht, sich in seine Angelegenheiten einzumischen, oder ihm rät, auf einen Stammesältesten Rücksicht zu nehmen, von dessen jüngster Petition er nichts weiß, lässt er sie höflich abblitzen: »Erzählen Sie mir lieber von Ihrem Museum, Miss Bell. Geht alles so voran, wie Sie es sich vorstellen?«

Durch ihren Bruch mit Cornwallis entfernt sie sich zunehmend vom Hof, und inzwischen hat auch Königin Husaima eine Abneigung gegen sie entwickelt. Sie wirft ihr vor, Ghazi, ihren geliebten einzigen Sohn, der jetzt in Harrow ein Internat besucht, ins Exil geschickt zu haben, wie Gertrude es Faisal vorgeschlagen hatte. Für wen hält sich diese treulose alte Schachtel eigentlich?, fragt die Königin ihren Gatten. Sie duldet es nicht, dass sie ihn in der Öffentlichkeit umarmt oder im Badeanzug mit ihm schwimmen geht, und sie hat ihr nie verziehen, sich bei ihrer Ankunft aus Mekka als Hausherrin des Palasts aufgespielt zu haben. Von seinem Berater samt seiner fröhlichen Krankenschwester und von der eifersüchtigen Königin auf Abstand gehalten, sieht Gertrude den König nur noch bei offiziellen Exkursionen.

Ein paar Jahre zuvor wäre sie von ihrem Amt zurückgetreten. Doch in diesem Frühjahr 1925 kann sie nicht auf ihre Bezüge verzichten. Gertrude braucht Geld, sie muss sparen, ihr Vater ist nicht mehr in der Lage, für ihren Lebensunterhalt aufzukommen: Den Bells droht der Ruin. Von den amerikanischen und japanischen Kartellen in Bedrängnis gebracht, durch lange Streiks, Gehaltserhöhungen und die Aufwertung des Pfund Sterling geschwächt, stehen die ebenso baufälligen wie hoch verschuldeten Bell'schen Eisenwerke kurz vor dem Aus: Die Gesellschaft, mit der sie fusioniert haben, behält sogar schon Hughs Dividende ein.

Aus dem Zug, der sie ins Yorkshire zurückbringt, blickt Gertrude in eine trostlose Landschaft. Kleine, gräuliche Häuser, stillgelegte Lagerhallen und Fabrikschlote, morastige Kanäle, zerfallene Brücken und – auf den Bahnsteigen oder an den Bahnübergängen – Arbeitslose mit freudlosen, müden und verbrauchten Gesichtern: Der rußgeschwärzte Nordosten Englands vegetiert vor sich hin, gleichsam ein Echo des Gedichts *Das öde Land* von T.S. Eliot, das sie sich in einer Buchhandlung in St Pancras gekauft hat: »Der Wind / streicht lautlos über das braune Land. Die Nymphen sind verschwunden …« Die Erbin, die sich trotz der milden Temperatur in ihrem Abteil in eine Tweed-Decke gehüllt hat, macht sich Vorwürfe: Ebenso wenig wie ihre Geschwister hat sie sich je für die Aktivitäten ihres Vaters interessiert. Die Hochöfen, diese Monster aus Ziegeln und Stahl, waren für die Ewigkeit errichtet, glaubte sie, während sie in Seelenruhe ihre Rente bezog und in der lieblichen Landschaft die herrliche Abfolge der Jahreszeiten genoss. So vollendete sich die Ordnung der Welt: Ihre Vorfahren hatten gearbeitet und sich ihren glänzenden Erfolg wohlverdient, sie hingegen hatte Glück und wurde von einer unsichtbaren Hand beschützt – so war es eben. Gertrude hatte nie gern die Arbeiter besucht, und wenn sie sich zu wohltätigen Zwecken dennoch hinbegeben musste, blieb sie nie lange. Sie fand keinen Zugang zu diesen Leuten, vor deren derber Mundart ihr graute. Das Quietschen der Riemen, das metallische Klirren der Zylinder und der stechende Geruch der verbrennenden Metalle, der noch tagelang an ihrer Haut klebte, widerte sie an. Sobald sie zurück in Rounton Grange war, warf sie ihre Kleider ins Feuer und glitt in die Badewanne mit den goldenen Löwenfüßen. Mit ihrem Vater sprach sie über Literatur, Geopolitik oder Malerei, nur selten über die Verwaltung des Familienkonzerns. Sie vertraute ihm blind. Einmal mehr hatte sie sich getäuscht, und jetzt bricht ihre Welt zusammen, Stein für Stein, in einem schwindelerregenden Tempo. »Armer Papa, wir Armen!«, stöhnt sie und sucht ihre Sachen zusammen. Der Zug rollt in den Bahnhof ein.

Ein schlohweißer Greis hält am Bahnhof nach ihr Ausschau. Seine Gesichtszüge sind eingefallen, der glücklose Industrielle ist nicht wiederzuerkennen. Hugh und Gertrude umarmen sich überschwänglich, und beide zucken zusammen, als sie merken, dass der jeweils andere nur noch Haut und Knochen ist. Er hängt sich an ihren Arm und hinkt, auf einen Stock gestützt, bis zu dem bescheidenen Torpedo, in dem Florence sie erwartet. Auch sie ist nicht mehr die Alte. Die finanziellen Schwierigkeiten haben das Paar aus der Bahn geworfen und insbesondere Hugh, der von Termin zu Termin mit seinen Gläubigern eilt, schwer zugesetzt: Gertrudes Held, ihr geliebter Vater, ist fehlbar. Binnen weniger Jahre hat er das Imperium, das sein eigener Vater ihm vermacht hatte, mit riskanten Anlagen und zahllosen Fehlentscheidungen durchgebracht. Ihre Geschwister sind alle verheiratet, aber für sie, die Lieblingstochter und Vertraute, hat er keine Vorsorge treffen können. Am Steuer des Wagens, den er mit fast krankhafter Vorsicht bis zu ihrem riesigen Anwesen lenkt, bittet er sie stammelnd um Verzeihung. Und gesteht ihr mit zittriger Stimme etwas, das er ihr nicht schreiben mochte: Sie haben nicht mehr die Mittel, Rounton Grange zu unterhalten, ihr Flaggschiff, das Symbol ihres früheren Wohlstands. In ein paar Wochen werden sie nach London zu Florence ziehen. Den Besitz, dessen einer Flügel bereits geschlossen ist, haben sie zum Verkauf angeboten. Fast das gesamte Personal ist entlassen, die Pferde sind veräußert worden … Unvermittelt stoppt Hugh den Wagen und kehrt Gertrude sein tränenüberströmtes Gesicht zu. Sie erinnert sich nicht, ihn jemals weinen gesehen zu haben. Sie umarmt ihn, und nun laufen ihr Tränen über die Wangen. »Es tut mir so leid, mein Mädchen, so leid …«, murmelt er mit gebrochener Stimme.

»Deshalb wollte er also, dass ich so schnell zurückkomme.« In ihre Erinnerungen und Gedanken versunken, spaziert Gertrude durch den Park. Es ist ein Abschiedsgang, den sie sich an jenem heißen Julimorgen in ihrem Fuchspelz antut. Die Vögel singen bei ihrem Anblick, als hätten sie sie erkannt. Sie ist noch wie vor den Kopf geschlagen von der Neuigkeit des Vortags. Sie wird ihren Kokon verlieren, ihren letzten Zufluchtsort, den stillen Winkel auf dem englischen Land, wo ihr das harmonische Zusammenleben von Reichen und Armen in Würde und guter Tradition Zuflucht vor den Erschütterungen der Welt geboten hatte. Wenn sie durch die Vorhalle in Rounton Grange schritt, empfand sie allein den Geruch der schweren gebohnerten Möbel oder der Saat und Ernte als belebend: Dort war sie nach ihren Expeditionen wieder zu Kräften gekommen, hatte sie ihre Bücher geschrieben oder nach Dicks Tod Trost gefunden und ihre Wunden geheilt, indem sie, zum Erstaunen der Bediensteten ganz in Schwarz gekleidet, durch die Wälder und die Heide gestreift war. Unter dem hundertjährigen Kastanienbaum, auf der lichtdurchfluteten Wiese, wo sie sich unsterblich in Dick verliebt hatte, las Gertrude wochenlang Tag für Tag den Nachruf, den die *Times* ihm in ihrer Ausgabe vom 4. Mai 1915 gewidmet hatte. Sie kannte ihn irgendwann auswendig: »Oberst Doughty-Wylie war ein typischer Offizier der alten kaiserlichen Armee … Dort wurde der ausgezeichnete Sportler, bewährte Reiter und hervorragende Jäger hochgeachtet. Dieser tapfere Mann verfügte über die intellektuelle Neugier eines bedeutenden Professors. Völlig zu Recht wurde ihm unlängst posthum das Victoria-Kreuz verliehen …«, rezitiert sie an derselben Stelle, noch zehn Jahre danach, alles Wort für Wort, während sie in den leicht verschleierten Himmel blickt.

Schmetterlinge schwirren durch die Luft, Gertrude kehrt um und folgt, nachdem sie durch einen heftigen Hustenanfall in ihren Überlegungen unterbrochen worden ist, dem schattigen Weg, der zu den Gärten führt. Dort hatte sie schon in frühester Kindheit das Leben geatmet, Gefallen an Abenteuern und der großen Weite gefunden. Auf diesen Wegen hatte sie Reiten gelernt und im Seerosenteich das Schwimmen. Während sie an den verlassenen Tennisplätzen entlanggeht, denkt sie an die ersten Unterweisungen, die ihr Vater ihr mit hochgekrempelten Ärmeln erteilt hatte, an seine vor Zärtlichkeit überbordende Stimme, als sie sich einmal den Knöchel verstauchte, und an die wilden Partien, die sie sich mit ihrem kleinen Bruder lieferte. Maurice, an dem sie immer alles ausließ, den sie mit Schneebällen bewarf und den sie zwang, im Brunnen unterzutauchen oder Verstecken zu spielen. An einem Januarnachmittag hatte sie ihn halb erfroren im Keller des Büros des Gutsverwalters gefunden. Damals amüsierte und begeisterte sie alles. Es zerreißt ihr das Herz, als sie jetzt durch den Park spaziert: Unkraut wuchert über die Rosenbeete, die Hyazinthen wachsen wie Kraut und Rüben, Würmer und Hummeln streiten sich um die überreifen Birnen, die verstreut im Gras liegen. Gertrude bückt sich und saugt ein letztes Mal den Duft ihrer Erde ein. Dann überblickt sie die Landschaft, die stumm gewordenen Pferdeställe, die Fassaden mit den geschlossenen Fensterläden, das gespenstische sonnenbeschienene Schloss. Bilder, Klänge und Düfte schieben sich darüber, aus jener Zeit, da allenthalben noch Leben und Sorglosigkeit herrschten. In Rounton Grange hätte sie mit ihren Kindern wohnen wollen, wenn sie denn … und dort möchte sie ihr Leben beschließen, sobald das Museum in Bagdad fertiggestellt ist. Sie kann es nicht fassen, dass die bösen Mächte, die es in letzter Zeit auf sie abgesehen haben, ihr jetzt auch den einzigen Zufluchtsort entreißen.

Gertrude hat ein paar Wiesenblumen gepflückt und ist zum Grab der Mutter gegangen. Ihre Beine sind schwach, ihr Nacken steif, und während sie sich über den Grabstein beugt, fühlt sie im Herzen, im Körper, im Kopf eine Leere, bevor sie das Bewusstsein verliert.

Die Ärzte ihres Vaters untersuchen sie: »Ihre Tochter ist erschöpft. Sie leidet an Blutarmut, an Herzrasen und Depressionen. Wir empfehlen absolute Ruhe, eine Vitaminkur und Lebertran. Wussten Sie übrigens, dass sie Blut spuckt? Sie muss aufhören zu rauchen und einen Lungenspezialisten in London aufsuchen.«

Gertrude zieht in ein gut gelüftetes Zimmer in Florence' Wohnung in der Sloane Street. Drei Wochen lang hütet sie das Bett. Ihre Familie wechselt sich mit der Pflege ab und zwingt sie, Suppen und Stärkungsmittel zu sich zu nehmen. Wenn sie sich in einem gestreiften Pyjama ihres Vaters ins Wohnzimmer wagt, setzt sie sich vor den Kamin in den mit einem bedruckten Baumwollstoff bezogenen Sessel, starrt unter einem Berg von Decken ins Feuer und hängt stundenlang ihren düsteren Gedanken nach. Sosehr ihr auch alle ins Gewissen reden, vergiftet sie weiterhin ihre kranke Lunge, sobald die anderen ihr den Rücken zukehren. »Ich werde mich nie mehr als Königsmacherin betätigen. Das ist viel zu anstrengend«, wiederholt sie jeden Morgen, wenn Hugh ihr Gesellschaft leisten kommt. Doch entgegen dieser Behauptung fehlt ihr die Politik. Gertrude kann ihre Enttäuschung und Bitterkeit nur schwer verhehlen. Der König,

»dieser berechnende und unergründliche Beduine«, den sie auf den Thron gedrängt hat, kann offenbar ohne Weiteres auf ihre Ratschläge verzichten. Die kaiserliche Verwaltung, »ein Schlangennest«, dem sie mit verzweifeltem Ehrgeiz zu Diensten gewesen ist, hat sie aufs Abstellgleis geschoben. Mit gespielter Gleichgültigkeit nimmt sie die Tatsache zur Kenntnis, dass Faisal und Cornwallis Ende August auf der Durchreise in London sind. Beim Galadinner in den Räumlichkeiten des Automobile Club gibt sie nur ein kurzes Gastspiel.

Ihre Halbschwester Molly tut alles in ihrer Macht Stehende, um sie aus der Erstarrung zu holen. Sie nimmt sie zum Spazierengehen mit in den Hyde Park, und unter dem so nur im Londoner Spätsommer neblig-blauen Himmel schüttet Gertrude dieser guten Seele ihr Herz aus. Sie erzählt von der Enttäuschung mit Ken, von der tragischen Liebe zu Dick – »nach dem Krieg wollte er, dass ich mit ihm durchbrenne« – und sogar von dem durchtriebenen Cadogan. Sie sorgt sich um die Gesundheit ihres Vaters, dessen körperlicher Abbau sie bekümmert, und gesteht ihr, wie einsam sie sei, welche Angst sie vor der Zukunft habe. »Mit siebenundfünfzig Jahren weiß ich nicht, was ich machen oder wo ich leben soll, das kann doch nicht sein. Egal, welche Richtung ich einschlagen will, ich sehe überall nur Mauern und Abgründe.« Molly rät ihr, den Psychoanalytiker aufzusuchen, der einer ihrer engsten Freundinnen geholfen hat, aber Gertrude glaubt nicht an die Wirkung dieser »neumodischen Wissenschaft, alles nur dummes Zeug«. Nie würde sie sich einem Unbekannten öffnen. Warum sie denn nicht ein neues Buch schreibe? »Etwas Persönlicheres, deine Memoiren, das würde dir bestimmt guttun. Du hast so viel erlebt und bist so außergewöhnlichen Leuten begegnet.« Sie erwidert, dass sie seit Monaten, ja seit Jahren außerstande sei, eine einzige Zeile zu schreiben. Ein paar Stunden später kommt Molly gleich nach dem Aufstehen mit einem neuen Vorschlag zu ihr: Sie könne vielleicht als Abgeordnete kandidieren. Vor ein paar Jahren sei erstmals eine Frau aus dem konservativen Lager ins Unterhaus gewählt worden. Gertrude verspricht, sich die Idee durch den Kopf gehen zu lassen.

Einmal laden Hugo und Molly sie zum Abendessen bei Freunden ein. Die prominente Vertreterin des Empires und der Keuschheit, die kerzengerade auf ihrem Stuhl sitzt und sich in vornehmer Zurückhaltung übt, erträgt weder die mitleidigen Blicke, die ihr zugeworfen werden, noch die Sympathiebekundungen, als sie von einem ihrer Abenteuer berichtet. »Bagdad, ein arabischer König, wie exotisch das ist, fast wie im Film! Sie sind bewundernswürdig, Miss Bell, ganz bewundernswürdig!« Diese jungen Leute wissen nichts von den erheblichen Opfern, die sie für den Aufbau des Landes bringen musste. Aus dem Würgegriff des Krieges befreit, leben sie nur für Vergnügungen, geben bedenkenlos Geld aus und flirten wie Figuren von Noël Coward. Die Männer gehen ohne Krawatte aus, mit aufgeknöpftem Hemd, die gut sichtbaren Beine androgyner Frauen stecken in Seidenstrümpfen. Sie hören die BBC, das neue Evangelium, und Jazzmusik, die in ihrer Freizügigkeit abstoßend auf Gertrude wirkt. Sobald sie ausgeht, empfindet sie das London der Goldenen Zwanziger als befremdlich. Allenthalben nur *Nonsense,* das Empire ist keine heilige Kuh mehr. Die Stadt wird von Reklamen verunstaltet, die industrielle

Massenkultur hat die klassische Bildung des Einzelnen verdrängt. Die versnobten Freunde ihrer Schwestern blättern im *New Yorker,* während die bourgeoisen Bekannten ihres Bruders die neuen Selbstbedienungs-Cafeterias, die funkelnden Tankstellen und die Tanzlokale unsicher machen. England wird immer amerikanischer und immer linker. Nachdem den über dreißigjährigen Frauen und allen Männern das Wahlrecht zugesprochen worden ist, wie Gertrude es befürchtet hatte, wird das Land erstmals von der Labour-Party regiert.

In dieser Gesellschaft findet sie keinen Platz. Sie wird nicht für das Parlament kandidieren. Ihre legendäre Selbstsicherheit hat sich verflüchtigt. »Ich bin weder schnell noch kompetent genug, um im Abgeordnetenhaus mit vollem Recht meine Meinung zu äußern. Und ohnehin fehlt mir die Kraft, einen Wahlkampf zu führen«, erklärt sie ihrer Familie. Gertrude will ihren Lieben nicht länger zur Last fallen. Gegen den Rat der Ärzte, die sie für zu angeschlagen halten, will sie zurück nach Bagdad. Sie verspricht ihrem Vater, sich um ihre Gesundheit zu kümmern und im darauffolgenden Frühjahr wiederzukommen.

Sie flüchtet sich in die Vergangenheit. Alte Steine können sie nicht hintergehen. Gertrude sammelt zahllose Fragmente und setzt sie mit kleinen mechanischen Gesten wieder zusammen, sie zeichnet die Pläne für die babylonischen, assyrischen und arabischen Säle ihres Museums. Es beschäftigt sie immerhin mehrere Stunden am Tag. Bei der Zivilverwaltung schaut sie so gut wie gar nicht mehr vorbei: Während ihres Aufenthalts in England haben sich die Kollegen ihre

Aufgaben geteilt, und niemand hat sie vermisst. Dobbs ist so charmant, ihre Bezüge aufrechtzuerhalten, nachdem er ihr den Dienstwagen nebst Chauffeur gestrichen hat.

Ihre Tage verstreichen ohne Freude und ohne rechte Überzeugung. Gertrude steht in aller Frühe auf, macht eine Reihe von Übungen, die sie von Cornwallis, einem Anhänger schwedischer Gymnastik, gelernt hat – »das ist alles, was mir von ihm bleibt«, denkt sie unter der Dusche –, wechselt ein paar Worte mit Marie, der einzigen Bediensteten, die sie behalten hat, isst lustlos ein paar Löffel Joghurt und ein Ei. Trotz des Versprechens, die sie ihrem Vater gegeben hat, raucht sie, hustet zunehmend, harkt die tags zuvor in den Garten gefallenen Blätter zusammen, gießt die Blumen, füttert ihre Tiere und eilt dann – um in diesem Winter, in dem es über Bagdad Kübel regnet, nicht bis auf die Haut durchnässt zu werden – wie ein Reiher mit großen Schritten zu ihren Scherben, Tongefäßen und Verzeichnissen. Nach dem Mittagsschlaf schreibt sie immer schroffere Briefe an ihre Eltern, blättert in der *Times* und in den Romanen, die ihr alter Buchhändler ihr zuschickt. Wenn das Wetter dazu angetan ist, zwingt sie sich gelegentlich, spätnachmittags noch einmal das Haus zu verlassen. Dann spaziert sie am Fluss entlang oder durch die ar-Raschid-Straße. Doch all die barfüßigen Pilger, Turban tragenden Scheichs, religiösen Juden, die Kamele und Huren aus dem großen Bordell der Sultanpforte erschöpfen sie rasch. Dann geht sie nach Hause und verkriecht sich an ihren Kamin, wo sie Kreuzworträtsel löst oder Patiencen legt. Wenn das Telefon klingelt, zuckt sie zusammen. Sie sieht kaum noch Leute und spricht mit fast niemandem mehr. Anstatt die Zeit mit Menschen totzuschlagen, die ihr gleichgültig oder unangenehm sind, verschanzt Gertrude sich lieber in ihre Einsamkeit.

Faisal sind ihre gesundheitlichen Probleme zu Ohren gekommen. Er lädt sie ein, das Ende des Sommers 1925 auf seinem Anwesen an der östlichen Landesgrenze zu verbringen. Obwohl sie sich eine Wärmflasche zwischen die Knie geklemmt hat, erkrankt sie auf der Reise und trifft mit Fieber und Brustschmerzen bei dem Monarchen ein. Rippenfellentzündung. Sie muss während des gesamten Aufenthalts das Bett hüten, wird Tag und Nacht von Krankenschwestern und Cornwallis umsorgt. Wie einem Kind streichelt er ihr über die glühende Stirn. Sie kommt wieder auf die Beine, doch zurück in Bagdad, ereilt sie ein neuer Schicksalsschlag: Mit nur viereinhalb Jahren ist ihr Halbbruder ganz plötzlich an Fleckfieber gestorben. Gertrude ist am Boden zerstört. Molly und Florence versuchen, sie zum Kommen zu bewegen: »Papa ist furchtbar niedergeschlagen. Deine Anwesenheit würde ihm helfen, ein bisschen Zuversicht zu schöpfen. Wir sind sehr besorgt.« Sie werde kommen, das schwört sie, »ich kann schließlich nicht das ganze Leben lang allein bleiben«, aber nicht jetzt: »Dieser Tage bin ich außerstande, eine solche Reise anzutreten.«

Sie befiehlt der alten Marie, die Vorhänge auszubessern, die Zimmer aufzuräumen und die Wäscheschränke zu sortieren. Das Badezimmer bekommt einen neuen, rosafarbenen Anstrich. Der Plüschsessel muss ganze sechsmal umgestellt werden, bevor er den richtigen Platz auf der Veranda findet. Mit autoritärer Stimme erteilt Gertrude ihr vom Sofa aus widersprüchliche Anweisungen. Dann wieder will sie unvermittelt in Ruhe gelassen werden. Wozu das alles? Für wen? »Ich bin einfach lächerlich«, murmelt sie und schlingt die Arme um die Knie. Bei Dicks Tod war sie ähnlich niedergeschlagen gewesen. »Ihr Leben ist zu Ende. Sie hat keinen Grund mehr, weiterzumachen. Ich sehe wirklich nicht, wie sie aus den Ruinen, die ihr vermacht worden sind, etwas aufbauen könnte«, schreibt Molly an ihre Mutter. In Mesopotamien war ihr Lebenswille, von einer ungeheuren Energie mitgerissen, neu entfacht worden. Aber der Irak braucht sie nicht mehr, auch das British Empire nicht. Ohne Zerstreuungen, mit denen sie der quälenden Leere ihrer verletzten Seele entkommen könnte, von Todessehnsucht und Todesangst verfolgt, fehlt Gertrude, an der Stille und Einsamkeit nagen, aller Antrieb und jede Lust.

Die Frau mit den Windsohlen kommt nicht mehr vom Fleck. Sie schützt Geldmangel und »die gigantischen Aufgaben« in ihrem Museum vor, um ihre Reise nach England weiter aufzuschieben, obwohl sie Angst vor der heißen Jahreszeit hat. Die Ärzte haben sie gewarnt: Einen weiteren Sommer in der irakischen Gluthitze wird ihr Organismus nicht verkraften.

27.

Bagdad, 11. Juli 1926

Gertrude nähert sich dem Spiegel, sperrt weit die Augen auf und reibt sich mit einem eingeseiften Waschlappen über die Wangen. Sie verzieht das Gesicht: Das Oval ist eingefallen, mit den spitz zulaufenden Ohren sieht sie aus wie ein alter Zwerg, und im Profil scheint ihre Nase sogar noch länger geworden zu sein. Mit Widerwillen mustert sie ihre Hände. Von Sehnen und Venen zerfurcht, ähneln sie dem Tigris und Euphrat aus der Vogelperspektive, und als sie ihr Haar ausbürstet, lösen sich einzelne weißliche Büschel. Sie verzichtet darauf, sich zu schminken, steht zu ihrer Müdigkeit und ihrem Alter. Auf dem verwelkten Gesicht spiegelt sich die erloschene Hoffnung einer Vagabundin, der zu viel genommen worden ist.

Liebevoll begrüßt Gertrude ihre Tiere und sattelt ihr Pferd. Die Erde riecht nach feuchtem Staub, Zimt und Akazien. Im Trott reitet sie an der Orangerie entlang, bevor sie am Stadtausgang auf die Wüste zu galoppiert. Die Sonne schickt ihre ersten rosafarbenen Strahlen aus: Die Luft ist lau, die Morgenfrühe schmeichelnd. Sie bringt das Pferd zum Stehen und setzt sich, von dem flimmernden Licht geblendet, in den Sand. Wie in ihrer Jugend, als sie ganz ekstatisch wurde, sobald sie Jerusalem, Aleppo oder Damaskus hinter sich gelassen hatte, spürt sie, wie die Wärme durch ihren schmerzenden Körper flutet und ihre trockenen Lippen den Wind trinken. Wolken winziger Partikel wirbeln umher, zumal auf nüchternem Magen ein berauschendes Gefühl. Gertrude betrachtet die raue Schönheit des Horizonts, das Land, das sie mitgestaltet hat. Es wird nun auch die Region um Mossul mit ihren Erdölvorkommen umfassen, das hat der Völkerbund ihm zugestanden. Und die Türkei hat unlängst die Grenze anerkannt, die sie, Gertrude, vor Jahren skizziert hatte. Ihr Werk ist vollendet: Der bunt zusammengewürfelte, aus vielerlei Konfessionen und Ethnien bestehende Irak wird sich vom Persischen Golf bis zu den kurdischen Gebirgsregionen erstrecken. Vor etwa zwei Wochen hat der König anlässlich der Vertragsunterzeichnung mit der Türkei ein Bankett gegeben. Gertrude, der nicht danach war, denen, die sie ins Nichts hatten abgleiten lassen, die Hand zu schütteln, hatte sich nach langem Zögern in den Palast begeben. Sie war enttäuscht, dass Faisal sie in seiner Rede nicht namentlich erwähnte. Einmal mehr hatte sie sich in Illusionen gewiegt. Der gleichmütige, geheimnisvolle Faisal. Trotz aller Anstrengungen gelingt es ihm nicht, seine Völker zusammenzuschließen, und nur die gefährlichen Bomben der Royal Air Force halten sein Reich, das ausschließlich in Händen der sunnitischen Minderheit liegt, zusammen. Vielleicht hat sie ein Monster geboren. Ja, vielleicht hat sie geteilt, um schlecht zu herrschen, wie die Franzosen in Syrien, die den Libanon abgekoppelt haben und mithilfe der Christen und Aleviten regieren. Doch sie braucht sich keine Vorwürfe zu machen. Sie hat dem Empire gedient, den Arabern geholfen, und jetzt ist das Ganze nicht mehr ihre Angelegenheit. Es kümmern sich bereits andere darum.

Die Sonne verblasst, der Sand beginnt zu wirbeln, plötzlich nähert sich ein dicker, bernsteinfarbener Nebel. Ein heftiger Sturm ist aufgekommen. Vom Wüstenwind gepeitscht, staubbedeckt, die Haare in den Nacken gepresst, steigt Gertrude keuchend und ächzend wieder auf ihr Pferd. Es ist auf einmal unglaublich heiß, als hätte der Teufel Bagdad in ein Ofenrohr gesteckt. Am Ufer des Tigris sitzt sie ab, es war zum Glück nur eine Böe. Hinter den Tamarisken zieht Gertrude sich um und springt ins erfrischende Wasser. Doch nach ein paar Schwimmzügen wird ihr schwindlig, die Strömung droht sie mitzureißen. Nur mit Mühe gelangt sie wieder ans Ufer.

Jetzt beginnen die anstrengendsten Stunden des Tages. Die Stadt ist wie gelähmt, die Geschäfte sind geschlossen, die Sonne glüht. Das Thermometer in der Küche zeigt achtundvierzig Grad, als sie restlos erschöpft wieder in ihren vier Wänden ist. Neulich ist ein Vogel, von dem gleißenden Licht getroffen, in den Innenhof gefallen. Gertrude trinkt ein Schälchen eisgekühlter Bouillon und betrachtet ein Foto, auf dem Cox und sie zu Beginn des Krieges lächelnd auf einer Terrasse in Basra stehen. Er hat es »der besten Kameradin« gewidmet. Sie würde sich gern ausruhen, schon seit Wochen schläft sie trotz der Tabletten nur noch wenige Stunden pro Nacht. Mit einem lächerlichen Fächer in der Hand schleppt sie sich bis zur Hängematte, doch sobald sie sich ausgestreckt hat, verkrampft sich ihr Körper aus Angst, einzudösen, nie mehr aufzuwachen. Schon Minuten später ist er schweißnass: Gertrude hat den Eindruck, dass ihr Schädel schmilzt und hinter ihren Ohren ein Wasserfall herabstürzt. Mit stockendem Atem lechzt sie nach einem Lufthauch, doch stattdessen nähern sich nur nervtötende Fliegen. Sie bleibt nicht lange im Garten.

Drinnen machen die Flügel des Ventilators einen Heidenlärm, der das von der Hitze verursachte Kopfweh, die erst ein paar Stunden zurückliegende Sonneneinstrahlung und den eingeatmeten Staub noch unerträglicher werden lässt. Gertrude beginnt einen Brief, den sie schon nach wenigen Zeilen abbricht: »Geliebter Vater, ich muss aufhören, der Sommer lädt kaum zum Schreiben ein …« Sie schluckt drei Aspirin und bittet Marie um kalte Umschläge und darum, ihr ein Bad mit Eiswürfeln einzulassen. Schwankend taucht sie in das lauwarme Wasser, einen aus Karatschi abgeschickten Umschlag in der Hand.

Sie öffnet ihn vorsichtig, die Briefmarke ist hübsch. Es ist ein Brief von Lawrence. Der berühmteste Mann des British Empire rackert sich derzeit unter dem Namen T. E. Shaw in einem Camp der Royal Air Force ab, eine von Geröll flankierte Ecke der Wüste, über die der Wind fegt und Eidechsen oder schwarze Schlangen huschen: »Wir essen Staub, und wir denken Staub.« Seit er nicht mehr im Colonial Office arbeitet, führt Lawrence ein rastloses Leben, versucht, seinem raumgreifenden Selbst zu entkommen und wieder in die Anonymität einzugehen. Er ist Bettler unter einer Brücke der Themse gewesen, hat sich unter einem Decknamen als Soldat in einer Basis der Royal Air Force, wo er die Latrinen reinigen und Abfall wegbringen musste, verdingt und später als Panzersoldat. Ein Job als Leuchtturmwärter entging ihm, als man ihn erkannte. Lawrence schloss das Manuskript von *Die sieben Säulen der Weisheit* ab, aber verweigerte sich einer Veröffentlichung – in vier Jahren wurden nur etwa hundert Exemplare gedruckt. »Ich glaube an eine Vergeltungsmaßnahme, denn mein Verleger ist nicht auf meinen Vorschlag eingegangen, die *Odyssee* neu zu übersetzen.« Gertrude erinnert sich, dass das Buch auf einem Tisch in Karkemiš lag. Am Abend ihrer ersten Begegnung waren sie auf die Figur des Helden zu sprechen gekommen, der von den Göttern daran gehindert wurde, nach dem Krieg wieder zu seiner Familie zu stoßen.

Sobald er kann, schwingt Lawrence sich auf sein Motorrad und saust mit einem Affenzahn über die pulvrigen Ebenen Nordindiens. Ansonsten ist sein Leben »unerträglich langweilig: Die bedrückende Stille stürzt mich in Verzweiflung und lässt Erinnerungen hochkommen, die ich in meinem tiefsten Inneren vergraben wollte.« Eine schwarze Sonne verfolgt ihn, er leidet unter Schlaflosigkeit. »Ich habe weder den Drang noch die Kraft, nach vorn zu schauen. Ich habe alles der Aufgabe geopfert, für die ich meiner Meinung nach auf die Welt gekommen bin: meine Freizeitbeschäftigungen, meine Intelligenz, meine Energie, mein Glück … Man hat mich benutzt wie ein gewöhnliches Werkzeug, das einfach in den Abfall geworfen wird, wenn es ausgedient hat. Mein Leben ist wie ein Tod, ich bin lebendig begraben.« Gertrude zittert, als sie diese Zeilen liest: »Mein liebes Kleines, auch Sie …«

Sie klingelt nach Marie, sie hat Magenschmerzen und höchstwahrscheinlich Fieber. Die Bedienstete hüllt Gertrudes mageren Körper in einen Bademantel und begleitet sie in ihr Schlafzimmer. Sie rät ihr davon ab, das Fenster zu öffnen, wie sie es verlangt: »Es ist immer noch unerträglich heiß, gnädige Frau«, doch Gertrude will von ihrem Bett aus das Laub der Bäume in der Dämmerung sehen. Auf einem Ast singen zwei Nachtigallen. Als die eine der beiden sich der anderen nähert, rückt diese ab und hüpft auf einen benachbarten Zweig, bevor sie davonfliegt. Die Szene erschüttert die Kranke. »Ich war glücklich in den kleinen Dingen und unglücklich in den großen«, murmelt sie jammernd und mit schweißnassem Gesicht, während Marie ihr hilft, ein Chiffon-Nachthemd überzuziehen, und ihr, wie verlangt, die Smaragdbrosche von Hugh ansteckt: »Mit diesem Schmuck schlafe ich heute Abend vielleicht besser.« Marie zwingt ihre Herrin dazu, ein paar Bissen Fisch zu essen und genug zu trinken, doch die Banane, die sie für sie in Scheiben geschnitten hatte, verursacht ihr Übelkeit. »Ich will, ich muss mich ausruhen, geben Sie mir zwei Schlaftabletten, schließen Sie das Fenster und lassen Sie mich in Ruhe«, fleht Gertrude sie an. Im Gehen tritt die Zofe gegen die verbeulte alte Gießkanne, die neben dem Bett steht.

Gertrude sucht nach der besten Position, um in den Schlaf zu finden, aber der Zustand der Bewusstlosigkeit will sich nicht einstellen. Eine Mücke schwirrt um sie herum; das Ticken der Wanduhr ängstigt sie; über dem Zimmer liegt ein wattiger, glühend heißer Nebel. Dennoch klappert Gertrude mit den Zähnen. Ihre Lunge brennt, ihr Kopf hört nicht auf zu grübeln. Wie bei einer Tonbildschau ziehen Bilder vorüber. Sie hat Angst. Sie würde gern umarmt und besänftigt werden. Sie möchte Dicks Atem auf ihren Augenlidern spüren, die tröstenden Hände ihres Vaters und der jungen Mutter drücken, sie sehnt sich nach einer Transfusion von Liebe und Leben. Sie, die jetzt leicht wie eine Feder ist, möchte in den Arm genommen werden. Sie denkt, dass sie nie mit einem Mann das Bett geteilt hat, dass sie nie ein Mann umsorgt hat: dass sich bestimmte Freuden des Lebens nicht eingestellt haben.

Gertrude schaltet die Lampe neben sich ein. Sie durchsucht den Nachttisch und wankt auf eine Kommode zu, aus der sie eine seit Jahren verschlossene Schatulle holt. Der Schlüssel passt nicht. Sie ruft nach Marie, damit sie das Schloss aufbricht, und schickt sie gleich wieder weg: Das Grab ihrer verflossenen Lieben geht sie nichts an. Sie stößt einen Schrei aus, als sie sieht, dass Larven den Umschlag angefressen haben, in dem sie Dicks letzte Haarlocke und Teile ihrer Korrespondenz aufbewahrte. Nur ein Ausspruch von Cadogan ist noch erhalten: »Das Leben ist kurz, dann soll es wenigstens gelungen sein.« Gertrude schluchzt laut auf, sie weint bittere Tränen, die Brust von Kummer geschwellt.

Zitternd geht sie ins Bett zurück. Ihr dem Tode naher Körper ruft nach Schlaf. Also schluckt sie noch ein paar Tabletten und schlägt auf gut Glück das erstbeste Buch auf, das ihr unterkommt. Kipling, *Das zweite Dschungelbuch:* Purun Bhagat war ein ehemaliger Premierminister, der mehr Macht hatte als der Maharadscha. Dabei entsagte er nie seinem Traum von Frieden und Ruhe: Eines schönen Morgens ließ er einfach sein Amt und den Palast zurück, »so wie jemand einen Mantel fallen lässt, den er nicht mehr braucht«, um ihn gegen den Napf des Bettlers und die ockerfarbene Kutte der Mönche einzutauschen. Purun Bhagat »war auf einmal allein mit sich und ging verzückt, die Gedanken in den Wolken verloren, seines Weges«. Als er »den für ihn bestimmten Ort« fand, beendete er seine Wanderschaft. Der Glückliche … stammelt sie. Endlich schließen sich ihre Augen. Gertrude schläft ein und wird nicht wieder erwachen.

Epilog

Ein paar Stunden später wurde Gertrude Bell bestattet. Tausende Iraker folgten ihrem Sarg bis zum britischen Friedhof in Bagdad. Die Hierarchen der Zivilverwaltung und des Generalstabs sowie die Minister der irakischen Regierung wohnten ihrer militärischen Bestattung bei. Hochkommissar Dobbs würdigte »ihr unbezähmbares Engagement und ihre außergewöhnliche intellektuelle Begabung im Dienste der arabischen Sache im Allgemeinen und des Iraks im Besonderen«.

Just an diesem Tag weilte König Faisal zu einem Kuraufenthalt in Vichy. Einem Journalisten gegenüber sagte er, Gertrudes Name werde »dem arabischen Gedächtnis unauslöschlich einbeschrieben bleiben und bewundernd ausgesprochen werden, wie die Namen von Napoleon, Nelson oder Mussolini … Sie war die bemerkenswerteste Frau ihrer Zeit.« Zu ihrem Gedenken ließ er ein mit einer Bronzebüste versehenes Schild am Eingang des von ihr aufgebauten Museums anbringen: »Für Gertrude Bell, an die sich die Araber stets voller Zuneigung und Ehrerbietung erinnern werden …« Der Hauptflügel wurde nach ihr benannt. Die fünfzigtausend Pfund Sterling, die sie dem Museum vermachte, konnten in die Gründung der britischen Schule für Archäologie in Bagdad einfließen. Die unter Gertrudes Ägide begonnenen Ausgrabungen in Ur förderten herrliche Schätze zutage, insbesondere den Königsfriedhof mit dem Grab von Königin Puabi. Manches davon ging in die Sammlungen des Museums ein, das bald zu einem der bedeutendsten im Mittleren Osten werden sollte.

In ihrem Nachruf schrieb die *New York Times:* »Seit Königin Zenobia hat keine andere Frau für die Geschicke des Mittleren Ostens eine so wichtige Rolle gespielt.« King George schickte Sir Hugh und Lady Bell ein Beileidstelegramm.

Auch Lawrence schrieb Gertrudes Eltern: »Ich denke, sie ist glücklich im Tod. Der Irak ist eine großartige Konstruktion, auch wenn sie nur ein paar Jahre währen sollte, was ich befürchte und manchmal auch hoffe …«

Im Februar 1935 schied Lawrence aus der Royal Air Force aus. Drei Monate später verunglückte er, einsam und verzweifelt, mit sechsundvierzig Jahren tödlich mit dem Motorrad. *Die sieben Säulen der Weisheit* kamen in den Handel und stießen unmittelbar auf Erfolg. Die grandiose Verfilmung machte Lawrence von Arabien endgültig zur Legende und ließen Gertrude Bell über Jahrzehnte hinweg in den Hintergrund treten.

Gertrude und Lawrence hatten sich ganz dem Großen Spiel verschrieben. Es ermöglichte ihnen, vor der Realität zu fliehen, vor ihrer Geburt, ihrem Milieu und ihrer Identität: vor dem menschlichen Dasein, das ihnen zur Last fiel.

Mithilfe von Spiel, Krieg und Abenteuer können sich die Teilnehmer, vom Wind der Geschichte berauscht und vom Stolz fehlgeleitet, ihre Persönlichkeit nach ihren Wünschen zurechtlegen. Arglos rissen Gertrude und Lawrence Dinge an sich, die ihnen nicht zustanden, politische Vorhaben, die sie nur ausführend hätten begleiten sollen. Sie taten so, als wüssten sie nicht, welche Ziele sich in Wahrheit dahinter verbargen: die Arabische Revolte, der Aufstand Mesopotamiens. Sie existierten nur dadurch, doch wenn man ihnen Glauben schenkte, verhielt es sich genau umgekehrt. Später gewann die Wirklichkeit erneut die Oberhand, sie kickte sie aus ihren prestigeträchtigen Positionen und schob sie geringschätzig beiseite. Lawrence und Gertrude, die Drachentöter, wurden demaskiert. Sie verloren ihren Lebensinhalt. Und indem sie aus ihrer englischen Haut geschlüpft waren, die ihnen so schlecht zu Gesicht stand, während es gleichzeitig illusorisch war, in die der Araber schlüpfen zu wollen, begingen sie einen fatalen Fehler: Als das Große Spiel beendet war, waren sie zu Fremden auf Erden geworden. Ihr großes Idol Charles Doughty hatte sie gewarnt. Der Reisende kann sich verkleiden, sich mit Leib und Seele der Sache hingeben, er muss dennoch er selbst bleiben. Wie aber hätten sie, die sich selbst nicht ausstehen konnten, diesen Rat befolgen sollen?

Hugh Bell starb 1931 an gebrochenem Herzen. Florence war ein Jahr zuvor verstorben. Rounton Grange erwies sich als unverkäuflich. Im Zweiten Weltkrieg wurde das Anwesen beschlagnahmt, man inhaftierte dort italienische Kriegsgefangene. 1953 wurde es abgerissen, die Steine verkaufte man.

Ken Cornwallis heiratete erneut und wurde zu Beginn

des Krieges zum Botschafter Großbritanniens in Bagdad ernannt.

Sir Percy Cox verbrachte einen gemächlichen Ruhestand in England. Er wurde Vorsitzender der Royal Society of Geography und starb 1937 bei einer Jagdpartie.

Oberst A. T. Wilson arbeitete über zehn Jahre lang für die Anglo-Persian Oil Company, die spätere British Petroleum Company. Als konservativer Abgeordneter war er ein Verfechter der Appeasement-Politik gegenüber Hitler. Als der Zweite Weltkrieg ausbrach, nahm er im Alter von fünfundfünfzig Jahren den Dienst wieder auf. Das Flugzeug, in dem er Bordschütze war, wurde im Mai 1940 über Dünkirchen abgeschossen.

Nachdem er den Irak verlassen hatte, wurde St. John Philby zum britischen Geheimdienstchef in Palästina ernannt. Er schied aus seinen Ämtern aus, um Ibn Saud zu dienen und dessen graue Eminenz zu werden. Philby konvertierte zum Islam. Er vermittelte das 1933 zuungunsten der britischen Interessen geschlossene Ölabkommen zwischen dem neuen Königreich Saudi-Arabien und der Standard Oil of California. Und er fädelte ein, dass Arabien Nazideutschland mit Öl belieferte. Philbys Sohn Kim, ein sowjetischer Spion, war einer der größten Verräter der modernen britischen Geschichte.

Churchill, das Enfant terrible der englischen Politik zu Beginn des Jahrhunderts, rettete 1940 die Welt vor der Tyrannei.

Faisal handelte eine neue bilaterale Allianz mit London aus und sicherte seinem Königreich 1932 den Eintritt in den Völkerbund – eine Premiere für ein arabisches Land. Doch die Unabhängigkeit fand nur auf dem Papier statt: Die Briten blieben die Entscheidungsträger und Hauptnutznießer der ausgebeuteten irakischen Ressourcen. Der König setzte das von Gertrude Bell initiierte Einigungsvorhaben der Nation fort. 1933, kurz vor seinem Tod mit nur achtundvierzig Jahren, hatte er alle Illusionen verloren. Das irakische Volk blieb eine Fiktion. Es bestand aus »Massen entzweiter Menschen, denen jeder Patriotismus fehlt, die obskuren religiösen Traditionen unterworfen und schnell dabei sind, sich gegen sämtliche Formen der Regierung aufzulehnen«. Der junge Ghazi folgte ihm nach, verunglückte 1939 aber tödlich bei einem Autounfall. Er war im Zustand der Trunkenheit gefahren. Sein Sohn Faisal II. bestieg 1953 den Thron. In der Zwischenzeit führte ein Onkel die Geschicke des Landes. Der starke Mann der Jahrhundertmitte war Nuri Saïd, Faisals ehemaliger Gefährte der Arabischen Revolte, der zwischen 1930 und 1958 achtmal Premierminister und ein unverbrüchlicher Verbündeter Großbritanniens war. Als neue Bastion des Nationalismus sollte die Armee ihm nicht verzeihen, die gemeinsame militärische Intervention der Engländer, Franzosen und Israelis gegen Ägypten, nachdem Nasser, das neue Idol der arabischen Massen, den Suezkanal verstaatlicht hatte, unterstützt zu haben.

Am 14. Juli 1958 wäre Gertrude neunzig Jahre alt geworden. Just an diesem Tag zettelten ein paar freie Offiziere einen Staatsstreich an. Sie stürmten den Palast und metzelten die gesamte königliche Familie nieder. Nuri Saïd wurde am darauffolgenden Tag umgebracht. Kurz nach seiner Beerdigung grub die Menge seine Leiche aus, kastrierte und zerstückelte sie, bevor sie seinen an die Stoßstange eines Lastwagens gebundenen Oberkörper durch Bagdad schleifte. Anschließend verwüstete sie die Botschaft Großbritanniens und stürzte das Standbild von General Maude, dem Eroberer Bagdads, vom Sockel. So endete – zwei Jahre nachdem die Amerikaner und Sowjets, die neuen Herren der Welt, die Militärintervention am Suezkanal verurteilt hatten – die Herrschaft der Haschemiten in Mesopotamien und die britische Vorherrschaft im Mittleren Osten. Das von Lawrence und Gertrude verordnete Transplantat war abgestoßen worden. Die neue laizistische, antiimperialistische und antizionistische Republik würde von der sunnitischen Minderheit regiert werden, wie zu Zeiten der Monarchie.

1927 begann die Förderung irakischen Erdöls. Zwei Pipelines verbanden die Ölfelder von Kirkuk mit dem Mittelmeer. Die eine Pipeline endete in Tripoli im französischen Libanon, die andere in Haifa, in Mandats-Palästina, sie wurde als Hauptschlagader des Empires bezeichnet. Das Erdöl bescherte dem irakischen Staat lukrative Einnahmen, als er die Hälfte der Gewinne des seit den 1950er-Jahren für die Erdölfelder zuständigen europäisch-amerikanischen Konsortiums einstreichen konnte. Zwanzig Jahre später vermehrten sich diese Einnahmen beträchtlich. Der Irak hatte seine Erdölfirmen inzwischen verstaatlicht. Infolge zweier Ölkrisen schnellte der Preis für das Barrel in die Höhe: Unter der Herrschaft von Saddam Hussein stampfte der Irak Autobahnen, Krankenhäuser und moderne Schulen aus dem Boden, aber auch ein militärisches Arsenal, chemische und biologische Waffen sowie ein Atomprogramm. 1979, nach einer zwanzigjährigen, von blutigen Staatsstreichen begleiteten politischen Instabilität riss Saddam Hussein sämtliche

Befugnisse an sich. Damit begann der langsame Abstieg in die Hölle des Iraks. Acht Jahre des totalen Kriegs gegen den Iran und die Invasion von Kuwait; im Gegenzug dann die vollständige Zerstörung der irakischen Infrastruktur durch die Koalition unter Führung der Amerikaner – die Operation Wüstensturm – und harte internationale Sanktionen. Sie ließen Land und Bevölkerung weitreichend verkümmern. Und wieder war es das Erdöl, das die Amerikaner 2003 dazu trieb, in den Irak einzumarschieren, so wie die Briten neunzig Jahre vor ihnen. Seit Anbeginn der Menschheit wechseln die Eroberer in Mesopotamien einander ab, weil sie hoffen, die natürlichen Ressourcen des Landes in ihren Besitz zu bringen.

Das kleine, von Gertrude gebildete Reich war ein Trugbild. Die Kurden und die schiitischen Stämme sind ihm nie beigetreten. Die autoritären Regierungen, die sich in Bagdad abwechselten, unterdrückten sie vielmehr systematisch – bis hin zum Einsatz chemischer Waffen und zum Beschuss durch die Kampfhubschrauber Saddam Husseins. Die Brandbomben der Royal Air Force hatten ihnen den Weg gewiesen.

Die Entmachtung des Tyrannen durch die Amerikaner öffnete die irakische Büchse der Pandora. Die Schiiten bestanden auf Rache, die Kurden auf ihrer Unabhängigkeit. Es folgte ein jahrelanger Bürgerkrieg, Vergeltungsmaßnahmen, Selbstmordattentate, Entführungen, Ermordungen. Millionen von Irakern gingen ins Exil. Ausländische Dschihadisten kamen, um gegen die Amerikaner und die Schiiten vorzugehen. Von den sunnitischen Kämpfern vor Ort unterstützt, gründeten sie im Nordwesten des Landes an der Grenze zu

Syrien, wo ebenfalls die Anarchie wütete, den Islamischen Staat. Das Neo-Kalifat wurde zerstört, nachdem seine Anhänger im Westen ihre Attentate verübt hatten. Seine fanatischen Zeloten hatten zuvor die archäologischen Stätten, die alten Klöster und Moscheen in ihrem Herrschaftsbereich verwüstet und dem Weltkulturerbe unwiderrufliche Schäden zugefügt. Die Plünderung des mesopotamischen Kulturerbes hatte schon in den ersten Tagen des amerikanischen Einmarschs 2003 begonnen. Die GIs sahen tatenlos zu, als das irakische Nationalmuseum geplündert wurde.

Zu den gestohlenen Werken zählte auch die Bronzebüste von Gertrude Bell. Sie wurde nie wiedergefunden.

»Tagträumer sind gefährliche Menschen, denn sie können ihre Träume mit offenen Augen leben, um sie zu verwirklichen«, schrieb Lawrence. Damit hatte er nicht unrecht.

Quellen und Bibliografie

Dieser Roman ist vom Leben Gertrude Bells inspiriert. Er basiert auf ihrem Nachlass, der in der Newcastle University aufbewahrt wird, sowie auf ihren zahlreichen Schriften (Elizabeth Burgoyne: *Gertrude Bell. From Her Personal Papers*, zwei Bände, 1889–1914 und 1914–1926; *The Arab of Mesopotamia; Poems from the Divan of Hafiz; A Woman in Arabia, the Writings of the Queen of the Desert / Ich war eine Tochter Arabiens: das abenteuerliche Leben einer Frau zwischen Orient und Okzident*). Die ihr gewidmeten Biografien (Georgina Howell: *Gertrude Bell. Queen of the Desert, Shaper of Nations;* Christel Mouchard: *Gertrude Bell, archéologue, aventurière, agent secret;* Janet Wallach: *Desert Queen / Königin der Wüste*) waren eine wertvolle Hilfe. Die Zitate stammen wörtlich oder in freier Anverwandlung aus ihrer umfassenden Korrespondenz, aus Dicks Briefen oder den Memoiren anderer Protagonisten. Die Lawrence zugeschriebenen Zitate sind aus seinem Buch *Die sieben Säulen der Weisheit* übernommen sowie aus einzelnen Biografien (Jacques Benoist-Méchin: *Lawrence d'Arabie;* Anthony Sattin: *Lawrence d'Ara-*

bie, la jeunesse d'une légende; André Malraux: *Le Démon de l'absolu*); die, die Churchill in den Mund gelegt werden, stammen wörtlich oder leicht abgewandelt aus Andrew Roberts: *Churchill;* François Bédarida: *Churchill;* Christopher Catherwood: *Winston's Folly, Imperalism and the Creation of Modern Iraq.*

Weitere Bücher, die mir behilflich waren: *Baedekers Palästina und Syrien,* 1900; Charles Doughty: *Arabia Deserta;* Wilfred Thesiger: *Arabian Sands;* Jerry Brotton: *This Orient Isle, Elizabethan England and the Islamic World;* John Julius Norwich: *Cities That Shaped the Ancient World;* Jean Clair: *Malinconia, motifs saturniens dans l'art de l'entre-deux-guerres;* Philipp Blom: *Fracture, Life and Culture in the West, 1918–1938;* Liora Lukitz: *A Quest in the Middle East, Gertrude Bell and the Making of Modern Iraq;* Georges Roux: *La Mésopotamie;* Michael Seymour: *Babylon, Legend, History and the Ancient City;* Jean-Claude Berchet: *Le Voyage en Orient, anthologie des voyageurs français dans le Levant au XIXe siècle;* Monica Charlot und Roland Marx: *La Société victorienne;* Véronique Grandpierre: *Histoire de la Mésopotamie;* Roland Marx: *Histoire de la Grande-Bretagne;* François Bédarida: *La Société anglaise du milieu du XIXe siècle à nos jours;* Peter Hopkirk: *On Secret Service East of Constantinople;* Simon Heffer: *The Age of Decadence, Britain 1880 to 1914;* Barbara W. Tuchman: *Der stolze Turm. Ein Portrait der Welt vor dem Ersten Weltkrieg, 1890–1914;* Jacques Benoist-Méchin: *Ibn Séoud ou la Naissance d'un royaume;* Scott Anderson: *Lawrence in Arabia;* Henry James: *London;* Robert Irwin: *For Lust of Knowing, The Orientalists and their Enemies;* John Robertson:

Iraq, a History; Pierre-Jean Luizard: *La Formation de l'Irak contemporain;* Fabrice Monnier: *1916 en Mésopotamie;* Roger Hardy: *The Poisoned Well, Empire and its Legacy in the Middle East;* Roger Adelson: *London and the Invention of the Middle East, Money, Power and War, 1902–1922;* Margaret MacMillan: *Die Friedensmacher;* Hafis: *Der Diwan;* Jan Morris: *The Pax Britannica Trilogy;* David Talbot Rice: *Islamic Art;* Karl E. Meyer und Shareen Blair Brysac: *Faiseurs de rois, l'invention du Moyen-Orient moderne;* Robert D. Kaplan: *The Arabists, the Romance of an American Elite;* John Buchan: *Le Prophète au manteau vert;* Daniel Yergin: *The Prize, The Epic Quest for Oil, Money and Power;* John Ruskin, *Unto This Last and Other Writings/Diesem Letzten;* Ruth Goodman: *How to Be a Victorian;* Rudyard Kipling: *Kim;* Julian Barnes: *Der Mann im roten Rock;* Jean Rollin: *Ormuz;* Fawn Brodie: *Un diable d'homme, Sir Richard Burton ou le démon de l'aventure;* Marie-Hélène Baylac: Agatha Christie, les mystères d'une vie; Agatha Christie: *Mord in Mesopotamien;* Agatha Christie: *Sie kamen nach Bagdad;* Annemarie Schwarzenbach: *Winter in Vorderasien;* Annemarie Schwarzenbach: *Orientreisen;* Eugene Rogan: *The Fall of the Ottomans;* Daryush Shayegan: *L'Ame poétique persane;* Gérard D. Khoury: *Louis Massignon au Levant;* Albert Hourani: *Histoire des peuples arabes;* Ian Rutledge: *Enemy on the Euphrates, the Battle for Iraq;* Peter Frankopan: *Les Routes de la soie;* Bernard Lewis: *Les Arabes dans l'histoire;* Justin Marozzi: *Baghdad;* John Darwin: *Unfinished Empire;* Ali A. Allawi: *Faisal I of Iraq;* Gerald de Gaury: *Three Kings in Baghdad, the Tragedy of Iraq's Monarchy;* Priya Satia: *Spies in Arabia;* Vincent Capdepuy: *Chroniques du bord du monde, histoire d'un désert entre Syrie,*

Irak et Arabie; Albert Londres: *Si je t'oublie, Constantinople;* Sean McMeekin: *The Berlin-Baghdad Express, the Ottoman Empire and Germany's Bid for World Power;* Christine Jordis: *L'Aventure du désert;* James Barr: *Une ligne dans le sable;* Paul Nizan: *Aden, Arabie;* Hannah Arendt: *Elemente und Ursprünge totaler Herrschaft,* Band II, *Imperialismus;* Anna Blunt: *Anna d'Arabie.*

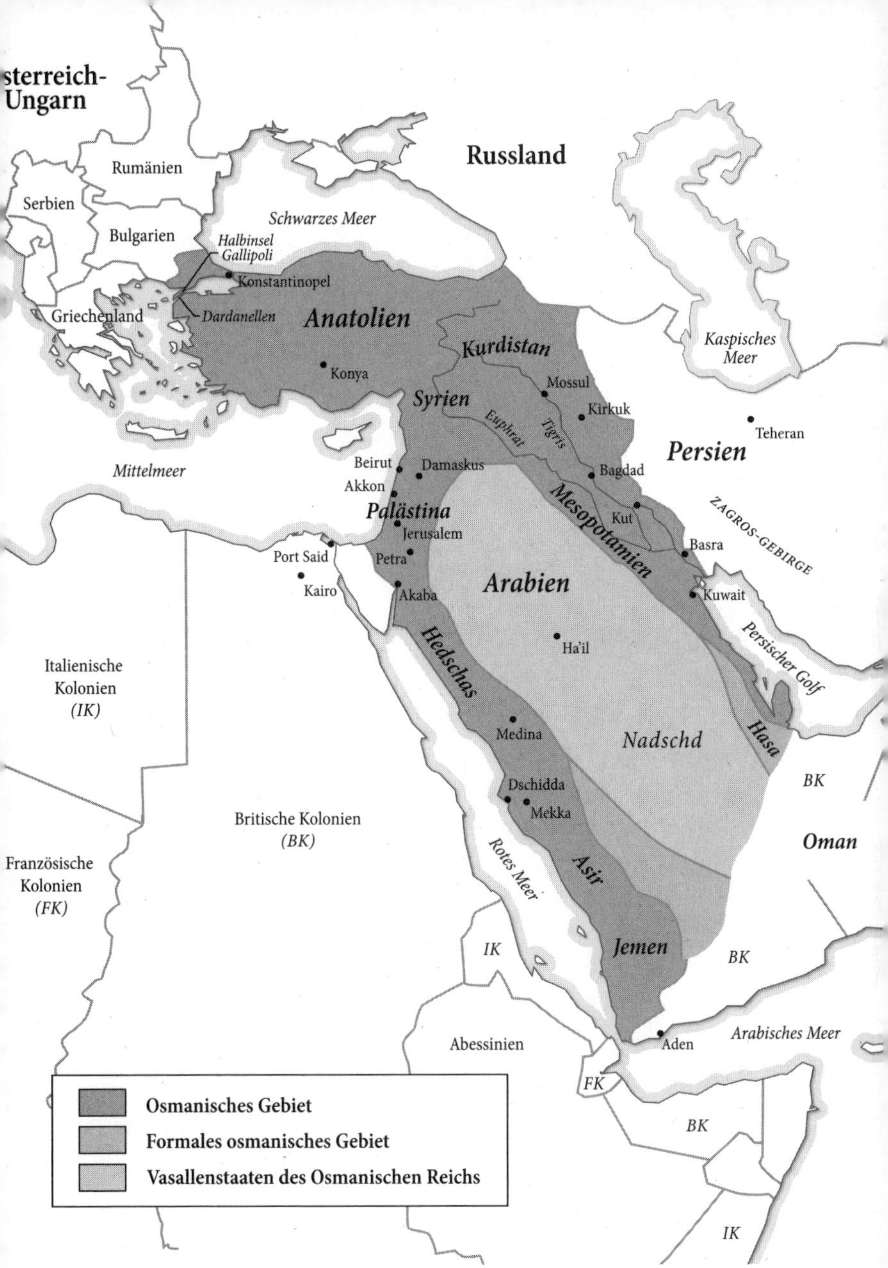

Der Mittlere Osten und
Britisch-Indien 1914